SCIENCE FICTION

Herausgegeben
von Wolfgang Jeschke

Von Paul O. Williams erschienen in der Reihe
HEYNE SCIENCE FICTION & FANTASY:

DER PELBAR-ZYKLUS:

1. Band: Die Zitadelle von Nordwall · 06/4151
2. Band: Die Enden des Kreises · 06/4152
3. Band: Die Kuppel im Walde · 06/4153
4. Band: Der Fall der Muschel · 06/4154
5. Band: Ein Hinterhalt der Schatten · 06/4155
6. Band: Das Lied der Axt · 06/4156
7. Band: (in Vorb.)

PAUL O. WILLIAMS

# DIE KUPPEL IM WALDE

*Science Fiction Roman*

Dritter Roman des Pelbar-Zyklus

Deutsche Erstveröffentlichung

WILHELM HEYNE VERLAG
MÜNCHEN

HEYNE SCIENCE FICTION & FANTASY
Band 06/4153

Titel der amerikanischen Originalausgabe
THE DOME IN THE FOREST
Deutsche Übersetzung von Irene Holicki
Das Umschlagbild schuf Ruth Sanderson
Die Karte zeichnete Erhard Ringer

Redaktion: Wolfgang Jeschke

Printed in Germany 1985
Umschlaggestaltung: Atelier Ingrid Schütz, München
Satz: Schaber, Wels
Druck und Bindung: Elsnerdruck GmbH, Berlin

ISBN 3-453-31129-9

*Für David und Mary*

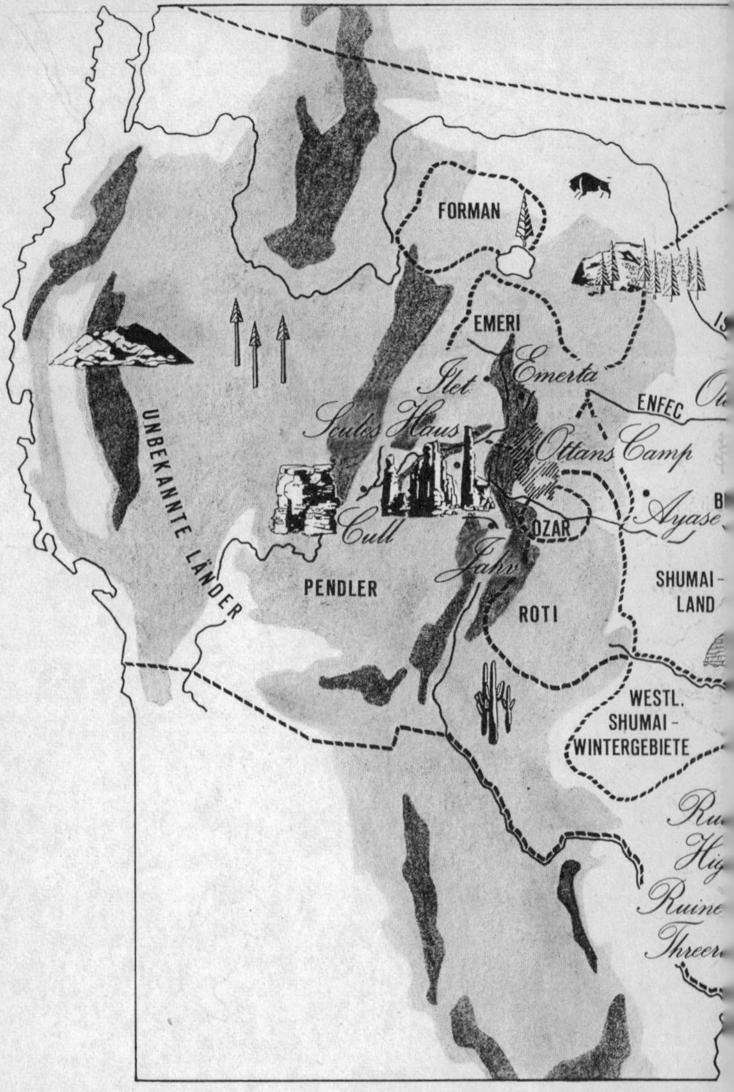
FORMAN
EMERI
Ilet
Emerta
ENFEC
Scules Haus
Ottans Camp
Ayase
Cull
OZAR
Jahv
UNBEKANNTE LÄNDER
PENDLER
ROTI
SHUMAI-
LAND
WESTL.
SHUMAI-
WINTERGEBIETE

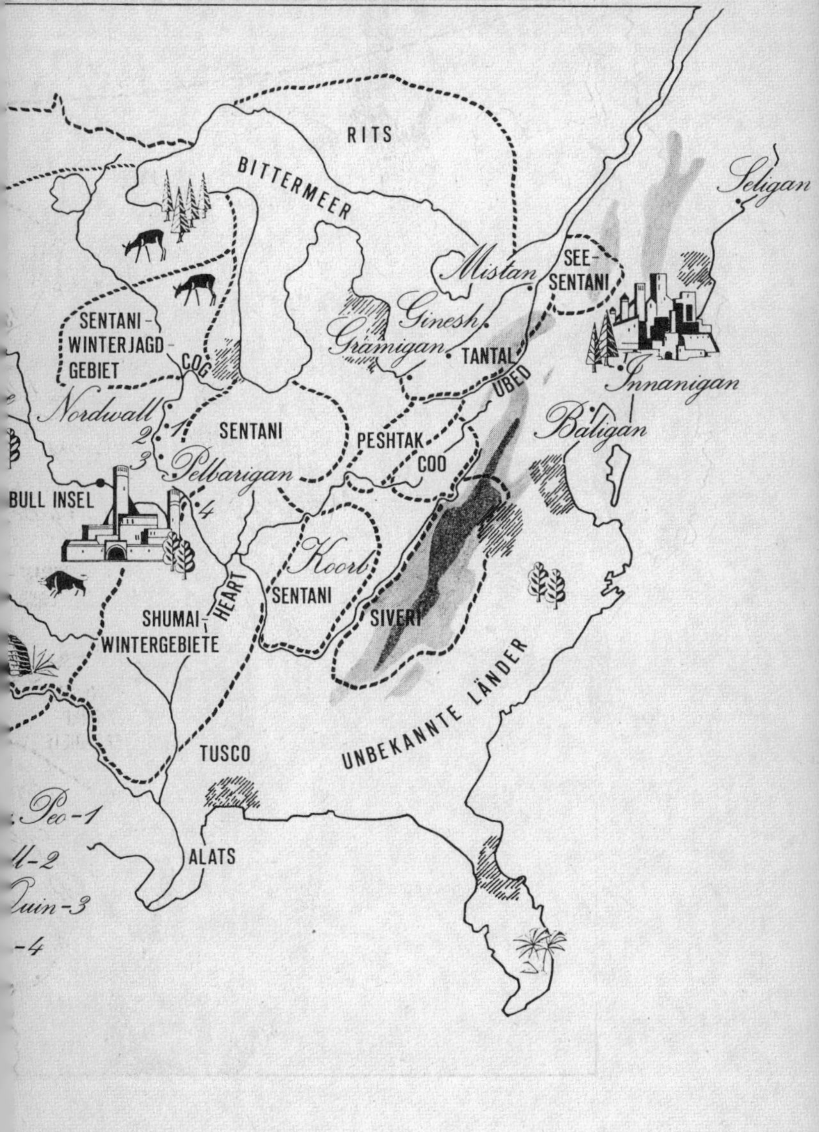
RITS
BITTERMEER
Seligan
Mistan
SEE-SENTANI
Ginesh
Grämigan
TANTAL
UBED
Innanigan
Baligan
SENTANI-WINTERJAGD-GEBIET
COG
Nordwall
SENTANI
PESHTAK
COO
Pelbarigan
1
2
3
4
BULL INSEL
Koorb
SENTANI
SIVERI
HEART
SHUMAI-WINTERGEBIETE
UNBEKANNTE LÄNDER
TUSCO
ALATS
Peo-1
ll-2
uin-3
-4

# EINS

Es war dunkel, das Geräusch des Regens ließ nach, und hoch oben auf dem Gagen-Turm auf der Flußmauer der Stadt Pelbarigan am Heart wurden die zwei Gardisten beim ersten Lichtschimmer unruhig. Sie zogen ihre wallenden Regenumhänge gegen die Kälte um sich und stellten sich soweit wie möglich unter den Wetterschutz, einen schweren Baldachin. Nahe am Ufer brannten jetzt schon seit einiger Zeit Feuer, und schattenhafte Gestalten bewegten sich dazwischen hin und her, während die schwache, durch Wolken hereinsickernde Dämmerung sich allmählich verstärkte.

Die größere Gardistin gähnte, fuhr sich mit den Händen durch das Haar und sagte schläfrig: »Die Shumai und Sentani sind früh auf. Was gibt's?«

»Die Shumai nehmen ein paar von der Sternenbande mit zur leeren Stelle im Südwesten.«

»Zur leeren Stelle?«

»Ja. Wir haben fast Frühlingsanfang. Seit vielen Jahren schon gehen einige von den Shumai bei jeder Tagundnachtgleiche hin, im Frühjahr und im Herbst, um zu sehen, wie der große Stab aus der Erde steigt.«

»Was? Wo hast du das gehört?«

»Letzte Nacht. Ich war da unten. Hagen, der Shumai, hat davon gesprochen. Winnt, der Sentani geht aus Neugier mit. Die Shumai behaupten fest, daß es einen Stab aus glänzendem Metall gibt, der am Rand der leeren Stelle aus einem Berghang hervorkommt. Ein Jäger hat ihn durch Zufall vor einigen Jahren zum erstenmal entdeckt. Jetzt geht eine Gruppe von ihnen immer wieder hin und sieht sich das an. Immer genau zur Tagundnachtgleiche. Der Stab bleibt nie aus.«

»Hm. Kommt er jemals in der Zeit dazwischen?«

»Ich weiß es nicht. Sie glauben nicht. Ich bin jetzt zu müde, um viel darüber nachzudenken. Außerdem möchte ich aus diesem unglaublichen Regen heraus. Ob er wohl jemals aufhört? Es wundert mich, daß wir noch keine Überschwemmung haben.«

»Im Norden gibt es dieses Jahr nicht viel Schnee, wie ich höre. Aber schau! Sogar in diesem schwachen Licht sieht man, daß der Fluß randvoll ist.«

»Wo wohl die nächste Wache bleibt? Es ist Zeit zum Schlafen. Schau nur, es wird schon hell!«

Die kleinere Gardistin hob ihr Kurzschwert auf, schnallte es sich um und murmelte dabei: »Ich höre die Ablösung kommen.«

Die zwei neuen Gardisten erschienen auf der Turmplattform und salutierten, schläfrig, aber in guter Form. »Wo ist Ahroe?« fragte die größere Gardistin.

»Sie geht mit. Mit denen da unten, um den Stab aufsteigen zu sehen.«

»Ahroe? Warum? Heißt das, daß Stel auch mitgeht?«

»Ja. Alle beide. Ahroe sieht sich die Sache als Repräsentantin an. Als Gardistin. Der Rat ist der Meinung, wir sollten Notiz davon nehmen. Und Stel – nun, da sie geht, hielt man es für eine Sache der Höflichkeit, ihn auch mitkommen zu lassen.«

Die große Gardistin lachte. »Sie wird jedenfalls gut auf ihn aufpassen«, sagte sie, während die beiden Nachtgardisten langsam die gewundene Treppe hinuntergingen.

Unten am Ufer hielt Hagen Ahroes Sohn Garet an der Hand, als die Boote zu Wasser gelassen wurden. Der Junge war ungefähr elf und unglücklich, weil man ihn zurückließ. Stel lachte, als er sich niederhockte und den Jungen auf die Stirn küßte. »Sei brav«, sagte er. »Schlag Hagen nicht zusammen. Reiß die Stadt nicht nieder. Lern schön. Wir bleiben nicht lange fort. Wenn du drei Jahre älter wärst, könntest du vielleicht mitkommen.«

Garet machte ein sehr finsteres Gesicht und schob die Unterlippe vor. »Komm, Garet!« sagte Ahroe. »Schau wie ein Gardist.«

Er versuchte es, aber das Ergebnis wirkte komisch. Niemand lachte jedoch über ihn.

»Garet«, begann Hagen sanft. »Wir gehen jetzt hinauf auf

die Felsen und schauen zu, wie die Boote flußabwärts schwimmen. Komm jetzt! Aber erst holen wir dir noch einen Mantel.«

Ahroe stieß das Pfeilboot schnell ab. Sie ruderten hinaus zur Flotille der Sentani und schlossen sich ihr an, ein wenig schauderten sie im kalten Regen draußen auf dem Wasser. Die Sternenbande der Sentani war, geordnet wie immer, schon in Bootsformation. Die Jagdläufer der Shumai verstanden wenig vom Bootfahren und hatten keine Formation. Aber sie waren ungeduldig, weil es fast Zeit war für das Aufsteigen des Stabs, und paddelten kräftig. Tor, ihr Axtschwinger, stand schlank und breitschultrig in der Mitte des größten Kanus. Er wiegte sich leicht mit den Bewegungen des Bootes, während seine Ruderer die Blätter ins Wasser stießen und sich in den Rhythmus der langen Schläge hineinfanden, die sie den ganzen Tag durchhalten würden. Die seltsame Flotte bewegte sich durch den grauen Frühlingsmorgen flußabwärts.

Beim dritten vorspringenden Felsen, dem vorgeschriebenen Platz, schickten die Gardisten auf dem Turm die langen, schwermütigen Töne zum Aufbruch und zum Abschied aus ihren großen Trompeten herab, und die ganze Gruppe hob als Erwiderung kurz die Ruder. Der Regen hielt an, und das rhythmische Paddeln wurde fast zu einer hypnotisierenden Erleichterung, etwas, womit man sich beschäftigen und warm halten konnte.

Sie ruderten mit nur einer Pause am Mittag bis nach Einbruch der Dunkelheit, dann zogen sie die Boote weit auf das Westufer hinauf, weg vom Fluß. Hier gab es keine Felsen, und das Wasser stand bis weit zwischen die Bäume am Ufer.

Zwei Shumaijäger waren drei Tage zuvor vorausgelaufen. Sie hatten ein riesiges Feuer angefacht, auf dem große Stücke Wildrindfleisch brutzelten. Es wurde jedoch nicht viel gesungen oder gefeiert. Nachdem alle gegessen hatten, krochen sie, müde bis auf die Knochen vom Rudern, unter die Boote und legten sich schlafen.

»Wird es eine Überschwemmung geben?« flüsterte Ahroe.

»Vielleicht eine kleine«, antwortete Stel. »Die Sternenbande hat aber gesagt, daß oben im Norden, nahe des Bittermeeres, der Schnee diesen Winter nicht sehr hoch lag. Ich glaube nicht, daß wir eine große Überschwemmung bekommen.«

»Vor neun Jahren hätte ich nicht geglaubt, daß ich das jemals sagen würde, aber es ist schön, wieder unterwegs zu sein.«

»Mit dir. Komm näher! Bist du ganz aus dem Regen?«

»Los, Stel. Küß mich – und dann wollen wir schlafen. Glaubst du, daß da etwas dran ist? An diesem Stab?«

»Natürlich. Ich möchte nur wissen, was.«

»Wir werden sehen. Es ist weit zu laufen. Gute Nacht.« Ahroe legte sich hin, ihr zierliches Handgelenk ruhte auf Stels Schulter. Er bewegte sich nicht, bis sie tief eingeschlafen war, dann steckte er ihren Arm sanft in den Schlafsack und wickelte ihn um sie.

Der Morgen zog grau und naß herauf. Die Bande zog die Boote zur Sicherheit noch weiter hinauf und machte sich in der Dämmerung auf den Weg, sie kauten Wildrindfleisch und trabten langsam voran, mit der Zeit durchquerten sie in einem munteren Morgentempo das Tiefland, kamen hinauf in höheres Gelände, durch Prärie und Wälder, weg vom Fluß. Die ganze Landschaft war durchnäßt, aber die Schreie der Gänseherden, die hoch oben in ihren großen, bogenförmigen V-Formationen nach Norden flogen, klangen wild und fröhlich, die mitreißenden Töne drangen durch den Frühjahrsnebel herunter.

Die Mittagspause war lang, nicht weil die aus Angehörigen der verschiedenen Heart-Fluß-Völker gemischte Gruppe erschöpft gewesen wäre, sondern weil sie wußten, daß sie an diesem Nachmittag noch eine weite Strecke zu laufen hatten. Durch den feuchten Boden hatten jedoch einige wunde Füße bekommen, und viele wollten ihre weichen Laufstiefel ein wenig an den drei Feuern trocknen und kneteten sie, damit sie geschmeidig blieben. Insgesamt hatten sich den zwölf Shumai einundzwanzig Sentani angeschlossen. Stel und Ahroe waren die einzigen Pelbar. Sie hatten an diesem Nachmittag und Abend noch weitere zweiundzwanzig Ayas zu laufen. Der große Stab sollte am nächsten Morgen aufsteigen.

Der Nachmittag wurde den beiden Pelbar, die das Laufen nicht mehr gewöhnt waren, sehr lang, sie blieben zurück und wurden kurz vor Sonnenuntergang von zwei kleinen Banden junger Shumai überholt, die von anderswoher kamen, um sich den Stab anzusehen. Ahroe verdroß es besonders, als sie sah, wie die jungen Männer so mühelos an ihnen vorbeizogen und den Pfad vor ihnen entlangliefen. Stel machte sich aus solchen Dingen wenig. Laufen war für ihn keine Sache des Stolzes, sondern nur ein Mittel, um irgendwohin zu kommen. Ihn trieb allein seine Neugier weiter, und die Freude daran, sich wieder frei in offenem Gelände zu bewegen.

Lange nach Einbruch der Dämmerung sahen die beiden den Kreis von Feuern vor sich. Er war groß. Fast zweihundert Shumai hatten sich versammelt, um den Stab zu sehen. Die Pelbar erkannten bald, daß das für die Shumai zu einer Art von Frühjahrstreffen geworden war, ehe sie sich im Sommer zerstreuten, um den Herden der Wildrinder nach Westen zu folgen.

Es herrschte Feststimmung, an einigen Stellen gab es Musik und Gruppentänze. Ein großer Wildstier war im ganzen über einer großen Grube gebraten worden, und jeder war eingeladen, sich soviel Fleisch abzuschneiden, wie er nur wollte. Das Erscheinen der Sentani und schließlich der beiden Pelbar verlieh dem Treffen eine Art Familienatmosphäre, wie sie die Völker des Heart-Flusses seit dem großen Kampf in Nordwall vor mehr als zehn Jahren, der die Feindseligkeiten zwischen den drei Kulturen beendet hatte, immer mehr genossen.

Stel, der musikalisch war, hörte schon heraus, daß die Sentani-Improvisationen, die in regelmäßiger Progression mit Variationen durchgeführt wurden, die wildere Shumaimusik beeinflußten. Sogar einige Melodiemuster der Pelbar hörte er, und bald hatte er sich einer Gruppe von Instrumentalmusikern angeschlossen, wo er mit seiner Flöte einen Beitrag zu dem Saitenensemble leistete.

Hinter ihm saß Winnt, der Sentani aus Koorb, bei Ahroe. Sein Sohn Igna lag neben ihnen unter seiner Fellrolle, erschöpft von dem langen Lauf. Winnt sehnte sich ganz offensichtlich nach Ursa, seiner Pelbarfrau, die er gegen Ende der Feindseligkeiten, kurz vor der großen Schlacht von Nordwall, geheiratet hatte. Das Pelbarverhalten, das Ahroe an den Tag legte, half ihm darüber hinweg. Außerdem war sie außer Ursa die einzige Pelbarfrau, die sich weit von den drei steinernen Pelbarstädten am Heart-Fluß, Nordwall, Pelbarigan und Threerivers, entfernt hatte. Ahroe und Stel waren vor mehreren Jahren über die westlichen Berge gezogen, und sie hatten die gleiche distanzierte Lässigkeit wie die meisten im Freien lebenden Menschen, sie waren wachsam und ruhig, unerschütterlich und fähig, Krisen unerschrokken zu begegnen, obwohl sie friedfertig waren.

»Was glaubst du, was für ein Stab das ist?« fragte Winnt.

Ahroe schüttelte den Kopf. »Wer weiß? Er hat unbedingt etwas mit der Zeit des Feuers zu tun, weil er sich mitten in einer leeren Stelle befindet. Vielleicht ist es eine Vorrichtung, die die Alten zurückließen, und die sinnlos weiterarbeitet, nur auf irgendeine innere Steuerung reagierend. Sie waren ja zu sehr vielem fähig vor der Zeit des Feuers.«

»Aber etwas zurückzulassen, was elfhundert Jahre funktioniert?«

»Ja, das kann man sich kaum vorstellen.«

Tor der Axtschwinger ging mit einer Scheibe Fleisch auf seinem kleinen Messer vorbei. Als er Winnt und Ahroe sah, blieb er stehen und hockte sich nieder. »Sie sagen, daß der Winterregen das Gebäude unter dem Stab freigelegt hat. Erst letztes Jahr haben wir entdeckt, daß da überhaupt eines war. Jetzt rutscht die Erde weg, und ein großer Teil des alten Gebäudes ragt unter dem Rand der leeren Stelle aus dem Hang hervor.«

»Stel sagte schon, daß es da irgendein Gebäude geben muß«, bemerkte Ahroe.

»Es ist sehr groß und keine Ruine. Sicherlich stammt es aus uralter Zeit. Es ist anscheinend aus diesem künstlichen grauen Stein, den die Alten machen konnten, sehr widerstandsfähig, aber jetzt wird es nicht mehr sehr lange halten.«

»Warum?«

»Das eine Ende ragt schon heraus. Es hat lange Pfeiler aus künstlichem Stein und quadratische Steinkästen an den Enden. Wenn die Erosion so weitergeht, wird es ausgewaschen und stürzt ein.«

»Der Stab kommt aus diesem Gebäude?«

»Aus der Decke. Es heißt, man kann jetzt sehen, wo er befestigt ist. Aus der anderen Seite ragt auch ein Kasten hervor, aber den sehen wir nicht, weil er draußen, über der leeren Stelle liegt.«

»Bei all dem Regen und der Erosion«, sagte Winnt, wird das Gift vielleicht so weit weggewaschen, daß man die leere Stelle gefahrlos betreten kann.«

»Vielleicht. Jetzt aber noch nicht. Doch das Gras und das Unkraut vom letzten Jahr ziehen sich schon den Abhang hinunter. Die leere Stelle schrumpft. Die Pflanzen am Rand wachsen jedoch in eigenartigen Formen und seltsam verdreht, wie ich das schon früher in der Nähe von leeren Stellen gesehen habe.« Tor stand auf und streckte sich. Als er sich zum Gehen anschickte, drehte er sich noch einmal um, die Axt an seiner Hüfte kam ins Schwingen und schlug gegen seinen Körper. »Noch etwas. Sie sagen, man kann jetzt sehen, daß das Ende dieses Gebäudes höher und abgerundet ist, wie die Ruine nahe am Fluß, an der großen Biegung.«

»Eine Kuppel«, überlegte Stel. »Eine große Kuppel also.«

»Eine Kuppel. In Koorb gibt es auch eine, die ist eingestürzt und verbrannt, steht aber nicht in einer leeren Stelle, so daß man sie besichtigen kann. Sie ist jetzt fast verschwunden, aber es ist das, was die Sentani eine Kuppel nennen – wie die an der großen Biegung.«

»Sie sieht aus wie ein Menschenschädel, ein großes Stück Schädelknochen, sagt jedenfalls Konta.«

»Morgen früh werden wir es sehen.«

»Ich glaube, es wird wieder regnen.«

»Das fürchte ich auch. Hoffentlich haben wir die Boote weit genug hochgezogen. Ich möchte schnell wieder nach Koorb, was, Igna?«

Der Junge antwortete nicht, obwohl er wach war und zuhörte.

»Wenn es wirklich regnet, gibt es ein kleines Stück weiter südlich eine Felsnase mit einem Überhang«, sagte Tor. »Ein paar Leute bringen ihre Fellrollen schon dorthin.«

»Danke, Tor«, sagte Ahroe. »Ich bin schlaff wie ein Kaninchenfell, wie man im Westen zu sagen pflegt. Wir sind dir dankbar für deine Freundlichkeit.«

Der Axtschwinger hielt verlegen inne. »Ahroe, nicht daß ich nur deshalb freundlich wäre, aber ich überlege gerade, ob ich dich und Stel wohl um etwas bitten kann. Es ist eine große Sache. Eigentlich wollte ich es gar nicht tun. Es geht um Tristal, meinen Neffen. Ich muß hier auf ihn warten. Er sollte mit der Zar-Reef-Bande kommen, aber die ist nicht da. Ich fürchte, es liegt daran, daß er kein großartiger Läufer ist. Er ist der Sohn meines Bruders, aber mein Bruder und seine Frau sind in dem Feuer umgekommen, bei dem vor ein paar Jahren eine große Fläche der Langgrasprärie im Süden, in der Nähe des Oh verbrannt ist, und Tristal blieb allein zurück.

Er ist vierzehn. Ich bin sicher, daß er den Lauf nach Westen nicht durchhalten wird – er müßte jetzt hier sein. Die Wilden sind dieses Jahr früh gekommen, wir müssen weiter. Es ist für Tris auch schwer. Er ist dünn – nun ja, eher dürr. Aber er ist ein braver Junge. Ich denke mir oft, er braucht ein seßhafteres Leben, bis er reif ist und seine Brust breiter wird – falls es je dazu kommt.

Gibt es eine Möglichkeit, daß ihr in Pelbarigan etwas für ihn zu tun findet? Ich weiß, daß einige Shumai für die Pelbar arbeiten, und bei Nordwall gibt es jetzt eine ziemlich große Kolonie von Leuten, die Landwirtschaft betreiben – es möge ihnen vergeben werden – und Holz schlagen.«

»Ich bin sicher, daß wir etwas tun können«, gab Ahroe zurück. »Er kann auch bei uns wohnen. Wir sind jetzt außerhalb der Mauer, und Hagen ist bei uns.«

»Hagen?«

»Er ist ein Shumai, ein alter Mann, mit dem ich nach Westen gezogen bin. Er ist mir wie ein Vater.«

»Wie ein Vater? Lebt er jetzt immer bei euch?«

»Ja. Im Augenblick kümmert er sich um Garet, unseren Sohn. Selbst hat er anscheinend keine Bedürfnisse, aber er braucht Menschen, für die er sorgen kann. Schließlich braucht dein Neffe nicht Arbeit. Er braucht jemanden, der ihn liebt.«

Tor schnaubte. »Ein Shumaimann mag das ganz gern haben, aber er braucht es niemals.«

Ahroe streckte unvermittelt die Hand aus und tätschelte Tors Bein, wie er so dastand, dann lächelte sie und lachte schließlich laut heraus. »Schon gut, Tor. Aber ich habe Shumai kennengelernt, die das sehr gern haben und denen man kaum mehr anmerkt, daß sie es nicht brauchen. Und jetzt hole ich wohl besser Stel, wenn ich ihn von seiner Musik losreißen kann. Es ist Schlafenszeit, richtig? Wo ist deine Felsnase? Kommst du mit, Winnt? Schläft Igna schon?« Aber sie blieb nicht stehen, um eine Antwort abzuwarten, und die beiden sahen ihr nach, wie sie, steifbeinig vom Laufen, davonging.

Die beiden Männer sahen sich an. »Sie ist schon eine prima Frau«, sagte Winnt, »für eine Pelbar.«

»Sie ist eine prima Frau und sie wird sicher gut sein zu Tristal. Und Stel ist noch besser.«

Tor streckte die Hand nach unten, und die beiden berührten sich mit der rechten Handfläche. Dann hob der Axtschwinger seine Fellrolle auf und ging leichtfüßig auf die Felsnase zu.

# ZWEI

In der Nacht hatte es etwas geregnet, die erste Dämmerung brachte grauen Himmel, durchweichten Boden und feuchten Wind, aber keine Regenfälle mehr. Die ganze Versammlung wurde früh munter und stand ohne Feuer oder Essen auf, alle wanderten aus dem Lager und stiegen hinauf zum Rand des Hügels im Westen, der die Grenze der Verbrennung markierte, der leeren Stelle aus der Zeit des Feuers.

Als es heller wurde, sahen Stel und Ahroe ein trostloses Ödland, von viel mehr Rinnen durchzogen als die leeren Stellen des Westens, mit den typischen, glasigen Oberflächen, wo das Land zu einem massiven Belag zusammengeschmolzen war, hier jedoch durchschnitten, zerfurcht, vom Regen zernagt. Nicht sehr weit unten an dem Hang vor ihnen ragten undeutlich die Umrisse eines Gebäudes aus alten Zeiten aus dem Berg hervor, aus künstlichem Stein, den die Pendler ›Beton‹ nannten. Die Kuppel am Ende hing schon jetzt halb in der Luft, einige ihrer Pfeiler ragten ins Leere.

Während der Himmel langsam heller wurde, ungefähr zur Zeit des Sonnenaufgangs, den man wegen der Bewölkung nicht sehen konnte, glitt klein und weit entfernt ein Quadrat in der Kuppel auf, und ein langer Stab stieg langsam höher und höher in die Luft. Die Spitze war verbogen und schien irgendwie gespalten, als sei ein nicht dazugehöriges Metallstück darangeschweißt. Endlich stieg der Stab nicht mehr weiter. Als er sich dann langsam drehte, ging ein ehrfürchtiges Raunen durch die Menge. Der Stab hielt an. Dann drehte er sich in die entgegengesetzte Richtung und sank langsam in die Kuppel zurück. Das kleine Quadrat schloß sich und paßte sich so ein, daß man von der Hügelkuppe aus nicht so leicht sehen konnte, wo es sich befand.

Lange Zeit bewegte sich niemand, keiner sprach. Das Auftauchen des Stabes konnte nach der Pelbaruhr nicht mehr als vier Sonnenbreiten gedauert haben. Ahroe schaute Stel an. »Jemand ist da drinnen«, sagte er.

»Oder ein Mechanismus.«

»Vielleicht. Aber was ist, wenn wirklich jemand drin ist? Wir sollten es wissen.«

»Wie denn? Schau doch! Es ist eine leere Stelle.«

Stels Augen wurden schmal, aber er sagte nichts. »Stel«, sagte Ahroe. »Stel. Du darfst nicht auf die Idee kommen, da hineinzugehen. Schau doch, was mit Stantu passiert, dem Shumai in Nordwall! Schau dir die Ozar an! Das ist ein langsamer qualvoller Tod.«

Stel legte den Arm um sie. »Ich weiß nicht«, sagte er. »Vielleicht gibt es doch eine Möglichkeit. Aber nicht heute. Darüber sprechen wir zu Hause.

»Ja, Stel. Ich weiß, daß dir das keine Ruhe mehr lassen wird.«

Er lachte. »Ich glaube, ich sollte die Kuppel aufzeichnen, jedenfalls, soweit ich die Dimensionen von hier aus erkennen kann. Schau! Ein paar von den Leuten brechen schon auf.«

Tor kam zu ihnen herübergeschlendert. »Was meint ihr?« fragte er.

»Wir sind nicht sicher«, sagte Ahroe. »Stels erste Reaktion war, daß da drin Menschen sind. Aber die müßten noch von der Zeit des Feuers her in diesem Bau sein, und das sind ungefähr elfhundert Jahre. Wir wissen, daß das unmöglich wäre.«

»Wirklich?« fragte Stel. Dann sah er den Ausdruck auf den Gesichtern der anderen. »Ja, doch, wir wissen es«, fügte er hinzu.

»Da ist noch etwas wegen Tristal«, sagte Tor.

»Ja?«

»Er hat eine Hündin. Er hängt schrecklich an ihr.«

»Ein Shumaihund? Eines von diesen Riesenviechern?«

»Groß ist sie schon, aber sehr sanft. Könntet ihr euch mit einem Hund in der Nähe abfinden?«

Ahroe schaute Stel an und merkte an seinem Gesicht, daß er glaubte, es würde ihm Spaß machen. Da die Pelbar schon so lange hinter Mauern lebten, hatten sie nur wenige Haustiere, und die waren klein und dienten im allgemeinen bestimmten Zwecken, wie die Botenvögel, die Nachrichten von einer Stadt zur anderen trugen.

»Dann hat Hagen jemand, der ihn auf der Jagd begleitet«, sagte Stel. »Natürlich müssen wir den Hund haben. Es wird ihm gut gehen.«

Tor legte Stel die Hand auf die Schulter, als sich der Pelbar niederhockte und zu zeichnen begann. »Ihr seid gute Menschen. Ich werde hier auf ihn warten und bringe ihn dann nach Pelbarigan.« Er blickte hinunter auf die Zeichnung, die Stel angefangen hatte. »Das ist sehr gut. Du hast es genau wie in Wirklichkeit hingekriegt. Sie ragt dieses Jahr soviel weiter heraus. Schau nur, wie die Erde darunter weggerutscht ist. Ich fürchte, noch so ein nasses Jahr wie heuer, und das ganze Ding bricht zusammen. Da ist außerdem etwas Neues. Dieser schwarze Fleck in der Nähe der Kuppel. Den habe ich noch nie zuvor gesehen. Schau! Da sickert etwas aus der Erde heraus.«

Sie schauten hin und sahen unterhalb der Kuppel einen Fleck, der zähflüssig und glänzend schien. Tor zuckte die Achseln. »Nun, ich gehe jedenfalls nicht hinaus, um davon zu kosten. Jetzt habt ihr es also gesehen. Das Aufsteigen des Stabes. Seltsam ist es schon. Wollt ihr heute aufbrechen?«

»Ja. Wenn Stel fertig ist.«

»Dann einstweilen Lebewohl. Ich muß nach Süden laufen und sehen, ob die Zar-Reef-Bande kommt.« Er tauschte die Abschiedsgesten mit ihnen und brach auf, seine zweischneidige Axt klatschte beim Laufen gegen seinen rechten Schenkel.

Der Raum leuchtete in gelbem Schein. Er war quadratisch und wurde von einem langen, über die Decke laufenden Streifen erhellt. Um einen langen Tisch aus abgewetztem, gestrichenem Metall scharten sich acht Menschen, dünn und leicht gebückt, in einteiligen Kleidungsstücken, die wie Körperstrümpfe aussahen, aber lockerer saßen, meist dunkel, anthrazitgrau. An einer Wand bewegte sich eine Reihe leuchtender Punkte auf einem großen Bildschirm. Ein alter, dunkelhäutiger Mann betrachtete den Bildschirm und sagte:

»Die Komps schicken sich an, die Stange auszufahren. Wir haben jetzt Zeit für deinen Bericht, Susan, nachdem du darauf bestehst.«

Er blickte hinüber zu einer kleinen, uralten, ein wenig grimmig aussehenden Frau, die gebückter dasaß als die anderen.

»Wieviel wollt ihr hören? Im ganzen würde es einige Zeit dauern.«

»Du brauchst nur zusammenzufassen. Wir kennen die Geschichte alle.«

»Das glaubt ihr. Ihr wollt mich wohl bei Laune halten. Dann werde ich ...«

»Sag mal, Susan«, sagte ein gedrungener Mann nachdenklich. »Warum hast du den Nachnamen Wart angenommen – und erst vor so kurzer Zeit? Bist du die Wärterin in diesem Gefängnis? Die verschrumpelte Wärterin in einem verborgenen Gefängnis?«

»Butto – sei bitte still!« sagte eine zweite Frau, jung und sehr schön. »Laß uns zur Sache kommen!«

Susan räusperte sich. Dann legte sie ihr altes Hackbrett aus echtem Holz, liebevoll mit Plastik ausgebessert, zur Seite. Ihr dünner Körper wirkte kräftig, hing aber lose um ein Knochengerüst. In alten Zeiten hätte man sie, wie auch Royal, den zweiten alten Menschen hier, eine Schwarze genannt. Die übrigen Prinzipale, die alle in dem Raum versammelt waren, waren weißhäutig wie die meisten Komps.

»Es ist alles recht traurig«, begann sie. »Ihr müßt versprechen, mich nicht zu unterbrechen.«

»Ja, einverstanden«, seufzte Royal.

»Also gut«, begann Susan. »Wie wäre es, wenn wir mit einem Kapitel offizieller Geschichte anfingen? Hier. Ich werfe sie auf den Schirm.«

Sie berührte eine Reihe von Quadraten auf dem Tisch, und auf der Wand leuchtete ein gedruckter Text auf:

Nach vielen Diskussionen gelangte der ursprüngliche Rat zu dem Entschluß, das richtige Verhältnis auf der Arbeitsebene sei mit zwanzig Prinzipalen und dreißig Komponenten aufrechtzuerhalten. Die Entscheidung, welche von den Leuten Komponenten werden sollten, erwies sich als schwierig, da man ihnen die niedrigen Arbeiten in Kuppel und Ebenen zuweisen würde, aber man entwickelte eine Batterie von Intelligenz- und Anpassungsfähigkeitstests, und die zwanzig besten wurden dazu auserwählt, die Prinzipale zu werden. Überraschenderweise waren die anderen ziemlich freudig damit einverstanden, denn sie wußten ja, daß aller Wahrscheinlichkeit nach die Zukunft der Menschheit in ihren Händen lag. Sie meldeten sich freiwillig als Komponenten und unterwarfen sich widerstandslos dem notwendigen Drogenprogramm, das garantieren sollte, daß ihre Persönlichkeit nicht von der Gelassenheit und der ruhigen Entschlossenheit abwich, die notwendig waren, um Kuppel und Ebenen auf höchster Effizienz zu halten. Dieses Verhältnis wurde seitdem sorgfältig und auf wissenschaftliche Weise beibehalten, und es hat zu einem so reibungslosen Funktionieren geführt, daß es ein Beweis für die Weisheit der Gründer und ihrer Ziele und Strategien ist. Es besteht daher die Hoffnung, daß künftige Generationen es ebenfalls für angebracht halten, der Weisheit gerechter Proportionen zu folgen, und daß die Genetiker ihre Operationen dementsprechend planen.

»Mit diesem Text seid ihr sicher alle vertraut«, sagte Susan trocken. »Nachdem Royal vorschlug, ich solle eine unabhängige Untersuchung unserer Geschichte durchführen, damit ich ihm nicht in die Quere käme, fand ich heraus, wie falsch diese Geschichte ist. Je genauer ich mir die ganze Sache angesehen habe, desto faszinierter war ich.«

»Ja, ja. Was hast du herausgefunden?«

»Ich habe genügend Plastikdokumente und Bänder gefunden, die darauf hinweisen, daß eine Zelle von Chefwissenschaftlern unter sich beschloß, die Bevölkerung auf fünfzig zu verringern. Natürlich waren sie – die Chefwissenschaftler – dabei vollzählig mit eingeschlossen. Aber sie berechneten sorgfältig die zur Verfügung stehenden, biologischen und chemischen Ressourcen, entschieden dann, da sie das Quantum wiederverwertbaren Materials einschließlich des organischen kannten, das gegenwärtig am Menschsein beteiligt ist, in aller Stille über die zum Rassengleichgewicht, zur Erziehung und zur Stabilität geeignete Menschenmischung und gingen daran, die übrigen zu liquidieren. Das war offenbar nicht so einfach. Sie hatten große Schwierigkeiten mit einigen instabilen, das heißt widerspenstigen Typen, besonders mit einer Gruppe, die von einer Frau namens Sheela Winehimer, einst Labortechnikerin in der ursprünglichen Anlage zur Arzneimittelherstellung, angeführt wurde. Es kam zu einem heftigen Kampf. Die Unterlagen berichten, daß er auf Ebene drei im Südwestquadranten stattfand. Ich bin hingegangen und habe Spuren davon an den Wänden gefunden, obwohl man sie ausgebessert hatte.

Also hat unsere Geschichte mit einem Massenmord begonnen, und ...«

»Wie es der Mensch immer getan hat und immer wieder tun wird«, sagte Butto kopfschüttelnd.

»Du hast wieder diesen Dichter, diesen Jeffers gelesen«, sagte Dexter, ein zweiter, junger Mann, sarkastisch.

»Ich möchte«, unterbrach Susan sanft, »mit einem anderen Mythos fortfahren. Die offizielle Geschichte behauptet, daß die Genetiker das Größenniveau der Komps sofort senkten. In Wirklichkeit waren die Komps einige Jahrhunderte lang genauso groß wie die Prinzipale, und die Entscheidung, sie zu miniaturisieren, hatte ihren Ursprung in einer geheimen Liaison zwischen einem Genetiker und einem Komp. Das störte die starre Sozialstruktur und löste einen Aufstand aus. Man schritt zur Miniaturisierung, um sicherzustellen, daß das nie wieder geschehen würde.«

»Eine Liaison? Aber die Komps sind sterile Männer. Sicher ...«

»Das war nicht immer so. Sie gehörten beiden Geschlechtern an und haben lange Zeit zusammengelebt ...«

»Unsinn. Schau! Die Signale von den Komps kommen herein«, sagte Zeller, ein Mann mit braunen Haaren und einem langen Gesicht.

Eine Reihe von Lichtern veränderte sich, wanderte über

den Bildschirm und bildete Zahlenreihen. Alle wandten sich dem Bildschirm zu, um sie zu begutachten.

»Da haben wir es. Genau wie immer. Starke Strahlung, wohin der Scanner sich auch wendet. Es ist schwer zu glauben. Wenn es nur eine Möglichkeit gäbe, es nachzuprüfen.«

»Hinausschicken können wir niemanden. Keiner unserer Schutzanzüge hält etwas wie diese Strahlung lange aus. Wir können nicht einfach jemanden opfern.«

»Aber sieh doch. Wie gewöhnlich zeigt der getrennte Lufteinlaß keine Strahlung, ja sogar weniger Hintergrundstrahlung als gewöhnlich.«

»Das liegt am Wetter. Am Regen. Da wird kein Staub aufgewirbelt.«

Die schöne Eolyn meldete sich mit ihrer überraschend tiefen und vollen Stimme zu Wort. »Verlang bitte den Bericht vom Sichtfenster, Royal! Mal sehen, was die Komps zum Wetter und zur Umgebung zu sagen haben.«

Royal berührte mehrere Knöpfe. Eine Stimme kam von der Decke, gleichzeitig wurde das, was sie sagte, in Lichtbuchstaben an die Wand gedruckt. »Die Aussicht ist die gleiche, aber die Erosionsrinnen sind tiefer. Die Pegelrinne hat sich seit der letzten Messung um siebenundneunzig Zentimeter vertieft. Die nördlich davon um annähernd einhundertzwanzig Zentimeter. Die glasige Oberfläche bröckelt ab. Jetzt fällt gerade kein Regen, aber vorher ist viel Regen gefallen. Die Landschaft zeigt immer noch keine Anzeichen von Leben. Wenn der Abhang der Kuppel so verwittert ist wie der Aussichtshang, dann wird die Kuppel freigelegt.«

Bei diesem letzten Satz zog Ruthan, eine andere, junge Frau, scharf den Atem ein. Eolyn betrachtete sie mit leicht gerunzelter Stirn.

»Die Gefahr wächst also«, sagte ein älterer Mann.

»Die Kuppel hat bisher gehalten und wird weiter halten. Sie muß halten. Wir könnten die letzten Menschen auf dem Planeten sein. Das letzte Leben. Wir müssen die Strahlung überdauern. Der Regen wird uns helfen. Er wird sogar den tief verseuchten Boden wegwaschen.«

»Das hat er nie getan.«

»Zeit für die anderen Berichte«, sagte Royal. »Zeller, gib uns das Material!«

Zeller berührte ein weiteres Quadrat von Knöpfen. Als die Reihen auf dem Schirm erschienen, intonierte er: »Algen: normal. Energie: normal. Luftaufbereitung: normal. Organisches Recycling: normal, bis auf die ganz leichte, saisonal bedingte Senkung. Wir müssen besser isolieren, damit das nicht mehr vorkommt. Hydroponik: normal. Saatgutkonservierung: normal. Tungstenrückgewinnungsprojekt: 40 Prozent. Freonkonzentration: zufriedenstellend. Vorhandensein unerwünschter organischer Stoffe: Zero. Ölvorratsstand ...«

Als Zeller innehielt, blickten alle auf. Sie waren wie vor den Kopf gestoßen. Royal hob die Hand. »Gib die Zahlen noch einmal ein, Zel!«

Zeller gehorchte, aber das Ergebnis blieb das gleiche. »Vielleicht eine Störung in den Sensoren«, bemerkte Royal.

»Das können wir überprüfen«, sagte Zeller. »Ich werde Druck und Strömung von der oberen Kammer zum Geweberaum verlangen. Das läßt sich leicht zurückleiten.«

Zeller schickte mit flinken Fingern die Befehle los.

Auf dem Schirm erschien eine Reihe von Nullen.

»Die untere Kammer wird es uns verraten«, sagte Zeller nervös. »Sie hat einen getrennten Schaltkreis. Vielleicht eine Störung.« Wieder gab er die Zahlen ein. Wieder war auf dem Schirm eine Reihe von Nullen zu sehen.

»Die Alten«, sagte Butto, »hatten nie vorgesehen, daß dieser Tank so lange halten sollte. Er hat nachgegeben. Wir haben unseren Ölvorrat verloren.«

»Aber es wurden doch wiederholt im Inneren Reparaturströme hineingepumpt, sogar als Vorsichtsmaßnahme. Man hat alle Sorgfalt walten lassen«, sagte Zeller.

»Reparaturen von innen erhalten die Struktur nicht«, gab der prophetische Butto zurück. »Mit der Zeit bricht alles zusammen. Versorgung von außen ist erforderlich. Wir sind ein Samenkorn in einer undurchdringlichen Schale und essen uns selbst auf. Nun beginnt sogar die Schale zu zerbröckeln. Wir müssen wachsen oder sterben. Es ist besser wenn wir sterben, falls wir sonst eines Tages die Erde wieder so verwüsten.«

»Du bist ein Dichter, Butto«, sagte ein gemütlich aussehender alter Mann mit einer Mähne weißen Haares. »Deine Anschauungen sind umfassend, interessant und nichttechnisch. Zeller, was sind die Folgen ...«

Thornton Cohen-Davies wurde jedoch unterbrochen, weil durch die Schiebetür ein rothaariges Mädchen auftauchte, schmal und zierlich, mit einem sonderbar verzückten Gesicht. Sie wedelte langsam mit den Armen durch die Luft, ging im Zimmer herum und stieß leise bellende Laute aus. Zweimal umrundete sie den Tisch, während die Versammlung immer ungeduldiger wurde. Dann blieb sie bei Royal stehen, griff über seine Schulter und berührte seine Schalttafel so schnell, daß ihre Hände zu verschwimmen schienen. Der Bildschirm erwachte zum Leben, ein Muster von Punkten erschien, und als sie weiterhin Lichter abrief, bildeten sie einen riesigen Vogel mit langem Hals und breitem Körper, der mit großen Flügeln flog. Die Gruppe zuckte angesichts eines so grotesken Geschöpfes erstaunt zurück. Butto löschte plötzlich die Lichtzeichnung und murmelte: »Niemand, nicht einmal ein unausgeglichenes Kind sollte die Natur so verzerren dürfen. Die Vögel auf den Bändern sind Geschöpfe von makelloser Schönheit – nicht solche Scheusale. Seht euch doch diese geistige Verzerrung an!«

Celeste, das Kind, griff wieder über Royals Schulter, berührte die Schalttafel erneut rasend schnell. Alle blickten auf und sahen, wie sie ein geschwungenes, sich bewegendes V aus winzigen Kreuzen schuf und es über die Bildschirmwand schickte. Ein zweites folgte ihm. Celeste schaute verzückt zu. Butto wollte wieder löschen, aber Royal hatte sein Signal blockiert. Butto erhob sich und verließ mit einem erstickten Knurren und großen Schritten den Raum.

Royal schaute Celeste an und sagte: »Mein Kind, leg das auf den Speicher und überspiele es auf deinen eigenen Schirm. Wir haben hier ein ernstes Problem zu besprechen. Verstehst du? Geh jetzt! Wir müssen weitermachen.« Er erhob sich und führte das verlegene Mädchen sanft aus dem

Zimmer. Zeller fuhr fort, den Ölvorrat auf dem Schirm zu testen. Die Lichter besagten immer wieder, daß nichts mehr vorhanden war. Alle saßen schweigend da.

»Was schlägst du vor, Zeller?« fragte Royal.

»Eine genauere Untersuchung mit Einsatz von Komps.«

»Wirst du sie führen?«

»Natürlich.«

»Wir setzen die Besprechung später, um 3300, fort.« Alle bis auf Cohen-Davies standen auf und wollten gehen. Er blieb auf seinem Platz sitzen, rief dann das Vogelgeschöpf wieder ab, das Celeste auf den Schirm gebracht hatte, und saß sinnend davor.

Eolyn, die Frau mit der vollen Stimme, blieb am Schiebeabschnitt stehen und beobachtete ihn. »Was ist, Thor?« fragte sie.

Er schüttelte den Kopf. »Ich weiß nicht. Ich glaube mich an etwas zu erinnern. An etwas aus den zerstörten Speicherprogrammen. Was wäre, wenn ...? Vielleicht, wenn ich mir das hier lange genug ansehe.«

»Celeste kann zwar nicht sprechen, aber mit den Lichterreihen geht sie sehr geschickt um. Vielleicht können wir sie irgendwann im technischen Bereich einsetzen«, sagte Eolyn.

»Geschickter als jeder von uns übrigen«, entgegnete der alte Mann. Eolyn ließ ihn im gelben Licht sitzen, wo er den großen, plumpen, in Lichtpunkten umrissenen Vogel betrachtete, der majestätisch langsam über die Bildschirmwand flog.

Draußen blieb Susan auf dem Weg zu ihrem Zimmer stehen, um Buttos Rücken zu betrachten. Er schien ihr gekrümmter denn je.

»Butto.«

Er drehte sich um. »Nicht jetzt. Du vergrößerst ständig mein Elend, Wärterin.«

»Butto, keine Drogen mehr. Du brauchst sie nicht. Du hast Kraft genug, den Tatsachen ins Auge zu sehen.«

»Sind es denn Tatsachen?«

»Ja, natürlich. Ich werde dir die Daten zeigen.«

»Nein. Laß nur! War das alles?«

»Nein. Das war nur ein kleiner Teil. Aber eines habe ich

gelernt, nämlich, wie gefährlich es in unserer Vergangenheit war, wenn wir zu viele Drogen einsetzten, um unser Verhalten zu steuern. Das darfst du nicht tun.«

»Wir haben es immer getan.«

»Nein. Nicht immer. Es hat immer Drogenperioden und Charakterperioden gegeben. Eine unserer schönsten Perioden, ein kurzes, goldenes Zeitalter, kam unter der Führung eines Mannes, der sich ausgerechnet Benjamin Jefferson nannte. Als er Oberster Prinzipal war, komponierten wir das einzigemal Musik, die es mit der der Alten aufnehmen konnte. Wir rezitieren immer noch einige Gedichte aus dieser Zeit, und unsere einzigen drei Kuppelromane stammen aus einer Vierjahresperiode unmittelbar vor Ende dieser Ära. Ja, ein Roman, von dem du sicher gehört hast, ›Neugierige Ratten und aufgeblasene Füchse‹, wurde in Wirklichkeit von einem Komp gesprochen, wenn er auch mit Jefferson abgesprochen hatte, der Oberste Prinzipal solle ihn vorlesen, um ihn aufzuwerten.«

»Ein Komp? Das? – Ein gutes Buch. Ich habe es mir mindestens dreimal angehört. Was ist passiert?«

»Nun, das ist hier ein ziemlich langweiliger Ort, weißt du. Die Drogen stumpfen uns dagegen ab. Ohne sie gab es zum Teil rasende Langeweile, und die führte – wie du weißt – zu einem Aufstand der Komps, weiteren Tötungen und zu einer Wiederaufnahme der Drogenbehandlungen.«

»Nun, ist das denn nicht ein Beweis dafür, daß Drogen notwendig sind? Die destruktiven Tendenzen des Menschen müssen gezügelt werden.«

»Oh, Butto. Man kann auch die Vorstellung vertreten, daß der große Anstieg des Drogenkonsums bei den Alten in den letzten Tagen vor dem Holocaust vielleicht etwas mit der schrecklichen, städtischen Umgebung zu tun hatte, die sie sich schufen. Die Drogen dienten zum Teil dazu, die Welt, die sie sich geschaffen hatten, aus dem Bewußtsein auszuschließen. Diese Tradition setzte man hier fort. Schließlich wurden einige der Drogen hier hergestellt. In den alten Zeiten nahmen manche Menschen sogar Drogen, um aufzuwachen oder einzuschlafen.«

»Was ist dagegen einzuwenden? Ist das nicht ein Zeichen

für die überlegene Herrschaft des Menschen über seine eigenen, schrecklichen Neigungen? Wir können uns nicht von unseren Launen oder der zufälligen biochemischen Verfassung unserer elenden Körper abhängig machen.«

Susan sah ihn an. »Butto«, begann sie, aber er wandte sich ab. Sie schaute ihm nach, als er den Korridor hinunterschlurfte, dann wandte sie sich ihrem entfernten Zimmer und ihrer gewohnten Abgeschiedenheit zu.

Butto erreichte den Treppenabsatz und blickte zurück, das Stirnrunzeln auf seinem Gesicht vertiefte sich. Er stieg auf Ebene zwei und zum Drogenlabor hinunter, mischte flink mehrere Chemikalien auf einem Löffel, während er die Tür im Auge behielt. Dann leckte er blitzschnell die Kristalle vom Löffel, warf ihn in den Ultraschallreiniger, hängte ihn auf den Ständer und ging. Während er die Treppen weiter hinunterstieg, gab er auf seinem Gürtelkommunikator einen Privatkode an mehrere Komps ein.

Als er Ebene sieben erreicht hatte, suchte er sich den Weg durch die Lagerstapel zu einer entfernten Ecke, die er aus einer Laune heraus das ›Zimmer der dunklen Neun‹ getauft hatte, ein Ort, der von niemandem aufgesucht wurde, wie Butto annahm, außer von ihm selbst und seinen acht Lieblingskomps. Er war allein. Schnell warf er seinen Anzug ab, ließ sich nackt im Lotussitz nieder und zog seine massigen Beine zurecht. Seine Finger streckten sich, die Wände wurden hell und lebendig, zum zehntausendstenmal lief das Band des Dschungellebens vor der Zeit des Holocaust ab. Als die Drogen zu wirken begannen, beobachtete er, wie die Schatten und Bewegungen eckig wurden. Sein Gesicht nahm einen verzückten Ausdruck an, als die purpurnen Blätter von Unterholzgewächsen sich bewegten. Große Insekten flogen summend vorbei. Kleine Vögel, aquamarin- und jadefarben, flitzten von Blatt zu Blatt, und das von oben durchsickernde Licht, das die großen, haarigen, blaublättrigen Bäume kaum durchdringen konnte, bildete flackernde Formen auf dem Waldboden.

Butto wußte, daß jetzt gleich die Schlange kommen mußte, die große mit dem Edelsteinrücken und der vierfach gespaltenen Zunge, die mit ihren tausend winzigen Beinen über den Boden kroch. Butto liebte es, ihr zuzusehen, wie sie ihre Masse über einen faulenden, rosafarbenen Stamm schob und einen Augenblick lang auf der abbröckelnden Wölbung innehielt wie auf einer zweiten, größeren Schlange, auf ihren Schuppen zersplitterte Feuer in Honigtröpfchen, die die sich balgenden Fuschiakäfer auffraßen. Dann glitt die Schlange endlich weiter, die Linie ihres Körpers wurde kleiner, der Pfeil ihrer Schwanzspitze teilte sich, jedes Ende bekam einen Lichtstachel. Ja, vor dem Atomkrieg war die Erde schön gewesen.

»Wir verdienen«, sagte Butto laut, »keine zweite Chance draußen. Wir würden es wieder tun. Wir sind abscheulich, niemals so herrlich wie diese Schlange. Sogar die Blätter in der Hydroponik sind grün – häßlich und mutiert.« Wieder stimmte Butto das Gedicht von Parker Steinberg aus der fünften Generation von Kuppel und Ebenen an, eine klagende Aufzählung der Laster des Menschen und der Sehnsucht nach natürlichem Frieden auf der Erde. Während er die Hexameterpaare sang, umgeben von Bildern der sich bewegenden, purpurnen Blätter, stießen Komp 9 und Komp 11 zu ihm. Auch sie waren nackt und fielen wie in Trance in den Gesang ein, wiederholten die Verse immer und immer wieder. Die beiden Komps waren nur ungefähr einsdreißig groß und von zartem Körperbau. Ihre Gesichter schienen wie von einem Lack überzogen. Ihre Hände waren verschrammt, und ihre leeren Augen wirkten wie unreife Pflaumen.

Zeller ließ jeden Test durchlaufen, der ihm einfiel, und jeder ergab, daß das Öl aus dem Tank ausgelaufen war. Obwohl es keine so große Katastrophe war wie der Einsturz eines Stockwerks, bei dem vor kurzem sechzehn der fünfzig Menschen getötet worden waren, die die Bevölkerung von Kuppel und Ebenen ausmachten, war auch das ein größeres Unglück. Man hatte das Öl sparsam verwendet, um nötigenfalls Nahrungsmittel synthetisch herstellen zu können, Gewebe zu produzieren und das Plastik zu gießen, aus dem fast alles in dieser abgeschlossenen Kultur geformt war.

Thornton Cohen-Davies ließ das Bild des Vogels über den

großen Bildschirm des Beratungsraums laufen. Er war beunruhigt und verwirrt. Sein Arbeitsgebiet war schon seit langem der Humanistische Speicher. Er war einer von dreien gewesen, deren Pflicht es war, das Leben der Alten immer und immer wieder durchzugehen, wie es vor der atomaren Katastrophe gewesen war, sich zu erinnern, zu konservieren, auszusortieren und Hinweise zu geben. Die beiden anderen, die damals in der Genetik arbeiteten, waren bei dem plötzlichen Einsturz des rückwärtigen Teils von Ebene fünf umgekommen. Was war mit diesem Vogel los? Bestimmt war er unwirklich, ganz anders als die auf den Bändern, die er gesehen hatte. Aber er erinnerte ihn an etwas. Was für sonderbare Füße – wie bei den legendären Alligatoren, die die Sümpfe des Südens bevölkert hatten, ehe sie in dem alles verzehrenden Feuer zu Sülze gekocht worden waren.

Wurde er allmählich senil? Hatte sein lange geschultes Gedächtnis versagt? Das war doch seine Aufgabe – alles über diesen Vogel zu wissen, wenn es ein Vogel war. Ein Gedanke ging ihm durch den Kopf. Celeste, die nicht mehr gesprochen hatte, seit sie als kleines Kind im Genetiklabor einen Schock erlitten hatte, war sonderbar. Sie verständigte sich vor allem mit Hilfe der Maschinen, und mit ihnen konnte sie großartig umgehen. Ihre mathematischen und begrifflichen Fähigkeiten straften ihren plumpen Gang und ihre langen, knubbeligen Beine Lügen. In ihrer Mathematik war sie anmutig und reif.

Cohen-Davies gab einen Kode ein, und eine Stimme sagte: »Komp 14.«

»Bist du noch in der Entseuchung? Hier spricht Cohen-Davies. Ich habe Instruktionen für dich.«

»Ja, Prinzipal Davies. Ich bin fast fertig. Komp 19 und 3 sind fort. Ich bin allein.«

»Dann lege deine Übertragung bitte auf Modus 25-7.«

»Ja, Prinzipal.«

»Also, Bill, jetzt hör mir mal zu! Hat es da draußen wirklich so ausgesehen, wie ihr gesagt habt?«

»Ja, Thor. Alles öde und abweisend. War es das, was du wissen wolltest?«

»Nein. Celeste hat einen Vogel lichtgezeichnet. Ich werde ihn auf deinen Bildschirm projizieren.« Er drückte einen Knopf.

»Häßliches Wesen. Sie hat wirklich eine wilde Phantasie. Vermutlich hilft sie ihr, hier unten normal zu bleiben – das heißt, wenn sich keiner einmischt.«

»Ja, Bill. Denk nach! Das Ding verfolgt mich. Ich glaube, ich sollte darüber Bescheid wissen. Hat es jemals eine reale Entsprechung gehabt?«

»Wie soll ich das wissen? Ich habe natürlich nie etwas dergleichen gesehen.«

»Könnte es sein, daß Celeste außerhalb der Ebenen gewesen ist? Könnte sie vielleicht draußen irgend etwas gesehen haben?«

»Sehr unwahrscheinlich, Thor. Das Alarmsystem hätte es gemeldet.«

»Vielleicht hat sie mit ihrem immensen Wissen über das ganze Netz einen Weg gefunden, es zum Schweigen zu bringen. Was meinst du?«

»Ich bezweifle es. Aber wenn sie die Kuppel betreten hätte, würde noch eine ganz schwache Strahlung an ihr haften. Das Beste wäre, mit einem Zähler nahe an ihr vorbeizugehen – bald, ehe die Radioaktivität sich verflüchtigen kann. Wenn sie dort gewesen wäre, bestünde auch noch die zusätzliche Gefahr unerwünschter, organischer Stoffe.«

»Ja. Ich möchte nicht, daß sie in Schwierigkeiten kommt. Könntest du diskret einen solchen Test machen? Ich werde zusammen mit ihr auf Ebene zwei, hinterer Flügel, um 3250 an dir vorbeigehen. Ist das akzeptabel?«

»Ja, Thor. Das geht. Kannst du dich später für ein Spiel freimachen?«

»Vielleicht. Aber zuerst wollen wir das in Ordnung bringen. Fort jetzt! Es kommt jemand.«

Bei Eolyns Annäherung glitt die Trennwand beiseite; sie trat ein. Celestes Vogel flimmerte immer noch auf der Wand. »Schalt das ab, Thor! Es hat Butto wieder in Erregung versetzt, das weiß ich, und jetzt ist er verschwunden. Ich fürchte, er wird allmählich gefährlich und braucht eine Gehirnwäsche.«

»Ziemlich hart, ihm das jetzt anzutun. Es sind, glaube ich, Drogenrückstände. Er ist schließlich der einzige, der noch über genetische Kenntnisse verfügt, nachdem die anderen beim Einsturz des Stockwerks ums Leben gekommen sind.«

»Aber ich mache mir Sorgen. Er hat offenbar Anhänger. Wir sind jetzt nur noch so wenige. Wenn er wirklich eine Gruppe von uns überzeugt, daß die ganze Menschheit ausgerottet werden sollte, könnte er es versuchen. Das müssen wir von vorneherein ausschließen.«

»Vielleicht hast du recht. Nun, ich muß gehen. Ich will mich mit Celeste unterhalten.«

»Wenn das nur möglich wäre.«

»Ich möchte sie gerne dazu bringen, daß sie wieder mit der Hand bestäubt. Das scheint sie zu beruhigen. Sie summt dabei den Blumen etwas vor.«

»Arme Celeste. Zum Teufel mit ihr!«

Cohen-Davies verließ den Raum und ging den düsteren, schwach gelblich erleuchteten Korridor entlang. Später, als er und Celeste durch Ebene zwei gingen, kamen sie an dem kleinen, unscheinbaren Komp 14, Cohen Davies' geheimem Freund, vorbei, den er heimlich aus seiner chemisch verursachten Teil-Lobotomie herausgeholt hatte, indem er sie durch Gegendrogen verringerte. Sie waren seit einigen Jahren Freunde, spielten Elektronik-Bridge mit eigenen Kodierungen, bedachten einander mit Bemerkungen und fanden sogar einen Weg, elektronisch zu lachen, indem sie die geheimen Impulse aus der geräumigen, mit Akten gefüllten Unterkunft von Cohen-Davies auf Ebene eins hinunter auf Ebene fünf zur sterilen Zelle von Komp 14 oder Bill schickten, wie Cohen-Davies ihn nannte.

Als Celeste und Cohen-Davies weitergingen, verriet ihm ein dünnes, elektronisches Winseln, daß Celeste tatsächlich draußen in der Kuppel gewesen war, wie, das konnte er sich nicht vorstellen, weil dort aufgrund der Einschränkungen, die Strahlenschutz und Schutz vor Kontamination mit Mikroorganismen erforderten, nur die Komps hingingen. Die Ebenen selbst waren seit langem rein.

Cohen-Davies drehte das Mädchen unvermittelt herum und marschierte mit ihr zum verlassenen Genlabor. Sie war erschrocken und tastete nach einer Reihe elektronischer Knöpfe. Cohen-Davies sorgte dafür, daß sie außerhalb ihrer Reichweite blieben. Er setzte sie auf einen Labortisch und sagte, nicht unfreundlich, zu ihr: »Jetzt hör mal zu, Celeste. Ich weiß, daß du in der Kuppel warst.« Sie zuckte zusammen. »Ich werde es niemandem erzählen. Aber du bist strahlenverseucht – wenn auch nur leicht. Auch eine organische Kontamination ist ziemlich wahrscheinlich. Wir müssen dich in aller Stille entseuchen, damit niemand es merkt. In Ordnung? Verstehst du mich?«

Sie griff nach seiner Hand. Er berührte seinen Gürtelkommunikator, und Komp 14 erschien und führte sie den Korridor hinunter. Bald zeigte er ihr, wie sie den Anschein erwecken konnte, als führe sie ihn, wie es sich gehörte.

Cohen-Davies saß da und grübelte. Vielleicht war sie bis zum Fenster gekommen. Vielleicht gab es so etwas wie diese Vögel. Wenn das zutraf, dann war draußen vielleicht nicht das gesamte Leben zerstört worden. Diese Vögel mußten doch sicher von irgendwoher nach irgendwohin fliegen. Ihr zweites, elektronisches Bild wies auf einen ganzen Schwarm davon hin. Mein Gott, was würde das bedeuten? Aber was war mit der Strahlung? Bestimmt hatte der Stab sie richtig gemessen. Sie hatten die Geräte häufig überprüft – wenigstens, soweit es möglich war, ohne sich der Strahlung auszusetzen. Wenn sie nur damals, zur Zeit der Explosion, einen Physiker bei sich gehabt hätten. Ohne einen Fachmann hier abgeschnitten zu sein, hier, in diesem Gefängnis, allein mit den Kenntnissen von Drogentechnikern und Chemikern. Nun, sie hatten Glück, daß sie überhaupt am Leben waren. Von ihnen hing soviel ab.

Dann fiel Cohen-Davies noch etwas ein. Wenn die Vögel überlebt hatten, dann vielleicht auch Menschen. Vielleicht war alles umsonst gewesen. Er begann zu lachen. Diesen Gedanken konnte er nicht ertragen. Aber nie hatten sie auch nur einen einzigen Funkspruch aufgefangen. Der Scanner hatte in all den Jahrhunderten nie etwas registriert, was als die Körpertemperatur eines Organismus hätte gedeutet werden können, nicht einmal bei der empfindlichsten Einstellung.

Cohen-Davies gab den Kode für Eolyn ein. Ihr Gesicht erschien auf seinem privaten Schirm. »Ich möchte gerne mit dir sprechen«, begann Cohen-Davies. »Aber erst muß ich wissen, wie du dich dazu stellst. Wärst du abgeneigt, wenn ich dir etwas über Celeste erzähle, das ...« – Eolyns Gesicht verzog sich ungeduldig – »das dich amüsieren könnte?« fragte Cohen-Davies. »Nein, ich sehe schon.«

»Thor, das ist jetzt nicht die richtige Zeit, um sich zu amüsieren. Wir haben soeben unseren gesamten Ölvorrat verloren. Und dieses unerträgliche Kind. Wir sollten sie in einen Komp umwandeln. Nein. Ich meine es ernst. Sie hat einen Schaden. Wir haben so wenige Leute und jetzt nicht einmal mehr einen Genetiker. Was wollen wir tun? Was ist los? Du verschweigst mir etwas.«

Cohen-Davies zuckte die Achseln. »Ich melde mich ab«, sagte er. Dann setzte er sich und klopfte eine Zeitlang mit den Fingern auf die Tischplatte. Schließlich drehte er sich um und gab wieder Bills Kode ein.

Eine Stimme sagte: »Komp 14.«

»Bill, wie gut ist die Sicht aus dem Fenster in der Kuppel?«

»Nicht sehr gut. Bis auf die optischen Geräte. Den Scanner.«

»Ah, davon weiß ich nichts.«

»Man kann damit Teile der Aussicht vergrößern. Man kann sie sogar auf den Schirm übertragen und anhalten, um sie zu studieren, oder man kann sie speichern. Aber das tun wir nie. Es gibt nichts zu sehen. Erde und Himmel. Manchmal vorüberziehende Wolken.«

»Könnt ihr auch etwas Kleines vergrößern?«

»O ja. Wenn du dir Rinnen anschauen willst.«

»Danke, Bill. Ich melde mich ab«, sagte Cohen-Davies. Wieder saß er eine Zeitlang da und klopfte mit den Fingern. War es möglich, daß Celeste sogar den Scanner bedienen konnte? Nein, das schien kaum vorstellbar. Er erhob sich seufzend, stand geistesabwesend da und dachte nach.

Inzwischen leitete auf Ebene drei, vordere Hälfte, Ruthan die Bestäubung der neuen Tomatenernte, drei Reihen, die in ein organisches Gemisch gesetzt und mit Kohlenwasserstoffstäben mit Federklemmen gestützt wurden. Jede Blüte wurde manuell mit einem Bestäubungsstab berührt, ganz behutsam, dazwischen wurde der Stab in die Auslöseflüssigkeit getaucht. Die flinken Komps konnten viele Blüten so sorgfältig und gut versorgen, daß jede unter den schimmernden, blauen Lichtstreifen eine vollkommen runde Frucht trug. Die Paste aus diesen Tomaten wurde mit dem Protein aus Bohnen und Nagern in Würfel gepreßt und dann zum Verzehr mit Soja geraspelt. Die Soja war ein Luxus, weil sie so lange brauchte, um zu reifen, doch mit etwas individueller Pflege trugen diese Pflanzen wunderbar. Durch genetische Selektion hatte man Bohnen gezüchtet, die doppelt so groß waren wie die früheren.

Ruthan liebte es, sie trocken und roh zu kauen, obwohl sie hart und zäh waren, aber sie achtete darauf, daß das niemand erfuhr. Die Sitten und Vorurteile von Kuppel und Ebenen verlangten, daß man fast ausschließlich künstlich aufbereitete Nahrung aß – so aufbereitet, daß die einzelnen Bestandteile nicht mehr zu erkennen waren. Ruthan hatte Gerüchte über die Gründe gehört, die hinter dieser Politik standen, aber sie waren so makaber, daß sie schauderte, wenn sie daran dachte.

Die Bohnen auf der Südseite zogen sich die Wand hinauf und berührten schon die Schnüre an der Decke, sie strebten nach dem Licht. Es war Zeit, sie zurückzuschneiden, wobei jeder Schnipsel sorgfältig aufbewahrt und in den Trichter geworfen wurde, der den Salatwürfelprozessor speiste. Bald würden sie und die Komps die Ranken wieder nach unten ziehen und neue Lichtstreifen in die Lauben einschieben, so daß die Ranken von beiden Seiten Licht bekamen. Sie dachte an Dexter. Es war erfreulich, aber auch beunruhigend. Sie würde ihre Gefühle bald mit Drogen dämpfen müssen, um sich von Tendenzen zu alten und sinnlosen Verhaltensweisen zu befreien. Andererseits, was hatten denn Kuppel und Ebenen sonst zu bieten? Sie würde sich überlegen, ob sie die Drogentherapie machte.

Inzwischen hatte Dexter in seinem Quadranten auf Ebene fünf die Verantwortung für die Nagerabteilung, die einzige Quelle für tierisches Protein. Er brauchte keine Komps, da das ganze Verfahren reibungslos automatisch ablief, aber gelegentlich lieh er sich jemanden aus dem Komp-Pool für eine allgemeine Säuberung aus – oder um Gesellschaft zu haben.

In diesem Augenblick dachte er nicht an Ruthan. Er stand auf den Händen, fast vollkommen reglos, die knotigen Muskeln an seinem Arm waren angespannt, aber völlig unter Kontrolle und zitterten noch nicht. Hoch oben hockte auf jedem seiner Füße eine weiße Ratte. Dexter versuchte gerade, eine dritte zu animieren, zu den anderen hinaufzuklettern. Sie hatten es endlos probiert, aber bisher hatten es nur zwei gelernt.

Dexter seufzte. »Komm, Betsy«, sagte er. »Jetzt komm schon! Wie beim letztenmal. So ist es gut. Die Hände auf meinen Arm. So ist es richtig. Gut. Da oben ist ein Futterwürfel. Hol ihn dir, bevor ihn Minerva frißt. Jetzt komm schon!«

Betsys Pfoten zitterten. Sie schnupperte; ihre Nase berührte seinen Arm, aber dann zog sie die rosa Pfoten zurück und hielt sie vor die Brust, saß leicht buckelig da und betrachtete Dexters Arm, der leicht zu zittern begonnen hatte.

»Komm schon, du kleiner Schleimer«, sagte Dexter in beruhigendem Tonfall. »Leg die Pfoten wieder da hin, ehe ich sie dir abschleife und aus deinen Knochen ein Armband mache. Ich werde dem alten Cohen-Davies deinen Schädel als Klunker um den Hals binden.«

Durch Dexters sanfte Stimme beruhigt legte Betsy ihre Pfoten wieder auf den Arm, dann kletterte sie zur Schulter hinauf und setzte sich auf seinen Kopf, ihr nackter Schwanz baumelte vor seiner Nase herunter.

»Hinauf jetzt! Brav Betsy. Meinen Rücken hinauf. So ist es richtig, du Schisser.«

Sie begann sich nach oben zu strecken, aber plötzlich raste Juno an seinem rechten Bein herunter und stellte sich quiekend, mit mahlenden Zähnen Betsy entgegen. Dexter fiel lachend um und warf dabei Minerva hinunter. Betsy flitzte zur Tür ihres Käfigs. Wo war Juno? Dexter merkte, daß er auf ihr lag, und als er aufstand, sah er, daß sie tot war.

Er streichelte sie, dann hob er sie auf und ging hinüber zu den Bottichen. Mit zwei Schnitten, ein paar flinken Bewegungen, einer Drehung und einer zur Schale gekrümmten Hand hatte er sie ausgenommen, die Eingeweide in den organischen Recycler geworfen, ihr die Haut abgezogen, sie durch die Haarwiedergewinnungsöffnung geschoben, dann die enthaarte Haut genommen, das Quadrat in der Mitte herausgeschält und zurechtgeschnitten, den Rest in den Recycler und Fleisch und Knochen in den Pökelbehälter zur Vorbereitung auf die Verarbeitung zu Protein geworfen. Das Hautquadrat legte er gegen die Roller, berührte den Knopf und speiste es in den Trockenmechanismus ein.

Dann tauchte er seine Hände ein und hielt sie in den Ultraschall-Luftstrom. Als er sich umdrehte, sah er neun Reihen von Käfigen, alle belegt mit weißen Ratten, so groß wie Katzen, die ihn anklagend und schweigend anstarrten. Er verneigte sich.

»Es tut mir leid, meine Freunde. Juno hätte besser aufpassen müssen. Ich bedauere ihr Ende genauso wie ihr – ja, sicher noch mehr, denn ihr habt keine Energie darauf verwendet, sie abzurichten. Los, Minerva, Betsy, ab in eure Zellen!«

Er richtete ein kleines Schallgerät auf sie, berührte den Aktivator und trieb sie zurück in ihre Gehege. Ihr Gewicht löste die Türmechanismen aus – auf, dann zu. Alles war wieder in Ordnung. Dexter faßte im Sprung das Trapez, das er an der Decke befestigt hatte. »Nun«, sagte er, »kommt der nächste Akt, ich werde die großen Menschenaffen der Alten nachmachen. Hier, meine Schönen, seht euch diesen Schwung an!« Die Reihen rötlicher, spöttischer Augen folgten ihm.

Dexter schwang geschickt hin und her, dann streckte er sich und berührte mit den Zehen die niedrige Decke, die von den Bändern des Natriumstreifenlichts gelb erleuchtet war. Noch einmal schwang er zurück, dann hoch, machte einen Salto und landete auf den Füßen. Er drehte sich um und verneigte sich wieder. In der oberen Reihe klatschten neun Ratten lustlos mit den Vorderpfoten.

Dexter schüttelte den Kopf. »Was für ein Publikum. Nun,

meine Damen und Herren, ich überlasse Sie nun Ihren Betrachtungen. Ich muß Sie verlassen. Cohen-Davies unterweist mich in den Sitten der Alten. Wenn er der Vergeßlichkeit entgegenaltert, muß ich mit ihren Trivialitäten vollgestopft sein.« Er verließ den Raum. Die Lichter schwächten sich automatisch ab, und ein neuer Futterblock senkte sich herunter. Bald knabberten die Reihen von Ratten mit flinken Zähnen im Takt zur Musik einer elektronischen Unvollendeten Symphonie.

Tief auf Ebene sechs, in einer düsteren Ecke der Genetikzuchtzelle, die auch Bälgerschuppen genannt wurde, standen Reihen von zugedeckten Glaswannen, in denen Blasen brodelten. Die Atmosphäre war warm und feucht. Ein Pulsschlag pochte sanft und stetig. Er kam aus einem Gerät, das keinen anderen Zweck hatte, als diesen langsamen und beruhigenden Puls zu erzeugen. In den Wannen schwammen Feten, wuchsen langsam, an Röhren angeschlossen, einige winzig und fischartig, andere schon größer. Das waren jetzt Buttos Schützlinge, seit die Genetiker beim Einsturz des Stockwerks umgekommen waren.

Die Tür glitt zur Seite. Celeste trat ein, als wolle sie sich an die Feten heranschleichen. Im schwachen Licht spähte sie in jeden Bottich. Sollten das Menschen werden? Der da doch sicher nicht. Da. Statt winziger Hände wuchsen ihm gekrümmte Klauen. Sie hielt den Atem an. Stumm und einsam kam sie immer wieder an diesen Ort voller Schrecken und Entsetzen. Celeste schielte voll Ekel in einen anderen Bottich. Der sich langsam drehende Fleischklumpen schwamm in einer Lösung, die nicht die richtige Farbe hatte. Er drehte sich steif, zog Blasen an. Er war bestimmt tot. Butto verstand nichts von dieser Arbeit. Das war offensichtlich. Was würden sie tun? Sie konnte es nicht erklären. Jedesmal, wenn sie versuchte den Mund aufzumachen, um zu sprechen, rebellierte ihre Stimme – seit damals, als sie hier unten gewesen war und zugesehen hatte, wie sie einen Komp machten. Es war nicht so, wie es hätte sein sollen. Es war keine genetische Transformation. Drogen, ein leichter Kampf, gewaltsame Verunstaltung und ein chirurgisches

Verkürzen des Körpers. Sie konnten es nicht – nicht nur Butto. Keiner von ihnen. Die alten Kenntnisse waren verlorengegangen. Sie hatte sich heimlich die Bänder angesehen, sobald sie sich den Kode eingeprägt hatte. Wenn sie das wüßten, was würden sie ...? Ein Geräusch. Celeste schlüpfte unter einen Wannenrahmen.

Butto trat ein, schwitzend und nackt, ein seltsames Funkeln auf seinem dunklen Gesicht. Drei Komps folgten ihm, ebenfalls nackt. Butto schaute sich die Wannen an, eine nach der anderen, insgesamt vierzig. »Komp 11«, sagte er.

»Ja, Prinzipal Butto«, murmelte der Komp.

»Wanne vierzehn ist schlecht geworden. Ins Recycling damit! Wasch die Wanne aus! Filtere die Flüssigkeit! Wir werden sie ausstrahlen und wiederverwenden.«

»Schlecht geworden, Prinzipal?«

»Stell keine dummen Fragen. Es waren die Genetiker. Es ist nicht meine Schuld. Sie besaßen die Kenntnisse selbst nicht mehr, hatten die Bedeutung der Bänder vergessen. Jetzt ist alles dem Zufall überlassen. Nun, es macht nichts. Besser, wir sterben alle, als daß wir die Welt noch einmal so zerstören.«

»Ja, Prinzipal. Dürfen wir bald wieder mal die Sterne sehen?«

Butto drehte sich heftig zu ihm um. »Erwähne das ja nie irgendwo anders! Niemals!«

»Ja, Prinzipal. Entschuldige, Prinzipal.«

»Ihr dürft die Sterne sehen, aber nur durch die Blätter. Um 8900.«

»Ja, Prinzipal.«

»Du hast bis 1250 frei, wenn du vierzehn ausgewaschen hast.« Butto machte kehrt und verließ den Raum.

Die zwei Komps, beide klein und spindeldürr, rollten die Wanne zum Ausguß und pumpten die Flüssigkeit ab, schoben dann den Ständerteil der Wanne hinüber zum Müllschlucker und kippten die Fleischmasse hinein. Celeste hörte es plumpsen und klatschen, wie sie in die breite Röhre schwappte, die zur organischen Wiederaufbereitungsanlage führte.

»Diesmal war er gut«, sagte Komp 9.

»Ja. Aber die Sterne möchte ich doch sehen.«

»Es ist nicht so wichtig.«

»Nein. Nichts ist wichtig. Butto hat recht. Und er wird dafür sorgen.«

»Wofür? Ich verstehe nicht.«

»Ich auch nicht. Ich bin nur ein Komp, genau wie du. Laß uns zum Speisesaal gehen. Komp 15 ist sicher dort. Er wird uns von der Kuppel erzählen.«

Celeste blieb noch einige Zeit, nachdem sie fort waren, geduckt liegen. Sie kniff die Augen zu. Ihre Zunge schien anzuschwellen und von alleine aufschreien zu wollen, aber Celeste gab keinen Laut von sich. Sie würde wieder in die Kuppel hinausgehen. Was machte es jetzt noch aus? Seit dem Einsturz des Stockwerks war alles falsch gelaufen – noch schlimmer als vorher. Wenn sie nur einen Vater hätte. Die Alten hatten Väter und Mütter gehabt. Sie hatte versucht, Cohen-Davies zu ihrem Vater zu machen, aber er hatte sie nicht verstanden. Und wenn nicht einmal er sie verstand, wer dann? Sie würde also zur Kuppel zurückgehen – und zu der Tür, die sie gefunden hatte. Der Himmel war grau gewesen und die Luft schrecklich kalt. Aber die Vogelreihen flogen dort wirklich. Wenn sie bald ging, würde sie im Dunkelzyklus dort sein. Sie würde ihren Ultraschallstock mitnehmen und ein Gymnastikgewand. Und ein zweites Paar Schuhe würde sie auch noch mitnehmen, ein Paar über das andere ziehen. Und nachdem Cohen-Davies sie hatte entseuchen lassen, konnte sie das jetzt auch selbst tun. Niemand würde etwas erfahren.

# DREI

Tor war nicht nach Süden gelaufen. Er wartete in der Nähe der Kuppel, er machte sich Sorgen und verspürte das Bedürfnis, nachzudenken. Zwei Tage, nachdem die anderen fort waren, lag er behaglich am Feuer. Die Läuferbande war böse auf ihn gewesen, obwohl sie alle geschwiegen hatten und bedrückt waren, denn sie wußten, daß er als Onkel für seinen verwaisten Neffen sorgen mußte. Aber Tor war Axtschwinger, und zwar einer von den besten. Sie empfanden es irgendwie als Verrat, daß er zurückblieb, trotz der Umstände. Andererseits waren sie immer eine lockere, freiwillige Organisation gewesen, und er wußte, wo seine erste Pflicht lag, trotz seiner eigenen Wünsche. Die Bande würde inzwischen an der großen Südkurve des Isso vorbeilaufen, angeführt zu Blu. Tor versuchte, das Leben so zu nehmen, wie es kam, obwohl er nicht genau wußte, was er als nächstes tun würde. Es war ihm klar, daß er es nicht ertragen konnte, mit Tristal in Pelbarigan zu bleiben. Er würde alleine weiterziehen, vielleicht seine Bande suchen. Er liebte das Freie, den Schock des Jagens, sogar Hunger ertrug er gern, solange es nicht zu schlimm wurde.

Aber alles war im Fluß. Alle bis auf die alten Shumai hatten jetzt die Speere aufgegeben – seit dem Kampf in Nordwall vor mehr als zehn Jahren. Jetzt hatten sie alle Bogen – meistens dem Langbogen der Pelbar nachgemacht. Vielleicht würde er das auch noch lernen müssen. Es war klar, daß er einem Bogenschützen nie gewachsen sein würde, aber es kam ihm irgendwie unmännlich vor, so weit vom Gegner entfernt zu sein und ihn mit so einem Ding zu töten.

Er hatte aber noch einen anderen Grund dafür, daß er nicht mitging – ein unbestimmtes Gefühl, das er nicht genau analysieren konnte. Es schien um diesen Ort zu hängen wie ein Dunst. Tor wurde durch seine ganz persönliche Art,

Dinge einfach zu wissen oder zu ahnen und darauf zu warten, daß sie in seinem Kopf zu irgendwelcher Klarheit heranwuchsen, immer wieder aus dem Gleichgewicht geworfen. Er fiel dann sogar in Schweigen, wenn seine Männer dabei waren. Ideen stiegen aus ihm auf, ohne daß er vorher daran gedacht hatte. Er hatte den Verdacht, daß seine Männer deshalb so bereitwillig mit Blu abgezogen waren, weil sie sahen, daß er in dieser Stimmung war. Mehr als einmal hatte es sie gerettet, wenn er etwas schnell erkannte – so war es bei den besten Axtschwingern – und sie wußten, daß sie Tor schätzen mußten, obwohl sein seltsames Verhalten sie manchmal irritierte.

Spät am Nachmittag hörte Tor aus der Ferne einen schwachen, zittrigen Schrei. Er stand auf und erwiderte ihn, füllte die umliegenden Wälder mit einem halbmenschlichen Geheul. Endlich kamen sie also. Er hatte jedenfalls Fleisch für sie, sieben Murmeltiere, alle mit der Axt getötet. Sie war keineswegs eine nutzlose Waffe, wenn man verstand, sie zu werfen.

Bald erschien eine Reihe von Gestalten in sehr langsamem Trab. Es war Legon mit seiner Frau und drei anderen Familienangehörigen – zwei jungen Männern und einer älteren Frau – ganz am Ende kam Tristal. Der Junge sah blaß aus. Unter seiner Schwäche konnte Tor jedoch eine ruhige, für die Shumai typische Entschlossenheit erkennen. Vielleicht war bei ihm doch nicht alles so hoffnungslos.

Tristal schämte sich nicht, er sank neben dem Feuer nieder, ohne seine Fellrolle auszubreiten, während Tor sie alle begrüßte. »Mach dir keine Gedanken wegen Tris«, sagte Legon. »Er war krank. Ist es immer noch. Ein Fieber. Murmeltier, wie? Na, davon könnte ich etwas vertragen. Frey, kannst du uns etwas servieren? Ama, würdest du Tristal etwas geben?«

»Ich kümmere mich um ihn«, sagte Tor. Er setzte sich neben den Jungen. Ja, das Fieber war noch in ihm. Tor gab ihm eine ausgepichte Korbtasse warme Brühe mit fetten Fleischstücken und wilden Zwiebeln darin. Tristal hatte Mühe, sie zu schlucken, schien aber trotzdem Appetit darauf zu haben. Er klammerte sich an Tors Bein, und der Axtschwinger sah, daß der Junge das selbst gar nicht bemerkte. Tor schnitt Murmeltierfleisch in mundgerechte Brocken und fütterte den Jungen damit, während sich die anderen für die Nacht einrichteten. Dann steckte er den Jungen in seine Fellrolle, schürte das Feuer und breitete seine eigene Rolle neben der von Tristal aus. Ama war enttäuscht.

Als das Feuer niederbrannte, bewegte sich Tristal unruhig. »Wo ist Raran?« fragte Tor.

»Sie kommt schon noch. Sie war auf der Jagd, als wir aufbrachen. Sie wird uns schon finden.« Nach kurzer Zeit, wie Tristal gesagt hatte, glitt die Hündin in den Feuerschein und setzte sich neben den Jungen, der die Hand nach ihr ausstreckte. Dann berührte Raran mit ihrer Nase erst Tor, dann Legon und Frey, schließlich kehrte sie zu Tristal zurück und ließ sich mit einem Seufzer schwer auf der anderen Seite von Tor niederplumpsen. Tristal sank bald in Schlaf. Tor lag lange wach und dachte nach. Dreimal flogen Gänseschwärme hoch über ihnen in die Nacht hinein, ihre gellenden Schreie tönten aus der Dunkelheit herab.

»Tor«, sagte Legon.

»Ja.«

»Er ist ein braver Junge, Tor. Du wirst stolz auf ihn sein. Er lernt gut. Ich habe nie etwas dergleichen gesehen. Man sagt ihm einmal etwas, und er weiß es nicht nur, sondern denkt weiter als man selbst. Er ist sehr ruhig, spricht selten, aber du wirst sehen, er ist da, wenn du ihn brauchst.«

»Gut. Das freut mich. Danke, Leg.«

»Laß ihn hier eine Weile ausruhen. Er ist sehr krank gewesen. Aber er wird wieder gesund. Wir ziehen am Morgen weiter.«

»Ja. Schon gut. Ich habe es nicht eilig. Ich werde ihn nach Pelbarigan bringen.«

»Dorthin?«

»Ja. Den Sommer über. Eine Pelbarfamilie hat sich bereiterklärt, ihn aufzunehmen. Sie waren hier, um den Stab zu sehen. Ein alter Shumai namens Hagen lebt bei ihnen. Alte Freunde.«

»Stel und Ahroe.«

»Du kennst sie?«

»Nur ihre Geschichte. Sie waren im Westen jenseits der großen Berge, weit über das Shumaigebiet hinaus.«

»Sie?«

»Ja. Sie sind Pelbar, aber in beiden ist ein stählerner Kern. Ich freue mich für Tristal. Das wird ihm guttun.«

Weiter wurde nichts gesprochen, und bald war Legon eingeschlafen. Da war es wieder in Tors Gedanken. Etwas stand drohend bevor. Nun, er war bereit dafür, was es auch war.

Am Morgen brachen Legon und sein Trupp auf, liefen nach Norden, um die leere Stelle herum, ungeduldig darauf, nach Westen zu kommen. Tor und sein Neffe winkten, Raran wußte nicht, was sie tun sollte. Bald kehrte sie zu Tristal zurück und setzte sich neben ihn, ihr Hinterteil gegen sein Bein geschmiegt.

Durch die Ruhe erholte sich Tristal schnell. Tor baute eine Abschirmung aus Gestrüpp unter der Felsnase, um die Wärme zu halten, und beobachtete den Jungen lässig gähnend. Er wollte keine Ungeduld erkennen lassen. Er wußte, daß Tristal ein schlechtes Gewissen hatte, weil er seinen Onkel vom Lauf nach Westen abhielt. In der ersten Nacht klarte es auf, und die beiden spielten gemächlich ein Sternbenennungsspiel, aber mit nur zwei Spielern war es schwer. Tor forderte den Jungen auf, die Sterne zu benennen, die er kannte. Sie kletterten auf den Kamm über der Felsnase, und Tristal zeigte hin und benannte den halben Himmel.

»Genug«, sagte Tor. »Ich glaube, du kennst sie alle.«

»Die schwachen nicht.«

In der nächsten Nacht fand Tristal keine Ruhe. Er fragte seinen Onkel, ob er einen Spaziergang machen könne. Tor zuckte die Achseln und freute sich, daß der Junge sich rasch erholte.

Celeste gab in ihrem Zimmer den Kode für Baustruktur ein, dann folgte sie der Sequenz, bis sie die Bildschirmdetails der Kuppel bekam, die keine allgemein zugängliche Information waren. Was war denn das? – Noch eine Tür? Sie müßte sich in die Erde öffnen – aber jetzt vielleicht nicht mehr, bei soviel Erosion. Sie verfolgte den Weg dorthin auf dem Schirm, stellte Berechnungen an und schaltete dann die Alarmanlagen aus, jede nur für ein paar Zeiteinheiten, abgestimmt auf die Augenblicke, in denen sie die einzelnen Punkte zu passieren plante. Dann blickte sie sich einmal in ihrem Zimmer um und ging.

Als sie die Tür erreichte, zerstörte sie mit ihrem Ultraschallstock die Plombe. Die Tür schwang nach außen auf. Anders als die letzte Tür befand sich diese Pforte tief unten in der Kuppel, ziemlich nahe an der undeutlich sichtbaren Erde draußen. Sie würde kein Seil brauchen. Celeste schaute hinunter, quetschte sich durch die Tür und schob sie zu. Dann ließ sie sich zu Boden fallen und kam mit einem schwachen Aufschlag auf. Es war Schlamm. So etwas hatte sie noch nie gespürt – kalter, nasser Schmutz. Sie war also der allererste Mensch, der seit der Explosion Kuppel und Ebenen verließ. Eine Welle von Stolz brandete gegen ihre Angst an.

Vor ihr war ein Berghang, und sie mühte sich rutschend und strampelnd ab, ihn zu ersteigen. Bald war sie schmutzig und bedauerte es. Nein. Zurückkehren würde sie nicht, nicht, solange Butto über seine Ungeheuer herrschte. Irgendwie würde sie hier draußen leben – wenigstens eine Zeitlang –, wo es keine Geräusche von weggeworfenen Fleischklumpen gab. Und hier gab es auch keinen Dexter, stümperhaft und ironisch, kalt persönlich. Zurück konnte sie später immer noch.

Als sie sich der Hügelkuppe näherte, ertastete ihre Hand etwas. Sie starrte es an. Eine Pflanze. Sie kletterte weiter, kam über den Rand des Hügels und sah viele Pflanzen vor sich, schwach erkennbar und aus irgendeinem Grunde naß. Sie fuhr mit der Hand darüber, wusch sich daran. So war es also draußen auf der Erde. Was lag da vor ihr? Es sah aus wie ein Wald auf den Audivisi-Bändern. Das alles gab es also draußen? Celeste lachte verbittert. Hier, gleich außerhalb ihrer Sichtweite, außerhalb der Reichweite ihrer Sensorausrüstung wuchs eine ganze Welt. Und die Strahlung? Wenn sie sie nun tötete? Was wollte sie überhaupt anfangen? Wenn so viele Pflanzen lebten, wenn die seltsamen Vögel flogen, konnte da nicht auch sie einen Platz finden?

Sie stolperte weiter, tastete sich voran, stürzte gelegentlich über Steine, schürfte sich einmal das Knie auf. Hoch über sich hörte sie die Vögel rufen. Sie waren also da. Sie war in einer Welt mit wirklichen Vögeln!

Nach einer Weile merkte sie, daß sie sich verlaufen hatte. Sie hatte keine Ahnung mehr, in welcher Richtung die Kuppel lag. Sie kniete nieder. Was sollte sie tun? Nun, die Sonne würde kommen, dann würde sie sich schon zurechtfinden. Was war das? Ein Laut vor ihr? Sie stellte ihren Ultraschallstock auf schwache Leistung ein und jagte einen kurzen Stoß los. Sie hörte einen sonderbaren Schrei, schrill und schmerzlich, dann eine Stimme.

»Was ist, Raran? Alles in Ordnung? Hier, leg dich hin. Laß dich ansehen!« Celeste hörte ein leises Winseln, dann ein Knurren. Vielleicht von einem Tier, dachte sie. Ein Tier? Aber die Stimme war menschlich, sie konnte sie verstehen, obwohl die Sprache breit und anders war. Das Knurren hielt an. Celeste verspürte eine Welle der Angst. Sie wandte sich um und wollte davonlaufen, fing an, sich durch die Büsche zu schlagen. Plötzlich hörte sie ein Rauschen, etwas traf sie hart im Rücken. Sie fiel zu Boden, alle viere von sich gestreckt. Als sie sich umdrehte, sah sie undeutlich ein fauchendes Tiergesicht und spürte seinen warmen Atem. Sie kreischte auf und schlug die Hände vors Gesicht, als sie laufende Schritte hörte.

»Raran, Raran! Was ist los? Hierher! Ein Mensch! Raran, los, zurück jetzt! Komm!« Der Hund zog sich widerwillig zurück, blieb aber wachsam sitzen.

»Wer bist du?« fragte Tristal und zog sein Messer.

Celeste machte die Hände auf und sah ihn undeutlich über sich, dann kreischte sie wieder und bedeckte ihr Gesicht. Tristal steckte sein Messer in die Scheide und kniete neben ihr nieder. »Was ist los? Komm schon! Niemand tut dir etwas. Setz dich auf und laß dich ansehen. Alles in Ordnung?« Er hob Celeste zu sich hoch und klopfte ihr auf den Rücken, dabei spürte er ihren fremdartigen Tuchmantel und fragte: »Bist du eine Pelbar?«

Celeste öffnete den Mund, versuchte, versuchte immer wieder zu sprechen. Kein Laut kam heraus.

»Hab keine Angst. Raran wird dir nichts tun. Komm her, Raran!« Tristal tätschelte das Bein des Hundes. »Gib die Pfote! Nun komm schon, gib die Pfote!« Raran hob eine Pfote und tappte mehrmals damit nach vorne, und Tristal nahm Celeste die Hand vom Gesicht und legte sie um die Hundepfote. Sie schauderte.

»Du bist ja nur Haut und Knochen. Bitte komm jetzt mit. Alleine kannst du nicht bleiben. Komm zum Feuer und lern meinen Onkel kennen. Komm!« Er zog sie hoch. Sie ließ sich gegen ihn fallen, fühlte sich hilflos und weinte lautlos vor sich hin.

»Wie heißt du?« fragte Tristal und kniete wieder nieder. »Du wirst alleine gehen müssen. Ich war krank und bin nicht kräftig genug, um dich zu tragen. Außerdem bist du fast so groß wie ich. Kannst du nicht gehen?«

Celeste stand wieder auf. Sie öffnete den Mund, aber nichts kam heraus. Nichts. Sie bemühte sich krampfhaft. Nichts. Sie lehnte sich gegen den fremden Jungen mit den dünnen, harten Armen. Er stützte sie, bis sie die Fassung wiedergefunden hatte, dann nahm er sie bei der Hand, und die drei Gestalten gingen durch die Dunkelheit. Sie verstand nicht, wie er sah, wohin er ging. Sie taumelte beim Gehen gegen einen Baum und stolperte den Berg hinunter. Sie blieb stehen, befühlte die Rinde, löste dann ihre Hand aus der Tristals und betastete den Baum von allen Seiten.

»Was ist los?« fragte er. »Du kannst doch sehen, nicht wahr?«

Celeste nahm wieder seine Hand. Ja, er merkte deutlich, daß sie sehen konnte. Sie gingen weiter, zwischen Ästen hindurch, die ihr ins Gesicht schlugen. Der große Hund strich unterwegs an ihr vorbei und stieß sie in die Seite, und sie konnte sein Schnaufen hören. Gütiger Gott, warum war sie hier herausgekommen? War es das, was die Menschen hier draußen hatten? Wie konnten sie es ertragen – die Gefahr, die Nässe, die Kälte, in Gesellschaft von Tieren?

Weit in der Ferne sah sie ein flackerndes Licht. Tristal blieb stehen. »Nun«, sagte er, »Nachtmädchen – ich werde dich Nachtmädchen nennen, da du ja nicht sprechen willst – werde ich meinen Onkel rufen. Du brauchst nicht zu erschrecken.« Celeste verstand ihn nur zum Teil. Tristal hielt die Hände an den Mund und stieß einen langen, zittrigen Shumaischrei aus, ansteigend und anhaltend, gefolgt von einem kurzen. Celeste spürte, wie sich ihr vor Entsetzen die Haare sträubten.

Aus der Ferne kam ein ähnlicher Schrei zurück, fast ein Echo, aber tiefer. Wieder spürte Celeste einen Schauer der Angst. Aber Tristal bemerkte nur: »Er kommt uns entgegen. Komm jetzt weiter!« Es folgte ein zweiter Schrei, diesmal viel näher und Tristal antwortete. Bald raschelten Schritte im Gebüsch, und eine große Gestalt erschien undeutlich in der Dunkelheit. Ein breitschultriger Mann türmte sich vor Celeste auf.

»Was in aller Welt ...?«

»Ich habe sie im Gestrüpp gefunden. Sie will oder kann nicht sprechen. Sie ist voller Schlamm und ganz naß. Sie hat sonderbare Kleider an. Was sollen wir tun?«

»Hallo«, sagte Tor, beugte sich zu ihr herab und sprach sehr langsam. »Verstehst du mich? Hebe deine Hand, wenn du mich verstehst.« Celeste hob langsam die Hand. Sie konnte ihn verstehen, obwohl seine Sprache breit und näselnd klang.

»Dann komm mit uns! Ich bin Tor. Das ist Tristal, mein Neffe. Wie heißt du?«

Celeste wollte den Mund aufmachen, riß ihn dann weit auf, aber heraus kam nichts. Tor beugte sich dicht zu ihrem Gesicht und schaute sie an. Sie sah seinen blonden Bart und wich erschrocken zurück, dann streckte sie die Hand aus und berührte ihn leicht. Tor lachte.

»Ich werde dich zum Feuer tragen«, sagte er sehr langsam, hob sie mit einem Schwung hoch und marschierte, gefolgt von Tristal, auf das ferne Licht zu. Bald trabte die Hündin vor ihm her, und Tor mußte sie schelten, weil sie ihm zwischen die Füße lief. Celeste legte den Kopf an seine Schulter. Er war mit einer Art haariger Decke bekleidet. Sie vergrub ihre Nase darin. Der Stoff roch sauer. Oder war das der Mann? Sie konnte sich nicht erinnern, daß irgend jemand sie schon einmal so aufgehoben hätte; sie war als Kind von der Schaukelmaschine beruhigt worden. Es war ein angenehmes Gefühl, obwohl seine Nähe ihr Angst machte. Bald klammerte sie sich an Tor und entdeckte, daß sie seine Masse und Festigkeit genoß.

Als Tor Celeste in den Kreis des Feuerscheins trug, wurde sie sich einer neuen Empfindung bewußt – des stechenden Geruchs von Holzrauch, den sie zuerst an Tristal wahrgenommen hatte. Der Axtschwinger setzte sie sanft in einem Blätterhaufen nahe an der Felsnase ab, wo die reflektierte Hitze der dampfenden, lodernden Scheite eine Insel der Häuslichkeit inmitten der großen, kalten Nacht bildete.

Celeste schaute erstaunt ins Feuer. Was war das? Die Flammen flackerten wie das Licht vom Wasserteich in Kuppel und Ebenen auf und ab, stiegen auf, verbreiteten Wärme, verzehrten die runden Zylinder. Tor warf ein paar Scheite auf das Feuer, ein Schwall Funken stieg auf, die in der Luft schwammen und dann verschwanden. Celeste bedeckte ihr Gesicht, dann schaute sie wieder hin, spürte verstärkte Wärme.

»Seltsam«, sagte Tristal.

»Was?«

»Es sieht so aus, als hätte sie noch nie ein Feuer gesehen. Das ist ein Feuer, Nachtmädchen, ein *Feuer*. Beweg deinen Kopf so, wenn du weißt, was es ist.« Tristal nickte.

Celeste sah ihn an, ohne den Kopf zu bewegen, aber mit einem Ausdruck leiser Verachtung.

»Sie findet, daß du sie gönnerhaft behandelst, Tris«, sagte Tor. »Natürlich hat sie schon ein Feuer gesehen. Wie sonderbar sie angezogen ist. Was macht sie im Shumaigebiet? Vielleicht ist sie eine Pelbar aus Threerivers. Ich war nie dort, bin nur vorbeigezogen.«

»Nein. Die ziehen sich genauso an wie die anderen. Dieser Stoff ist völlig anders. Vielleicht kommt sie von wirklich weit her, zum Beispiel von der Mündung des Heart, und ist von ihren Angehörigen getrennt worden. Vielleicht ist es dort warm, und sie hat deshalb keinen richtigen Mantel.« Tristal befühlte ihre Knöchel über den doppelten Slippern aus der Kuppel. »Sie friert und ist naß und außerdem voller Schlamm. Wir müssen sie waschen und ihr etwas zum Anziehen geben.«

Celeste wich zurück und runzelte die Stirn.

»Kränke sie nicht, Tris. Paß auf, Nachtmädchen, du nickst jetzt mit dem Kopf, wenn du mich verstehst. Verstehst du mich?« Tor türmte sich, bärtig und pelzig über ihr auf, die Axt mit dem langen Griff an der Hüfte. Sie blickte mit geweiteten Augen zu ihm hoch, dann nickte sie langsam.

»Gut. Siehst du diesen Wasserschlauch neben dem Feuer? Das Wasser wird jetzt warm sein. Wir setzen uns so, daß wir dir den Rücken zukehren. Ich möchte, daß du deine Kleider ausziehst, dich mit dem Wasser aus dem Schlauch wäschst, indem du den Stöpsel aufmachst, und danach in die Fellrolle kriechst. Dann machst du ein Geräusch – hier, klopfe mit dem Stock – und wir waschen und trocknen deine Kleider. Dann gehen wir wieder weg, und du kannst sie anziehen. Hast du das verstanden?«

Celeste nickte wieder. Sie war verzweifelt dagegen, zu tun, was er vorschlug, aber er wünschte es eindeutig. Er war bei weitem der größte Mensch, den sie jemals gesehen hatte. Sogar Dexter erschien ihr im Vergleich klein und schmächtig. Sie hatte ihren Stock irgendwo fallengelassen und keine Möglichkeit, sich zu weigern. Tor und Tristal gingen hinüber zum Rand der Felsnase und setzten sich mit dem Rücken zu ihr hin. Celeste sah Steine und Stöcke, die sie als Waffen verwenden konnte, aber sie tat, zitternd vor Kälte und Angst, was Tor gesagt hatte und legte ihre Kleider ab. Ihr weißer, dünner Körper leuchtete im Feuerschein, während sie die beiden beobachtete, die sich mit dem Rükken zu ihr leise unterhielten. Sie sah, wie Tristal die Messerklinge hochhielt, mit der er schnitzte, und wie Tor sie beiseiteschob, so daß der Junge kein Spiegelbild von ihr darin auffangen konnte. Sie wusch sich im warmen Wasser, staunte, daß man es hier einfach auf den Boden fallen und versickern ließ, und erkannte dann, daß natürlich ein unendlicher Wasservorrat als Regen fiel und in den Strömen außerhalb von Kuppel und Ebenen floß.

Niemand hatte dieses Wasser gereinigt. Was war mit der Strahlung? Nun, ihnen schien sie nicht zu schaden. Celeste lief zu Tors Fellrolle, steckte ihre langen, schlanken Beine hinein und wand sich selbst hinterher, bis nur noch ihr Kopf hervorschaute. Das Fell war angenehm weich, roch aber unsauber. Sie streckte die Hand aus und klopfte mit einem Stock auf den Felsen. Tor kam herüber und blickte, die Hände auf den Hüften, lachend auf sie herunter.

»Du siehst aus wie eine Maus in ihrem kleinen Loch, gut«, sagte er. Dann kniete er schnell nieder, nahm ihren Kopf und küßte sie auf die Stirn. Sie spürte, wie sein rauher Bart über ihre Wangen strich und sich dann entfernte. Ihr Herz hüpfte vor Schreck über das plötzlich vor ihr aufgetauchte Gesicht. Ein Kuß. In den Ebenen küßte man sich nie, aber auf Bändern hatte sie es schon gesehen. Cohen-Davies hatte ihr einmal eine längere Abhandlung über das Küssen gehalten und lachend angeboten, ihr zu zeigen, wie die Alten es gemacht hatten, aber als sie Bereitschaft bekundete, erklärte er, daß das ein antisozialer Brauch sei, der zu ihrem Überleben in Kuppel und Ebenen nicht passe. Die Genetiker waren dagegen, da es zu den emotionellen Beziehungen führte, welche ihre Bemühungen, die menschliche Rasse für die Zukunft zu reinigen und zu erhalten, sehr erschwerten.

Aber Tor war sofort aufgestanden und hatte Tristal zugesehen, der zum Bach weiter unten ging, um den Schlamm von ihrem Körperstrumpf und ihrem Gymnastikgewand zu spülen. Der Junge hatte einen Stoffschuh fallenlassen, und Tor trug ihn ihm hinterher und ließ Celeste allein am Feuer zurück.

Was für ein Wunder – ein paar Schritte außerhalb ihrer lebenslangen Heimat. Sie konnte das Feuer knistern und krachen hören, und der Wind machte in den kahlen Ästen darüber ein hohles Geräusch, das sie noch nie gehört hatte. Ein paar Pflanzen sprossen aus der kalten Erde, und unterhalb des Feuers sah sie eine kleine, weiße Blume mit vielen Blütenblättern und dunklen, breiten, bogenförmig eingeschnittenen Blättern. Sie wollte hingehen, aber sie lag nackt in der Fellrolle. Sie konnte sich nicht erinnern, jemals etwas von so schlichter Schönheit gesehen zu haben. Weiter unten entdeckte sie noch mehr Blüten, aber sie waren in der Dunkelheit schlecht zu erkennen. Als Celeste überlegte, was es bedeutete, wo sie war und wie es da war, wurde sie von ihren

Gefühlen des Staunens und Entsetzens beinahe überwältigt. Sie weinte in den Rand des Fells, zitternd und zusammengekrümmt, und als sie aufblickte, sah sie den Mann und den Jungen in ihrer Nähe. Ihre Kleider hingen über einem Ast, der mit einer Stütze neben das Feuer gestellt worden war. Ein leichter Regen hatte eingesetzt, berieselte Tors Haar und seinen Bart mit Perlen und verklebte die Haarenden des Fellmantels auf seinen Schultern zu Spitzen.

Tristal kniete neben ihr nieder. »Keine Angst«, sagte er. »Wir tun alles, was wir können, um dir zu helfen. Wir bringen dich nach Hause. Hast du Hunger? Ich will dir ein wenig Murmeltiersuppe geben. Es sind wilde Zwiebeln drin. Vielleicht schmeckt sie dir.« Er brachte einen ausgepichten Becher dampfender Suppe und stellte ihn so hin, daß sie ihn von der Fellrolle aus erreichen konnte. Dann wandte er sich ab und schlenderte davon.

Tor rief von der anderen Seite des Feuerscheins nach ihm und legte ihm den Arm um die Schultern. »Gut so. Laß sie in Ruhe. Sie soll sich an uns gewöhnen. Wir werden sie zu ihren Angehörigen bringen, wer immer sie sein mögen. Wahrscheinlich kommt ihr sogar dieses Essen sehr fremd vor.«

Tristal hätte sie gerne beobachtet, wagte es aber nicht. Aber dann drehte er sich doch um und sagte: »Nachtmädchen, die Suppe wird dir schmecken. Versuche zuerst nur die Brühe. Tor hat sie für mich gemacht. Ich war krank. Sie ist leicht zu essen.« Tor gab ihm einen Rippenstoß, und sie ließen sich auf der anderen Seite des Feuers nieder. Tristal fing an, sein Messer zu schärfen, aber Tor veranlaßte ihn, es wegzulegen.

Celeste schnupperte zuerst an der Suppe. Sie roch fremd und scharf, so animalisch wie das Fell, in das ihr Körper gekuschelt war. Sie nippte vorsichtig, und ein köstlicher Geschmack, wie sie ihn noch nie erlebt hatte, breitete sich in ihrem Munde aus. Aber die Suppe war heiß, sie verbrannte sich fast daran; in der Kuppel kam das Essen mit einer Temperatur von achtundzwanzig Grad, genau portioniert und immer gleich schmeckend aus dem Autoservierer. Ihre Lippen schmerzten von der Hitze, aber das Aroma von Fleisch und Zwiebeln umgab ihre Zunge wie ein Narkotikum und betäubte angenehm ihre Sinne.

Sie trank den ganzen Becher leer, dann schlug sie mit ihrem Stock gegen einen Stein und hielt das leere Gefäß hin. Tristal nahm es und füllte nach. Wieder trank sie, fing kleine Fleischstückchen mit ihren Zähnen und betastete sie, während sie jedes gründlich kaute. Plötzlich fühlte sie sich schläfrig, kuschelte sich in die Fellrolle und war Sekunden später eingeschlafen.

Tor und Tristal spielten ein Spiel, das ›Na, na‹, das Rhythmusspiel der Shumai, und blickten dabei gelegentlich zu dem Mädchen hinüber. Schließlich stand Tor auf, nahm ihre getrockneten Kleider herunter und legte sie zusammen. Als er im Feuer stocherte, erwachte sie. Der Regen hatte sich in feuchten, großflockigen Schnee verwandelt; die Funken stiegen auf und schwärmten in das lautlos fallende Weiß. Celeste war momentan verwirrt und schwindlig vom Anblick der entgegengesetzten Wirbel aus Feuer und schwach erkennbaren Flocken. Was war das?

Tor blickte zu ihr hinunter. »Es schneit. Es ist wieder kälter geworden.« Sie nickte. »Hier sind deine Kleider. Zieh dich an«, fuhr er fort. »Tris und ich werden dir wieder den Rücken zukehren. Dann kannst du herauskommen, wenn du willst, oder weiterschlafen.«

Celeste zog sich an, sie schauderte in ihren verräucherten Kleidern, dann ging sie unter der Felsnase hervor und hielt die Hand in den Schnee, der verklumpte und schmolz, als er ihre warme Haut berührte. Was war mit den Blumen? Sie ging zu ihnen, kniete nieder, sah, wie sich der Schnee langsam auf sie häufte und sie niederdrückte. Mußten sie nun sterben?

Tor trat hinter sie. »Keine Angst«, sagte er. »Das sind Blutwurzen, die sind daran gewöhnt. Fast jedes Jahr fällt Schnee auf die Blüten. Wenn er schmilzt, springen sie wieder auf.«

Sie drehte sich um und runzelte die Stirn. Konnte das sein? Er streckte die Hand aus, und sie nahm sie und zog sich hoch. Sie hielt die Hand fest, spürte ihre Härte, die Schwielen – und ihre Größe, sie war viel größer als die von

Royal, sogar als die von Dexter. War er ein Mutant? Nein. Er war ihr zu ähnlich, und seine elternhafte Sanftheit war eine Dimension, die neu für sie war.

»Leg dich lieber wieder hin«, sagte er. »Morgen bringen wir dich zu deinen Leuten, wer sie auch immer sein mögen.«

Sie kroch zurück in Tors Fellrolle, während Tristal in die seine schlüpfte und Tor Blätter zwischen den beiden aufhäufte, sich hineinwühlte und Raran rief, sie solle sich zu ihm legen. Der große Hund gehorchte, ließ aber eine Vorderpfote auf Tristal ruhen. Bald lagen sie alle ruhig da und atmeten langsam und regelmäßig. Der Hund seufzte wie ein Mensch. Das Feuer brannte nieder, und Celeste starrte staunend nach oben, weil sie, fast ohne zu überlegen, aus einer Welt heraus- und in eine zweite, ganz andere eingetreten war. Sie atmete die feuchte Frühjahrskälte ein, beobachtete den fallenden Schnee und sank schließlich in einen tiefen Schlummer, entschlossen, nicht zurückzugehen. Nein. Wer weiß, was sie wegen ihres Ungehorsams und ihrer Initiative mit ihr machen würden. Sicher würden sie ihr nicht glauben, was sie gesehen hatte, außer sie nahm es mit. Aber dann würden sie wütend sein, weil sie in die reine Welt von Kuppeln und Ebenen, die mehr als tausend Jahre lang sorgfältig konserviert worden war, Strahlung und Mikroorganismen einschleppte.

Ihr letzter Eindruck vor dem Einschlafen war ein Erinnerungsbild – Butto, verschwitzt und nackt, und seine Kompfreunde, wie sie den toten Fetus in die Recyclingröhre gekippt hatten, und an das schwappende Geräusch, das der nasse Fleischklumpen dabei verursacht hatte. Sie schauderte unwillkürlich. Tor spürte ihre Bewegung, streckte die Hand hinüber und strich ihr im Dunkeln übers Haar. Nein. Sie würde nicht zurückkehren.

Sie erwachte am Morgen, als Tor sich regte und aufstand. Nun sah sie, daß sie in einer Senke zwischen Bäumen lagen. Im aufsteigenden Licht stellte sie fest, daß jeder Ast und jeder Zweig mit dickem, weißem Schnee bedeckt war, der schon jetzt anfing zu schmelzen und in die Helle eines blauen Tages herunterzuregnen. Bei diesem fremdartig schönen Anblick schrie sie auf. Tor drehte sich um und sah sie an, lächelte über ihre geweiteten Augen und ging dann zum Feuer, um neues Holz aufzulegen. Alle seine Bewegungen waren fließend und sicher, sie wirkten langsam, waren aber so flink, als hätte er sie vorher studiert und bis zur Perfektion trainiert.

Celeste stand auf, zitternd vor Kälte in ihrem dünnen Gewand, und streifte sich die Stoffschuhe über. Sie ging zum Feuer, streckte ihre Hände hin, zog sie vor der plötzlichen, starken Hitze zurück und streckte sie dann wieder aus. Die fremdartige Wildheit ihrer Umgebung erstaunte sie wie ein Traum. Tor legte ihr seinen Mantel um die Schultern und schnallte ihr seinen Leibriemen um die Taille. Der Mantel schien sie zu verschlucken.

Er lachte. »Erst Tris, und nun kommst du heimatloses Kind auch noch dazu. Ich sollte vielleicht einen Kindergarten aufmachen.« Sie runzelte die Stirn. »Nun, jedenfalls verstehst du, was ich sage«, fügte er hinzu. »Setz dich auf die Fellrolle! Wir müssen dir irgendwelche Schuhe machen; in dieser Nässe kommst du mit denen nicht weit.« Er deutete auf ihr dünnes Schuhwerk.

Sie tat, was er verlangte, und er nahm ein Stück Fell aus seinem Rucksack, kniete zu ihren Füßen nieder und nahm ein paarmal schnell Maß, wobei sie einen sonderbaren Schauder ungewohnter Vertrautheit spürte. Dann lehnte er sich gegen den Felsen und schnitt mit einem scharfen Messer ein primitives Paar weicher Stiefel zu.

»Weck Tris auf, Nachtmädchen! Er soll sie dir nähen, während ich etwas zu essen mache.«

Sie mußte über den Hund hinweggreifen, der wach aber entspannt dalag. Raran ließ ein leichtes, kehliges Knurren hören, und Celeste zuckte zurück. Tor stand auf und stellte sich vor den Hund. Raran rollte sich herum, wedelte mit dem Schwanz und kroch vor seine Füße. Tor hielt sie am Halsband fest. »Jetzt weck ihn auf!«

Wieder griff Celeste hinüber und rüttelte Tristal an der Schulter. Er wachte nur langsam auf, mit verquollenen Augen, blickte sich um, als hätte er vergessen, was letzte Nacht passiert war und registrierte erstaunt die Anwesenheit des Mädchens.

»Sie hat unser Nachtmädchen angeknurrt, Tris. Du solltest Raran lieber beibringen, daß sie jetzt noch einen Herrn hat.«

Tristal rollte sich zu dem Mädchen hinüber, dann klopfte er auf seinen Schoß. Raran kam sofort zu ihm und legte den Kopf hinein. »Jetzt streichle sie!« sagte er zu Celeste. Sie streckte die Hand aus, und die Hündin begann wieder tief zu grollen. Tris riß sie fest am Halsband, und sie drückte den Kopf noch stärker gegen sein Bein. »Jetzt!« sagte er wieder, und Celeste berührte ängstlich den Kopf der Hündin, streichelte ihn dann und spürte seine glatte Wärme, weicher als Schlafdecken. Raran schielte sie an. Celeste sah das lange Maul mit den vorstehenden, abgestumpften Reißzähnen und dahinter die Reihen spitzer Backenzähne, freigelegt von einer schlaffen Lippe mit schwarzem Bogensaum. Das Tier hechelte. Celeste fühlte sich von einem flüchtigen Schwindel ergriffen. Das war eine *Bestie.* Sie saß da und berührte eine *Bestie,* deren Kopf allein länger war als Dexters Nager.

Das plötzliche Gefühl des Neuen wich von ihr; sie wich zurück und schlug die Hände vors Gesicht. Als sie den Hundegeruch daran wahrnahm, wischte sie sie an Tors Mantel ab, aber schon steckte ihr Raran die Nase wieder in die Hand und befeuchtete sie mit Schleim, dann leckte sie die Finger mit ihrer langen Zunge. Celeste stand da und hielt die Hände in die Höhe. Würde sie jemals wieder sauber werden? Raran stand vor ihr und wedelte jetzt mit ihrem langhaarigen Schwanz. Celeste rannte zu Tor und klammerte sich an ihn.

»Raran ist nur ein Hund. Über Hunde weißt du wohl auch nicht viel, wie? Das ist schon sonderbar. Was sollen wir nur mit dir anfangen? Keine Angst. Heute bringen wir dich nach Hause.«

Sie klammerte sich nur noch fester an ihn, öffnete den Mund und wollte wieder sprechen, sie spürte seine massige Gestalt, seine Wärme, seinen Arm, der sie umfangen hielt. »Ich ...«, sagte sie. »Ich möchte nirgendwo hingehen. Ich

... ich möchte bei euch bleiben. Ich ... ich kann nicht ... ich kann nicht zurück.«

Tristal blickte von seiner Näharbeit auf. »Sie kann ja doch sprechen. Es hört sich an, als wäre sie eine Pelbar, glaube ich. Nicht wahr?«

»Sonderbar. Ja, es stimmt«, sagte Tor. »Dann wollen wir also im Pelbardialekt sprechen. Ist das besser? Verstehst du uns deutlicher?«

»Ja.«

»Bist du eine Pelbar?«

»Nein. Ich ... ich ...«

»Das ist nicht so wichtig. Aber ich weiß, daß du nicht mehr Nachtmädchen genannt werden willst, nur weil wir keinen besseren Namen für dich haben. Wie heißt du?«

»Celeste.«

»Also Celeste. Kein Pelbarname. Bist du sicher, daß du nicht nach Hause willst?«

»Nie. Nein. Ich möcht bei euch bleiben. Hier draußen.«

»*Hier draußen?* Wir werden nicht *hier draußen* bleiben, Celeste. Wir gehen nach Pelbarigan. Möchtest du mitkommen?«

»Pelbarigan? Ja, nimm mich mit! Pelbarigan?«

»Das ist eine Stadt am Heart-Fluß. Eine Pelbarstadt. Du siehst nicht aus, als wärst du in der Verfassung zum Laufen, aber gehen kannst du. Wir werden mehrere Tage brauchen. Willst du also mit uns kommen?«

Celeste nickte und fragte sich gleichzeitig, worauf sie sich da einließ. Instinktiv griff ihre Hand nach der Knopfreihe an ihrem Gürtel, um nachzusehen, was über Pelbarigan im Zentralspeicher zu finden war, aber das Gerät war natürlich nicht da, und sie spürte nur Tors schweren Leibriemen. Als sie sich umdrehte, sah sie Tristal, der für sie arbeitete, er schob eine breite Stahlnadel durch das Leder ihrer neuen Stiefel. Er lächelte sie schüchtern an, ohne etwas zu sagen. Sein Haar glänzte. Es war viel blonder als das von Tor, aber wie bei diesem war es hinter seinem Kopf in einem einzelnen Zopf festgebunden.

Sie hatte sich Tristal nie genau angeschaut, und jetzt sah sie seine klaren, ruhigen Augen, von verwaschenem Blau. Wieder verspürte sie den Schrecken und das Staunen über das Neue. Niemand in Kuppel und Ebenen sah so aus. Alles Dunkle war aus ihm herausgespült. Aber er war eindeutig ein Wilder, hatte nicht ihre sorgfältige Erziehung und bestimmt keine richtigen technischen Kenntnisse, wie er da flink mit seiner schweren Nadel arbeitete, einen hellroten Blutstropfen am Zeigefinger.

Tor reichte ihr eine ausgepichte Schale mit dickem, sämigem Eintopf aus denselben Zutaten wie in der Nacht zuvor. Sie aß mit Appetit und blickte dabei hinauf zu einem Eichhörnchen, das zwischen den hohen Ästen herumkletterte und Schneeklumpen verstreute. Sie hielt inne, den Löffel nahe am Mund. Tristal beobachtete sie. Unten im Tal klopfte ein Specht an einen Baum, und sie wandte erstaunt den Kopf diesem Geräusch zu. Eine unbestimmte Idee entstand in Tristals Kopf, aber er behielt sie für sich.

Im Laufe des Vormittags wurde er mit seinen Stiefeln fertig, er kniete nieder und streifte sie Celeste über, die Slipper ließ er ihr an, dann zeigte er ihr, wie sie die Stiefel binden mußte.

Tristal sagte zu Tor undeutlich etwas davon, er wolle den Berg hinaufgehen, ehe sie aufbrachen, dann machte er sich mit Raran durch den schnell schmelzenden Schnee auf den Weg. In einem leichten Bogen ging er zu der Stelle, wo er Celeste gefunden hatte. Ein kleines Kästchen glänzte im geschmolzenen Schnee. Tristal hob es vorsichtig auf, drehte es um und untersuchte es. Dann steckte er es in seinen Sack und ging weiter den Berg hinauf; bald darauf starrte er nach unten, hinaus über die leere Stelle zu der schweigenden, schneebedeckten Kuppel. Lange schaute er hinüber. Er war sicher, daß Celeste aus der Kuppel gekommen war. Er wollte es Tor nicht erzählen, damit sein Onkel nicht versuchte, das Mädchen zurückzubringen, und sich dabei an der leeren Stelle vergiftete. Was war mit Celeste? Würde das Gift ihr schaden? Hatte sie sich bald genug gewaschen? War die Strecke so kurz, daß sie sie gefahrlos hätte zurücklegen können? Wie konnte er sie warnen, ohne zu verraten, daß er wußte, woher sie kam, was sie doch sichtlich zu verbergen suchte? Nun, für den Augenblick wollte er es auf sich beruhen lassen.

Noch vor Mittag brachen sie zum Fluß auf. Sie kamen langsam voran, und Celeste fiel es schwer, schneller zu werden. Sie hatte regelmäßig auf Ebene eins im hinteren Teil trainiert und alle vorgeschriebenen Übungen gemacht, aber das hatte sie keinesfalls auf das Leben draußen in der Wildnis vorbereitet. Sie bemühte sich, Schritt zu halten, aber die beiden Shumai mußten sehr langsam gehen, sie sagten jedoch nie etwas dazu, sondern blieben freundlich und schweigsam. Sie merkte, daß sie sich auch nicht sehr wohl fühlte. Vielleicht war es das Essen, die Aufregung, die Flut von andersartigen Dingen. Teilweise mochte es auch an ihrer Angst vor diesem Universum von Neuem liegen. Sie biß die Zähne zusammen und ging weiter.

Aber bei Einbruch der Nacht war sie so erschöpft, daß sie neben dem Feuer, das Tristal anmachte, auf der Stelle einschlief, während Tor ins Gestrüpp schlenderte und kurz darauf mit zwei Kaninchen an seinem Gürtel zurückkehrte. Er hatte die Tiere abgebalgt, ohne daß Celeste es sehen konnte, damit sie nicht erschrak oder sich ekelte, dann schnitt er – den Rücken ihr zugekehrt – das Fleisch in einen siedenden Kessel und fügte die wilden Knollen hinzu, die sie unterwegs ausgegraben hatten. Aber Celeste schlief fest, nur ihr dunkles Haar war an der Öffnung von Tors Fellrolle zu sehen.

Am nächsten Morgen fühlte sich Celeste noch schlechter. Sie kämpfte sich hoch und ging bis Mittag, aber dann schnitt Tor mit seiner Axt einige Schößlinge ab, machte eine Bahre und legte sie hinein. Er und Tristal trugen sie bis zum späten Nachmittag, dann entschied Tor nach einem Blick auf seinen Neffen, daß auch der Junge am Ende seiner Kräfte war. Sie gingen weiter, Tor trug die Bahre vorn, und Celeste blickte nach hinten, in Tristals Gesicht, beobachtete seine schnellen Bewegungen, bemerkte seine Erschöpfung, stellte fest, daß er sie fast ohne darüber nachzudenken und ohne Protest ertrug. Sie hielt das für passiv und bewunderte ihn nicht dafür.

Am folgenden Tag schien sie noch schwächer zu sein und Fieber zu haben; wieder trugen die beiden Männer sie, und am späten Vormittag erreichten sie den Fluß. Sie holten

Tors Kanu aus dem Baum, in den der Shumai es gehängt hatte, und trieben bald auf den breiten Strom hinaus.

Sie beobachtete Thor, der sie besorgt ansah, während er flußaufwärts ruderte. Sie zeigte kaum Interesse an der großen Wasserfläche, nachdem sie anfänglich davor erschrokken war, und daran erkannte er, daß sie sehr krank sein mußte. Sie konnten nur hoffen, sie sobald wie möglich nach Pelbarigan zu bringen. Celeste schlief unruhig. Sie konnte das Essen nicht bei sich behalten, das Tristal ihr eingab, während er ihren Kopf in seinen Schoß bettete.

Einmal, als sie aufwachte, sah sie nur Dunkelheit, dann kleine Lichtpunkte über sich. Sie schrie vor Angst und setzte sich auf, dann spürte sie Tors Hand auf ihrem Knöchel, und er sagte: »Leg dich hin, Kleines! Wir fahren nach Pelbarigan. Leg dich hin und schau dir die Sterne an! Da. Siehst du, wie die Windungen der großen Schlange über den Süden greifen? Wenn du lange genug hinschaust, siehst du, wie eine Sternschnuppe ihr Licht über den ganzen Himmel zieht. Aber du kannst auch schlafen, wenn du willst.«

Später erwachte sie wieder. Alle Sterne hatten sich bewegt. Raran lag neben ihr, und sie merkte, daß auch Tristal, vor ihr zusammengerollt, im Bug des Kanus schlief. Tor ruderte mit gleichmäßigen Schlägen hinter ihr, und als sie sich regte, sagte er: »Schau noch einmal, Kleines. Siehst du? Über dir ist die Sternenkrone. Es sind acht Sterne, und sie heißen Ivi, Odu, Ictu, Nod, Efen Assu, Mok und Orau. Du wirst sie kennenlernen, wenn du unser Sternenspiel lernst.«

»Wo sind wir?« flüsterte sie.

»Ein Stück südlich von Pelbarigan. Bald geht die Sonne auf, und dann brauchst du nur noch den Kopf zu drehen, um die Türme der großen steinernen Stadt zu sehen, wo man viel besser für dich sorgen wird, als wir es können.«

»Tor?«

»Ja?«

»Du hast die ganze Nacht und den ganzen Tag gearbeitet?«

»Nein. Das ist ein Spiel, Celeste. Für jeden Shumai ist es die wahre Flamme des Lebens, draußen in der Luft oder unter diesem Sternenhimmel mit Freunden unterwegs zu sein.«

»Ich verstehe es nicht. Es ist alles so fremd.«

Wie um die Fremdheit noch zu steigern, ertönte in dem trüben, allmählich heller werdenden Licht das lange Horn vom Rive-Turm von Pelbarigan, der Schall hallte klagend bis zu ihnen, warf sich dann wieder auf den Fluß hinaus, prallte immer und immer wieder von jedem herausragenden Vorgebirge der Kalkklippen ab. Tor nahm das lange Stierhorn, das er im Kanu liegen hatte, und blies lang und rund eine Erwiderung, dann ruderte er weiter, wie Tristal im Bug, der inzwischen aufgewacht war und zum Ruder gegriffen hatte.

Celeste wollte sich aufrichten, verlor aber das Interesse. Tor drehte das Kanu langsam herum, damit sie in der Dämmerung einen Blick auf die Stadt werfen konnte, dann fuhr er weiter nach Norden, wo vier Gardisten am Ufer auf sie warteten, schließlich das Boot nahmen und es den sandigen Landehang hinaufzogen. Ahroe war bei ihnen.

»Ahroe«, sagte Tor. »Das ist Tristal. Wo ist Stel? Er hatte recht. Das ist Celeste. Sie kommt aus der Kuppel.«

»Was? Du hast es gewußt?« fragte Tristal.

Tor lachte. »Ich fürchte, das Draußensein war zuviel für sie. Sie ist sehr krank. Könnt ihr euch um sie kümmern?«

Ahroes Lächeln verblaßte, und sie blies auf dem Horn an ihrer Seite nach weiteren Gardisten. »Tor«, sagte sie. »Du mußt die ganze Nacht gerudert haben. – Aus der Kuppel? Erstaunlich. Das mußt du uns erzählen. Komm mit in unser Haus! Wir haben ein Bett für dich und eins für Tristal. Stel wird dir zu essen geben, dann kannst du schlafen. Die Gardisten und ich kümmern uns um das Mädchen. Celeste?« Sich niederbeugend sagte sie: »Hallo, Celeste! Ich bin Ahroe. Willkommen in Pelbarigan. Du wirst bald wieder auf die Beine kommen.«

Celeste schrie auf und streckte die Hände nach Tor aus, der kniete neben ihr nieder und zog sie zu sich hoch. »Du brauchst keine Angst zu haben. Sie werden gut für dich sorgen. Besser als wir. Du kommst wieder unter ein Dach. Ich fürchte, unsere Behandlung ist dir gar nicht gut bekommen. Ahroe wird dich behüten. Siehst du? Sie wird wie eine Mutter zu dir sein. Tristal ist wie dein Bruder. Sie haben alles, was du brauchst, nicht nur ein Feuer an einem Felsen und eine schmutzige Fellrolle und Murmeltiereintopf zum Essen. Jetzt gib mir einen Kuß, dann gehe ich mich ausruhen. Es macht mir nichts aus, Tag und Nacht durchzulaufen, aber bei dieser Ruderei kriege ich einen wunden Hintern. Komm, gib mir einen Kuß!«

Celeste hob ihren Mund zu seinem Bart, aber sie wußte nicht, wie sie küssen sollte. Tor gluckste und küßte sie auf die Stirn, dann ließ er sie wieder hinunter. Er stand auf, streckte sich, wischte sich die Hände an den Hosen ab und schritt mit Tristal auf das kleine Haus von Stel und Ahroe zu, das außerhalb der Mauern lag. Raran ging mit wiegendem Schritt neben dem Jungen her. Celeste drehte den Kopf und sah ihm nach, als die Gardisten sie auf eine Bahre legten, sie aufhoben und, begleitet von Ahroe, die die Hand des Mädchens hielt, auf das Haupttor zugingen.

# VIER

Zeller saß am Kontrolltisch. Eolyn stand neben ihm. Er legte die Schalter zur elektronischen Rufanlage um. »Komp 2, Komp 4«, sagte er gelassen.

»Ja, Prinzipal Zeller.«

»Habt ihr in Ebene sechs die Lagerung von Kohlenwasserstoffen überprüft?«

»Ja, Prinzipal. Es ist nicht viel da. Wir haben es in der Nähe der Steigleitung aufgestapelt.«

»Nicht viel? Habt ihr die alten Computerbänke auseinandergenommen und die Plastikteile abmontiert?«

»Auseinandergenommen? O nein, Prinzipal. Hätten wir das tun sollen?«

»Ja, natürlich. Macht euch gleich daran. 3,7,8,9 und 10 sollen euch helfen. Wo seid ihr?«

»Auf unserer Ebene, wir warten auf Befehle, Prinzipal.«

»Ihr solltet euch doch melden, sobald ihr fertig wart.«

»Sollten wir? Entschuldige, Prinzipal. Wir gehen auch schon.«

Zeller schaltete die Rufanlage aus, schaute Eolyn an, schüttelte den Kopf und sagte: »Ich habe den Verdacht, daß sie in das Lager auf Ebene sechs nicht einmal hineingeschaut haben. Sie liegen noch auf ihren Kojen und singen Buttos Gedichte. Er hat sie infiziert. Da haben wir uns soviel Mühe gegeben, die Mikroorganismen in diesem Bauwerk auszumerzen, und jetzt ist Butto selbst eine Infektion, obwohl er vielen von den Komps seinen Beifall nicht zuteil werden läßt.«

»Was haben sie denn schon zu hoffen? Was würdest du denn tun, wenn du ein steriler Zwerg wärst?«

Zeller errötete. »Wir haben alle unseren Platz bei der Erhaltung der Menschheit auf Erden.«

»In alten Zeiten hättest du einen guten Politiker abgegeben. Tatsache ist, daß wir die besseren Plätze haben. Aber jetzt scheint uns alles auf den Kopf zu fallen, und zwar schnell.«

»Wie meinst du das?«

»Wo ist die nächste Generation? Jetzt, wo unsere Genetiker umgekommen sind, leitet Butto den Bälgerschuppen. Ich war vor 1200 da unten. Hast du ihn gesehen? Er zieht Monster heran. Bisher hat er noch kein gelungenes Kind zustandegebracht, weder Komp noch Prinzipal.«

»Warum ist das nicht gemeldet worden?«

»Ich nehme an, Butto hat die Information geheimgehalten. Aber um die Wahrheit zu sagen, so gut waren die letzten Genetiker auch nicht. Celeste ist unsere Jüngste, und sie ist vierzehn. Und sieh sie dir an. Mit den Maschinen ist sie genial, aber sprechen kann sie nicht.«

»Sie konnte es aber«, sinnierte Zeller. »Ich wüßte gerne, was da passiert ist. Sie hat zweifellos auf ihre Umgebung reagiert.«

»Sei nicht so verbittert. Keiner von uns hat sie sich ausgesucht.«

»Wir werden auf die alte Form der Vermehrung zurückgreifen müssen.«

Eolyn schauderte. »Nicht mit mir. Wer wäre denn da? Ruthan, ich und bald Celeste. Kannst du eine Rasse mit drei Frauen retten, von denen eine dazu nicht bereit, die zweite ein bißchen sonderbar und die dritte nicht ganz normal ist?«

Zeller überlegte. Dann lachte er, streckte, als wolle er ihr nachstellen, die Arme nach ihr aus, grinste anzüglich und meinte: »Na, einen Versuch wäre es wert.«

Sie lachte, bewegte sich aber nicht. Zeller war enttäuscht. »Übrigens«, bemerkte er, »wo ist Celeste eigentlich?«

»In ihrem Zimmer, nehme ich an. Sie zieht sich oft zurück. Seit einiger Zeit ruft sie mich gelegentlich an, nur um kleine, bedeutungslose Bemerkungen auszudrucken. Sie wartet nicht einmal auf eine Antwort und bestätigt auch meine Antworten nicht, wenn ich ihr welche gebe.«

»Alles über Rufanlage?«

»Natürlich. Was ist los?«

Zeller runzelte die Stirn, dann gab er einen Kode zu Celestes Zimmer ein. »Celeste, hier spricht Zeller«, sagte er. Sie blickten zum Ausdruckmonitor hinauf. Bald erschienen die Buchstaben.

»Ja, Zeller. Ich habe dich auf dem Monitor, während ich mir ein Band anhöre. Das ist wichtig für mich. Macht es dir etwas aus, mich später anzurufen? Danke.«

»Celeste, Celeste«, wiederholte er.

Auf dem Schirm erschienen die Worte: »Ich weiß, daß du nichts wirklich Wichtiges von mir willst, Zel. Bitte laß mich diese Berechnung vom Band ausarbeiten. Danke.«

»Wir sollten in ihr Zimmer gehen, Zel. Das sind genau die gleichen Worte, die sie mir vor mindestens vier Zyklen geschrieben hat, nur der Name war geändert.«

Zeller stand schnell auf und rannte aus dem Kontrollraum und den Korridor hinunter. Bei Celestes Zimmertür war der Kode abgeschaltet, sie reagierte nicht. Zeller führte den Hauptkode ein, den er als Ebenentechniker kannte. Die Tür wollte noch immer nicht zurückgleiten. »Unser elektronisches Wunderkind hat den Hauptkode außer Kraft gesetzt«, sagte er zu Eolyn.

»Was wirst du jetzt tun?«

Zeller nahm seine Gürtelrufanlage und gab den Kode für den diensthabenden Komp ein. »Ja, Prinzipal Zeller«, sagte er.

»Melde dich auf Ebene eins, Südsektor. Bring Komp 28 und einen Werkzeugkasten mit.«

»Jetzt gleich?«

»Ja, jetzt gleich.«

»Ist es wichtig?«

»Ja. Gott soll dich verfaulen lassen! Ich gebe dir ungefähr 25, um hierherzukommen, sonst ziehe ich dich mit einem Strahler aus dem Verkehr.«

»Ja, Prinzipal. Hoffentlich findest du einen, der funktioniert.«

Zeller schaltete ab und schüttelte den Kopf. »So habe ich sie noch nie erlebt. Der chemische Ausgleich, den sie mit der Nahrung bekommen, muß anders zusammengesetzt werden. Allmählich schließt er auch Feindseligkeit ein. Wer ist dafür verantwortlich?«

»Butto.«

»Schon wieder er. Wir sollten das lieber Royal machen lassen.«

»Royal würde das als erniedrigend empfinden.«

Die Komps kamen im Trab mit ihren Werkzeugkästen den Gang herunter. »Öffnet diese Schiebetür«, sagte Zeller. Er hielt einen Strahler in der Hand. Eolyn hatte ihn noch nie zuvor mit einem gesehen und fragte sich, was da wohl vorging.

Die beiden Komps machten sich langsam und ungeschickt ans Werk. Sie schienen nicht fähig, ihre Hände und die Werkzeuge zu koordinieren und ließen ständig etwas fallen, aber endlich glitt die Tür auf. Der Raum war leer. Zeller durchschritt ihn, seine Augen schweiften schnell über Celestes kompliziertes Antwortsystem. Er gab einen Kode auf ihrem Pult ein. Über ihm schrieb der Monitor: »Ja, Royal, hier ist Celeste. Ich fühle mich gerade nicht wohl. Zuviel trainiert, nehme ich an. Ich war 300 lang mit Dexter im Pool und bin ständig geschwommen.«

»Wie konnte sie erwarten, daß sie damit durchkam? Angenommen, Royal hätte sie angerufen, während Dexter bei ihm war?«

»Wie oft sind wir zusammen? Das ist wieder ihre Ironie. Wir sind von Maschinen abhängig, und sie hat uns mit ihren Kenntnissen zum Narren gehalten.«

»Was hat das zu bedeuten? Wo ist sie?«

»Sie könnte überall sein – sogar draußen in der Kuppel, wie ich sie kenne.«

Zeller rief zehn Komps, stattete sie mit Wärmesensoren aus und schickte sie los, um Kuppel und Ebenen nach Celeste zu durchkämmen. Er rief auch alle Prinzipale zusammen und verkündete, daß sie verschwunden sei. Sie trafen sich im Kontrollraum.

Zeller war nervös. Er rief die Sucher. »Glück gehabt? Wo habt ihr gesucht?«

»Überall auf Ebene vier, fünf und sechs, Prinzipal. Aber wir haben sie nicht gefunden.«

»Sie liegen alle auf ihren Kojen in Ebene fünf«, sagte Royal nach einem Blick auf einen Monitor an der Wand.

»Dann haben sie überhaupt nicht gesucht. Royal, du

mußt ihre chemische Behandlung übernehmen. Da stimmt etwas nicht. Sie verweigern jede Tätigkeit. In Kuppel und Ebenen wird alles zusammenbrechen.«

Butto stand auf. »Das ist eine Beleidigung für mich. Es ist meine Aufgabe, und sie wurde korrekt ausgeführt.«

»Warum liegen sie dann auf ihren Kojen?«

»Ich werde mich um sie kümmern. In die chemische Behandlung dürft ihr nicht eingreifen.«

»Wir dürfen nicht? Ein solcher Satz befindet sich nicht in Übereinstimmung mit unserem Regierungssystem, Butto.«

»Nein. Aber eure Einmischung auch nicht. Ich werde sofort nach ihnen sehen.« Er verließ den Raum. Zeller folgte ihm ein paar Augenblicke später.

»Royal, ich schlage vor, du stellst ihre chemische Behandlung wieder um, ohne Butto etwas davon zu sagen«, meinte Eolyn. »Warst du in letzter Zeit unten im Bälgerschuppen? Butto bringt nichts als Fehlschläge zustande. Wir werden aussterben.«

Royal schüttelte den Kopf. »Nach so vielen Jahren, nach all den Erfolgen, all unseren Entdeckungen hier in den Ebenen, muß da am Ende alles versickern? Wir müssen schnell Korrekturen vornehmen. Nachdem das Stockwerk eingestürzt ist, gelten die alten Gesetze der Kuppelgründer nicht mehr. Wir haben zu viele Fähigkeiten, zu viele Kenntnisse verloren. Es war töricht, bestimmte Wissenszweige nur einem oder zwei Individuen zu übertragen.«

»Wer hätte gedacht, daß sie in dieser kontrollierten Umgebung einem unerwarteten Unfall zum Opfer fallen würden?«

»Es war vermutlich richtig, die Bevölkerungszahl auf fünfzig zu senken. Die Ebenen hätten die ursprünglichen 276 nicht erhalten können. Aber dadurch entstand eine prekäre Lage. Wieso haben wir es verlernt, mit Drogen umzugehen? Sie haben so lange gut gewirkt, haben sogar Ebenenmitglieder damit versöhnt, daß sie Dinge lernen mußten, an denen sie von sich aus vielleicht keinerlei Interesse hatten.«

»Vielleicht hat sich die Wirkung der Drogen verändert?«

»Vielleicht. Wir haben jedenfalls zwei unmittelbare Probleme. Wir müssen Celeste finden und die Ordnung bei den Komps wiederherstellen.« Royal unterstrich seine Bemerkungen mit zwei dunklen, geraden, langen Fingern. Dann entdeckte er den seltsamen Ausdruck auf Thorntons Gesicht.

»Nun, was ist?«

»Vermutlich wirst du lachen. Aber weißt du noch, Eolyn, wie ich dich wegen Celeste angerufen habe? Du warst wütend, deshalb habe ich die Unterhaltung abgebrochen.«

»Ja. Sie hat immer nur Schwierigkeiten gemacht.«

»Es ist nur eine Vermutung von mir. Erinnerst du dich an die grotesken Vögel, die sie gezeichnet hat?« Er gab den Kode wieder ein und rief Celestes Gans auf den Schirm. »Das spielte sich während des Zyklus unserer zweimal im Jahr stattfindenden Strahlungsmessung ab. Komps gingen in die Kuppel hinaus. Ich entdeckte, daß Celeste ebenfalls in der Kuppel gewesen war. Ich entseuchte sie ohne Aufsehen, weil ich nicht wollte, daß sie noch mehr Schwierigkeiten bekam. Sie gab zu, daß sie dortgewesen war, teilte sonst aber nichts mit. Ich habe folgende Vermutung: Celeste sah die Vögel vom Kuppelfenster aus. Nachdem sie oben vorbeiflogen, nahm sie an, daß sie von irgendwoher gekommen und irgendwohin geflogen sein mußten, und daß dieses Irgendwo frei von Strahlung war, da sie ja existierten. Folglich befinden wir uns nur in einer Strahlungsinsel. Ich glaube, daß sie die Kuppel verlassen hat, wahrscheinlich vor mindestens sechs Zyklen.«

Darauf folgte ein kurzes Schweigen. »Nun, Thornton«, meinte Royal, »man hat sich sicherlich die richtige Person ausgesucht, um das Wissen der Alten zu speichern. Ich dachte mir schon immer, daß du Phantasie hast, aber ...«

»Prinzipale, hier spricht Komp 3. Ein Notfall.«

Royal tippte den Kode ein. »Ja, Komp 3. Was ist los?«

»Zeller ist tot. Er ist auf der Treppe gestürzt.«

Alle standen auf und eilten in den Korridor hinaus, dann zum Treppenschacht, der die Ebenen miteinander verband. Den ganzen Weg über schrie Dexter: »Wartet, wartet!«, drängte sich zwischen ihnen hindurch und versperrte schließlich den Treppenzugang. »Hört mal, das ist doch zu komisch. Laßt mich allein mit einem Strahler hinuntergehen. Ich glaube, sie haben ihm etwas angetan. Drei ist einer von Buttos Lieblingskomps. Eolyn, du folgst mir in ungefähr siebzig Zähleinheiten mit einer Waffe.«

»Du bist verrückt.«

»Ja. Aber machen wir es doch trotzdem auf meine Art.« Er drehte sich um und schlüpfte durch die Tür. Seinen Strahler hatte er bei sich. Eolyn ging, um den ihren zu holen. Ruthan blickte ängstlich die Treppe hinunter und hörte bald das Fauchen und sah die Blitze abgefeuerter Strahlenwaffen. Sie schrie und lief, um ihre Handwaffe zu holen.

Dexter war vorsichtig, aber schnell hinuntergestiegen. Er sah den Schatten auf Ebene vier, als Komp 3 aus der Tür trat, um ihn auf dem Weg nach unten abzufangen. Aber der Komp war genauso unsicher auf den Beinen wie die beiden, die Celestes Tür aufgemacht hatten. Dexter warf sich flach auf den Boden, der Strahler zerfetzte die Wandverkleidung über seinem Kopf. Dann rollte er sich zur Seite und pumpte einen Strahlenstoß in den Komp, der dessen Kopf zerschmetterte. Als Dexter sich der Tür zuwandte, fauchte ein zweiter Stoß heraus und streifte seine Schulter. Er schoß noch zweimal durch die Öffnung; ein weiterer Komp spritzte auseinander. Dann stürmte Dexter durch die offene Tür und in das erste Zimmer auf der rechten Seite. Ein Kompraum; er war leer.

Mit einem schnellen Blick hinaus in die Korridore entdeckte er sieben Komps, die untätig herumstanden und wie Puppen vor sich hinstarrten, aber einer davon schien vier Beine zu haben. Dexter sah rechtzeitig, wie sich ein Strahler über die Schulter des Komps schob, so konnte er in den Raum zurückhechten, während der Strahler die Türangeln zerbröselte und die Tür schräg in den Korridor hinauskippte.

Aus einem Seitenraum drang plötzlich das Winseln eines Ultraschallstocks und schnitt den Komp entzwei. Dexter trat wieder in den Korridor hinaus, ging dort von einem Komp zum anderen und klopfte sie nach Waffen ab. Alle standen da und starrten aus aufgerissenen Augen vor sich hin. Er spähte schnell in den Raum, aus dem der Ultraschallstoß gekommen war. Komp 14, Thorntons Freund saß müßig da, den Stock in den Händen und tat, als sei er ebenso geistlos wie die anderen. Dexter sah sofort, daß er völlig munter war, blinzelte ihm zu und setzte die Durchsuchung fort, als Eolyn zu ihnen stieß.

Sie fanden Zellers Leiche am anderen Ende des Korridors, mit einem Loch in der Brust. Dexter wies zwei Komps an, Zellers Leichnam zu entkleiden, ihn zur Recyclingrutsche auf diesem Stockwerk zu schleppen und ihn hineinzuheben. Er war zu groß für die Öffnung. Sie würden ihn zerlegen müssen. Eolyn ging, aber Dexter blieb, um diesen Vorgang mit zusammengebissenen Zähnen zu überwachen. Dexter entnahm jedem toten Komp eine Gehirnprobe. Dann kamen sie ebenfalls in den Recycler. Sogar ihr Blut wurde abgesaugt, das rötliche Wasser aus der Wiedergewinnungsanlage pumpte man in die organische Kurzaufbereitung.

Jetzt waren noch siebenundzwanzig Komps übrig. Royal und Dexter trieben alle zusammen, die sie finden konnten, und führten sie auf Ebene vier, jeder war so stumm wie ein abgeschalteter Stromkreis. Komp 23, 24 und 25 fehlten. Dexter ließ sie ausrufen und fand heraus, daß sie sich auf Ebene sieben aufhielten. Sie behaupteten, nach Celeste zu suchen. Er befahl ihnen, sich auf Ebene 4, Entseuchungsraum einzufinden.

Royal mischte ein neues chemisches Präparat und gab jedem Mann eine Injektion, dann mußten sie sich auf den Boden legen. Bald fielen alle in tiefen Schlaf. Endlich trafen die anderen drei ein, sie wirkten verschwitzt und aufgeregt. Sie wehrten sich, aber Dexters Strahler überredete sie, sich Royals Injektion zu unterwerfen. Ruthan hatte Dexters Schulter verbunden, wo der Strahler des Komp eine Schramme gerissen hatte. Ihre Hände glätteten den getrockneten Sprühverband sanft, dann legten sie sich um seinen Hals.

Als die Komps im Koma lagen, kam Thornton. Der alte Mann war schockiert, als er seinen Freund 14 in der Reihe liegen sah. Zellers Tod hatte ihn ernüchtert.

»Wie lange werden sie bewußtlos sein?« fragte er schließlich.

»Mindestens noch 800.«

»Wir müssen in den Kontrollraum, um über die Sache zu sprechen.«

»Es wurden Maßnahmen getroffen. Wieso ist es notwendig, noch weiter darüber zu reden? Wir sind jetzt wieder auf Kurs«, sagte Royal.

»Bis auf Celestes Verschwinden, die Schwierigkeiten, die sich aus Zellers Tod ergeben werden, den Verlust des Öls und die Frage, ob es überhaupt einen Kurs gibt.«

Dexter unterbrach. »Alles schön und gut, aber zuerst sollten wir uns doch um unseren Freund hier kümmern.«

»Du meinst ...«

»Ja. Genau den. Sind seine privaten Einflußnahmen und die allgemeine, düstere Stimmung nicht schon zu weit gegangen?«

»Sich kümmern?«

»Ihn einsperren, bis sein Zustand studiert wurde. Verändert hat er sich auf jeden Fall. Er war nicht immer so. Ich erinnere mich an seine Spiele, sein Lachen, seine langen Rezitationen von Gedichten, die Belastungsproben und daran, wie großartig er die Komps im Griff hatte.«

»Man braucht eine ausgeglichene Persönlichkeit, um die Alten zu studieren«, sagte Thornton.

»Und man muß alt sein«, sagte Dexter lachend. »Vielleicht haben seine Probleme damit angefangen, aber es könnte auch sein, daß ihn die Veränderung seines Wesens soweit gebracht hat. Sein Studium dieses alten Dichters – wie hieß er doch noch?«

»Jeffers. Robinson Jeffers.«

»Ja, den meine ich. Das war nicht gut, und das gilt auch für die ganze orientalische Philosophie, was immer das sein mag.«

Royal seufzte und warf die Hände hoch. »Nun, Dexter, wie wäre es, wenn du und Eolyn euch um diese Sache kümmern würdet? Ich bereite eine Injektion vor. Wegen des Gesprächs werden wir später sehen.«

»Eolyn? Kommst du mit?«

»Sei vorsichtig, Dex«, sagte Ruthan.

Dexter lachte und kniff sie in die Wange. »Keine Angst,

Ruthan Tromtrager. Mit den Worten eines alten Generals: ›Ich komme wieder.‹«

»Oder eines alten Philosophen«, fügte Thornton hinzu. »Wir kennen jetzt den Feind, und wir sind er.«

»Unser?«

»Wir.«

»Ja. Nun, Eolyn, gehen wir und machen wir uns mit uns selbst bekannt. Ich habe den Strahler auf Betäubung gestellt. Haben wir einen Wärmesensor? Ich glaube, wir sollten es auf der siebten Ebene versuchen. Er glaubt, daß er sich da unbemerkt versteckt hat, aber ich meine, daß das jeder weiß.«

Die beiden machten sich auf den Weg, die abgetretenen Betonstufen hinab, hinunter auf die unterste Ebene, die jetzt Lagerzwecken diente, nachdem die Menschen in der Kuppel ihre Bevölkerungszahl verringert und ihre Aktivitäten auf die Konservierung von Ressourcen beschränkt hatten. Sie bewegten sich lautlos durch die dunkle Ebene, schwenkten den Wärmesensor herum und entdeckten schließlich in einer entfernten Ecke eine Reaktion. Als sie näherkamen, hörten sie Buttos Stimme in langsamem Gesang:

*»Verschlungenes Purpur, schwellende Reben,*
*aufstrebende Pflanzen, von Ranken umgeben.*
*Kolibris auf blitzenden Schwingen,*
*blutroter Himmel, in dem Winde singen,*
*bald gleitet die Schlange mit ihren Schuppen*
*über die Bäche, über die Kuppen.*
*Aufmerksam, wach das herrliche Haupt,*
*ihr Rot ziert die Wälder, üppig belaubt.*
*Doch da stürzt vom Himmel das Verdammen,*
*das Land versengt, die Bäume in Flammen.*
*Der Mensch, er stirbt, es ist besser, er endet,*
*als daß ...«*

An dieser Stelle traf ihn Dexters Betäubungsstoß ins Rückgrat. Er sackte mit einem Grunzen vornüber und starrte zu Boden. Dexter beugte sich hinunter und drückte ihm die Augenlider zu.

»Gütiger Himmel«, sagte er, »diese Ebenen haben mit die

schlechtesten Verse hervorgebracht, die man sich nur denken kann.«

»Vielleicht hat er die selbst gemacht. Brauchst du Hilfe?«

Ohne zu antworten drehte Dexter den nackten Butto herum, richtete ihn auf und hob ihn mit Mühe über seine Schultern. Dann sagte er: »Tut mir leid, daß du dir das ansehen mußtest, Eo.«

»Das hat nichts zu bedeuten. Nichts als organische Materie. Ich bin gut gedämpft. Sogar mein Ekel. Royals Mischung. Darauf versteht er sich.«

»Bringen wir ihn in sein Zimmer. Royal müßte schon warten.«

Nachdem Butto auf seinem Schlafpolster ausgestreckt und für den Augenblick ruhiggestellt war, gingen die beiden in den Kontrollraum. Royal war tief in Gedanken versunken und klopfte mit seinen langen Fingern auf den Tisch. »Durch Zellers Tod wird die Sache sehr ernst«, sagte er. »Wir müssen feststellen, in welcher Beziehung Butto dazu stand.«

»Ich glaube, es waren die Komps allein«, sagte Dexter. »Zeller und Butto waren in gewissem Sinne Konkurrenten in bezug auf die Anerkennung durch die Komps. Ich kann mir nicht vorstellen, daß Butto sich vorgenommen haben soll, Zeller zu töten. Vielleicht weiß Susan etwas. Ich werde sie fragen.«

»Susan? Schon wieder diese alte Schachtel?«

»Sie kannte Butto besser als jeder andere. Er hat sie immer in ihrem Zimmer besucht. Sie haben miteinander geredet, und sie hat zu diesem Holzding gesungen, das sie da hat.«

»Zum Hackbrett?«

»Ja. Dazu. Los, Eo! Wir schauen bei Susan hinein und erkundigen uns. Die Komps sind noch eine Weile weg. Thor, du kommst auch mit! Damit es gemütlicher wird. Schließlich wollen wir, daß sie den Mund aufmacht.«

Thornton stand seufzend auf und wischte sich die Hände an den Oberschenkeln ab. »Na ja, wenn ich schon nicht vielversprechend sein kann, werde ich wenigstens Gemütlichkeit verbreiten.«

Susans Zimmer lag versteckt in der äußersten Ecke der Ebene. Als die drei näherkamen, hörten sie Saitengeklimper und eine dünne, zittrige Stimme.

Dexter drückte auf den Summer. Der Antwortton kam. Die Tür glitt beiseite, und sie traten ein. Susan saß zusammengekuschelt auf ihrem Schlafpolster, das graue Haar zurückgekämmt und zu einem Knoten gesteckt.

»Was ist los?« fragte sie ruhig. »Ist es endlich soweit? Habt ihr abgestimmt, mich in den Recycler zu stecken?«

»Sue«, sagte Eolyn. »Sei nicht albern. Es geht um eine ernste Sache. Wußtest du, daß Zeller von den Komps getötet worden ist?«

Susan stieß einen kleinen Schrei aus und hielt sich die Hand vor den Mund. »Getötet«, flüsterte sie.

»Ja. Später fanden wir Butto unten auf der siebten Ebene, er sang und stand unter Drogen. Könnte er dahinterstekken? Du kennst ihn besser als sonst jemand. Was meinst du? Haben wir einen Paranoiker am Hals?«

Susan überlegte und berührte dabei mit den Fingerspitzen den Klangkörper des Hackbretts. »Das weiß ich natürlich nicht«, sagte sie. »Aber etwas muß man doch bedenken. Zwischen den beiden bestand offensichtlich Rivalität, aber dabei ging es nicht nur um die Herrschaft über die Komps oder deren Loyalität. Es ging nicht nur um die Arbeit, die sie sich teilten. Sie waren beide irgendwie in Eolyn verliebt.«

Eolyn schnaubte verächtlich, aber Susan glitt vom Schlafpolster und ging zu ihrem Kontrollbord. Sie schaltete ein Bild nach dem anderen auf den Schirm, meist Gruppenaufnahmen der gegenwärtigen Prinzipale bei verschiedenen Tätigkeiten. Durch die ganze Reihe zog sich ein roter Faden. Beide Männer schauten Eolyn an, hielten sich in ihrer Nähe auf oder standen so dicht bei ihr, daß sie sie fast berührten.

»Sie hatten die üblichen Dämpfungsverfahren befolgt«, sagte Susan. »Aber Eolyn wäre in der Welt der Alten der absolute Traum von einer Frau gewesen. Ich glaube, fast jeder normale, nicht gedämpfte Mann hätte gespürt, wie sein Pulsschlag sich beschleunigte, wenn sie vorbeiging.«

Nun warf Susan eine Aufnahmenserie von Modellen aus alter Zeit auf den Schirm, einschließlich aufgezeichneter

Abbildungen aus ›Vogue‹ und ›The New Yorker‹, und eine Serie aus den schlüpfrigsten Pornozeitschriften. Sie ließ die Bilder schnell durchlaufen und konzentrierte sich auf Ähnlichkeiten mit Eolyn. Die Echos, die sie gefunden hatte, waren auffallend.

»Mein Bericht ist natürlich unvollständig, da er nur Material enthält, das zur Zeit der Explosion in der Firmenbibliothek enthalten war. Jedenfalls erregte das Thema mein Interesse, besonders weil ich Butto so gut kannte und sah, wie er immer niedergeschlagener und verzweifelter wurde, und weil ich zu dem Schluß kam, daß er selbst nicht wußte, warum. Er sank tiefer in den Drogenkonsum. Ich habe die Aufzeichnungen – die bekannten – seiner Selbstversuche durchgesehen. Nun schaut euch das an und seht, ob ihr nicht das gleiche feststellt wie ich!«

Wieder setzte Susan den Bildschirm ein und projizierte eine Reihe von Formeln. Thornton blinzelte, und Dexter pfiff durch die Zähne.

»Nun«, sagte Susan, »wollen wir ein wenig kombinieren, da wir ja für einige von den Präparaten die Rückstandszeiten kennen.« Auf dem Bildschirm erschienen weitere Formeln, auch die für einige der primitivsten Halluzinogene.

»Die Komps werden bald wieder zu sich kommen«, sagte Dexter. »Armer Butto. Und armer Zeller. Du hast ihnen keine Chance gelassen, Eo.« Er lachte nervös.

»Die Komps waren eindeutig für Butto und sahen Zeller als Bedrohung. Ich habe einfach etwas studiert, was mir sonderbar vorkam. Ich hatte keine Ahnung, daß das soweit führen würde. Vielleicht haben sie auch Celeste beseitigt. Ich glaube, daß ich euch wenigstens eines gezeigt habe – wir kümmern uns nicht genug umeinander.«

»Ja. Aber jetzt müssen wir uns um die Komps kümmern«, sagte Dexter. Eolyn ging vor ihm durch die Tür. Thornton blieb zurück und lächelte Susan an. Dann beugte er sich zu ihr hinunter und küßte sie.

Sie lachte. »Nimm lieber ein Dämpfungsmittel, bevor du Dummheiten machst.«

»Ich glaube, du hast etwas Wichtiges festgestellt. Das glaube ich wirklich.«

»Es ist komisch, aber mir ist es nicht mehr wichtig. Ich habe nur noch einen Wunsch, ehe ich sterbe.«

»Aber ich bin zu alt für die Liebe. Du hast es mir selbst gesagt.«

»Still. Ich möchte die Kuppel verlassen und frei auf der Erde umhergehen, auch wenn sie radioaktiv verseucht, auch wenn sie leer und verbrannt ist. Ich habe nicht mehr lange zu leben. Ich wäre gerne der erste aus der Kuppel, der hinausgeht. Es würde mir nichts ausmachen, wenn ich in zwei- oder dreihundert Einheiten sterben müßte.«

»Du hast vielleicht gehört, daß ich glaube, Celeste hat die Kuppel verlassen. Aber jetzt muß ich gehen und 14 vor weiteren Machenschaften bewahren.«

»Celeste ist fort? Du kannst jetzt nicht gehen. Nein, ich glaube, sie ist in den Recycler gesteckt worden. Von Buttos Komp. Komm jetzt, Thorn!« Als er den Korridor hinuntereilte, rief sie hinter ihm her: »Das Schlimmste habe ich dir noch nicht gesagt.«

Thornton blieb stehen. Er blickte über die Schulter zu ihr zurück. Susan stand in ihrer Türöffnung, machte aber keine Anstalten, die Ebenen zu durchqueren und zum Entseuchungsraum zu kommen.

Inzwischen hatte sich das auslaufende Öl unter den Ebenen, die auf einem Untergrund aus Lehm und auf einer Felsnase aus Kalkstein ruhten, gesammelt. An einer Stelle begann es einen trockenen Stamm zu durchtränken, den man vor mehr als elfhundert Jahren im Gebäude vergessen hatte und der durch chemische Druckbehandlung vor Fäulnis geschützt worden war. Die Spitze des alten Pfeilers ragte durch einen Abschnitt unterhalb der siebten Ebene in den Lagerraum für den unter Druck aufbewahrten Reservesauerstoff. Es war ein langsamer Prozeß, aber nun hatte er begonnen.

# FÜNF

Tor saß auf einem Vorgebirge südlich von Pelbarigan und sah zu, wie die Sonne nach Westen zog, beobachtete Ameisen, die in einer Linie über den Felsen liefen, und einen Zaunkönig, der in das Dickicht darunter flitzte, dann wieder heraus und noch einmal hinein. Tor nahm eine Irisblüte auseinander, Blatt für Blatt, legte die Blütenblätter in einer Reihe auf seinem Knie aus, untersuchte gelangweilt ihre Form. Er sehnte sich danach, nach Westen aufzubrechen und seine Männer zu suchen.

Diesen Sommer würde Blu Axtschwinger sein. Blu war so groß wie Tor, und genauso drahtig. Blu war auch fast genauso schnell, wie ihre ›Na-na‹-Spiele zeigten, und er konnte den schwersten Bogen ziehen und einen Pfeil genau dahin schießen, wo er ihn haben wollte. Also würde Blu sein Nachfolger werden. Nein. Tor wußte, daß ihm etwas fehlte. War es sein Extremismus, die wilde Liebe zum Präriewind, wovon er so durchdrungen war, daß die Männer es spürten und darauf reagierten? Tor wußte es nicht. Er wußte aber, daß sie ihm überallhin folgen würden. Er hatte diese besondere Eigenschaft, die die besten Shumaiführer alle besaßen. Was es war, war ihm selbst ein Rätsel. Es zeigte sich darin, daß er jede Situation sofort erkannte und genau wußte, was zu tun war.

Blu hatte auch etwas davon. Aber es war eine Gabe, dieses Wissen. Tor wollte gerne gehen, aber Celeste wurde und wurde nicht gesund. Sie lag unten in Pelbarigan und hatte eine Krankheit nach der anderen, wenn sie die eine überwunden zu haben schien, kam eine neue. Sie rief nach ihm, wenn sie sich im Fieber herumwarf, oder lag teilnahmslos da, und er wagte nicht, wegzugehen, obwohl er nichts anderes tat, als da zu sein und lautlos stockend für sie zu beten. Die Haframa, die alte Frau mit dem strengen Gesicht, machte alles; sie behandelte Tor wie eine unangenehme

Medizin, von der man Celeste hin und wieder einen Schluck verabreichen mußte, wenn sie sie brauchte.

Aber er hielt es nicht lange aus in der Stadt, mit ihren alten Treppen, ihrer Stickigkeit und den dunklen Korridoren, daher blieb er hoch oben auf den Klippen, streifte durch die Wälder, betrachtete die kleine Pferdeherde, die die Pelbar von Nordwall hergebracht hatten, und tat nichts oder sah zu, wie sein Neffe zurechtkam. Er hatte angefangen, Trinkbecher mit den kunstvoll verschlungenen Mustern zu schnitzen, die die alten Shumai ihren Werken angedeihen ließen, wenn sie ermatteten und die Zeit des Laufens hinter sich hatten. Er fühlte sich alt. Gütiger Sertine, konnte so ein zartes, fremdes Mädchen sein Leben so verändern? Ja. Wegen Celeste, dem armen, heimatlosen Kind würde er bleiben. Und noch mehr, wegen dem, was Celeste bedeutete. Sie kam aus der Kuppel, obwohl sie sich weigerte, das zuzugeben. Sie war eigentlich zu krank, um überhaupt viel zu sagen. Tor hatte eine unbestimmte Angst vor der Kuppel.

Der Nachmittag neigte sich dem Ende zu, und weit draußen flogen die Reiher in kleinen Gruppen von ihren Futterplätzen in den Untiefen am Westufer über den Fluß zu den Inseln mit den hohen Bäumen. Weit unten konnte Tor sehen, wie Dailith der Gardist den Pfad heraufkam. Celeste mußte also wieder nach ihm verlangt haben. Tor wischte die Irisblätter zu Boden und ging Dailith auf dem Pfad entgegen.

»Celeste?« fragte er.

»Ja. Diesmal sieht es aus wie Windpocken. Sie ist voller Schorf und sehr verängstigt.«

»Sie hat ihre Kinderkrankheiten ausgelassen. In dieser Kuppel gibt es anscheinend keine.«

»Was auch immer. Jedenfalls sollst du kommen. Ich werde dafür sorgen, daß man dir etwas zu essen bringt. Jede Krankheit, die sie bekommt, ist sehr schlimm. Sie hat genügend Flecken für vier Kinder.«

Tor trabte den Pfad hinunter. Dailith ging hinter ihm und wagte nicht, auf dem losen Geröll so schnell zu laufen wie der Axtschwinger. Die Gardisten am Tor, an die großen

Mauersteinblöcke gelehnt, sahen ihnen entgegen. Ahroe stand da und streckte ihm den Arm hin. Sie faßten sich an den Handgelenken, als er vorbeiging. Garet hockte in ihrer Nähe und verfertigte ein kunstvolles Bauwerk aus kleinen Zweigen.

Als Tor den Raum betrat, wo Celeste lag, so leise, daß er die Haframa erschreckte und sie ruckartig den Kopf herumriß, drehte sich Celeste kaum um. Dann streckte sie ihm die Hand entgegen, und er nahm sie.

»Ich werde sterben, nicht wahr?«

»Sterben? Nein. Du bekommst deine Krankheiten alle auf einmal. Das habe ich dir schon gesagt. Es ist völlig normal. Alle Kinder müssen einfach aus Stahl sein, wie Eichenprügel. Du kannst es aushalten. Ich weiß es.«

»Es ist zu schrecklich, Tor. Du gehst nicht weg, nicht wahr?«

»Jedenfalls nicht völlig außer Rufweite. Ich werde hierbleiben und verweichlichen.«

»Es tut mir leid. Und ich bin auch kein Kind mehr.«

»Schon gut, Backenhörnchen. Du bist kein Kind mehr, aber vor ganz kurzer Zeit warst du noch eines. Es ist nur – nun, laß mal.«

»Worum geht's?«

»Wir können darüber sprechen, wenn es dir besser geht.«

»Nein, Tor. Ich langweile mich so, daß ich nicht so lange warten kann. Weißt du, daß es in dieser gekrümmten Mauer und in der Decke 397 Steine gibt? Die Winkel jedes Steins in der Wölbung schwanken zwischen 93 und 102 Grad.«

»Ich bin nicht der Mann, den du mit dieser Information beeindrucken könntest, Backenhörnchen.«

Celeste schwieg ziemlich lange. Schließlich fragte sie: »Was wolltest du sagen?«

»Nun, es geht um die Leute in der Kuppel. Ich mag ein wilder Mann sein, den diese gute Frau mit Entsetzen betrachtet, aber ich kann wenigstens ein bißchen denken. Ich weiß, daß du nicht über sie sprechen willst, aber das Problem ist, die Kuppel wird bald einstürzen, wegen der Erosion. Sie müssen rauskommen. Wir müssen ihnen helfen. Werden sie genauso krank werden wie du?«

Celeste schwieg, die Augen voller Tränen. Sie zog ihre Hand zurück.

»Schau mal, kleiner Vogel. Wir wollen doch nur helfen. Irgend etwas muß unternommen werden. Es gibt keine andere Möglichkeit. Wie wäre es damit? Du sagst mir, was wir tun sollen?«

»Werdet ihr es auch tun?«

»Wie kann ich das sagen? Weißt du, wir hätten eigentlich Grund, die Kuppel zu fürchten.«

»Du mußt jetzt weggehen und mich krank sein lassen. Laß mich sterben.«

Tor beugte sich über sie und legte seine Stirn an die ihre, wobei er sie von oben komisch finster anschaute. »Die Sache muß entschieden werden, Kleines. Wir können einer Entscheidung nicht einfach ausweichen. Ich dachte, du möchtest uns gerne helfen, sie zu treffen. Wer könnte eine größere Hilfe sein?«

»Vielleicht bin ich doch nur ein Kind. Hier gibt es so viele Menschen. Es ist alles so fremd. Ihr wißt so wenig, es ist, als ginge man zurück vor die Zeit der Alten.« Celeste seufzte und zupfte an ihrer Decke. Tor schaute Thya, die Haframa an, die leicht den Kopf schüttelte.

»Wir wollen jetzt nicht weiter davon sprechen.«

»Du gehst aber nicht weg?«

»Nein. Ich bleibe hier. Vielleicht könnte ich etwas zu lesen bekommen. Haframa, würde die Priesterin Avens mir diese Rolle noch einmal leihen?«

Die alte Frau lächelte. »Sie ist keine Priesterin«, sagte sie. »Und sie hat mir eine übrige Kopie gegeben, die ich für dich zum Lesen hierbehalten kann.« Sie reichte sie Tor, der nahm sie, setzte sich an das gewölbte Steinfenster und las stirnrunzelnd, mit sich bewegenden Lippen, während Celeste ihn anblickte, bis sich ihre Augen endlich zum Schlaf schlossen.

Tor las mühsam, bis das Licht nicht mehr ausreichte, und als er aufschaute, merkte er, daß die Haframa fort war. Er war überrascht. Er war gewohnt, solche Dinge zu bemerken. Was ging mit ihm vor? Als Axtschwinger mußte er einen wilden Stier über einen Berg hinweg spüren. Es war alles so friedlich, dieser Ort und diese Gottesvorstellung, Aven, Güte und Liebe selbst. Er schauderte unwillkürlich. War es ein Traum? Und führte er zum abgeschlossenen Leben der Pelbar? Er fragte sich, wie das wohl auf den Ebenen funktionieren würde.

Sein Geist griff aus, er dachte an die Kuppel und spürte wieder die Gefahr. Sie war unbekannt, eine steinerne Maske. Wer wußte, was für ein Gesicht sich dahinter verbarg? Tor fühlte den Rauch der Vorahnung und wünschte sich plötzlich, draußen auf dem Hochland von Kan zu sein und den freien Himmel zu beobachten.

Schritte tappten auf der Treppe, und Tristal trat ein mit einer Lampe und dampfendem Eintopf. Er machte ein ernstes Gesicht, als er Celeste sah, setzte sich leise hin und aß schweigend mit seinem Onkel. Als Celeste sich regte, wollte Tristal sie füttern, aber sie verlangte nach Tor. Der Axtschwinger fing den Blick des Jungen auf und teilte ihm mit den Augen mit, er solle das bei den Shumai nicht erwähnen. Dann wiegte er den Kopf des Mädchens und fütterte sie wie ein Vater ein Baby, seinen Mund öffnete er dabei im Gleichklang mit dem ihren. Sie aß, regte sich und setzte sich auf, dann, als sie Tristal sah, zog sie die grobe Decke bis an den Hals hoch. Er drehte den Kopf weg.

»Tor«, sagte sie unvermittelt. »Wenn du die Protektorin herbringst, werde ich darüber sprechen. Ich fürchte mich. Aber ich werde euch einiges über Kuppel und Ebenen erzählen. Vielleicht kann Tristal sie holen.«

»Sie ist jemand, zu dem man hingeht. Man ruft sie nicht.«

»Dann müssen wir vermutlich warten, bis ich gehen kann.«

»Ich werde versuchen, sie zu holen«, sagte Tristal und ging. Und so blickte die Jestana, die allein in ihren Gemächern aß, plötzlich auf und sah den Shumaijungen, der unangemeldet und unbemerkt hereingekommen war, dünn und bleich vor sich stehen.

Sie hielt inne. »Was ...?« begann sie. Dann fügte sie hinzu: »Das fremde Mädchen. Ist sie nun also gestorben?«

»Nein. Das Mädchen sagt, sie will über die Kuppel sprechen, und ich soll dich holen. Es tut mir leid. Tor sagte, daß du nicht zu den Leuten gehst, sondern daß sie zu dir kämen. Aber sie ist zu krank, um herzukommen.«

»Ja. Nun, setz dich! Kannst du etwas von diesem Pudding essen? Für mich ist er viel zu viel. Wie heißt du doch noch, junger Mann?«

»Tristal.«

»Ja. Tristal. Laß mich hier fertigmachen. Du kannst dich zu mir setzen, wenn du willst. Dann darfst du die Gardistin rufen, und wir gehen miteinander zu ihr.«

So saß Tristal in seiner groben Tunika, noch schmutzig von seiner Arbeit mit Stel an diesem Tag, bei der Protektorin von Pelbarigan, während sie aß, inzwischen stand die Gardistin ahnungslos draußen vor der Tür, träumte, zählte die Mauersteine, summte vor sich hin und ging im Geiste eine Langschwertübung durch.

Die Wache der Protektorin schreckte auf, als drei Gardisten den Korridor entlanggelaufen kamen, an ihr vorbei und durch den Vorraum der Protektorin stürzten, wo der alte Druk sinnierend an der Wand saß, dann in das Wohnzimmer stürmten, wo die Protektorin und Tristal saßen. Tristal fuhr auf, den Löffel auf halbem Wege zum Mund.

Die Gardisten blieben abrupt stehen, sie atmeten schwer. »Wir bitten um Verzeihung, Protektorin, aber ... man hat den jungen Shumai gesehen, wie er von der Mauer sprang und sich ... von der Obstgartenseite her auf deinen Balkon herunterschwang. Wir hatten Angst um dich.«

Die Jestana lächelte. »Ihr könnt bequem stehen. Danke für eure Besorgnis. Das ist Tristal.« Sie wandte sich an den Shumai. »Ich glaube, du solltest uns allen erklären, warum du nicht durch die Tür gekommen bist. So etwas ist wichtig, weißt du.«

Tristal richtete sich auf und stellte seinen Pudding hin. »Ich ... ich kam aus Celestes Zimmer und wußte, daß ich außen herum gehen mußte, dann zwei Ebenen hinunter und dann durch all diese Gänge, um hierherzukommen. So schien es mir viel einfacher und kürzer. Es tut mir wirklich leid. Ich wußte nicht, daß ich etwas Verbotenes getan habe.«

Der Gardehauptmann schaute ihn mit verkniffenem Mund an. »Ist dir nicht bewußt, daß das die Protektorin von

Pelbarigan ist, und daß man ihr mehr Respekt bezeigen muß?«

Tristal schaute sie verhärmt und ängstlich an, dann senkte er den Blick. »Aber sie ist die Mutter von Jestak«, murmelte er.

Die Protektorin warf dem Gardehauptmann einen rätselhaften Blick zu. »Ja«, sagte sie. »Die Mutter von Jestak. Vielleicht läßt du mir zwei Gardisten hier, Ras, wenn wir mit dem Essen fertig sind, will ich das fremde Mädchen in ihrem Zimmer besuchen.« Sie hob die Hand. »Nein. Keine Widerrede. Ich bin sicher, daß das Mädchen wirklich zu krank ist, um ins Ratszimmer zu kommen. Vielleicht hat sie beschlossen, uns etwas über diese Kuppel zu sagen, was wir wissen müssen. Nun, Tristal, mußt du mir und den Gardisten versprechen, nicht wieder über die Balkone hierherzukommen, sondern nur auf dem üblichen Weg, wenn du zu mir willst. Wenn du danebengesprungen wärst, wärst du bis in den Obstgarten hinuntergefallen. Außerdem gehört es sich nicht. Verstehst du das?«

Tristal sagte ja, fast im Flüsterton. Dann schaute er aus dem Fenster und meinte: »Es ist ein einfacher Sprung. Nicht einmal ich könnte da fehlen. Aber ich werde es nicht mehr tun.«

Der Gardehauptmann warf ihm noch einen Blick zu, und dann zogen sie und ihre zwei Gardisten sich zurück.

»Du magst Celeste, nicht wahr, Tristal?«

Er schaute sie an. »Ja. Ich verstehe es nicht. Sie weiß nichts mit mir anzufangen.«

»Vielleicht ist das dein Glück. Wir wissen nichts über sie. Nein, widersprich mir nicht! Man kann nicht alles mit dem Herzen entscheiden. Auch wenn du kein alter Politiker bist wie ich, bist du in Politik verwickelt. Das sind wir alle. Keine Angst. Du hast noch genug Zeit, um Freunde zu finden. Als mein Sohn in deinem Alter war, hatte er noch nicht einmal angefangen, an so etwas zu denken. Aber es gibt alle möglichen Jungen, und ich sehe, daß du zur einsameren Sorte gehörst. Ich bin jetzt auch in meiner einsameren Periode. Ich bin Witwe, und mein Sohn wohnt in Nordwall. Ich habe einen Enkel und zwei Enkelinnen, aber ich sehe sie selten.

Es freut mich, daß du mich besucht hast, und ich hoffe, du wirst wiederkommen.«

Tristal sah sie zweifelnd an.

»Ich meine es ernst, Tristal. Ich kenne mich mit Jungen ziemlich gut aus, weißt du. Du wirst nicht zögern, mich besuchen zu kommen, nicht? Es kann durchaus sein, daß ich oft zu beschäftigt bin, aber etwas Zeit finde ich sicher. Und jetzt dürfen wir nicht alle warten lassen.« Sie stand auf und streckte Tristal den Arm hin, so daß sie sich auf ihn stützen konnte, als sie zum Vorzimmer gingen, wo die Gardisten warteten.

Mit der Protektorin kam Licht in den Raum, denn beide Gardisten trugen lodernde Lampen, die orangefarbene, flackernde Flecken durch den Raum warfen, bis sie abgestellt wurden und gleichmäßig brannten. Tor stand vor der Jestana auf und verbeugte sich leicht.

Ein Gardist rückte einen Stuhl nahe ans Bett, und die Jestana ließ sich, auf Tristal gestützt, schwer daraufsinken. »Nun, Tristal, würdest du bitte draußen mit den Gardisten warten? Ich möchte später gerne noch mit dir sprechen.«

Tor, der nichts gesagt hatte, warf einen schnellen Blick zu seinem Neffen, zu den Gardisten und dann zurück zur Protektorin. »Protektorin, das ist Celeste. Celeste, bist du wach genug? Das ist die Protektorin von Pelbarigan, Adai, die Jestana. Du solltest dich geehrt fühlen, weil sie hierher gekommen ist, um dich zu besuchen.«

»Ja«, sagte Celeste.

»Tristal hat mir erzählt, daß du mir einiges sagen willst.«

»Ja. Ich ... es tut mir leid. Ich bin ganz durcheinander. So vieles ist neu. Alles ist anders, sogar diese Krankheit. Ich verstehe sie natürlich, aber sie ist nicht angenehm.«

»Was verstehst du, Celeste?«

»Ich gebe zu, daß ich aus der Kuppel komme. Wir nennen sie Kuppel und Ebenen. Wir haben eine Umgebung, die frei ist von gefährlichen Mikroorganismen. Ich wurde gegen einige Krankheiten geimpft, aber der größte Teil unserer Antitoxine wurde bei einem Unfall vernichtet, daher haben wir den Rest sorgfältig aufbewahrt, und für mich stand nichts zur Verfügung. Außerdem waren wir nachlässig geworden, vermutlich, weil wir nicht glaubten, daß wir zu unseren Lebzeiten die Kuppel verlassen würden. Ich bin die erste.«

»Ja. Ich verstehe nicht viel von dem, was du gesagt hast, Celeste. Vielleicht könntest du den ersten Teil in einfachen Worten ausdrücken?«

»Die Mikroorganismen?«

»Ja. Es hört sich an, als wolltest du sagen, ihr könnt irgendwelche Medikamente einnehmen und damit verhindern, daß ihr jemals bestimmte Krankheiten bekommt.«

»Keine Medikamente. Impfungen. Wißt ihr nicht, was Mikroorganismen sind?«

»So überraschend dir das auch vorkommen mag, kleine Freundin, nein.«

Celeste erklärte es ihr ausführlich aus ihrem umfangreichen Wissen über das mikroskopische Leben und seine Auswirkungen auf die Menschen heraus, während Tor seine Stirn immer mehr in Falten zog. Die Protektorin saß teilnahmslos da. Endlich hob sie die Hand und sagte: »Aber um mir das zu erzählen, wolltest du doch nicht, daß ich hierherkomme, nicht wahr?«

»Du glaubst mir nicht.«

»Es ist alles neu für mich. Ich fürchte, du hast recht, aber es ist doch etwas ganz anderes, wenn ich mir vorstellen muß, daß ich eine Art Kaninchenbau für solche Massen von feindseligen Wesen bin; ich bezweifle jedoch, daß du dir das alles ausgedacht haben kannst. Andererseits werde ich diese winzigen Geschöpfe, nachdem sie sich nun schon so viele Jahre von mir ernähren, im Augenblick weitermachen lassen. Wir müssen zu anderen Dingen kommen. Du sagst, es gibt noch mehr Menschen in der Kuppel, wie Stel es schon vermutete und auch Tor?«

»Ja.«

»Wie viele?«

»Erst muß ich wissen, daß ihr ihnen keinen Schaden zufügen werdet.«

»Celeste, wir fügen selten jemandem Schaden zu. Sieh uns doch an! Wir sind sanft wie die Mäuse. Meiner Ansicht nach gibt es vier Dinge, die uns unmittelbar beschäftigen müssen. Erstens: die Kuppel ist einsturzgefährdet. Zweitens: es sind Menschen darin, die gerettet werden müssen. Drittens: diese Menschen müssen in eine Gesellschaft integriert werden, wenn sie die Kuppel verlassen – etwas weniger überstürzt als du, wie ich hoffe. Und zum letzten – und das ist äußerst wichtig, nicht nur für uns, sondern für alle Völker des Heart-Flusses und darüber hinaus für alle Menschen in Urstadge –: die Menschen in der Kuppel verfügen über alle möglichen Kenntnisse, die für die übrigen seit der Zeit des Feuers verloren sind. Dieses Wissen müssen wir der Menschheit wieder zuführen. Das ist von verzweifelter Wichtigkeit.«

Celeste lag eine Zeitlang schweigend da. »Ja, es gibt wirklich eine ganze Menge von Dingen, die sie euch beibringen könnten, aber auch sie können von euch einiges lernen. Und ich bin nicht sicher, daß sie dazu bereit sind. Sie wollen sicher alles unter ihre Kontrolle bekommen. Sie wollen sicher diese Stadt übernehmen und alles auf ihre Weise machen. Es sind meine Leute. Aber sie gehen nicht so miteinander um wie ihr. Sie waren zu lange da drin. Ich bin auch nicht anders. Das merke ich. Ich spüre eine große Leere.«

»Das kommt nur daher, weil du krank bist, meine Liebe.«

»Nein. Es ist mehr. Es ist eine taube Stelle. Wir empfinden kaum etwas. Meine wirklichen Freunde sind die Maschinen und Rechensysteme. Schau. Du und Tor, ihr seid einander doch eigentlich fremd, aber ich spüre, daß zwischen euch Gefühle hin- und herströmen. Ich liege nun schon lange hier und denke darüber nach. Es ist wahr.«

»Wenn mich Tor vor fünfzehn Jahren außerhalb der Stadt gesehen hätte, hätte er mich getötet.«

»So lange? Da war er doch noch ein Junge.«

»Na und?«

»Ja, er hat mir davon erzählt. Aber er hätte dir gegenüber trotzdem gewisse Gefühle gehabt. Er hätte nicht alles nur berechnet.«

»Nein. Soviel Mühe hätte er sich nicht gemacht«, sagte die Protektorin glucksend.

»Wir berühren einander nur selten, weißt du.«

»Was erkennst du daraus?«

»Ich sehe, daß sich hier alle berühren. Tristal kommt, und

Tor legt den Arm um ihn. Tor küßt mich, und ich spüre, daß etwas wie ein Schock von ihm ausgeht. Tristal möchte mich berühren, aber ich lasse es nicht zu. Sie schlafen aneinandergeschmiegt, samt Raran, dem großen Hund. Stel und Ahroe kommen her. Sie berühren sich. Garet berührt sie. Er greift nach mir.«

»Das ist nur eine Gewohnheit. Die kann man lernen.«

»Wirklich? Ich sehe es, aber ich verstehe es nicht. Trotzdem erinnere ich mich, wie mich Tor ganz voller Schlamm zum Feuer trug. Ich wurde von etwas mitgerissen. Es hatte große Kraft. Ich habe mich ihm überlassen.«

»Ja, Celeste. Hast du also Angst davor, daß es deine Freunde in der Kuppel nicht zu Berührungen kommen lassen werden? Daß sie unsere Zusammengehörigkeit nicht spüren, die von den Shumai zu den Pelbar und sogar noch weiter bis zu den Tieren reicht? Fürchtest du, daß sie trotz all ihres Wissens deshalb in einer Weise handeln könnten, die nicht in unserem Interesse liegt?«

»Ja.«

»Aber du liebst sie doch. Du kannst nicht wollen, daß wir sie da drinnen sterben lassen, wenn die Kuppel einstürzt.«

»Lieben? Ich bin nicht sicher, ob ich verstehe, was du meinst. Ich glaube nicht. Thornton vielleicht, aber er ist ein alter Mann. Aber er ist oft freundlich. Ich habe jetzt Angst vor ihnen.«

»Du liebst Tor. Das sehe ich. Nein, schlag nicht die Hände vors Gesicht. Wir sehen es alle und akzeptieren es als normal. Er liebt dich offensichtlich auch, hinter seinem wilden Bart. Siehst du? Er leugnet es nicht. Wenn du es so schnell lernen konntest, dann ...«

»Aber du verstehst mich nicht. Du hast Eolyn nicht kennengelernt, oder Zeller oder Dexter. Du hast die Komps nicht gesehen. Du hast nicht gesehen, wie Butto versucht hat, Babies zu machen und gescheitert ist.«

»Babies machen?«

»Ja. Im Labor. Um die Genetik zu steuern – das heißt, zu bestimmen, wie das Kind wird. Ja, das können wir. Nein, wir können es nicht. Wir konnten es einmal, aber jetzt haben wir es verlernt. Weißt du, daß alles, was wir essen, alles, was wir verwenden ... – oh, ich schäme mich so sehr für all das.«

»Aber du hast getan, was du tun mußtest. Und du veränderst dich. Sie werden sich anpassen.«

»Werden sie das? Ich bin nicht sicher. Ich bin nicht sicher. Ich glaube nicht einmal, daß ich es wirklich kann.«

»Dann, liebes Kind, machst du dir mehr Sorgen um uns als um sie. Was ist da drinnen geschehen, was dich so vertrieben hat, daß du eine ganze Welt, alles, was du kanntest, gegen das Fremde eingetauscht hast?«

»Sie waren das Fremde. Sie waren es wirklich. Mehr Fremde als ihr. Ich weiß. Ihr müßt sie herausholen. Aber ich habe solche Angst. Sie haben große Macht. Mit weniger seid ihr sicherer.«

Alle drei in dem düsteren Raum schwiegen. Schließlich sagte die Protektorin: »Nun, Celeste, ich danke dir für deine Freundschaft und für deine Offenheit. Ich werde den Rat einberufen, um über das alles zu sprechen. Tor, sag bitte den Gardisten, sie sollen hereinkommen. Wenn du dich jetzt ausruhst, meine Liebe, wirst du sicher gesund werden. Schließlich gibt es nur eine endliche Zahl von Krankheiten, und die Liste machst du doch recht schnell durch. Ich werde dich nicht küssen, so wie Tor, weil ich mich plötzlich als eine von winzigen Käfern wimmelnde Stadt sehe – was waren es doch noch? Ach ja, Mikroorganismen. Eines Tages würde ich gerne einmal einen davon sehen. Und jetzt gute Nacht.« Sie klopfte auf die Bettlaken, stützte sich auf die Gardisten und verließ langsam den Raum.

Als Tristal und die Protektorin langsam die erleuchtete Treppe zur Ebene ihrer Gemächer hinunterstiegen, sie am Arm eines Gardisten, ging bei der Kuppel eben die Sonne unter. Das alte Gebäude verlor das Sonnenlicht, in das es getaucht war, und gab jetzt die restliche Außenwärme an die Luft und an die Insekten ab, die es umschwärmten, draußen, am Rand der leeren Stelle.

In ihrem Zimmer schaute Eolyn wieder einmal die Bilder schöner Frauen aus alten Zeiten an. Es stimmte. Wie Susan gesagt hatte, war sie selbst genauso schön wie sie. Sie wählte eine schlanke, blonde Frau an einem Strand in der Sonne, die eine sonderbare Flasche mit einem langen Hahn in der Hand hielt. Sie vergrößerte Gesicht und Hals auf dem Bildschirm, tippte einen Kode ein und brachte ihr eigenes Gesicht in Überlagerung. Ja. Die Knochenstruktur war die gleiche. Da, die leicht schrägen Augen des Modells waren ein Makel. Sie selbst war im Kontrast dazu vollkommen.

Sie wechselte zur Hand und spreizte ihre eigene zum Vergleich. Wieder war sie fast identisch, bis auf die lächerlich langen Fingernägel des Modells.

Vielleicht war sie irgendwie im Hauptplan der Gründer enthalten. Sollten sie die Kuppel zu ihren Lebzeiten verlassen, dann wäre sie die neue Eva, die eine, vollkommene Quelle, die Mutter alles Lebendigen. Nein. Aufgeschwollen von Babies, das wollte sie nicht sein. Sie wollte unverändert durch die Zeit strömen, eine Göttin der Schönheit. Irgendwie mußte sie den Alterungsprozeß erforschen und eine Möglichkeit finden, ihn aufzuhalten. Das war bestimmt auch in den Genen enthalten. Bestimmt konnte sie sich erneuern. Sie mußten die Systeme außerhalb des Mutterleibs wiederentdecken für das Leben draußen und sie fortführen. In der Vergangenheit hatten sie gut funktioniert.

Aber sie wußte, daß das Wahnsinn, Eitelkeit war. Nein. Sie konnte nicht jede Zelle in ihrem Körper verändern. Auch sie würde altern, und die makellose Blüte der Menschheit würde entweder ihre Blütenblätter abwerfen, oder sie an eine andere, makellose Blüte weitergeben. Was für eine Tragödie. Wie konnte sie es ertragen, ihr eigenes Kind erwachsen und schön zu sehen, wie es sich über die Erde bewegte, während sie selbst verblaßte? Nun, das war der Lauf der Dinge, oder es waren jedenfalls die menschlichen Koordinaten, innerhalb derer sie arbeiten mußte. Es gab eine Logik, aber die war evolutionär, nicht dafür gedacht, Einzelwesen zufriedenzustellen. Ein Makel im System, fand Eolyn.

Aber wenn sie die Kuppel verließen, falls das geschah, wer würde der Vater sein, wenn sie Mutter werden mußte? Konnte sie etwas aus dem Samendepot verwenden, damit sie keinen Vater brauchte? Nein. Sie schauderte. Irgendein

Mann mußte beteiligt sein. Andererseits war das vielleicht gar nicht so schlecht. Sie war von den Magazinen angesteckt worden. Das Leben der Alten, wie es von ›The New Yorker‹, von ›Vogue‹ dargestellt wurde – wie befriedigend mußte es gewesen sein, all diese Gaben sich selbst zu schenken, die Reichtümer der Erde, und zu wissen, daß es reine Eitelkeit und kindisch war, aber trotzdem ohne ein anderes Motiv zu haben, kein humanitäres Ideal, und daher der Sinneslust zu frönen. Es war eine Möglichkeit, zu werden, was man nicht war, den Genuß der Phantasie auszukosten, der dadurch entstand, daß man sich selbst, seinen erbärmlichen Körper mit Dingen umgab, empfohlenen Dingen, die schwer zu erlangen und anderen verwehrt waren. Es war, als streichele man sich selbst, um sich zufrieden schnurren zu hören.

Und Dexter? Ja, er war der einzig mögliche Partner. Auch er war ein ausgezeichnetes Exemplar – ein wenig kalt vielleicht, aber symmetrisch und mit genügend Distanz, um nicht rührselig zu werden. Sie konnten eine neue Generation hervorbringen, jetzt, wo Butto so offensichtlich versagt hatte. Dexter. Susan hatte gezeigt, wie die Männer zu ihr hindrängten. Dexter natürlich nicht – noch nicht. Aber sie war ein Magnet – trotz der Dämpfungsmittel. Sie lächelte vor sich hin.

In diesem Augenblick hatten Dexter und Ruthan in seinem Zimmer einen Kode eingegeben, der verhinderte, daß jemand eintrat. Sie wirkte müde und erschöpft, verwirrt und ängstlich.

»Ich weiß nicht, Dex. Irgendwie ist es nicht richtig, oder? Du hast keine Loyalitätsbindung zu mir.«

»Doch, Ruthy. Und unsere Liebe wird ein weiteres Band für uns sein. Welche Bindung könnte es denn geben? In alten Zeiten war das die einzige, die wirklich funktionierte. Die alte Zeremonie der Heirat? Wir sind alles, was auf einem öden, verwüsteten Planeten noch übrig ist, und seine einzige Hoffnung auf Regeneration. Das allein ist doch schon eine Heirat, nicht wahr?«

»Oh, Dex, ich bin nicht sicher. Es ist so geheim. Royal wäre nicht einverstanden.«

»Royal? Das glaube ich auch nicht. Komm, Ruthy! Ich

weiß, daß du mich liebst.« Er nahm sie in die Arme und küßte ihr Gesicht, systematisch, ohne eine Stelle auszulassen. Sie entspannte sich allmählich, und er drehte sie flink um, legte sie mit dem Rücken auf sein Schlafpolster und rückte zu ihr heran. Das Lichtfeld schwächte sich ab, und die Lichtmuster auf dem Bildschirm, die die Lage in der Nagerabteilung anzeigten, standen still, bewegten sich dann und bildeten, unbeachtet, eine neue Position. Im linken Quadranten wurde eine Geburt registriert – fünf neue Rattenleben begannen, winzige Herzen tickten, winzige Mäuler öffneten und schlossen sich wie pulsierende Polypen. Der Lichtpunkt, der die Mutter darstellte, wandte sich gleichgültig ab. Die Aufzeichnung eines kleinen Herzens kam zum Stillstand. Die anderen wurden weiterhin sicher und lückenlos in diesem Abschnitt des Bildschirms überwacht.

Nach einiger Zeit seufzte Ruthan, die Arme immer noch um Dexter gelegt, und schloß fest die Augen, in ihren Augenwinkeln standen Tränen. Dexter grinste zu ihr hinunter. Dann streckte er die Hand aus und berührte einen Knopf. Eine Tür in seiner Wand glitt zurück. Drei weiße Ratten saßen verstört in drei nebeneinanderstehenden Käfigen. Eine winzige Signallampe leuchtete auf, alle drei richteten sich auf, klatschten mehrmals lautlos in ihre rosa Händchen und sanken wieder zurück. Verschmitzt berührte Dexter das Signal noch einmal. Wieder richteten sich die Ratten gehorsam auf und klatschten. Dann ging die Tür zu. Dexter unterdrückte das Lachen.

Er beugte sich zu Ruthan hinunter und murmelte ihr ins Ohr: »Nun, mein Liebes, du hattest keine Mutter, und ich, ich hatte auch keine Mutter, und nun werden wir vielleicht tatsächlich Mutter und Vater. Ist das nicht alles sonderbar?« Ruthan vergrub ihr Gesicht in seiner Schulter und ließ es dort, bis er schnaufend von ihr abließ.

Als die Protektorin wieder ihre Räume betrat, gab sie Tristal ein Zeichen, er solle seinen Platz am Eßtisch wieder einnehmen, sie setzte sich ihm gegenüber in ihren großen Stuhl.

Die Protektorin wirkte zerstreut und unruhig, und Tristal

blieb still sitzen und blickte sich in dem ziemlich tristen Raum um. An der Wand hing eine Pellute an einem aus Süßgräsern geflochtenen Band. Sie hatte dem verstorbenen Gatten der Jestana gehört, einem stillen Mann, fügsam nach Art der Pelbar, der seine Träume in Musik und in heftiger Loyalität zu seinem einzigen Sohn Jestak auslebte, der vor vierzehn Jahren die Geschichte des Heart-Flusses verändert hatte, indem er seine Völker einte.

»Tristal«, begann sie, »ich habe dir zwei Dinge zu sagen – vielleicht drei. Alle sind verschieden, und doch sind sie alle miteinander verbunden.

Die Sache mit der Vorgehensweise. Wenn du draußen auf den Prärien bist und dich einem Shumailager näherst, was machst du dann?«

»Das Begrüßungshorn blasen oder schreien, wenn wir keines haben.«

»Was geschieht, wenn du das nicht tust?«

»Vielleicht nichts. Vielleicht kommt es auch zum Kampf, wenn die anderen glauben, daß wir Feinde sind.«

»Ihr gebt also immer ein Signal?«

»Ja. Das sind wir so gewöhnt, daß wir es gar nicht mehr merken.«

»Genau, Tristal. Nun, auch wir haben solche Vorgehensweisen. Eine davon ist die Art, wie man sich der Protektorin nähert. Ich bin schließlich die wichtigste Person in Pelbarigan – oder wenigstens ist das die Person, die dieses Amt innehat. Keine Angst. Ich empfinde das nicht als Grund zum Stolz, sondern eher als Last. Ich wäre lieber bei meinem Sohn und meinen Enkeln in Nordwall. Nun möchte ich gerne, daß du mir ein Versprechen gibst, und hoffe, daß du es tust.«

»Ein Versprechen?«

»Ja. Ich möchte, daß du alle Vorgehensweisen der Pelbar befolgst, solange du bei uns bist. Dazu gehört, daß du mich als ›Protektorin‹ ansprichst, wenn andere dabei sind. Wirst du das tun?«

»Warum?«

Die Protektorin rutschte auf ihrem Stuhl herum. Sie fuhr mit dem Finger über die Tischplatte zwischen ihnen. »Weil das die einzige Möglichkeit ist, wie ich dich oft sehen und viel für dich tun kann.«

»Warum möchtest du das?«

»Was ist mit deiner Familie geschehen?«

Ein schmerzlicher Ausdruck beschattete Tristals Augen. »Sie sind in einem Feuer auf der Prärie umgekommen.«

»Warst du dabei?«

Tristal schluckte krampfhaft und blickte zu Boden, dann nickte er.

»Du brauchst es mir nicht zu erzählen. Ich bin froh, daß du Tor hast. Aber er ist ... nun, er ist immer in Bewegung, nicht wahr? Pelbarigan bewegt sich nicht.«

Tristal blickte auf. »Hier habe ich Stel und Ahroe. Und Hagen.«

»Ja. Nun, mehr wollte ich nicht. Du kannst gehen.«

»Ich dachte, es gäbe drei Dinge?«

»Das ist nicht wichtig. Du kannst jetzt gehen.«

Tristal saß völlig reglos, und die Protektorin wurde ärgerlich über seinen Ungehorsam. Er ließ den Kopf sinken. »Ich wollte nicht unhöflich sein«, sagte er. »Ich sehe aber, daß ich es doch war. Du mußt dir das so vorstellen wie das Verhalten der Mäuse auf dem Großen Felsen.«

»Was heißt das?«

»Für sie ist es kein Großer Felsen. Sie behandeln ihn wie jeden anderen Ort, weil sie es nicht besser wissen. Ich verstehe wahrscheinlich auch nicht. Aber ich möchte mich bemühen, dir nützlich zu sein, wenn du das gerne möchtest. Ich meine es ernst. Du mußt mich verstehen. Ich weiß, daß ich ein unwissender Knabe bin, und mein einziger Pluspunkt ist, daß mein Onkel sich um mich kümmert. Eines Tages werde ich deshalb irgend etwas tun.«

»Dein Onkel? Möchtest du denn Axtschwinger werden? Du mußt einsehen, daß das eine im Verschwinden begriffene Lebensweise ist. Selbst jetzt sammeln sich die Shumai schon als Farmer und Hirten um Nordwall. Ich höre, daß sie auch entlang des Isso-Flusses Farmen errichten.«

»Aber Protektorin, ein guter Axtschwinger, das ist etwas, was du nicht verstehst. Und Tor ist der beste. Die Shumai – wir tun uns nicht in Städten zusammen wie ihr. Wir sind frei. Aber Tor kann sie organisieren. Sie sind wild und rastlos, aber er hält Disziplin. Er hat so eine Art, Dinge zu wissen, und das spüren sie.«

»Was zu wissen?«

»Das ist schwer zu sagen. Er scheint zu wissen, wo die Rinder sind, wo Gefahr besteht, wie man in den westlichen Ebenen im Sommer Wasser findet. Er weiß es, wenn einer seiner Männer wütend ist oder wann ich so einsam bin, daß er seinen Arm um mich legen muß; und wenn er es tut, verschwindet die Einsamkeit. Ich kann nicht sagen, wie er das weiß. Er weiß es einfach.«

»Ich verstehe. Kannst du das auch?«

»Nein. Überhaupt nicht. Ich tauge allgemein nicht viel.« Das sagte Tristal so offen, daß die Bemerkung zur Feststellung einer Tatsache wurde, ohne Bedauern und Klage. Die Protektorin legte die Fingerspitzen aneinander.

»Du könntest jetzt etwas für mich tun, wozu niemand sonst in der Lage ist.«

»Ich werde es tun, aber ich bin absolut nicht sicher, daß ich es richtig machen werde.«

»Weißt du, wo Nordwall ist?«

»Natürlich. Den Heart aufwärts.«

»Könntest du eine Botschaft von mir zu Jestak bringen? Niemand darf es erfahren. Ich möchte die normalen Kanäle nicht benützen. Du wirst einige Zeit dazu brauchen.«

»Natürlich. Ich breche sofort auf, wenn du willst.«

»Morgen früh wird reichen. Aber du darfst nicht einmal jemandem sagen, wohin du gehst. Du mußt zuerst in eine andere Richtung gehen. Hier ist zuviel Opposition gegen Celeste und die Kuppel.«

»Tor wird es wissen.«

»Tor wird ... Ja, natürlich. Ich werde es ihm sagen.«

Tristal stand auf. Dann meinte er: »Ach ja. Da war noch etwas.«

»Ja. Setz dich! Ich mache mir deinetwegen Sorgen. Du siehst Celeste so an, wie Jungen eben Mädchen ansehen, aber auch fast so, wie man Aven – oder Sertine – ansehen würde, wenn du sie sehen könntest. Bist du dir bewußt, daß Celeste für dich, für uns eine mögliche Gefahr darstellt?«

»Natürlich. Hinter ihren Worten stehen Kenntnisse, die alles verändern werden. Wir wissen aber nicht, wie die Veränderung aussehen wird.«

Die Jestana riß den Kopf hoch und blinzelte ihn ein wenig an. »Das siehst du also ganz klar? Du bist ein intelligenter junger Mann. Warum bist du dann so bis über beide Ohren in sie verliebt? Andererseits bist du doch nur ein Junge, weißt du.«

Tristal sah sie verwirrt und verzweifelt an, dann schüttelte er den Kopf. »Ich weiß es, und ich weiß es auch wieder nicht. Ist das eines von den Dingen, die man erklären kann? Es ist einfach geschehen. Ich glaube, es ist, weil ich fühlen kann, was sie empfindet. Ihre ganze Welt ist einfach ausgelöscht worden, so, wie man eine Lampe ausblasen würde. Ihre Einsamkeit ist schlimmer, als die meine war. Wir liefen, meine Eltern und ich, draußen auf der Langgrasprärie. Das Gras war höher als unsere Köpfe. Das Feuer kam auf einem hohen Wind, und es kam schneller, als wir laufen konnten und schickte Funken vor sich her. Es gab keine Lücke im Gras und kein Wasser. Schließlich hatte es uns unverkennbar erreicht. Meine Eltern warfen mich zu Boden, rissen Erdklumpen auf, legten sich auf mich und deckten mich. Ich spürte, wie sie sich wanden, als das Feuer sie erfaßte, aber sie schrien kein einzigesmal, und als das Feuer über uns hinweggerast war, waren sie tot, und ich hatte nicht einmal eine Brandwunde, nur meine Brust war so voller Rauch, daß ich seither immer Schwierigkeiten damit habe.«

Die Protektorin starrte auf den Tisch. Als sie endlich aufblickte, sah sie, daß Tristals Augen mit Tränen gefüllt waren und glänzten. »Noch etwas«, sagte er. »Sie ist vor etwas in der Kuppel davongelaufen. Ich weiß es. Die Kuppel ist alles, was sie kennt, aber sie hat Angst davor. Und deshalb habe auch ich Angst davor. Noch mehr als sie, weil ich sie nicht kenne. Protektorin. Ich wußte gar nicht, daß meine Eltern mich so liebten. Sie waren nicht besonders gut zu mir. Ich wurde aus sehr geringfügigen Anlässen geschlagen, und das ist bei den Shumai selten. Sie haben mich beschimpft und vernachlässigt. Aber als es ans Sterben ging, da schenkten sie mir mein Leben so freimütig und bereitwillig wie der edelste Shumai. Es kostete sie den schrecklichsten Todeskampf. Ich spürte ihre Qual. Ich weiß, daß sie nicht schrien, weil sie nicht wollten, daß die Echos jener Schreie auf ewig in meinem Kopf nachhallen. Aber weißt du was?«

»Du hörst die Schreie trotzdem. Die Schreie, die niemals ausgestoßen wurden.«

»Ja«, flüsterte er.

»Mach dir deshalb keine Sorgen. Irgendwie stoßen alle Eltern diese Schreie aus. Du wirst es selbst tun, wenn du Kinder hast. Es gehört zum Menschsein. Du brauchst dich nicht zu quälen, weißt du, denn am Ende haben sie Größe erreicht. Was? Was ist? Ist da noch mehr?«

»Die andere Seite davon. Nachdem ich jetzt ein wenig älter bin, glaube ich, wir hätten eigentlich gar nicht dort draußen sein dürfen. Es war unvorsichtig und tollkühn. Sie hatten einfach nicht das Wissen, das Tor besitzt – oder auch nur soviel Vernunft, um zu bedenken, daß das Gras hoch und trocken war, daß der Wind stark wehte und daß es weit und breit kein Wasser gab.«

»Tristal. Ich kannte deine Eltern nicht. Aber eines weiß ich – und das ist nichts als das Problem, das wir jetzt mit Celeste haben. Weißt du, möglicherweise wäre das Beste, was wir für die Völker des Heart-Flusses tun könnten, sie zu töten.«

Tristal stand plötzlich auf, voller Entsetzen, aber die Protektorin hob einfach die Hand und bedeutete ihm, er solle sich wieder setzen. »Nein. Wir werden es nicht tun. Sie ist ein Kind, das man hegen muß, also werden wir für sie sorgen und hoffen, ihr ihre Gesundheit wiedergeben zu können. Und was dann? Was ist mit den übrigen in der Kuppel? Werden sie das Leben am Heart-Fluß so aufreißen, wie es die Tantal beinahe getan hätten? Weißt du, warum wir Celeste aufpäppeln werden? Es ist normal. Wir stürzen auf ein trockenes Gebiet hinaus, wo das Gras hoch ist und es nirgends Wasser gibt. Verdamme deine Eltern nicht. Es gehört zur Beschaffenheit des menschlichen Lebens, solche Dinge zu tun. So. Siehst du jetzt, warum du zu Jestak gehen mußt? Verstehst du, warum es inoffiziell und geheim geschehen muß? Wenigstens muß er herkommen und sich Celeste ansehen. Er ist weit herumgekommen. Wir haben Celeste. Wegen der anderen müssen wir eine Entscheidung fällen. Nach dem, was ich höre, werden sie wahrscheinlich umkommen, wenn wir nichts tun. Wenn wir aber versuchen, ihnen zu helfen, was dann?«

»Warum erzählst du das alles einem Jungen wie mir?«

»Ich bin selbst überrascht. Du hast mir das alles praktisch schon gesagt, ehe ich angefangen habe. Nicht wahr? Du hast die richtige Mischung aus Unauffälligkeit, rascher Auffassungsgabe und praktischen Fähigkeiten. Außerdem weiß ich, wozu Jestak in deinem Alter in der Lage war.«

»Ich bin nicht Jestak.«

»Nein. Aber du bist Tristal. Ich werde dir die Botschaft noch vor morgen früh schicken. Einverstanden?«

»Natürlich, Protektorin.« Die Jestana stand auf, ging um den Tisch herum, umarmte Tristal und klopfte ihm mit beiden Händen auf den Rücken. Sie roch nach Alter und getrockneter Pfefferminze. Nach einem langen Augenblick erwiderte Tristal die Umarmung. Dann wechselten sie einen letzten Blick im Lampenschein, und Tristal verließ den Raum.

Die Protektorin saß lange da, dann griff sie nach Papier und nach einem Federkiel. Sie schrieb langsam, eine alte Frau allein in der Nacht, kleine Motten umkreisten ihre Lampe. Falten durchzogen ihr Gesicht, das unter der Last der Jahre leicht erschlafft war, aber ihr Kinn war noch fest und ihre Augen zeigten die Tiefe und Zurückhaltung der alten Opferteiche. Zweimal lächelte sie ein wenig. Endlich stand sie auf und ging zur Tür, wo ein geflochtenes Band hing, daran zog sie. Danach ging sie an ihren Platz zurück.

Nach einiger Zeit hörte sie, wie ein Gardist die Gangwache grüßte, und dann trat ein großer Mann mit einer wilden dunklen Haarmähne ein und strich seine Tunika glatt. Er stand habacht.

»Dailith. Hol mir bitte Ahroe!«

»Ahroe, Protektorin? Ihr Dienst beginnt um Mitternacht.«

»Wenn nötig, werden wir Ersatz besorgen. Bitte sag es niemandem.«

»Geht es um Celeste, Tante Jes?« Die Protektorin antwortete nicht. »Ich habe das nur gesagt, um dir zu zeigen, daß es offensichtlich sein wird. Entschuldige.«

»Wie geht es Lantin?«

»Viel besser, danke.«

»Sag Ahroe, sie soll allein kommen. Es wäre besser, wenn sie ihre Wache ableisten könnte. Das hier ist kein Picknick am Fluß.«

»Ja, Protektorin.« Dailith verneigte sich und ging. Die Protektorin erhob sich, holte eine Nachrichtenröhre, rollte ihren Brief zusammen und steckte ihn hinein. Dann schrieb sie noch eine kleine Notiz, setzte sich und wartete.

Endlich erschien Ahroe, die Augen noch vom Schlaf verquollen. Ihr kräftiges Gesicht ließ die Härte des Gardisten hinter einer noch jugendlichen Schönheit wie hinter Puderstaub erkennen. Sie stand habacht. Die Protektorin winkte ihr, sie solle sich ihr gegenüber an den Tisch setzen. Ahroe war verblüfft. So etwas taten Gardisten nie. Aber sie gehorchte.

»Beuge dich zu mir, damit wir leise sprechen können! Kann ich dir vertrauen?«

»Natürlich, Protektorin.«

»Sag Jestana.«

»Natürlich, Jestana. Ich stehe in deiner Schuld. Als Stel und ich zurückkehrten, hast du uns geholfen, unsere neue Familie unter anderem Namen aufzubauen. Wir sind dir dankbar.«

»Danke. Hier geht es jedoch nicht um dich und auch nicht um mich, obwohl einige das glauben werden. Hier geht es um den ganzen Heart-Fluß.«

»Hat es mit Celeste zu tun?«

Die Protektorin seufzte. »Spricht man denn in ganz Pelbarigan von nichts anderem mehr?«

»Die Stadt ist tief besorgt.«

»Sollten wir einen Gardisten vor ihrer Tür postieren?«

»Ja, Protektorin. Aber nicht heute nacht. Tor ist bei ihr.«

»Ich werde es Oet sagen. Nun, Tristal muß bis morgen fort sein, angeblich um beim Binsensammeln nach dem Rechten zu sehen. In Wirklichkeit wird er nach Nordwall gehen, um Jestak das hier zu bringen. Sag ihm, er soll es sich in seinen Köcher binden. Er ist einverstanden. Die zweite Nachricht ist für Tor. Stel darf es erfahren, aber sonst niemand. Wenn Fragen gestellt werden, ist Tristal beim Bauen unruhig geworden, und man hat ihm diese zweite Botschaft gegeben, damit er über die Prärien schweifen kann. Ist das klar? Ist es annehmbar?«

»Ja, Protektorin. Natürlich. Tristal?«

»Er ist kein altes Seil, Ahroe. Er wird standhalten. Willst du jetzt gehen? Es tut mir leid, daß ich dich aufgeweckt habe. Kannst du deine Wache um Mitternacht halten?«

»Natürlich, Protektorin.«

»Dann lebe wohl, Ahroe Westläufer. Mach dir keine Gedanken wegen der Gangwache. Sie ist auf unserer Seite. Gib Garet einen Kuß von mir.«

»Leb wohl, Protektorin. Danke.« Ahroe glitt lautlos aus der Tür.

Celeste erwachte. Sie spürte Unruhe. Der Raum lag fast völlig im Dunkeln, aber sie glaubte, eine schattenhafte Bewegung zu sehen. »Tor, bist du da? Tor?«

»Ich bin hier, Mädchen.«

»Schläfst du?«

»Nein. Wie kann man an einem so eingeschlossenen Ort schlafen?«

»Ich dachte, ich sähe ...«

»Nichts. Schatten im Mondlicht.«

»Ich habe nicht gesagt, was es war.«

»Wenn es ein Mensch wäre, würde ich ihn töten, ehe er durch den Raum gehen könnte. Kein guter Mensch kommt im Dunkeln.«

»Da. Es hat sich wieder bewegt.«

Tor lachte. »Hier, ich zünde dir die Lampe an«, sagte er. Er beugte sich zur Schwammholzkiste hinunter, blies sanft und holte schließlich eine Flamme aus dem aufwallenden Rauch. Die Lampe warf seltsame Schatten über den Raum.

»Siehst du?« fragte er. Er blickte durch die Türöffnung hinaus auf den Korridor. »Wenn du dich dann sicherer fühlst, mache ich die Tür zu und versperre sie.«

»Ja, bitte tu das! Wo ist Raran?«

»Bei Tristal.«

»Könnte Raran bei mir bleiben?«

»Jetzt nicht, Kleines. Rück mal!« Celeste rückte dicht an die Steinmauer, und Tor blies das Licht aus und legte sich neben sie. Sie streckte die Hand aus und umfaßte seinen Arm.

»Es ist wieder wie damals, als wir zu viert unter der Klippe schliefen.«

»Ja. Kannst du jetzt schlafen? Du darfst es nicht der Haframa erzählen. Sie wird behaupten, daß ich dir noch mehr Krankheiten anhänge.«

»Vielleicht stimmt das, aber ich glaube, ich habe jetzt die meisten hinter mir.« Mehr sagte Celeste nicht, und bald merkte Tor an ihren regelmäßigen Atemzügen, daß sie eingeschlafen war. Er lag reglos da und starrte in die Dunkelheit. Der Schatten war ein Mensch gewesen. Tor hatte ihn im Korridor gespürt, ehe er den Raum betrat – es war ein Duft, ein Geschmack rauchiger Erde, das Gefühl von Angst. Celeste hatte aufgeschrien, als der andere zwei Schritte weit im Raum gewesen war. Tors Hand war an seine Axt gefahren und hatte sie aus der Schlingenscheide gezogen. So sehr fürchteten die Pelbarkonservativen also das Mädchen. Nun, dazu mochten sie Grund haben. Aber so ging es nicht. Krank oder nicht, wenn nötig, würde Tor sie aus der Stadt bringen. Schließlich erhob er sich leise und prüfte die Tür. Dann kehrte er zum Bett zurück und schlief ebenfalls ein – ungefähr zur gleichen Zeit, als Tristal sich auf einem Baumstamm über den Fluß ans Westufer treiben ließ, wo er weniger heimlich weitergehen konnte. Raran schwamm neben ihm.

# SECHS

Nachdem Ahroe ihren Wachdienst versehen hatte und bei Morgengrauen abgelöst wurde, ging sie durch die hohen Gänge zu Celestes Zimmer. Die Tür gab nicht nach, also rüttelte sie leicht daran. Fast sofort schob Tor die Riegelstange zurück, ließ sie ein und schloß die Tür wieder.

»Was soll das?«

Tor schüttelte leicht den Kopf und schaute dabei zu dem dösenden Mädchen hin.

»Das ist von ... das ist für dich.« Sie reichte ihm die Notiz. Er ging damit zum Fenster und las sie langsam, mit leichtem Stirnrunzeln. Ahroe blieb wartend an der Tür stehen.

»Hast du in deinem Haus Platz für Celeste?« fragte er.

»Was ist geschehen?«

Das Mädchen regte sich, und Tor wandte sich ihr zu und sagte: »Wir sind draußen im Gang. Ich gehe nicht weg, ehe die Haframa kommt.«

Nachdem sie die Tür geschlossen hatten, sagte Tor: »Gestern nacht ist jemand im Dunkeln ins Zimmer gekommen.«

»Das habe ich befürchtet. Was hast du getan?«

»Es fehlte nur ein Hundehaar, dann hätte ich ihn getötet. Celeste sah einen Schatten und meldete sich, und ich antwortete. Da schlüpfte er hinaus, und ich verschloß die Tür.«

»Die Protektorin hat entschieden, daß ständig eine Wache an der Tür stehen soll.«

»Kann sie in dein Haus kommen? Kann man dort eine Wache aufstellen? Es tut mir leid, daß Raran für einige Zeit fort ist.«

»Ob sie verlegt werden kann, muß die Protektorin entscheiden – und die Haframa. Aber ich sehe, daß wir ihretwegen bald eine Ratsvollversammlung abhalten müssen. Es ist komisch. Sie ist so jung.«

»In mancher Beziehung. Sie spricht über ihre Mikroorganismen und ihre Chemikalien und ihre ... – wie heißen sie doch noch? Moleküle? Ionen? Dabei wird unseren besten Leuten schwindlig. Sie glauben ihr nicht, aber sie blendet sie mit Mathematik, und dann schläft sie mit Fieber wieder ein.«

»Du glaubst also an ihre Kenntnisse?«

»Ja. Ich verstehe nicht, was sie sagt, aber man hat das Gefühl, als wäre es richtig. Sie ist sich so sicher.« Er machte eine Pause, dann fügte er hinzu: »Ich habe sie hergebracht. Vielleicht sollte ich sie wieder fortbringen.«

»Wohin?«

»Das ist es ja. Nirgendwohin. Nur in Sicherheit. Wenigstens hat Pelbarigan für sie, glaube ich, ein wenig die gleiche Atmosphäre wie die Kuppel – Eingeschlossensein, Steine, Barrieren.«

Später an diesem Tag wurde Celeste in das kleine Steinhaus gebracht, das Stel und Ahroe auf den Klippen im Süden, außerhalb der Stadt gebaut hatten. Sie wurde von Gardisten auf einer Bahre getragen, die Haframa begleitete sie. Es war ihrer Gesundheit wegen, sagte man. Trauben von Bürgern sahen von Mauern und Fenstern aus zu. Die Routine der Genesung setzte ein. Tor konnte zu den Oxbow-Seen laufen, aber er blieb nur zwei Tage fort. Celeste schien ständig auf ihn zu warten, bemerkte aber anscheinend kein einzigesmal, daß Tristal nicht da war.

Drei Tage später stand Tristal gegen Abend erstaunt am Westufer des Flusses unterhalb von Nordwall. Er wußte, daß die Shumai begonnen hatten, sich dort zu sammeln, aber auf dem flachen Land am Westufer des Flusses erstreckten sich weithin bestellte Felder. Steinhäuser standen an Straßen, und jenseits des Flusses erkletterten weitere Häuser die niedrigen Felsen und reichten hinter der Stadt weit nach Osten. Im Fluß lagen Flachboote und Balkenflöße. Von zahlreichen Feuern stieg Rauch auf, und Menschen bewegten sich auf den Feldern und Straßen. Rinder und Pferde grasten auf Weideplätzen. Von Pferden gezogene Karren waren zu sehen. Den Anweisungen der Protektorin folgend suchte er sich in einer Traube von Wohnstätten auf den Hügeln nördlich der Stadt das Haus heraus, das, wie er wußte, Jestak gehörte.

Es dämmerte schon, als er die Gegend erreichte. Vor einem Haus in der Nähe sah er einen kahlköpfigen, ein wenig gebückten Mann sitzen. Er begrüßte ihn nach Art der Shumai, dann legte er ihm schnell und leicht den Finger auf die Lippen.

»Du mußt Stantu sein. Ich bin Tristal. Ich muß Jestak sprechen.«

»Er ist da drinnen, Tristal, wenn du es schaffst, an seiner Tochter vorbeizukommen.«

Tristal lächelte, aber Stantus Blick verlor seine tiefe Traurigkeit nicht. Der junge Shumai ließ Raran bei Stantu und ging zum Eingang von Jestaks Haus. Er klopfte an die schwere Tür.

Sie wurde von einem Mädchen geöffnet, das etwas jünger war als er – Jestaks Tochter Fahna. Sie erblühte gerade zu einer jungen Frau, recht früh für ihr Alter. Die dunkle Schönheit ihrer Mutter war in reichem Maße auf sie übergegangen, so daß sich schon jetzt, obwohl sie noch so jung war, die Männer nach ihr umdrehten, wenn sie vorbeiging. Daran war sie gewöhnt, und sie genoß es. Sie war Jestaks Tochter. Es war angemessen, daß man ihr huldigte. Und Tia, ihre Mutter, war auch schön und gleichzeitig einflußreich, als besondere Freundin der früheren Protektorin, der berühmten Sima Pall, die Jestak geholfen hatte, Nordwall umzugestalten.

Fahna sah den Shumaijungen, so blond wie eine reife Weizengarbe. Sie war auf Erschrecken, Verwirrung und Vergnügen in seinen Augen vorbereitet, aber er schien durch sie hindurchzuschauen.

»Ich bin Tristal. Ich bin gekommen, um mit Jestak zu sprechen«, sagte er.

»Du? Du mußt wissen, daß er zu beschäftigt ist, um sich mit Knaben zu unterhalten. Komm später wieder – vielleicht morgen.« Sie wollte die Tür schließen, aber sein Fuß hielt sie fest. Sie runzelte die Stirn.

»Was willst du? Mach, daß du rauskommst!«

»Ich habe dir gesagt, was ich will«, entgegnete er schlicht. »Ich bin Tristal. Ich muß Jestak sprechen.«

Sie trat nach seinem Fuß, aber er zog ihn weg und hielt

die Tür mit seiner Schulter fest. Eine Frau kam und sagte: »Was ist los, Distel? Oh, wer bist du?«

»Tristal. Ich muß Jestak sprechen.«

»Komm herein!« Tia lächelte und öffnete, sehr zu Fahnas Bestürzung, die Tür.

Tristal trat ein, und als die Tür geschlossen war und Tia wartete, sagte er: »Ich habe eine Botschaft.«

Tia ging zu einer Tür im Inneren und öffnete sie halb. Aus einem Hinterzimmer drang schräg das Licht. Tristal sah Köpfe hinter Tia. »Ein junger Mann mit einer Botschaft für Jestak«, sagte sie.

Man führte ihn in den hinteren Raum, die Tür schloß sich, Fahna blieb draußen. Ihre Augen wurden schmal. Es war unfair. Ständig kamen Fremde in ihr eigenes Haus, und sie hielt man von ihnen fern. Und dieser verdammte Junge mit seinen X-Beinen und seiner hohen Stimme – er hatte sie nicht einmal bemerkt. Sie ging nach draußen. Stantu lächelte sie an, die Hand auf Rarans Kopf. Sie drehte sich um und ging zurück ins Haus.

Im Zimmer schnallte Tristal seinen Köcher ab und reichte Jestak die festgeschnürte Rolle von seiner Mutter. Zwei der im Raum Befindlichen waren Shumai, beides Männer. Auch ein Sentani-Krieger und eine -Frau saßen am Tisch, und Tag, Stantus Pelbargattin, beugte sich darüber und studierte weiter die Landkarte, die auf seiner Platte ausgebreitet war. Sie zeigte eine Reihe von Straßen und einen Grenzkreis, aber Tristal warf nur einen einzigen Blick darauf. Er beobachtete, wie Jestak – der große Jestak – die Botschaft las, die er gebracht hatte, wie seine Augen über die Zeilen flogen.

Jestak setzte sich. Er klopfte ein paarmal mit der Botschaft auf die Tischkante.

»Was ist damit, Jes?« fragte Waldura, ein älterer Shumai in der Kleidung eines Axtschwingers.

»Ich weiß es nicht. Vielleicht nichts. Vielleicht alles. Möglicherweise muß ich nach Pelbarigan. Aber ich brauche einen Grund. Meine Mutter sagte, dieses Mädchen, von dem wir gehört haben – Celeste – kommt tatsächlich aus der Kuppel, die die Shumai beim Frühlingsanfang beobachten. Dieser Junge hier und sein Onkel haben sie gefunden.«

»Sein Onkel?«

»Tor.«

»Tor also. Der südliche Axtschwinger. Das muß eine Geschichte sein. Du – wie heißt du?«

»Tristal.«

»Hast du schon gegessen? Können wir ihm etwas zu essen geben? Wir müssen das alle hören.« Eintopf wurde gebracht, und alle hörten Tristal zu – sogar Fahna, die mit dem Essen hereingekommen war –, während er von den Ereignissen berichtete, die mit Celeste zu tun hatten und die Notwendigkeit des Stillschweigens unterstrich. Während er sprach, runzelte Fahna spöttisch die Stirn. Er war in das Mädchen verliebt. Das sah sie. Dieser elende Kerl. Obwohl er sie als schwach und spindeldürr beschrieb, liebte er sie. Das konnte jeder sehen – bis auf diese dummen Erwachsenen. Nun, schlag ihn dir einfach aus dem Kopf! Andererseits war er ernst und bescheiden, und obwohl er noch ein Knabe war, hatte er ein schönes Profil mit den für die Shumai typischen, senkrecht stehenden Gesichtsflächen, wie ihr Vater es gerne ausdrückte.

Als Tristal geendet hatte, versanken sie alle in Gedanken.

»Was sagt deine Mutter, Jes?« fragte Waldura.

»Hier, ich lese euch den Teil über die Menschen aus der Kuppel – das ist der größte Teil – vor«, erwiderte er und hielt das Papier ziemlich weit von sich:

»Über das, was du von dem Kind Celeste und der Kuppel gehört hast, hinaus gibt es noch weiteres zu bedenken. Ich habe lange genug mit ihr gesprochen und noch mehr gehört, um zu wissen, daß sie eine Ritze ist, durch die sich die Kenntnisse der Alten, aber gesteigert, über uns ergießen. Unsere Konservativen haben Angst davor. Wenn die Alten einst alles vernichtet haben, so behaupten sie, kann es dann richtig sein, das neue Wissen wieder einzuführen? Was uns von der Zeit des Feuers bekannt ist, aus unserer Tradition, von deinen Reisen und aus anderen Quellen wie der Reise von Stel und Ahroe, deutet auf eine Vernichtung von fast unglaublichen Ausmaßen hin.

Unsere Konservativen sagen, wir müssen noch an Weisheit zunehmen, ehe wir es wagen können, wieder so viel zu wissen. Ich fürchte, manche würden sogar so weit gehen, dem Mädchen etwas anzutun und die Kuppel zu zerstören. Die meisten sind lediglich besorgt, denn sie sehen die kommenden Ereignisse als eine wirkliche Gabelung möglicher Zukünfte für die Pelbar. Aber du wärst überrascht, wenn du wüßtest, wie weit diese Besorgnis geht. Einige, wie zum Beispiel Stel, wollen zur Kuppel gehen und sofort Kontakt mit den Menschen in ihrem Inneren aufnehmen. Tristal glaubt, daß das Mädchen Angst hat vor dem, was sich im Inneren befindet, obwohl sie nicht darüber sprechen will. Ich neige zu glauben, daß er recht haben könnte, wenn es auch nur eine Vermutung ist.

Möchte Nordwall in diese Sache eingreifen? Kannst du herkommen und dir ein Bild von der Stimmung hier machen? Kannst du mit Stel und Ahroe und mit Tor dem Shumai sprechen? Er ist ein bemerkenswerter Mann, wenn auch nur in einer Richtung entwickelt.

Wenn du kommst, dann unter irgendeinem Vorwand. Die Konservativen würden es übelnehmen, wenn ich meine Ansicht durch deine Autorität stützte – und sie würden es so sehen. Tristal muß getrennt von dir zurückkehren, zu einer anderen Zeit und aus einer anderen Richtung. Bitte lies diesen Brief der Protektorin vertraulich vor. Wir werden nicht unabhängig von ihr oder von Nordwall handeln, aber es wäre mir sehr lieb, wenn die Lauryna dich von sich aus ermächtigen könnte, mir ihre Ansichten zu übermitteln. Vielleicht könnte mir Waldura durch dich den Standpunkt der Shumai mitteilen lassen. In einer solchen Angelegenheit muß auch eure kleine Sentani-Gemeinde zu Rate gezogen werden.

Ich glaube, wir können am Ende eine kleine Gruppe losschicken, die den Versuch machen soll, Kontakt aufzunehmen, aber wenn wir das tun, könnte das die letzte, wichtige Handlung meiner Amtszeit sein. Dagegen hätte ich nichts, denn ich möchte mich gerne nach

Nordwall zurückziehen, um in deiner Nähe zu sein. Die Macht darf jedoch nicht auf die Dahmena übergehen, die, wie du dir sicher denken kannst, meine Hauptgegnerin ist.

Ich erwarte auch Nachrichten bezüglich dieser Gerüchte über eine Bewegung der Peshtak. Sind eure vorgelagerten Siedlungen gesichert? Wenn du nicht selbst kommen kannst, schick mir bitte mit Tristal eine Nachricht. Gib ihm und diesem riechenden Hund gut zu essen. Die besten Grüße an ...

Jestak lehnte sich zurück und blickte in die Runde. Waldura seufzte. »Wenn ich mitkomme, ist es offensichtlich, daß man uns gefragt hat. Das würde nicht gut aussehen.«

»Nein. Pelbarigan ist schon jetzt beunruhigt, weil wir größer geworden sind und weil wir jetzt zu mehr als der Hälfte aus Angehörigen der Außenstämme bestehen. Man würde dazu neigen, sich so zu entscheiden, wie wir es gerade nicht wollen.«

»Wir würden Kontakt aufnehmen wollen, nehme ich an«, sagte Rayag, die Sentani-Frau. »Ich sehe wirklich keine Möglichkeit, das zu vermeiden, ohne Atou untreu zu werden.«

»Vielleicht sieht Mutter schon, wie der Kompromiß laufen muß – eine kleine Gruppe soll gehen, so klein, daß sie vielleicht keinen Erfolg hat. Zweifellos wird eine Ratsvollversammlung stattfinden.«

»Was mich im Augenblick mehr berührt, sind die Gerüchte über die Peshtak«, sagte Tag.

»Es sind mehr als Gerüchte«, entgegnete Rayag. »Aber anscheinend ist es keine allgemeine Bewegung.«

»Tor soll für mich sprechen. Aber sorge dafür, daß er die Position eines Shumai-Siedlers vertritt.«

»Ist das möglich? Ich hatte gehört, er sei der Inbegriff des Axtschwingers.«

»Wenn er das ist, dann ist einer seiner Hauptvorzüge ein lebhaftes Verständnis und eine wache Phantasie«, gab Rayag zurück.

»Nun«, sagte Haeol, der zweite Sentani. »Ich sehe keine

andere Möglichkeit als den Versuch zu machen, Kontakt aufzunehmen. Hier sind die Gründe: Wenn in der Kuppel Menschen sind – und das steht jetzt fest –, kommen sie in Schwierigkeiten, wenn sie dort bleiben. Wir, als anständige Menschen, haben die Pflicht zu versuchen, ihnen zu helfen. Wenn sie dann über Kenntnisse verfügen, könnten wir davon nicht nur profitieren, sondern wir sollten diese Leute lieber zu einem Teil von uns machen, als sie gegen uns zu haben, wenn sie herauskommen. Und so leer, wie das Land ist, würde es lange dauern, bis irgend jemand wieder eine Zeit des Feuers brauchte, aus welchem Grund auch immer. In dieser Zeit könnten wir vielleicht die Fähigkeiten zur Interaktion erwerben, um die sich die Konservativen von Pelbarigan Sorgen machen. Außerdem scheinen wir auch ohne irgendwelche Geräte, die sie uns bringen könnten, zu unermeßlicher Zerstörung fähig zu sein. Das hat der Kampf um Nordwall gezeigt. Er war doch vernichtend und mörderisch genug, nicht wahr?

Dann gibt es noch einen weiteren Aspekt, der, ich gebe es zu, nur Spekulation ist. Wir wollen einmal annehmen, daß die Peshtak tatsächlich nach Westen ziehen. Was könnte sie dazu veranlassen? Nicht die Coo, mit denen sie, wie man gelegentlich hört, verbündet sein sollen. Auch nicht die See-Sentani. Die Peshtak haben nach unseren Berichten im Territorium der Langgras-Sentani geplündert. Also bleiben nur noch die Städte im Osten, die Druck nach Westen ausüben. Wenn Celestes Leute irgend etwas wissen, was uns helfen würde, unsere Macht so zu stärken, daß wir es mit den Städten im Osten aufnehmen könnten, sind die Menschen in der Kuppel eine Bereicherung für uns.«

Jestak seufzte. »Du hast offenbar schon alles durchdacht, Haeol. Ich kann die Tatsache noch immer nicht außer acht lassen, daß wir eindeutig alle zu einem Volk gehören, von den Städten im Osten bis zu den Bergen im Westen und darüber hinaus. Meine Hoffnung wäre, unseren Machtkampf zu beenden und uns einig zu sehen.«

»Mit den Peshtak?«

»Das wäre schwierig, ich gebe es zu. Aber denk doch an die Menschen in der Kuppel. Man nimmt an, daß sie sich seit der Zeit des Feuers in diesem Gebäude befinden. Das ist doch mitleiderregend. Einige von ihnen müssen von Blutsverwandten von einigen von uns abstammen. Sie gehören bestimmt zu unserer Kultur – oder zu der, die sie einmal war. Wir müssen sie retten, so wie wir jemanden aus einem Feuer reißen würden. Was ist, Tristal?«

»Nichts. Mir ist nur ein wenig kühl, Sir.«

»Da ist auch noch etwas.«

»Was, Jes?«

»Wenn diese Leute über großes Wissen verfügen, kennen sie vielleicht ein Mittel, wie man Stantu von der Krankheit heilen kann, unter der er leidet, seit er die leere Stelle durchquert hat.«

Tag ließ ein helles, zittriges, bitteres Lachen hören. »Dann gehe ich hin und grabe sie mit bloßen Händen aus.«

»Die Kuppel befindet sich in einer leeren Stelle«, sagte Tristal. »Stel hofft, einen Steindamm vom Rand bis zur Kuppel hinüber bauen zu können. Sie liegt nahe am Rand, und der kahle Teil wird kleiner.«

Jestak stand auf und durchquerte den Raum. Er hinkte leicht seit der Schlacht um Nordwall. Er legte Fahna die Hand auf den Kopf. »Wirst du den Mund halten, Kleines?«

Über ihr Gesicht ging ein zorniges Aufflackern. »Natürlich«, sagte sie. »Wenn dieser Junge die Botschaft bringen konnte, dann kann ich doch auch den Mund halten.« Tristal errötete, und Tia ließ belustigt den Blick von dem Jungen zu Fahna schweifen.

»Tag«, sagte Jestak. »Vielleicht könnt ihr, du und Stantu, Tristal heute nacht aufnehmen.« Er legte den Arm um die Schultern des Jungen und drückte ihn an sich. »Tristal, du bist schon in die Geschichte des Heart-Flusses eingegangen. Der Mann, der den ersten Menschen aus der Kuppel fand.« Tristal errötete wieder. »Nun«, fügte Jestak hinzu, »werde ich um eine abendliche Audienz bei der Protektorin nachsuchen.« Er verließ unvermittelt den Raum, Tag rollte langsam die Karte zusammen, während die anderen sich erhoben, um allmählich aufzubrechen.

Tristal und Tag waren allein, Fahna stand in der Türöffnung. Tag band eine Schnur um den Kartenzylinder. »Wie alt bist du, Tris?« fragte sie.

»Vierzehn. Gerade vierzehn.«

Tag schüttelte den Kopf. »Wenn Stantu nicht diese Krankheit hätte, könnten wir einen Sohn in fast dem gleichen Alter haben. Siehst du Fahna? Sie ist Tias Älteste, und Tia und Jestak haben weniger als ein Jahr vor uns geheiratet. Hier, laß dich ansehen!« Sie nahm Tristal bei den Schultern und schaute ihn offen an. »Du siehst Stantu sogar ein bißchen ähnlich.«

»Ich sehe nicht die geringste Ähnlichkeit«, sagte Fahna von der Tür her.

»Ach, Distel. Ich freue mich, daß du ihn auch magst. Nimm dich in acht, Tristal, sonst fädelt sie dich noch auf ihre Kette von Bewunderern. Tja, es wäre schon schön, ein Kind wie dich zu haben.« Sie drückte ihn plötzlich an sich. Sein Ohr wurde an ihre Brust gepreßt, er konnte das gleichmäßige Pochen ihres Herzens hören. Dann ließ sie ihn schnell los und sagte: »Komm, du mußt dich waschen und schlafen. Vielleicht ist es nicht schlecht, wenn du aufbrichst, ehe es hell wird.« Sie wandte sich noch einmal um und fuhr ihm durchs Haar. »Aber du kannst wiederkommen und hierbleiben, wenn es nicht geheimgehalten werden muß. Wirklich. Du könntest unser Sohn sein.«

»Aber Tor ...«

»Ja, dein Onkel. Aber vergiß es nicht.«

Sie gingen in das vordere Zimmer, wo Tia mit zwei Kindern saß, die kleiner waren als Fahna. Sie las ihnen aus einem Buch mit großen Seiten vor.

»Hast du genug zu essen bekommen, Tristal?« fragte sie.

»Ja, danke. Es war sehr gut. Raran und ich haben unterwegs von Kaninchen und Fisch gelebt, und wir mögen beide keinen Fisch.«

»Raran?«

»Meine Hündin. Sie ist bei Stantu.«

»Stantu konnte schon immer gut mit Tieren umgehen. Sie lieben ihn alle sofort.«

»Halte mich noch einmal, Dexter. Ich möchte nicht gehen. Warum können wir es den anderen nicht erzählen? Laß mich bei dir bleiben. Sie werden doch sicher einsehen, daß ihre genetischen Methoden nicht funktioniert haben.«

»Noch nicht, mein Liebes. Wir müssen vorsichtig sein. Sie könnten uns trennen oder uns mit Drogen behandeln. Dann werden wir nichts mehr füreinander empfinden. So. Du mußt wirklich vor 2920 gehen. Ich muß eine Routineüberprüfung in der Nagerabteilung durchführen, mit Instrumenten, von hier aus, und das ist etwas, was man überwachen könnte.«

»O Dexter. Was sollen wir tun?«

»Tun? Keine Angst, Ruthan. Es wird alles gut werden. Und jetzt geh bitte. Der Korridor ist frei.«

Ruthan küßte ihn und schlüpfte durch die Tür hinaus. Dexter drehte sich um, schüttelte den Kopf und grinste plötzlich vor sich hin. Er machte seine Nagerüberprüfung. Fast alles war in Ordnung. Aber in Reihe 27 B hatte wieder eine Mutter unerklärlicherweise zwei neugeborene Nachkommen getötet. Darum mußte er sich kümmern. Diese Tendenz schien sich zu verstärken. Er berührte einen Schalter, eine Schiebetür glitt zurück und gab den Blick auf eine riesige, fette, weiße Ratte frei. Dexter nahm einen Algenkeks zwischen die Lippen und hielt ihn dem Tier hin, das die rosa Pfoten gegen seine Wangen legte und sich streckte, um ihm den Keks vom Mund zu knabbern. Er bohrte der Ratte mit dem Zeigefinger in den fetten Bauch, worauf sie in den Käfig zurückwich, um den Keks zu fressen.

»Ha. Sehr schön, mein Liebes. Du machst die Tricks fast so gut wie Ruthan, und du bist viel leichter zufriedenzustellen. Du bekommst deine Belohnung, und dann gehst du.« Er schüttelte den Kopf. »Es ist ein anderes Spiel, Ariadne. Nager denken offenbar viel klarer als Menschen. Du bist so großartig objektiv. Findest du nicht?« Er hielt drei Finger hoch. Ariadne nickte dreimal mit dem Kopf und kaute dann weiter. »Ah. Freut mich, daß du meiner Meinung bist.« Dexter gluckste und ließ die Schiebetür zugleiten. Dann machte er sich auf den Weg zur Nagerabteilung, um die Mutterratte auf 27 B einzusammeln und die verbliebenen, winzigen Neugeborenen in mechanische Wärmefutterkästen umzuquartieren.

Raran saß immer noch bei Stantu und keuchte leicht. Als Tristal und Tag kamen, stand sie auf, dann drehte sie sich um und schob die Nase unter Stantus Hand. Stantu rieb ihr die Nase, dann erhob er sich etwas mühsam.

»Schau, Stan! Tristal könnte zu deiner Familie gehören. Sieh nur, wie ähnlich er dir ist«, sagte Tag.

»Ich habe es bemerkt. Die südlichen Shumai sehen oft so aus. Es ist eine kleine Gruppe. Nun, hast du deine Sache erledigt? Ich sah Jes in die Stadt gehen.«

»Wir sind gerade dabei. Tristal wird heute nacht bei uns bleiben. Ich glaube, er wird vor Sonnenaufgang aufbrechen, damit seine Anwesenheit hier keinerlei Verbindung zu dem hat, was vielleicht getan werden muß. Tris, wirst du genügend ausgeruht sein?«

Der Junge zuckte mit ausgestreckten Armen die Achseln. »Ich bin schon in Ordnung. Wahrscheinlich werde ich ein Stück weit laufen und mich dann morgen nachmittag ausruhen. Ich habe es nicht eilig.«

Sie gingen hinein und richteten Tristal ein Becken mit Wasser und einen Schlafplatz auf einem kleinen, erhöhten Podest im Vorderzimmer unter dem Westfenster her. Sie gaben ihm zwei frisch riechende Steppdecken und ein Federkissen, dann gingen sie wieder hinaus und setzten sich auf die Bank. Tristal hörte, wie sie leise miteinander sprachen, während er sich zum Schlafengehen fertigmachte. Er war nicht müde und sah dem Mondlicht zu, wie es langsam über die Wand wanderte. Er hörte Jestak zurückkommen, und wieder wurde leise geredet. Nach einiger Zeit kam Tag herein und ging auf das innere Zimmer zu, dann blieb sie stehen, schaute Tristal an, kam zurück und setzte sich im Halbdunkel neben ihn. Er rührte sich nicht. Er atmete gleichmäßig, blinzelte vorsichtig zu Tag auf und sah verschwommen, wie sie auf ihn herunterblickte. Nach einiger Zeit kam Stantu herein.

»Stan«, flüsterte sie.

Er blieb stehen und drehte sich um. Dann kam er herüber

und setzte sich auf Tristals andere Seite, den einzigen Platz, der auf dem Podest noch frei war. Lange saßen sie schweigend da.

»Du darfst diese Gefühle nicht in dir aufkommen lassen, Tag«, flüsterte Stantu.

»Ich bin nicht traurig. Sieh ihn dir an! Ist er nicht schön?«

»Schön? Er ist ein Junge, Tag. Aber, ja, er sieht gut aus.«

»Glaubst du, er würde vielleicht bei uns bleiben?«

»Tor ist jetzt wirklich sein Vater.«

»Aber dieser Tor mußte seine Bande und die Jagd aufgeben. Möchte er nicht vielleicht wieder damit anfangen?«

»Ich weiß es nicht, Tag, mein Liebes. Wir müssen uns damit abfinden. Ich werde nicht mehr lange bei dir sein. Meine Hilflosigkeit wird immer größer. Ich weiß nicht, wie du mich ertragen kannst, so wie ich jetzt bin, tatterig und nutzlos, häßlich und schlapp.«

Tristal hörte, wie Tag ganz leise schluchzte.

Schließlich sagte sie: »Du – du hast dich schon verändert. Es wäre sinnlos, das zu bestreiten. Aber im Geist bist du immer noch derselbe. Und du strahlst auch immer noch Ruhe und Loyalität aus. Schau! Hat die Hündin das nicht immer noch gespürt? Sie hat dich sofort akzeptiert. Das ist es, was du für mich bist, und das wird immer da sein.«

Stantu saß lange Zeit schweigend da, dann flüsterte er: »Du hast immer noch nicht das wilde, freie Leben erfahren, das Tristal kennt, mit dem Wind in deinem Gesicht, dem freien Himmel der Ebenen, der Freude am Laufen, den scharfen Spitzen der Sterne, wenn du draußen, ohne Decke, allein in der Nacht schläfst – der ganze Himmel wimmelt davon, jeder Stern hat seinen Platz, und du denkst: Hier bin ich, allein mit Sertine und der ganzen, wunderbaren Erde, und ich bin stark genug, sie zu ertragen, zu lieben, zu spüren, wie sie mir durch das Rückgrat läuft. Er kennt das, mein Liebes. Er hat keine Tag, die ihn davon wegzieht, sondern er hat Tor, der ihn hinführt. Laß ihn schlafen! Wenn du möchtest, können wir mit Tor darüber sprechen. Den Jungen wollen wir damit nicht belasten. Er hat sein eigenes Leben. Unseres war reich, aber es ist voller Leid. Wir wollen ihn nicht noch mehr in Probleme hineinziehen.«

»Küß mich!«

Die beiden beugten sich über Tristal und küßten sich. Dann gingen sie leise in den inneren Raum und zogen den Vorhang zu. Raran, die neben der Tür gesessen hatte, kam zu Tristal herüber, rollte sich neben ihm zusammen, legte den Kopf an seine Brust und seufzte.

Tristal lag da und dachte nach. Ihm war fast danach zumute, aufzuschreien: ›Ja, ja. Ich will bei euch bleiben. Es macht nichts, Stantu. Wenn du stirbst, werden Tag und ich ...‹ Nein, Tag war noch jung genug. Ihre Wunde würde sich schließen. Jemand würde Stantus Platz einnehmen, obwohl sie sich das jetzt nicht vorstellen konnte. Sie würde ihren Frieden finden. Tristal erkannte, daß er die Verkörperung einer verlorenen Hoffnung war, verloren als Teil des immer noch nicht beglichenen Preises der Zeit des Feuers, und als er das spürte, fühlte er sich einsamer denn je. Aber er spürte auch die Härte und Kraft von Tors Loyalität – und sein eigenes, unerklärliches Hingezogensein zu Celeste. Raran rückte näher an ihn heran. Endlich schlief er ein, sank in den Schlaf wie in einen tiefen Teich, tiefer und immer tiefer, als wäre es für immer. Dann spürte er, wie eine Hand in den Brunnen seines Schlummers heruntergriff und ihn sanft herauszog.

Es war Stantu. »Ich habe dir etwas zum Frühstück gerichtet«, sagte er und gab Tristal einen Beutel. »Iß es, nachdem du den Fluß überquert hast. Geh zuerst flußaufwärts. Dort findest du einen Pfad, der zum Ufer führt. Achte auf drei Pappeln. An einer davon ist ein Boot festgebunden. Das nimmst du. Wir werden es später zurückbringen. Zieh es am Westufer hoch und binde es an einen der Silberahorne in der Nähe des Steinkais. Und jetzt leb wohl.«

Tristal setzte sich auf, noch schlaftrunken, aber er schüttelte die Müdigkeit ab. Als er stand, umarmte ihn Stantu, und Tristal spürte, welche Kraft er noch in seinem Rücken und seinen Schultern hatte.

»Leb wohl, Stantu«, sagte er. »Sag auch den anderen Lebwohl. Sertine möge euch alle segnen.« Er erwiderte Stantus Umarmung, dann drehte er sich um und verließ das Haus. Raran folgte ihm dicht auf den Fersen. Er spürte den

Schock der kühlen Nachtluft und wurde plötzlich hellwach. Im Osten kam der erste Lichtschimmer herauf. Tristal fiel in einen leisen Trab, den er beibehielt, bis er den Pfad zum Ufer fand.

Dann war er auf dem Fluß und beobachtete über Rarans aufgestellte Ohren hinweg das Westufer, bis er sich wirklich wieder alleine und wachsam fühlte, als strahle der Gedankenkreis von den Bergen oberhalb Nordwalls nach außen, und er habe ihn soeben erst durchbrochen. Es war wie ein Traum. Waren Tag und Stantu wirklich? Was hatte er in der Nacht gehört? Wollte Tag tatsächlich ihren eigenen Schmerz mit einem Jungen wie ihm lindern? Was würde sie damit doch für einen Fehler machen. Tristal band die Bootsleine fest und trabte nach Westen, einen deutlich erkennbaren Pfad entlang, der von den Shumaifarmen aus flußaufwärts führte. Aus einigen der Häuser drang Licht. Tristal trieb seine schläfrigen Beine an, um die Häuser hinter sich zu haben, wenn die Dämmerung schließlich anbrach.

# SIEBEN

Eolyn war wieder beunruhigt. Sie hatte sich die ›The New Yorker‹-Bänder angesehen. Diese schlanken Gestalten aus uralter Zeit mit hochmütig geschürztem Mund glichen ihr deutlich. Sie hatte sogar ihr Haar ausgeschüttelt, es neu frisiert und mit den schönsten, blaßgelben Laborklips aus Polyäthylen festgesteckt, doch Dexter bemerkte es noch immer nicht. Aber auch von Ruthan schien er sich fernzuhalten. Das war neu. Ruthan verhielt sich ihrerseits gelassen wie immer und war anscheinend völlig fasziniert von neuen, genetischen Studien, die sie an ihren Bohnen und Tomaten durchführte, für Eolyns wachgewordenes Auge schien sie jedoch auch einen Schein ruhiger Befriedigung auszustrahlen. Das allein war schon ein Anhaltspunkt. Da tat sich etwas. Eolyn beschloß, der Sache auf den Grund zu gehen.

Spät in diesem Zeitzyklus bereitete sie einen winzigen, elektronischen Spürsender für die beiden vor, so klein wie der Halbmond auf ihrem Zeigefingernagel, und als sie beieinanderstanden und plauderten, ehe sie sich setzten, um eine Prinzipalsbesprechung abzuhalten, gelang es ihr, die Sender an ihnen zu befestigen. Die winzigen, flachen, selbstklebenden Knöpfe waren so eingestellt, daß sie nur sendeten, wenn sie sich in unmittelbarer Nähe zueinander befanden.

Dann rief Royal die Versammlung zur Ordnung, um über den Zustand Buttos und der Komps zu sprechen. Der gestörte Prinzipal hatte sich jetzt von seiner drogenbedingten Geistesverwirrung erholt und wirkte ruhig und vernünftig. Im Augenblick hielt man ihn jedoch in Gewahrsam. Auch die Komps wurden teilweise ruhiggestellt, waren aber ansonsten anscheinend drogenfrei. Die einzige Ausnahme war Bill, für den sich erst Cohen-Davies, dann Dexter eingesetzt hatten. Als Folge davon machte man ihn zum offiziellen Prinzipal, als Ersatz für den toten Zeller. Ob es funktionieren würde, wenn er seine früheren Kameraden befehligen sollte, mußte man erst sehen.

Royal eröffnete die Besprechung mit seinem eigenen Bericht über Butto. »Meine Untersuchungen und Tests haben in bezug auf Butto mehrere Dinge bestätigt«, sagte er. »Die Depression, die der Anlaß für die Einrichtung dieses sonderbaren Nests unten auf Ebene sieben war, wurde ausschließlich durch Drogen hervorgerufen. Er zeigt jetzt keine derartigen Tendenzen mehr und reagiert wirklich erstaunt und verständnislos, wenn ich ihm erkläre, wie er sich verhalten hat.

Andererseits bin ich jedoch nicht völlig sicher, daß er von Nachwirkungen des Drogenverhaltens frei ist, denn eine spontane Kombination der Chemikalien, die er in sich aufgenommen hat, hat neue Verbindungen geschaffen, die mit Halluzinogenen verwandt sind, und die Komponenten dieser Verbindungen sind, in winzigen Mengen, noch in seinem System vorhanden. Neue Verbindungen könnten sich jederzeit bilden und seinen früheren Zustand wieder herbeiführen.

Weiterhin weist Butto eine sonderbar emotionale Wesensart auf, die solche Reaktionen zu beherbergen und zu bewahren scheint. Ein Individuum wie Eolyn mit ihren ungemein logischen Verhaltensweisen könnte diese Situation bestens bewältigen.

Butto hat jedoch einen Grund für seine Depression. Er hat entdeckt, daß sich die Substanzen in unseren genetischen Speichern nicht gut gehalten haben. Die Erzeugung von Monstrositäten im Bälgerschuppen ist nicht ausschließlich auf seinen Mangel an Fähigkeiten zurückzuführen. Eine mikroskopische Untersuchung von willkürlich ausgewählten Zellen weist auf eine Zerstörung der Genstruktur hin. Er hat die ganze Geschichte der Lagerung dieser Materialien zurückverfolgt, und soweit er sagen kann, ist da kein Fehler zu finden. Daraus schließt er, daß ihre Lagerungsfähigkeit beschränkt ist. Er hat versucht, Wachstum von ganzen Zellen zu übertragen, wie beim theoretischen Klonen, hatte aber keinen Erfolg.

Weiterhin hat Butto herausgefunden, daß Tests an den

gegenwärtig in Kuppel und Ebenen lebenden Menschen darauf hinweisen, daß viel Sterilität vorhanden ist. Natürlich hat er nicht alle getestet. Aber er weiß, daß sämtliche Komps, er selbst und wahrscheinlich auch Eolyn nicht fähig sind, Nachwuchs hervorzubringen. Zeller war ebenfalls steril. Ich weiß, daß ich zu alt bin, und Susan natürlich auch. Celeste ist nirgendwo zu finden. Er schlägt vor, die anderen so bald wie möglich zu testen, und ich stimme ihm zu.

Ich schlage vor, Butto zu gestatten, seinen Status als Prinzipal wiedereinzunehmen, dabei aber seinen Zustand so genau wie möglich zu beobachten, um sicherzustellen, daß er nicht in seine Depression zurückfällt und darin irgendeine Aktion mit katastrophalen Auswirkungen gegen das Weiterbestehen unserer Umgebung unternimmt. Gibt es irgendwelche Fragen?«

Es wurden keine gestellt. In stillschweigender Übereinstimmung nahmen die Prinzipale Butto wieder in ihren Reihen auf, und er wurde von Bill geholt, der ihn aus dem Gewahrsam befreite. Er kam, dünner geworden, und rieb sich in alberner Verlegenheit die Hände, aber er grinste auch koboldhaft und schien vor guter Laune überzusprudeln.

Ohne ein Wort setzte er sich, ließ dann seinen Blick in die Runde schweifen, hielt bei Eolyn inne und pfiff leise. »Na, Eo, du siehst wirklich großartig aus. Bin ich im Paradies aufgewacht? Bist du ein Engel? Bill ist bestimmt dein Cherub. Wir müssen die anderen Komps hereinholen, damit sie dich umschweben.«

»Butto«, unterbrach Royal. »Wenn du nichts dagegen hast, wir haben einiges zu erledigen.«

»Ach ja. Stimmt. Entschuldigung.« Er blickte unvermittelt zu Boden, schaute aber weiter gelegentlich zu Eolyn hin.

»Bill, hast du wie verlangt die Kuppel nach irgendwelchen Anzeichen dafür untersucht, was Celeste dort getan haben könnte?«

»Ja, Royal«, sagte der kleine Mann, »das habe ich getan, und ich habe entdeckt, daß an einer unteren Tür die Dichtung weggebrannt war, wahrscheinlich mit einem Ultraschallstock.«

»Eine untere Tür? Aber die führt doch nur in die Erde.«

»Nicht mehr, glaube ich, Sir. Ich habe die Verschlußhebel nachgeprüft und festgestellt, daß sie sich ganz leicht bewegen ließen. Ich sah, daß man sie ebenfalls mit dem Stock gereinigt hatte. Als ich sie bewegte, öffnete sich die Tür einen Spalt breit, und Licht kam herein.«

Eolyn keuchte auf. »Dann könnte auch Strahlung eindringen. Wie war die Messung?«

»Äußerst niedrig, Eolyn. Weniger als ein Zehntausendstel von dem, was unser oberer Stab ausschickt.«

»Hast du weitere Untersuchungen angestellt?«

»Nein, Royal. Dazu fühlte ich mich nicht befugt. Ich bin direkt in die Entseuchung gegangen. Aber ich bin der Ansicht, daß Celeste die Kuppel durch diese Tür verlassen hat.«

»Armes Kind«, sagte Butto. »Inzwischen ist sie sicher an der Strahlung gestorben oder irrt da draußen umher, wenn sie Vorräte mitgenommen hat. Wenn ihr wollt, ziehe ich einen Strahlungsanzug an und versuche, sie zu finden.«

»Unmöglich«, widersprach Eolyn. »Sie ist inzwischen sicher tot. Die Werte, die der Stab anzeigt, sind so hoch, daß niemand ohne Strahlungsanzug das lange aushalten könnte. Wir müssen uns damit abfinden, daß das ihr Ende war.«

Schweigen trat ein, unterbrochen von Bill, der meinte: »Das alles hat noch eine schlimmere Konsequenz.«

»Ja?«

»Wenn diese Tür sich oberhalb der Erde befindet und der Abhang, wie man ihn durch das eine Fenster sieht, zum anderen Ende der Kuppel hin abfällt, dann muß die ganze Kuppel in der Luft hängen, einschließlich des gesamten Gewichts des Isotopengenerators. Ich glaube nicht, daß das Gebäude so gebaut ist, derartigen Belastungen standzuhalten.«

»Darunter sind stabile Pfeiler aus Stahlbeton.«

»Ich habe mir die Diagramme angesehen. Ich glaube, daß die Pfeiler inzwischen ebenfalls in der Luft hängen, und der Generator befindet sich genau über ihnen.«

Die Prinzipale sahen sich an. Schließlich sagte Royal: »Eolyn, kannst du ein elektronisches Gerät konstruieren, das uns über den Abhang unterhalb der Kuppel Auskunft geben könnte? Es müßte durch den Boden hindurch arbeiten.«

Sie überlegte. »Ich weiß es nicht. Ich werde es versuchen.«

»Butto, sieh du dann bitte nach den Komps. Schick sie so bald wie möglich wieder an die Arbeit! Bill, du überprüfst die Recyclingtanks und die Algen. Die übrigen an ihre Aufgaben. Wir müssen das alles noch einmal überdenken. Ich kann mir nicht vorstellen, wie wir Kuppel und Ebenen bei einem derartigen Strahlungspegel verlassen sollen, aber es wäre möglich, daß die Tage der Kuppel in der Tat gezählt sind. Vielleicht müssen wir einige Leute opfern, die hinausgehen und das Gebäude verstärken. Ich werde mich damit befassen. Wir wollen uns hiermit vertagen.«

In Pelbarigan zog in diesem Augenblick eine Ratsvollversammlung leise in die zentrale Ratshalle ein, um die Angelegenheit Celeste zu diskutieren. Alle Quadranten der Stadt waren vertreten. Die Garde war vollzählig auf ihrem Posten, und als die Sonne ins dritte Morgenviertel trat, hob die Protektorin ihren Stab, um zur Ordnung zu rufen und verkündete den Sitzungsplan.

»Wie ihr wißt, sind wir hier, um zu beschließen, wie wir uns gegenüber dem Mädchen aus der Kuppel verhalten wollen – Celeste –, und um zu entscheiden, was wir, wenn überhaupt, unternehmen wollen, um Verbindung mit den Überlebenden in der Kuppel aufzunehmen. Da diese Frage so wichtig ist, habe ich Sprecher bestimmt, von denen ich weiß, daß sie die drei wichtigsten Ansichten vertreten. Danach können weitere Meinungen, falls sie wirklich etwas Neues bringen, frei geäußert werden. Um der lebenswichtigen Natur dieser Überlegungen Rechnung zu tragen, rufe ich hiermit die ganze Versammlung auf, vier Sonnenbreiten schweigend im Gebet zu verbringen.«

Daraufhin legte die Protektorin die Handballen an die Augen und saß völlig reglos. Bei diesem Anblick nahmen einige sofort, andere nach einigem Zögern ebenfalls die Gebetsstellung ein. Die beiden Innengardisten, die die Protektorin flankierten, schauten prüfend über die Gruppe hin, und bald hatten alle wenigstens die vorgeschriebene Haltung eingenommen. Von weit unten war ein schwaches Hämmern zu hören, dort stellten Handwerker ein Gerüst auf, um die Mauer zu reparieren.

Endlich ertönte das klare, hohe ›*Ting*‹ des Triangels und beendete das Gebet. Die Ratsmitglieder nahmen die Hände herunter, blinzelten und rieben sich die Augen. Die Protektorin hob wieder ihren Stab. »Nun bitte ich um eure Aufmerksamkeit für die Südrätin Obel, die Ormana, die zugunsten einer Kontaktaufnahme sprechen wird, falls sie möglich ist.« Sie drehte sich um und zeigte mit ihrem Stab auf die Südrätin, wie es bei einer formellen Debatte der Brauch war.

Obel war für ein Familienoberhaupt noch jung, doch kräftig gebaut von ihrem jahrelangen Dienst als Gardehauptmann. Sie stand auf, trat vor ihren Abschnitt und wandte sich bei ihrer Rede den drei Seiten des Ratszimmers zu.

»Ich werde versuchen, mich kurz zu fassen«, begann sie. »Aber wir sind der Ansicht, daß es mehrere Überlegungen gibt, die zugunsten einer Hilfe für die Menschen in der Kuppel sprechen. Erstens sind es Menschen, von denen wir wissen, daß sie der Hilfe bedürfen. Unsere ethischen Verpflichtungen und Avens Wille verlangen es. Sich zu weigern, hieße, sich von dem Willen abzuwenden, der die Pelbarstädte erbaute. Wir haben uns nicht allein um unsere Sicherheit zu sorgen, sondern auch um den Wiederaufbau der Zivilisation, die, wie wir wissen, irgendwie verloren ging. Je mehr Einsicht in die Vergangenheit wir gewonnen haben, desto mehr erkannten wir, daß dieser Verlust sich in der Zeit des Feuers ereignete, als das ganze Land und all seine Menschen bis auf kleine Überreste ausgetilgt wurden.

Zweitens zeigt uns Celeste ganz deutlich, daß viel von den Kenntnissen der Alten bewahrt wurde – wenigstens ihre Technologie. Sie hat uns schon viele chemische Grundbegriffe gelehrt, von denen wir zu ihrem Erstaunen nichts wissen. Sie ist nur ein Kind. Wir müssen davon ausgehen, daß in der Kuppel Erwachsene existieren. Ihre Kenntnisse und die Möglichkeiten, sie zu vermitteln, müssen viel größer sein als bei diesem Kind. Wir können ihnen Überleben und Hilfe bei der Anpassung bieten. Als Gegenleistung geben sie uns vielleicht einen Teil der Informationen, die jetzt völlig aus Urstadge verschwunden sind, vielleicht von der ganzen Erde, und helfen uns, die Größe des Menschen wiederherzustellen.

Drittens wollen wir einmal annehmen, daß wir ihnen nicht helfen und es ihnen trotzdem gelingt, die Kuppel zu verlassen. Die Chance wäre viel größer, ihnen als Feinde zu erscheinen, uns nur ihre Feindseligkeit zu erwerben, nicht die Dankbarkeit, die die Freundschaft mit sich bringt. Wie Tor uns erzählte, hatte selbst Celeste einen kleinen Kasten bei sich, der, wie wir glauben, eine Art von Waffe ist. Tristal meint, daß sein Hund sie zu spüren bekommen hat. Aber wir wissen nichts darüber. Wenn solche Waffen existieren, sollten wir ihren Besitzern besser in Freundschaft als in Feindschaft gegenübertreten.

Viertens wollen wir wiederum annehmen, daß es den Menschen in der Kuppel ohne unsere Hilfe gelingt, sie zu verlassen. Andere Völker könnten sich zu unserem Schaden mit ihnen verbünden. Wenn sie zum Beispiel nach Osten gingen, auf die Peshtak träfen und ihnen ihre Technologie und ihre Bewaffnung überließen, wären wir wirklich in schwerer Gefahr. Wir wollen weiter annehmen, daß die Städte im Osten dieses Wissen erlangen. Wieder wären wir einigermaßen gefährdet.

Das sind meine Hauptgründe. Der wichtigste ist jedoch unsere Liebe zu Aven und zu der Ethik, die sich aus ihr entwickelt. Ich danke euch für eure Nachsicht.« Die Südrätin verneigte sich förmlich und nahm wieder ihren Platz ein.

Die Protektorin nickte ihr zu, dann zeigte sie mit ihrem Stab auf die Nordrätin. »Dahmena, bitte leg uns die Gegenmeinung dar.« Die Dahmena, eine schmächtige, alte Frau, die Mutter von Ahroe, welche die Familie nach einem alten Streit verlassen hatte, stand auf und ging, mit Hilfe ihrer Assistentin, in die Mitte des Saals.

»Danke, Protektorin«, sagte sie und verneigte sich leicht. »Wir vertreten eine der soeben dargelegten Meinung entgegengesetzte Ansicht. Ich habe mehrere Punkte vorzubringen, die, wie ich glaube, darauf hinweisen, daß es eine große

Torheit wäre, diesen Menschen in der Kuppel zu helfen, und daß dieses Kind Celeste zum Wohle nicht nur unserer Gemeinschaft, sondern aller Völker des Heart-Flusses glücklich, aber gefangen, hier in Pelbarigan leben sollte, damit ihre verderblichen Gedanken uns nicht so infizieren wie die Krankheiten, die sie so anhaltend befallen haben.

Erstens wissen wir alle sehr wohl, daß die Pelbar die eigentliche Zivilisation im Lande des Heart-Flusses sind. Obwohl wir uns in letzter Zeit mit den Außenstämmen verbündet haben, haben wir doch außer Frieden nichts von ihnen bekommen. Sie haben von uns die zentralen Ideen der Anständigkeit, der Herrschaft von Frauen, der Duldsamkeit, Milde, Gerechtigkeit und Aufrichtigkeit, des Fleißes und der Gelehrsamkeit und vor allem eine gesunde, organisierte Religion übernommen.

In diesem Punkt liegt eigentlich die Hauptschlagkraft meiner Argumentation. Was ich von dieser Celeste gehört habe, weist darauf hin, daß sie nichts von Aven oder diesem Höheren Wesen weiß, das mit anderem Namen, selbst dem Gottes, bezeichnet wird und das unsere umherstreifenden Mitglieder in anderen Kulturen angetroffen haben. Laßt uns einmal davon ausgehen, daß wir die Menschen in der Kuppel retten und daß sie einflußreiche Mitglieder unserer Gemeinschaft werden. Natürlich würde man ihre Anschauungen respektieren. Sie hätten keine Ahnung von unserem Eckstein – unserem Fundament –, nämlich der Verehrung Avens in der Weise, die unsere Geistlichen seit vielen Jahrhunderten als richtig entwickelt haben. Diese Art der Verehrung hat sich nicht nur wegen ihrer Wahrheit, sondern auch wegen ihrer positiven Auswirkung auf die Gemeinschaft als vorteilhaft erwiesen, indem sie diese zu dem einzigen Ziel von Güte und Ordnung verbunden hat, wie es allein die Herrschaft von Frauen zuläßt. Ich fürchte, daß das verlorengehen würde. Die Wirkung auf die Völker des Heart-Flusses wäre ernst, ja katastrophal. Man könnte tatsächlich sagen, sie würde uns zurückwerfen, weit zurück auf der Straße des Fortschritts, und die wahrhaft treuen Pelbar würden, wenn sie nicht im Besitz dieser Stadt bleiben könnten, sicher fortgehen und ihre eigene Stadt gründen, um die wahre und gerechte Gesellschaftsform fortzuführen, derer sie hier beraubt wären. Es wäre in der Tat eine tragische und ungerechte Entwicklung, die die rechtmäßige Ordnung in jeder Weise zerstören würde.

Ich möchte, von vielen unterstützt, wirklich dazu raten, den Menschen in der Kuppel nicht nur nicht zu helfen, sondern alles zu tun, was möglich ist, um die Zerstörung der Kuppel herbeizuführen, mit Menschen und allem, ehe ihr verderblicher Einfluß sich ausbreiten kann.«

Protestgemurmel ging durch den Saal, und die Gardisten der Protektorin klopften mit den Griffen ihrer Langschwerter auf den Boden, um die Ruhe wiederherzustellen.

»Ist deine Darlegung damit vollständig, Dahmena?« fragte die Protektorin sanft.

»Im Augenblick ja, wenn es sein muß. Wir werden in dieser Sache nicht nachgeben.«

»Das werdet ihr natürlich doch tun, wenn die Mehrheit es so will, Dahmena.«

Die Nordrätin antwortete nicht, sondern nahm einigermaßen erregt ihren Platz wieder ein.

»Nun wird noch jemand um seine Meinung gebeten, nämlich Plaat, die Leiterin der Manufakturen und der Lager. Bitte ergreife das Wort, Plaat!«

Sie war eine kleine, breit gebaute Frau, die einen etwas watschelnden Gang hatte, sich aber flink und geschickt bewegte.

Auch sie verneigte sich, als sie das Wort ergriff. Auch sie begann mit dem üblichen Dank an die Protektorin. »Meine Stellungnahme ist kurz und enthält keine hochgestochene Philosophie«, fuhr sie fort. »Es geht nur um folgendes: Was wir auch tun, alles wirkt sich auf unsere Vorräte, auf unsere Manufakturen, auf unseren Handel aus. Der Handl hat sich erweitert. Nordwall ist über uns hinausgewachsen, hauptsächlich, weil es so viele Shumai in seine Unternehmungen integriert hat. Sie haben dort auch mehr Nutzen aus Energiequellen wie Wasser und Wind gezogen. Wir brauchen Technologie. Celeste hat uns schon von Methoden zur Holzkonservierung erzählt, obwohl sie ihr ganzes Leben lang fast kein Holz zu sehen bekommen hat. Das Wissenspotential dieser Leute ist zu groß, als daß wir darauf verzichten könnten. Unsere Männer sollten zu Arbeiten eingesetzt werden, die Geschicklichkeit erfordern, und nicht wie Tiere schuften müssen, wenn es nicht notwendig ist. Wir brauchen von diesen Menschen, was wir bekommen können.« Sie ging unvermittelt an ihren Platz zurück.

Die Protektorin hob ihren Stab, aber nur eine Stimme unterbrach sie. »Noch ein Wort, Protektorin, wenn es möglich ist.«

»Ja, natürlich, Westrätin, bitte sprich – aber nur, wenn du neue Ansichten, völlig neues Material zu bieten hast.«

»Ich glaube, das ist der Fall, ja. Danke, Protektorin.« Sie stand auf, eine große, schlanke Frau, alt aber aufrecht. »Auch was ich sagen will, ist kurz, aber sehr wichtig. Es ist ebenfalls eine durchaus profane Ansicht. Sie hat mit den Männern zu tun. Vor dem großen Waffenstillstand wurden unsere Städte durch die alte Ordnung erhalten, wie es sich gehörte, vom Urteil von Frauen geleitet, weil die Männer keine Alternative hatten. Nun ist die Lage anders. Soviel ich höre, heiraten in Nordwall Pelbarmänner oft Shumaifrauen – wie Jestak es tat. Das gibt ihnen mehr Freiheit. Sie leben außerhalb der Mauern, treiben Landwirtschaft, Handel, gehen auf Reisen. Sie fühlen sich nicht länger durch Avens Gesetz gebunden, wie wir es kennen.

Wir spüren hier eine erste Unruhe. Erst im letzten Hirschmonat hat Awkem, wie ihr wißt, seine Frau und seine Familie nach einem ernsten Streit verlassen und ist nach Westen gegangen. Die Gardisten fanden ihn auf einer Shumaifarm, mehr als hundert Ayas von hier entfernt, aber als sie ihm befehlen wollten, zurückzukehren, leisteten ihnen die Shumai Widerstand. Er blieb dort.

Wir müssen uns fragen, welche Wirkung dieses Eindringen von neuer Technologie auf die Männer haben wird. Ich fürchte, ich muß der Nordrätin zustimmen und Plaat widersprechen. Wenn die Männer dazu angehalten werden sollen, die Ordnung Pells zu respektieren, sollten wir besser möglichst so weitermachen wie bisher und jegliche neuen, störenden, zivilisationsfeindlichen Elemente meiden. Nachdem wir jetzt mehr über die Zeit des Feuers wissen, können wir, glaube ich, aus den Rollen Pells sehen, daß in alten Zeiten vor allem die Herrschaft von Männern für die große Katastrophe verantwortlich war, die über die ganze Welt hereinbrach. Das darf nicht wieder geschehen.«

»Ein Wort dagegen, Protektorin?«

»Dagegen? Gut, Ayfor.« Die Protektorin streckte ihren Stab aus.

»Die Stellungnahmen der Nordrätin wie auch der Westrätin sind ernstzunehmen, und als Geistliche Avens weiß ich sie natürlich bestens zu würdigen. Aber auch ich habe über dieses Thema lange und gründlich nachgedacht. Ich glaube, wenn die Wahrheiten Avens auf einer bestimmten Lebensweise oder einer gesellschaftlichen Organisation beruhen und von einer anderen Lebensweise zerstört werden können, die ebenso moralisch, ethisch, gütig und fromm ist, dann ist das Wort Avens schwach. Ich glaube aber nicht, daß es schwach ist. Ich glaube, wenn es obsiegen und überall in Urstadge die Ordnung verbreiten soll, wie ich hoffe, daß es eines Tages geschieht, dann muß es flexibel genug sein, um sich den neuen Bedingungen zu stellen, die unvermeidlich kommen werden.

Ich habe aus Nordwall erfahren, daß sich die Anwesenheit der Shumai und Sentani nicht dahingehend ausgewirkt hat, daß die Verehrung Avens geschwächt wurde, sondern daß die Diskussion gefördert und die Außenstämme miteinbezogen wurden. Das ist nun sicher eine neue Herausforderung, aber unsere Wahrheit ist stark genug, um damit fertigzuwerden. Ich sehe keinen Sinn darin, Aven so einzuengen, als bräuchte die Herrscherin des Universums die Mauern von Pelbarigan, um zu überleben.« Ayfor strich ihre Robe glatt und nahm ihren Platz wieder ein.

Die Protektorin rief erneut zum Gebet auf. Bis zur Pause bei Sonnenhochstand wurde die Debatte in ordentlicher, gemessener Form fortgesetzt, aber es wurden keine wesentlich neuen Ansichten mehr vorgetragen. Bei Sonnenhochstand verkündete die Protektorin eine Unterbrechung für ein volles Viertel des Nachmittags, und als die Versammlung wieder zusammentrat, war die Erregung merklich größer. Die Vertreter gleicher Ansichten hatten eindeutig miteinander gesprochen und sahen, daß sich ein Unentschieden entwickelte. Selten war die Stadt so gespalten gewesen. Die Jestana war sichtlich besorgt, obwohl ihre gelegentlichen, ruhigen Aufforderungen zum Schweigen dafür sorgten, daß die Diskussion vernünftig und geordnet verlief.

Als die Sonne unterging, bat die Südrätin ums Wort und sagte: »Ratsmitglieder, ich glaube, wir kommen im Augenblick nicht besonders gut voran. Wärt ihr einverstanden, wenn wir Tor, den Shumai rufen ließen? Ich möchte gerne seine Meinung zu dieser Angelegenheit hören. Schließlich hat er das Mädchen gefunden und hierhergebracht.«

Protest wurde laut, aber auch Zustimmung. Die Protektorin machte von ihrem Befehlsrecht Gebrauch und verlangte die Anwesenheit des Axtschwingers, um seine Ansichten über Celeste wie über die Kuppel in Erfahrung zu bringen. »Wir müssen feststellen, ohne direkt danach zu fragen«, sagte die Protektorin, »welche Wirkung jegliche Handlung unsererseits möglicherweise auf die Shumai haben wird. Sie sind jetzt ebenfalls beteiligt.«

Tor kam mit leerer Axtscheide, von zwei Gardisten begleitet, als die letzten roten Strahlen des Sonnenuntergangs durch das Westfenster hereinfielen und Eol die Lampen entzündete. Er stand da, in orangefarbenes Licht getaucht, seine schlanke, hohe Gestalt überragte alle anderen im Raum bei weitem. Er wirkte ein wenig eingeschüchtert von den hierarchisch geordneten Reihen der Ratsmitglieder, die alle in ihren braunen Tuniken und Übergewändern feierlich dasaßen, aber bald kehrte seine gewohnte Heiterkeit zurück.

Als er aufgefordert wurde, seine Ansichten vorzutragen, streckte er zuerst die nach oben geöffneten Hände in der Geste der Shumai für Unsicherheit gerade nach der Seite aus. »Nur zwei Ansichten sind gestattet, finde ich«, begann er. »Celeste ist ein kleines Mädchen und muß in ihrer Unschuld vor jeder Einmischung in ihr Glück bewahrt werden. Das ist grundlegend. Wenn ihr dazu nicht bereit seid, nehme ich sie mit und tue für sie, was ich kann. Ich habe sie hergebracht und euch damit vielleicht übermäßig viel zugemutet, und ich bin auch bereit, sie wieder mitzunehmen.

Ihr müßt euch darüber klar sein, daß ich mich gegen jeglichen Eingriff in ihre Freiheit zur Wehr setzen werde. Und falls ihr das nicht ernstnehmt, mit ›ich‹ meine ich alle Shumai. Sie würden es als entehrend ansehen, wenn ihr ein Schaden zugefügt würde. Ich habe jedoch die Rollen Avens gelesen und weiß wohl, daß die Prinzipien der Pelbar, wenn sie befolgt werden, so etwas nicht zulassen.

Es gibt aber noch eine andere Seite. Celeste ist eindeutig aus der Kuppel geflohen. Ich weiß, daß ihr euch darüber durchaus im klaren seid. Ich bin nicht sicher, ob wir mit dem, was immer sie erschreckt hat, Kontakt aufnehmen oder ihm helfen sollten.

Und doch, und ich bin sicher, alle rechtlich Gesinnten unter euch haben das auch dargelegt, wenn es da drin Menschen gibt, die Hilfe benötigen, und wenn wir alle sie ihnen versagen, dann sind wir verabscheuungswürdig und als Menschen nicht der Rede wert.«

»Das kannst du leicht sagen, Axtschwinger, denn wenn die Sache schlecht ausgeht, kannst du einfach fortgehen.« Dieser Einwurf kam vom Nordquadranten.

Die Gardisten klopften mit ihren Schwertgriffen auf den Boden, aber Tor hob einfach die Hand. »Ich verstehe eure Besorgnis. Natürlich habe ich über all das auch nachgedacht. Ich ziehe umher. Ihr sitzt in eurer Stadt fest. Was immer geschieht, an euch bleibt es hängen, nicht an mir. So muß es für euch aussehen, aber ich möchte euch auffordern, eine entgegengesetzte Ansicht zu betrachten, eine, die mich zum Teil davon abgehalten hat, euch einfach eine Bande von Heuchlern zu nennen, weil ihr den Menschen in der Kuppel nicht sofort geholfen habt. Wißt ihr, ich verstehe, was es heißt, wenn einem der eigene Lebensstil zerstört wird.

Ich bin Axtschwinger. Für euch mag das nicht viel bedeuten, aber für mich schon. Vor dem Frieden hatten wir eine lebenswichtige Funktion. Wir folgten als erste den Herden. Wir bildeten die wichtigste Kampfwaffe unseres Volkes, eine zusätzliche Kraft, die ins Spiel gebracht wurde, wann und wo immer man sie brauchte. Wir führten außerdem das idyllischste und abenteuerlichste Leben, das man sich vorstellen kann. Das ist das Leben, das ich kenne. Aber es ist im Verschwinden begriffen. Eine neue Lebensform habe ich noch nicht gefunden. Ich könnte mich sicher niemals damit abfinden, in einer von Frauen beherrschten Stadt zu bleiben. Es würde mir schwer fallen, eine Farm aufzubauen, wie es so viele von meinen Leuten getan haben. Das würde das Ende des freien Laufens, der akuten Gefahren, der ständigen Bereitschaft, des Friedens auf den einsamen Ebenen, der Muße zum Nachdenken und zum Spiel bedeuten. Ich bin ein Mann ohne Aufgabe, obwohl ich wieder auf der Suche nach einer Aufgabe bin.

Wenn sich die Kuppel öffnet, könntet ihr in eine ähnliche Lage kommen. Ich weiß, daß sie schwierig ist, weil ich sie erlebt habe. Aber an neue Umstände muß man sich anpassen. Sich an das Alte zu halten, das nicht länger wirklich lebensfähig ist, ist Torheit, und jeder, der sich so verhält, lebt schon jetzt in einem Traum.

Ich möchte aber betonen, daß es vielleicht für euch den Anschein hat, als hättet ihr allein das Recht, über Celestes Person zu entscheiden, daß ihr dieses Recht aber nicht habt. Ich bestreite es euch. Solltet ihr dem Mädchen in irgendeiner Weise Schaden zufügen, werde ich bei ihrer Verteidigung sterben, und wenn das geschieht, dann kann ich euch versichern, daß der Frieden entweder zu Ende ist oder verletzt wird. Ich verlange nichts als Gerechtigkeit für ein kleines Mädchen. Ich drohe nicht. Einige Stimmen unter euch sind drohend. Ich möchte lieber am Leben bleiben, aber ich fürchte mich nicht davor, für sie zu sterben. Wenn ihr das wollt, könnt ihr euch natürlich dafür entscheiden, aber wenn ihr das tut, dann tun es die Böswilligen unter euch, und wenn die Böswilligen obsiegen, verliert die Gesellschaft viel. Das wißt ihr so gut wie ich.

Warum findet ihr euch nicht mit eurem Schicksal ab und tut, was offensichtlich gut ist? Rettet die Menschen in der Kuppel, wenn sie gerettet werden können. Ihr mögt das für eine Shumai-Antwort halten und glauben, daß wir Barbaren uns gegen jede Logik da hineinstürzen, ohne auch nur zu überlegen wie die Sentani und sicher ohne die Vorsicht der Pelbar. Aber unser Volk ist zahlenmäßig stark, und wir sind mit unserer Einstellung auch nicht völlig untergegangen.«

»Ein Redner bist du auch«, sagte die Protektorin lächelnd. »Aber wir müssen vieles abwägen bei der Entscheidung dieser Angelegenheit.«

»Eines könnt ihr jedoch nicht auf die Waagschale legen, und das ist die Sicherheit von Celeste.«

»Willst du zulassen, daß uns ein Barbar in unserem eigenen Ratszimmer bedroht?« Diese Stimme kam als Schrei vom nördlichen Quadranten. »Nehmt ihn fest! Nehmt ihn und werft ihn entweder hinaus oder fesselt ihn!« Die meisten Ratsmitglieder standen jetzt. Allenthalben wurde geschrien, aber darüber und dahinter stellte das gleichmäßige, laute Hämmern der Schwertgriffe der Gardisten allmählich die Ordnung wieder her. Weder Tor noch die Protektorin hatten sich geregt. Der Shumai stand da, die Hände vor sich gefaltet, und schaute zu Boden.

Als es wieder ruhig geworden war, drehte er sich um, sagte: »Guten Abend, Protektorin«, und ging auf die Tür hinter ihr zu. Die Gardisten traten beiseite, nachdem sie einen winzigen Augenblick lang gezögert hatten. Tor würdigte sie keines Blickes.

»Nun, heute abend habt ihr euch bestimmt mit Ruhm bedeckt«, sagte die Protektorin. »Die Versammlung wird vertagt. Morgen früh, am Ende des ersten Viertels versammeln wir uns wieder. Dann werde ich meine Entscheidung bekannt geben. Ich werde nicht darüber abstimmen lassen. Wir sind schon gespalten genug.«

»Ich warne dich«, sagte die Dahmena, »wir werden fortgehen. Wir werden eine eigene Gemeinschaft aufbauen, frei von diesen sündigen Neuerungen.«

Die Protektorin seufzte. »Hast du mit mir gesprochen?«

»Ja. Mit dir und all den anderen, die diesen Ort der Erniedrigung preisgeben.«

»Was ja?«

Die Dahmena senkte den Blick. »Ja, Protektorin«, murmelte sie.

»Ich habe dich nicht gehört.«

»Ja, Protektorin.«

»Du übernimmst dich allmählich, Dahmena. Vielleicht wäre es für Pelbarigan tatsächlich das beste, wenn du und deinesgleichen die Stadt verlassen würden. Im Augenblick werden wir euch jedoch nicht ausschließen. Jetzt, unter diesen Umständen, halte ich es für notwendig, die Versammlung mit einem Gebet zu beenden, damit wir alle im Frieden der Protektorin gehen können. Uld, stell die Sanduhr!«

Wieder legte die Protektorin die Handflächen auf die Augen und saß völlig regungslos. Wieder folgten die anderen ihrem Beispiel, als letztes der Nordquadrant. Der Sand sikkerte langsam aus dem oberen Glas herunter, und endlich berührte Uld das Triangel. Nach dem leichten Klirren erhob sich die Versammlung und verließ schweigend in einer Reihe den Raum. Die Protektorin blieb zurück und starrte, fast ohne sich zu bewegen, in den leeren Raum, ihre zwei Leibgardisten blieben hinter ihr.

Kurz darauf trat ein Gardehauptmann ein und sagte: »Protektorin, Jestak ist hier und möchte dich sprechen.«

»Jestak? Was für ein Zufall. Schick ihn bitte herein!«

Jestak schlüpfte herein, sah, wie besorgt seine Mutter war und zog einen Stuhl dicht neben den ihren. »Hallo, Protektorin. Ich habe Euch ein Paar neue Pferde gebracht. Und ich wollte mich nach diesem neuen Mädchen, dieser Celeste erkundigen. Stantu geht es immer schlechter. Könnte es sein, daß sie weiß, wie man das Gift der leeren Stelle wirkungslos machen und ihn retten könnte?«

Adai drehte sich um und legte ihrem Sohn die Hand auf die Schulter. »Ich weiß es nicht. Du bist zu einer sonderbaren Zeit gekommen. Wir hatten soeben die stürmischste Ratsversammlung, an die ich mich erinnern kann. Wir haben einen Gast beleidigt, den Shumai Tor. Die Protektorin wurde unehrerbietig behandelt, und ich ließ es praktisch durchgehen. Vielleicht ist es fast an der Zeit, daß ich mich zur Ruhe setze. Komm! Komm in meine Räume, damit Uld die Lampen ausblasen kann! Ich brauche Tee.« Sie sah ihn genauer an. »Das graue Haar wandert an deinen Schläfen hinauf«, sagte sie und streckte die Hand aus, um es zu berühren. Sie standen auf und umarmten sich, dann ging sie ihm voran aus dem Zimmer.

Vor dem Haus von Stel und Ahroe bewegten sich Schatten. Zwei Gardisten standen neben der Tür, und Hagen, der alte Shumai, saß draußen, an die Wand gelehnt.

»Gardisten, sind die Fenster fest verriegelt?« fragte der Alte.

»Ja, wir haben nachgesehen. Warum fragst du?«

»Hier kommen einige Flußratten geschlichen und wollen das Kind holen.«

Ein Gardist hob sein Horn und wollte hineinblasen, aber da stürzte eine vermummte Gestalt um die Hausecke und riß ihn von den Beinen. Eine zweite band ihn, während drei weitere den zweiten Gardisten niederwarfen. Hagen erhob sich schreiend und stürzte auf sie zu. Ein Schwert blitzte und schlug ihn nieder. Auf der Mauer loderten Fackeln auf, Schreie tönten herüber. Die vermummten Gestalten riefen Gardistenparolen zurück, drei weitere liefen geduckt ins Haus. Es war leer. Sie jagten durch die Räume, stürzten Möbel um, schauten in Kleideralkoven, dann, als sich von der Stadt Fackeln näherten, rannten sie durch die Tür, suchten das Weite und ließen die Wachen zappelnd, geknebelt und gefesselt auf dem Boden liegen.

Die ersten Gardisten kamen keuchend, mit gezogenen Kurzschwertern den Abhang herauf. Als sie die auf dem Boden liegenden Wachen erreichten, zogen sie ihnen die Knebel heraus und schnitten die Fesseln durch, während die beiden sagten. »Sie sind ins Haus gegangen. Seht drinnen nach! Kümmert euch um den alten Shumai.« Als sie sich umdrehten, fanden sie Hagen mit dem Gesicht nach unten liegen, heftig aus einer tiefen Schwertwunde am Hals blutend.

Bald tauchte ein Gardist aus dem Haus auf. »Da ist niemand drin«, sagte er. »Haben sie sie alle erwischt?«

»Nein. Ich glaube nicht. Ich sah sie allein davonrennen; sechs waren es, glaube ich. Sie sind den Abhang hinauf. Ruft zur Stadt hinüber. Die sollen die Eingänge schließen. Wir müssen den nördlichen Quadranten durchsuchen und die Mauern bewachen.«

Im Haus flammte ein Licht auf, und Stel erschien. »Du«, sagte ein Gardist. »Ich verstehe das nicht.«

»Wir haben für ein Versteck gesorgt. Hagen! Gütige Aven, *Hagen!*«

Hinter ihm kam Ahroe heraus und rannte mit einem leisen Aufschrei auf den alten Mann zu. Er war bei Bewußtsein und wollte ihr zulächeln, aber sein Gesicht verzerrte sich vor Schmerz.

»Aven, Hagen«, sagte sie. »Warum wolltest du denn unbedingt draußen bleiben?« Und zu den Gardisten gewandt fügte sie hinzu: »Helft mir, ihn hineinzutragen.« Sie hoben ihn sachkundig auf und trugen ihn auf einer primitiven Bahre in den vorderen Raum. Ein Gardist lief los, um die Haframa zu holen.

»Celeste. Sie waren hinter Celeste her. Wo ist sie?«

»Ist sie nicht hier?« fragte Ahroe und schaute sich um. »Dann muß sie fort sein.«

»Wo hast du dich versteckt?«

»Versteckt? Sie müssen uns übersehen haben.«

»Komm schon, Ahroe! Du mußt mit uns zusammenarbeiten. Wir wollen doch nur helfen.«

»Ihr müßt wissen«, sagte Stel, »daß in der Garde alle Quadranten vertreten sind.«

»Dann traut ihr uns wohl nicht?«

»Ihr habt uns sicher sehr geholfen«, sagte Ahroe. »Wir sind euch auch dankbar dafür. Ihr wißt aber, daß Celeste jetzt tot wäre, wenn sie sich hier befunden hätte. Wir danken euch für all eure Hilfe und dafür, daß ihr Hagen gerettet habt.«

»Komm, wir konnten doch nicht anders ...«

»Halt den Mund! Sieh nur, wie er blutet. Wer verfolgt die Eindringlinge?«

»Niemand.«

»Na also!«

»Es ist pechschwarze Nacht. Wir hätten keine Chance. Wir haben rings um die Stadt eine Wache aufgestellt.«

Auf dem hohen Flußgebirge südlich der Stadt, weit hinter dem Haus blieb eine langsam in der Dunkelheit laufende Gestalt stehen, um zu Atem zu kommen. Der Mann hörte ein Geräusch, leise aber nahe. »Was? Wer ist da? Bist du das, Begge?« Plötzlich wurde er hochgehoben, herumgewirbelt und weit über die Felsnase hinausgeworfen, er drehte sich in der Schwärze, schrie, schlug auf der holprigen Böschung auf und rutschte hüpfend hinunter, bis er an einem kleinen Baum hängenblieb und zum Stillstand kam. Ein wenig bewegte er sich noch, dann lag er still.

Im Haus hörte ein Gardist den Schrei. »Hauptmann«, sagte er, als er das Haus betrat, »ein Schrei vom südlichen Kliff.«

»Ein Schrei?«

»Ja. Etwas weiter unten.«

»Rufe mit dem Horn einen Dreifachtrupp mit Fackeln! Wir müssen das ganze Gebiet absuchen.«

Die Protektorin und Jestak hatten kaum die Gemächer der Jestana erreicht, als ein Gardehauptmann mit klappernden Stiefeln den Gang entlanggelaufen kam.

Sie trat atemlos ein. »Protektorin, verzeih mir. Es hat ein Angriff auf das Haus von Stel und Ahroe stattgefunden. Sie hatten sich versteckt. Celeste war schon verschwunden. Die beiden Gardisten wurden gefesselt und geknebelt, und der alte Shumai Hagen bekam einen tiefen Schwertstreich in den Hals.«

»Lebt er noch?«

»Ja, aber er ist in schlechter Verfassung, fürchte ich. Wir haben eine Wache rings um die Stadt aufgestellt. Jetzt durchsuchen wir, soweit es mit dem Gesetz vereinbar ist, den Nordquadranten.«

»Hat jemand die Verfolgung aufgenommen?«

»Im Augenblick noch nicht, Protektorin. Nicht jetzt in der Nacht.«

»Doch«, widersprach Jestak aus dem hinteren Zimmer mit dem hohen Fenster. »Ich sehe jetzt Fackeln auf dem Abhang.«

»Dann haben sie sich aus irgendeinem Grund anders entschieden«, meinte die Protektorin.

»Protektorin, was ist mit Celeste? Wo ist sie hin?«

»Setz dich!« sagte die Protektorin. »Komm erst einmal zu Atem!« Der Gardehauptmann gehorchte und schaute die

Protektorin an, die sich schweigend das Kinn rieb. »Ich weiß es nicht. Aber ich habe den starken Verdacht, daß Tor einen Weg gefunden hat, sie heimlich fortzubringen. Er hat die Ratsversammlung sehr plötzlich verlassen. Er wußte, daß es Schwierigkeiten geben würde. Ich hätte es auch wissen sollen. Aber abgesehen von Hagen haben wir uns nicht schlecht gehalten. Und doch ...«

»Ja, Protektorin?«

»Das ist das erste derartige Verbrechen eines Pelbar gegen andere Pelbar, an das ich mich erinnern kann – von Familienzwisten abgesehen. Schwierigkeiten hat uns diese Kuppel jedenfalls gebracht. Wie schön, keine Politik zu haben. Allein in einer ummauerten Stadt zu leben, das einzige Volk in einer Welt, die keine Spannungen kennt. Aber so ist die Welt eben nicht, wie?«

»Nein, Protektorin.«

»Nun, wenigstens ist sie nicht langweilig. Danke für deine Meldung. Wenn es neue Entwicklungen gibt, komm her und sag es dem nächsten, diensthabenden Hauptmann – zu jeder Nachtzeit, bitte!«

»Ja, Protektorin.« Der Gardehauptmann verneigte sich und zog sich zurück.

Adai drehte sich um und sah ihren Sohn an. »Du siehst, wie es ist«, meinte sie.

»Ja. Gutes, altes Pelbarigan. Möchtest du, daß ich den alten Hagen besuche? Was ist, wenn er stirbt? Das wäre sehr schlimm.«

»Nein. Du bist gekommen, um Pferde zu bringen und um herauszufinden, ob Celeste Stantu helfen könnte. Weißt du noch? Und weil ich mit dir über alles sprechen möchte. Was meinst du?«

Die beiden redeten bis tief in die Nacht hinein miteinander. Jestak war viel eher bereit, die Rettung der Menschen in der Kuppel als neue Möglichkeit zu ergreifen, seine Mutter erkannte jedoch, daß Pelbarigan mit seiner konservativen Veranlagung sein Herz nicht leicht dem Neuen öffnen würde. Pelbarigan mußte gehätschelt und sanft geführt werden. Und doch riß die Stadt jetzt auseinander. Sie mußte eine Kompromißlösung finden. Das konnte ihr Nordwall nicht abnehmen. Und auch Threerivers nicht, das womöglich noch konservativer war als Pelbarigan.

Im Süden hinter den Felsen fragte inzwischen Celeste: »Tor, wie weit noch?« Sie ritt auf seinen Schultern, während er ruhig dahinging.

»Weniger als zwei Ayas. Nicht mehr weit.«

»Zwei was? Ach ja, Ayas. Ein Ayas ist glaube ich ungefähr eins komma drei fünf Kilometer. Aber was das eigentlich ist, weiß ich auch nicht. Wir sind nie gereist. Ich habe Angst. Aber nicht, wenn du bei mir bist.«

»Ich habe einen Platz für dich vorbereitet, Kleines. Daß dieser Tag kommen könnte, habe ich befürchtet. Was danach kommt – wer weiß? Dein Platz ist aber doch bei den Pelbar. Vielleicht können wir nach Nordwall gehen.«

Der Dreifachtrupp von Gardisten zog langsam am Rand der Felsen entlang, ihre Fackelreihe erleuchtete den Spätfrühlingswald und schreckte die schlafenden und nistenden Vögel auf. Endlich blies einer der Gardisten in sein Horn. Sie hatten nahe am Fuß der Felsen eine schwarzgekleidete Gestalt gefunden. Die Fackeln konzentrierten sich auf den langen, dunklen Körper, der, alle viere von sich gestreckt, am unteren Abhang lag.

»Lebt er noch?«

»Ich spüre einen Puls. Aber ich fürchte, er ist ziemlich zerschlagen.«

»Dreht ihn sehr vorsichtig um.«

»Wer ist es?«

»Ich weiß es nicht.«

»Ich schon. Es ist Cyklo. Er ist Schmied. Cyklo Dahmen, ein geborener Dahmen. Er ist nicht verheiratet.«

»Macht eine Bahre! Wir werden flache Bretter holen und ihn daraufbinden. Wir brauchen Riemen und etwa drei Decken.«

In der Kuppel aß Eolyn Bohnensuppe, ein neues, von Ruthan entwickeltes Rezept, das hatte ihr wenigstens Dexter gesagt. Das war jetzt das zweitemal, daß er ihr Suppe gebracht hatte. Sie unterschied sich stark von den gewohnten Nahrungsmittelwürfeln, schmeckte sehr gut, aber etwas klumpig. Dexter hatte sie ›unvermischte Bohne‹ genannt, die Bohnen waren im Naturzustand belassen worden, damit die Struktur herauskam und die Zähne ein wenig gefordert wurden. Eolyn war alleine in ihrem Zimmer und studierte ein Felddiagramm auf dem Lichtbrett. Sie war enttäuscht, weil sie das Paar nie zusammen erwischt hatte. Ihre Spürsender hatten noch kein einzigesmal angeschlagen und eine Nähe von weniger als zwanzig Zentimetern angezeigt. Vielleicht hatte sie sich geirrt. Sie trank den Rest der Suppe. Da! Der Sender meldete sich, und das Blinklicht leuchtete auf. Sie ging schnell hinüber und stellte genau ein. So nahe? Erstaunlich. Jetzt hatte sie sie.

Sie öffnete die Tür, schlüpfte hinaus in den Gang, trabte hinunter und um die Ecke zu Dexters Zimmer, wo sie mit flinken Griffen den Schalter für seine Tür überbrückte. Die Tür glitt zurück – und urplötzlich wimmelte der Korridor von laufenden Ratten, weiße Körper schlitterten daher und rutschten auf der glatten Oberfläche aus. Eolyn schrie. Dexter streckte seinen Kopf aus der Türöffnung.

»Bei den Algen, Eo, was machst du denn da? Jetzt muß ich sie alle einfangen. Ich richte sie ab, weißt du. Komm! Du mußt mir helfen.«

Eolyn steckte den Kopf ins Zimmer und sah sich um. Das lakonische Piepsen hörte nicht auf.

»Was suchst du denn? Komm, hilf mir!« Dexter reichte ihr ein Netz und machte sich an die Verfolgung der Ratten, die hinteren Türen verschloß er automatisch. Nager schusselten quiekend herum, er sammelte sie geschickt auf und füllte sein Netz, während Eolyn nur zwei einfangen konnte. Endlich hatten sie sie alle. Eolyns Piepser schickte noch immer seine hohen Töne aus.

»Was höre ich denn da?« fragte Dexter. »Eines von deinen elektronischen Spielzeugen? Das ist aber unangenehm – wie eine mechanische Ratte. Schalt es aus!«

Eolyn schaltete den Monitor ab. »Was machst du eigentlich mit all den Ratten?«

»Ich richte sie ab. Das habe ich dir doch gesagt. Ich hoffe, sie eines Tages so weit zu bringen, daß sie nützliche Aufgaben ausführen. Bisher sind sie nur zu ein paar Tricks fähig. Da. Jetzt habe ich sie alle in Verwahrung.« Er hob das sich bauschende Netz voll erschrockener Ratten hoch. »Danke. Jetzt habe ich unten in der Nagerabteilung zu tun, also entschuldige mich. Meine Klasse braucht nach dieser Jagd wahrscheinlich eine Ruhepause. Mach bitte die Tür zu, wenn du gehst!«

Dexter schritt mit seinen Ratten den Korridor entlang, rutschte das Stahlgeländer hinunter und trabte fröhlich durch den unteren Gang. Als er die Nagerabteilung betrat, verstärkte er das Licht auf den Leuchttafeln und brachte alle Ratten in ihre Käfige zurück. Dann befahl er allen Tieren in der oberen Reihe zu klatschen, während er selbst lachend vor ihnen auf den Händen hin- und herging. Dann setzte er sich auf den Boden. Tränen liefen ihm übers Gesicht, während er sich ausschüttete vor Lachen. Alle Ratten standen schweigend da und beobachteten ihn mit runden, schwarzen Augen. Er lag längelang auf dem Boden und kicherte zu ihnen hinauf. »Meine Freunde«, sagte er, »ach, ich wünschte, ihr hättet das genießen können.«

Eolyn kehrte in ihr Zimmer zurück. Was ging da vor? Sie schaltete den Monitor wieder ein. Der Ton kam wieder, hoch und aufreizend. Eolyn runzelte die Stirn. Sie überlegte, dann schloß sie einen Richtungsindikator an den Monitor an. Mit ihren Modulen war das die Art weniger Augenblikke. Die Nadel zeigte auf sie. Sie trat zur Seite. Die Nadel folgte ihr. Sie veränderte ihren Standort von neuem, und wieder zeigte die Nadel mit der Spitze direkt auf sie. Sie drehte das Gerät senkrecht. Die Nadel zeigte auf ihre Körpermitte. Sie holte den Indikator dicht heran, bewegte ihn auf und ab. Aha. Er zeigte auf ihren Magen. Sie tastete durch den Taillenabschnitt ihres Anzugs und entfernte den Gürtel. An der Anzeige änderte sich nichts. Eolyn setzte sich. Was konnte das bedeuten? O nein. Sie hatte die Spürsender verschluckt – sicher war es die Suppe. Dexters klumpige Bohnensuppe! Zum Teufel mit ihm! Verdammt, verdammt, verdammt sei er! Dexter hatte sie ausgetrickst. Aber Eolyn würde eine andere Falle aufstellen.

Als sie sich umdrehte, glitt ihre Tür auf und Dexter beugte sich herein. Er war ganz ernst. »Wenn du nächstesmal etwas wissen willst, dann frage. Okay?«

Eolyn zitterte vor Wut und warf ihm den Monitor nach. Er fing ihn auf und drehte ihn auf volle Lautstärke. Dann schaltete er ihn ab und betrat den Raum, schritt auf sie zu und drückte sie mit dem Rücken auf das Schlafpolster. Sie blickte erstaunt zu ihm auf. »Hör zu!« begann er. »Wenn du dich in meine Angelegenheiten einmischst, wenn auch nur um Fingersbreite, wirst du es bereuen. Das verspreche ich dir. Du bist vielleicht Kuppelführer, aber ich erledige meine Aufgaben zufriedenstellend. Ich lasse mir nicht nachspüren. Ich bin kein Experiment.« Seine Hand schoß vor und zog sie mit einem Ruck an den Haaren hoch. Dann ohrfeigte er sie, hart und blitzschnell, rechts und links, zweimal, stieß sie zurück und verließ den Raum.

Eolyn lag schluchzend auf dem Polster, wütend und hilflos. Nach einiger Zeit öffnete sich die Tür erneut, und Ruthan kam herein. Eolyn setzte sich mit gerötetem Gesicht auf. »Eo, was ist los?« fragte Ruthan, kam zu ihr und kniete nieder.

»Raus, raus mit dir, zum Teufel noch mal!«

Ruthan gehorchte nicht. Sie nahm Eolyns Hände, dann legte sie die Arme um sie und drückte sie an sich. »Ich sagte, du sollst rausgehen«, sagte Eolyn in ihre Schulter hinein.

»Warum? Was habe ich getan? Sag es mir! Es tut mir leid.« Ruthan lehnte sich zurück, strich Eolyn das Haar aus dem Gesicht und sah sie an. Eolyn sah deutlich, daß sie nicht wußte, was vorgefallen war.

»Es tut mir leid. Ich war außer mir. Verzeih«, sagte sie. »Bitte laß mich jetzt allein!« Ruthan beugte sich nieder und küßte sie auf die Stirn. »Bitte. Hör mit diesem archaischen Benehmen auf. Ich bin außer mir.«

»Natürlich. Aber wenn ich dir helfen kann, dann laß mich bitte.« Ruthan zog ein feuchtes Tuch aus Eolyns Spender und wischte der Älteren damit über Wangen und Mund, dann reichte sie ihr das Tuch, klopfte ihr noch einmal auf die Schulter und ging.

Eolyn saß da und starrte vor sich hin. Was hatte das alles

zu bedeuten? Ruthan hatte ihr soeben mehr Zuneigung bezeigt, als sie selbst seit langem empfunden hatte. Eolyn kam zu der Ansicht, daß es ihr nicht unangenehm war. Aber das war doch schon wieder ein Anhaltspunkt. Vielleicht hatte Dexter die Sache mit den Spürsendern allein gedreht, aber Ruthan hatte soeben ihre erwachten Gefühle verraten. Sie küßte jetzt sogar bereitwillig. Ja, zwischen den beiden war eindeutig etwas im Gange. Was sollte sie dagegen tun? Sie hatte jetzt Angst vor Dexter. Vielleicht war es gut, Ruthan nicht zu verletzen, sie war eine potentielle Verbündete. Aber es ging nicht an, daß jeder in der Kuppel tat, was ihm beliebte. Verhalten mußte geplant werden. Das war absolut notwendig.

Unter der Kuppel sickerte weiterhin Öl heraus und sammelte sich. Die untere Erdschicht verhinderte, daß es weiter eindrang, und das Öl staute sich allmählich hinter einem Lehmwall, der sich unter den Ebenen gebildet hatte. Das alte Holz saugte ständig Öl hinauf in den Sauerstofflagerraum, und die dunkle Flüssigkeit sickerte langsam aus dem undichten Tank mit der Geschwindigkeit eines Gletschers durch den Boden hangabwärts.

# ACHT

Jestak und seine Mutter besprachen sich noch immer, als der Gardehauptmann erneut anklopfte und eintrat. »Entschuldige noch einmal, Protektorin, aber einer von den Leuten, die heute nacht in Ahroes Haus waren, ist gefaßt worden. Es ist Cyklo, ein Dahmen. Er war ganz schwarz gekleidet und hatte ein Schwert bei sich. Am Schwert war Blut. Er ist offenbar von den Felsen gestürzt. Er ist noch am Leben, aber sein Zustand ist sehr schlecht.«

»Und Hagen, der Shumai?«

»Die Haframa sagt, er wird gesund werden, wenn nicht eine unerwartete Wendung eintritt.«

»Hat man die Dahmena informiert?«

»Ja. Sie ist jetzt bei Cyklo. Sie verurteilt seine Handlungsweise öffentlich in den schärfsten Worten. Sie spricht von Ausschluß aus Pelbarigan.«

»Sehr geschickt.«

»Was?«

»Bring sie bitte zu mir! Du mußt sie begleiten, Ithring, und bei uns bleiben. Ich bin nicht mehr so beweglich wie früher.«

»Jestak ist auch noch da, Protektorin.«

»Er wird nicht dabei sein.«

»Ja, Protektorin.« Der Gardehauptmann zog sich zurück.

»Du siehst, wie es ist, Jes.«

»Ja.« Er schüttelte den Kopf. »Es ist ernst.«

»Vielleicht. Aber vielleicht hat die Dahmena heute im Rat auch die Lösung angedeutet. Sie drohte, fortzuziehen, entweder in eine neue Stadt oder nach Threerivers.«

»Threerivers besteht nur aus Dahmens, in jeder Beziehung.«

»Vielleicht. Aber konservative Einstellung ist eine Sache, Gewalttätigkeit eine andere. Sie sind jetzt soweit, daß sie das Gesetz brechen, wenn sie das nicht schon seit einiger

Zeit getan haben. Threerivers ist vielleicht die richtige Umgebung für sie. Ich bin sicher, daß Ales, die Protektorin, diese Art von Taktik nicht dulden wird. Du mußt jetzt gehen. Bist du schläfrig?«

Jestak lachte. »Nein, Mutter. Ich war bis vor Tagesanbruch unterwegs und kam dann in eine Rebellion hinein. Ich bin müde, aber das hier ist zu interessant.«

»Ich habe meine Meinung geändert. Geh zu Ahroes Haus! Sprich mit Hagen, wenn du kannst! Wenn er wach ist, sag ihm Trost und Dank von mir! Kümmere dich auch um die anderen!«

»Natürlich.« Die beiden umarmten sich, und Jestak verließ schnell den Raum. Die Jestana setzte sich wieder und dachte nach. Dann stand sie auf, rückte den Tisch zur Seite, steckte ihr Haar für die Nacht hoch, zog ihr Nachtgewand an und entfernte alle Stühle bis auf einen, in den sie sich setzte, die Lampe drehte sie so, daß das Licht nicht auf sie gerichtet war.

Der Gardehauptmann klopfte, und die Jestana ließ ihre kleine Einlaßglocke ertönen. Ithring trat mit der Dahmena ein, die bleich war und die Lippen fest zugekniffen hatte. Die Protektorin sah zu ihr auf und seufzte.

»Ich hoffe, daß dein Verwandter, dieser Cyklo, sich mit der Zeit erholen wird und nicht zu schwer verletzt ist.«

Die Dahmena sagte nichts.

»Gardehauptmann, bitte durchsuche die Nordrätin und entferne alle Waffen, die sie möglicherweise bei sich trägt.«

»Aber ...«

»Tu es!«

»Protektorin, ich protestiere«, sagte die Dahmena. »Ich werde das vor die Ratsvollversammlung bringen.«

»Steh auf, Dahmena! Ich bin entschlossen, die Befehle der Protektorin auszuführen«, sagte die Gardistin.

»Diese Schande werde ich dir vergelten.«

»Das hast du schon getan. Ich nehme an, daß du mit mir gesprochen hast.«

»Ja – Protektorin.«

»Danke. Jetzt wirst ausnahmsweise einmal du zuhören, und ich werde sprechen.«

Ithring entfernte ein kleines Messer aus dem Robenärmel der Dahmena und ein schmales Klappmesser aus ihrem Taillenbund. Beide reichte sie der Protektorin, die sie in der Hand wog. »Ist es üblich, daß du Waffen bei dir trägst, Nordrätin? Für ein Ratsmitglied scheint mir das ungewöhnlich.«

»Es ist auch ein ungewöhnlicher Rat, Protektorin, und wir leben in ungewöhnlichen Zeiten. Du siehst, daß ich in meiner eigenen Familie gewalttätige Leute habe. Wir sehen, wie vor unseren Augen das ganze Pelbarsystem unterminiert wird. Eine starke Protektorin könnte diese Veränderung aufhalten. Du nicht. Ich habe jetzt Angst. Es ist mir ein Bedürfnis, mich zu schützen. Mehr als tausend Jahre haben wir hinter geschlossenen Mauern gelebt. Wir könnten es wieder tun und so unsere Lebensart erhalten.«

»Es waren nicht mehr als tausend Jahre, Nordrätin. Wie du sicher weißt, wurde Pelbarigan erst Hunderte von Jahren nach der Zeit des Feuers erbaut. Aber darum geht es nicht. Du mußt einsehen, daß jeder Führer einer Gesellschaft die Pflicht hat, der Gesellschaft zu helfen, damit sie überleben kann. Wenn wir überleben wollen, müssen wir der Welt zu ihren Bedingungen entgegentreten. Ehe die Welt anfing sich wieder zu öffnen, hat sich die Art der Pelbar großartig bewährt. Jetzt ist das nicht mehr so. Wenn wir die Shumai und die Sentani ausschließen, während Nordwall sie mit recht großem Erfolg und zu seiner eigenen Bereicherung eingelassen hat, dann spalten wir das Volk. Das mußt du einsehen.«

»Warum muß ich?«

»Es ist so offensichtlich. Andernfalls wärst du dumm.«

»Du scheinst keine Meinungsvielfalt gelten zu lassen, Protektorin.«

»Tue ich das nicht? Es wundert mich, daß gerade du das sagst. Diesen Ruf hat deine Familie, solange ich denken kann. Aber ich habe nicht vor, mit dir über das Offensichtliche zu streiten, ich will dir nur darlegen, welche Möglichkeiten du hast. Erstens, so weiterzumachen wie bisher ist keine Möglichkeit. Du bist zu weit gegangen. Du wirst sehen, daß wir gründliche Untersuchungen anstellen werden, und sie werden enthüllen, was jetzt im Verborgenen liegt. Ich bin absolut sicher, daß du deinen Sitz im Rat nicht behalten wirst. Du kannst, wie du vorgeschlagen hast, deine Gruppe nehmen und eine neue Siedlung aufbauen. Wir werden euch sogar dabei helfen. Wenn Threerivers es gestattet, könnt ihr euch auch denen anschließen. Du kannst beantragen, daß im Rat darüber abgestimmt wird.«

»Wenn wir die Stadt verlassen, geht ihr Herz verloren. Wir waren immer das Rückgrat von Pelbarigan.«

»Ihr seid sein Blinddarm, Dahmena. Und der ist entzündet. Jetzt geh!« Die Protektorin stand auf und wollte den Raum verlassen.

»Ich verfluche dich!« zischte die Dahmena hinter ihr her.

»Sprichst du mit mir?« fragte die Protektorin und drehte sich um.

»Ich verfluche dich, Protektorin!«

»So ist es schon besser. Während du gehst, könntest du dir vielleicht selbst erklären, wie es kommt, daß das Rückgrat von Pelbarigan Flüche ausstößt, während Aven niemandem flucht und wir alle Aven verehren. Und jetzt bring sie weg, Ithring!«

Der Gardehauptmann nahm, nicht allzu sanft, den Arm der Nordrätin und drängte sie zur Tür.

Als sich Jestak dem Häuschen von Stel und Ahroe näherte, hörte er im Schatten ein leises Geräusch. »Wer ist da?« fragte er.

»Tor.«

»Tor. Gut. Ich bin Jestak.«

»Komm doch einen Augenblick her, ich will mit dir sprechen.«

Ohne zu zögern trat Jestak in den Schatten, und die beiden legten zur Begrüßung die Handflächen aneinander. Tor überragte Jestak, der für einen Pelbar nicht gerade klein war, um einen ganzen Kopf.

»Celeste, Tor? Ist sie in Sicherheit?«

»Ja. Sie ist in einem gemütlichen Versteck. Wo ist Tristal?«

»Auf dem Weg hierher, nehme ich an. Er ist ein prächtiger junger Mann. Wenn du willst, daß Celeste nach Nordwall kommt, wird sie dort in Sicherheit sein, und wir werden sie willkommen heißen.«

»Das ist vielleicht das Beste. Wir werden sehen. Sie ist noch ein Kind. Es ist töricht, sie so zu behandeln, wie es geschehen ist.«

»Sie ist ein Kind, aber auch eine Sprengladung. Sie könnte die Gesellschaft des Heart-Flusses umformen, und das können einige von uns nicht ertragen.«

»Das habe ich gemerkt. Übrigens habe ich Celeste hinten hinausgebracht – Stels besondere Vorsichtsmaßnahme –, als wir sie kommen hörten. Wir waren flußabwärts auf den Uferfelsen, als ich in der Nähe jemanden hörte. Celeste regte sich, deshalb mußte ich ihn vom Felsen stoßen.«

»Aha. Das ist die Erklärung. Er ist jetzt in der Stadt. An seinem Schwert klebt Blut, deshalb nimmt man an, daß er derjenige war, der Hagen niedergeschlagen hat.«

»Hagen? Ist er tot?«

»Ich glaube nicht. Ich bin unter anderem hergekommen, um nach ihm zu sehen. Wir sollten ins Haus gehen.«

Als sie eintraten, fanden sie Hagen schwach und bleich im vorderen Raum liegen. Seine Augen leuchteten auf, als Tor hereinkam und sich niederbeugte, um ihn zu umarmen. Ahroe saß bei ihm, mit tränennassem Gesicht. Tor stellte Jestak vor, den Hagen nie kennengelernt hatte, und der Alte verspürte eine gewisse Ehrfurcht in Gegenwart des Mannes, der die Völker des Heart-Flusses so verändert hatte.

Jestak kniete neben ihm nieder und nahm ihn bei der Hand. »Wieder haben die Pelbar allen Grund, dir zu danken. Ich fürchte, wir waren eine ganz schöne Belastung für dich.«

»Keine Belastung. Ich bin froh, daß alle in Sicherheit sind.«

»In Sicherheit sind? Und wie geht es dem Kind?« wollte Stel von Tor wissen.

»Ebenfalls in Sicherheit. Den Rest sollten wir den Gardisten überlassen und uns schlafen legen«, sagte Jestak. Tor winkte ihnen zu und schlüpfte dann in die Dunkelheit hinaus.

Tief im Nordquadranten hörte eine kleine Versammlung von Frauen aus mehreren Familien, wie die Dahmena sagte: »Noch nie bin ich so gedemütigt worden. Sogar über meinen eigenen Quadranten habe ich anscheinend die Kontrolle verloren. Wer hat den Angriff auf das Mädchen veranlaßt? Alle glauben, daß ich es war.«

»Aber Dahmena, wenn nicht, so hast du doch auf jeden Fall zu erkennen gegeben, daß du sie aus dem Weg haben wolltest.«

»Diesmal hat man uns so niedergerungen, daß wir unsere Stellung vielleicht niemals mehr zurückgewinnen werden. Wir brauchen irgendeinen Rückhalt. Wir sind in der Minderheit wie noch nie. Eine drastische Veränderung bahnt sich an. Diese alte Stadt war so viele Jahrhunderte lang unsere Heimat. Wie könnten wir sie aufgeben?«

»Aufgeben? Meinst du damit, daß wir Pelbarigan verlassen sollen?«

»Wie sonst können wir weiterleben?«

»Weißt du, Dahmena, vielleicht können wir uns anpassen.«

»Anpassen? Tun, was *die* sagen? Sie zerstören alles, was kostbar ist. Niemals!« Die Dahmena unterstrich ihre Stellungnahme, indem sie mit dem Zeigefinger in ihre Handfläche stach. Beim Sprechen hob sich ihre Stimme, und einen Augenblick lang schien eine solche Aura von Wut von ihr auszustrahlen, daß es war, als zittere der ganze Raum in weißem Licht.

»Dahmena, du mußt einsehen, daß ich, obwohl wir als Quadrant zusammenstehen, wenn wir können, keine Dahmen bin. Ich kann dir nicht in allem folgen. Für Cyklos Tat kann man wohl kaum den ganzen Quadranten verantwortlich machen.«

»Und die Dahmens auch nicht. Ich habe so etwas niemals veranlaßt.«

»Aber du hast deutlich gezeigt, daß du es wünschst. Ich finde, du hast dich selbst in eine so schwache Position gebracht, daß du nachgeben mußt.«

»Ich muß nichts tun, was gegen unsere Interessen geht.«

»Aha. Das hast du aber schon getan. Oder es wurde getan. Ich weiß, daß vier Familien nicht auf deiner Seite stehen werden.«

»Ich werde Cyklo verstoßen. Das meine ich ernst.«

»Du hast das Messer geschärft, und jetzt, wo es blutig ist, willst du es nicht zurücknehmen?«

»Diese Beschreibung kann ich nicht akzeptieren.«

»Moder hat recht, Dahmena«, sagte die Judgema, Haupt der zweitgrößten Familie des Nordquadranten. »Ich fürchte, du mußt auf uns hören. Ich habe einen Vorschlag, den sechs Familien unterstützen.«

»Sechs? Wie lautet er?«

»Schick nach Ahroe! Bitte sie, herzukommen und offen mit uns zu sprechen! Wir müssen uns zusammentun und die Wunden heilen.«

»Niemals!«

»Dann werden wir uns ohne dich mit ihr treffen. Wir werden erklären, was wir empfinden. Auch wir beklagen, genau wie du, die Anwesenheit des Mädchens. Wir wollen keine Verbindung mit der Kuppel suchen. Aber wir sehen die Notwendigkeit, uns zivilisiert zu verhalten. Wenn wir verlieren, dann haben wir eben verloren, aber als Pelbar. Wenn wir vor neuerlicher Grausamkeit Angst haben, dürfen nicht ausgerechnet wir selbst ein Beispiel dafür geben.«

»Wer würde so etwas ohne mich tun?« Wieder wurde die Dahmena von Zorn übermannt. »Ich bin immer noch Nordrätin.«

»Im Augenblick.« Die Judgema ging zur Dahmena und legte die Arme um sie. »Komm! Wir bitten dich darum. Ja, ich glaube, wir haben verloren. Aber wir müssen anständig handeln. Wir müssen unsere Ehre wiederherstellen.«

Die Dahmena machte sich los. »Diese Schande ist mehr, als ich ertragen kann.« Damit drehte sie sich um und verließ den Raum.

Moder wandte sich zu den anderen und fragte: »Nun, wollen wir Ahroe bitten, sich mit uns zu treffen?«

»Ich weiß nicht. Es hat jetzt wenig Sinn. Laßt uns erst einmal sehen, welche Richtung die Dahmena einschlägt, wenn sie ein wenig nachgedacht hat. Wir müssen die Würfel so nehmen, wie sie fallen.«

Nicht lange danach öffnete die Dahmena die kleine, südliche Pforte. Ein Gardist stand davor. »Es ist spät, Nordrätin«, sagte er.

»Zu spät, fürchte ich, Gardist. Hast du etwas dagegen, wenn ich durch diese Pforte hinausgehe?«

»Nein, Dahmena. Wir glauben, daß einige von denen, die Ahroes Haus angegriffen haben, immer noch draußen sind. Wir stellen nur fest, wer hereinkommt.«

»Ja. Sehr umsichtig. Gute Nacht.«

»Mitternacht ist vorbei. Guten Morgen, Dahmena.«

Sie antwortete nicht, sondern ging hinaus und verschwand in der Dunkelheit. Er konnte ihre Schritte auf dem Kiespfad knirschen hören, der zum Fluß führte. Furcht kroch in ihm hoch. Sie hatte keine Vorschrift verletzt. Aber was sie tat, war sonderbar. Nun, er würde es beim Wachwechsel melden. Kurz darauf öffnete sich die Tür wieder, und Moder trat heraus.

»Gardist, ich möchte mit Ahroe sprechen. Ist das möglich?«

»Ich glaube, sie schläft, Madam. Ist die Dahmena auch dorthin gegangen? – Nein. Sie ging zum Fluß.«

»Die Dahmena? Zum Fluß? Wann?«

»Gerade eben. Vor zwei Sonnenbreiten. Da stimmt etwas nicht, nicht wahr?« Er hob sein Horn an den Mund und blies vier kurze Töne. »Bitte warte hier«, sagte er zu Moder.

Bald trabte keuchend der Gardehauptmann heran. »Ja?«

»Moder möchte mit Ahroe sprechen. Aber erst vor kurzem hat die Dahmena von hier aus die Stadt verlassen und ist zum Fluß gegangen. Ich fürchte, daß da etwas nicht stimmt.«

»Die Dahmena? In diese Richtung? Gütige Aven, was jetzt? Bleib auf deinem Posten! Blas sechs!« Während der Gardist blies, rannte der Gardehauptmann den Pfad hinunter auf die Vorderseite der Stadt zu, wo als Antwort auf die sechs Hornstöße am Eckposten und im Süden auf den Uferfelsen in der Nähe von Ahroes und Stels Häuschen Fackeln aufflammten. Der Gardehauptmann tauchte auf und rannte rufend und winkend an den vier Gardisten an der Ecke der Stadt vorbei.

»Nehmt eure Fackeln mit! Zum Fluß! Wir müssen sehen, was da los ist.« Sie rannten am Ufer entlang und hielten die Fackeln so hoch, daß sie ihnen nicht in die Augen leuchteten. Der flackernde, orangefarbene Schein erfaßte flußabwärts eine Gestalt, die bis zur Taille im Wasser stand und hinauswatete.

»Halt!« rief der Gardehauptmann keuchend und warf sich ins Wasser, hinter der Gestalt her, die sich vorbeugte und schneller zu waten begann. Der Gardehauptmann stürzte sich hinaus in den dunklen Fluß und erwischte die Dahmena in schultertiefem Wasser. Sie wehrte sich verbissen und schweigend. Er drehte ihr den Arm nach hinten und bekam sie um die Brust zu fassen, als ein zweiter Gardist ihre Füße packte, ging er zurück.

»Laßt mich los!« kreischte sie. »Ich habe kein Verbrechen begangen. Ihr habt nicht das Recht dazu! Ich bestehe darauf!«

»Vielleicht. Still jetzt! Wenn du recht hast, werden wir uns entschuldigen. Komm jetzt! Wir haben dich. Entspanne dich! Das ist kein Platz für eine alte Frau.«

»Alte Frau! Was für ein sonderbarer Fluch liegt auf mir? Ich kann nichts tun. Sogar meine persönlichsten Wünsche werden vereitelt.«

»Ja. Später. Schau, Ahroe ist ans Ufer heruntergekommen. Los jetzt!«

»Schick sie weg! Laßt mich los!« Die Dahmena wehrte sich.

»Bringt sie in mein Haus hinauf!« sagte Ahroe mit grimmigem Gesicht.

»Niemals! Nein!«

»Bitte, Gardehauptmann. Mutter. Bitte, Mutter. Bitte, komm zu mir!« Ahroe streckte ihrer Mutter die Arme entgegen, als die Gardisten sie niedersetzten, und drückte sie an sich. Die alte Frau schien keuchend, fast kraftlos zusammenzusacken. Ahroe hielt sie fest. Die Dahmena begann unbeherrscht zu schluchzen. Ahroe sagte nichts, sondern wartete, bis die Ältere ihre Fassung wiedergefunden hatte.

»Du kannst mich nicht Mutter nennen. Du hast die Familie verschmäht, als du aus dem Westen zurückgekommen bist. Ich will nichts mit dir zu tun haben.«

»Kannst du nicht einmal in deinem Leben den Mund halten, Mutter? Komm ins Haus hinauf! Du bist ganz naß. Bitte. Siehst du? Du zitterst ja. Schau! Da ist Stel. Die Gardisten haben eine Bahre. Wir werden dich tragen.«

»Niemals!« sagte die Dahmena, aber als die Bahre abgestellt wurde, seufzte sie und legte sich darauf. Stel und Ahroe hoben sie auf und trugen sie zum Häuschen auf den Felsen. Ein Gardist ging mit einer Fackel daneben her.

Der Gardehauptmann und die anderen standen am Ufer und sahen ihnen nach. »Ich will der schlappohrige, fischbäuchige Sohn eines stinkenden Dreckhaufens sein«, sagte er. Einer der anderen Männer lachte. Der Gardehauptmann funkelte ihn an, dann mußte er selbst lachen. »Los jetzt! Ich bin triefend naß. Was für ein stinkender Dreck. Gehen wir uns saubermachen. Urch. Du holst Sorge als Ersatz für mich, und Spon soll für Hayl kommen. Ich kann es nicht glauben. Schau nur, wo sie hingeht – dieser alte, runzlige Lederapfel.«

Stel und Ahroe legten die Dahmena auf die Matten auf dem Boden des Vorderzimmers. Stel holte ein Handtuch und ein trockenes Gewand, dann verließ er den Raum, und Ahroe half der alten Frau aus den nassen Kleidern heraus und in trockene hinein. Kein Wort wurde gesprochen. Stel kam mit einer Tasse heißem Tee wieder und reichte sie der Dahmena, die sie nahm und sich in einen weichen Stuhl setzte. Ahroe legte ihr ein Kissen in den Rücken und küßte sie. Die Dahmena machte ein verbissenes Gesicht.

Endlich sagte sie: »Ich habe diese Männer nie hier heraufgeschickt. Das würde ich nicht tun.«

»Ich weiß nur, daß sie gekommen sind«, entgegnete Ahroe. »Hagen liegt schwer verletzt im anderen Zimmer. Ich weiß nicht, warum sich alles in Elend verwandelt, was die Dahmens anfassen. Du spürst das doch sicher auch, Mutter. Muß es denn so sein?«

»Jeder hat mir die Schuld aufgeladen. Ich wollte dafür bezahlen. Jetzt hat man mich daran gehindert.«

»Niemand will deinen Tod, Mutter. Können wir das nicht

alles lassen? Können wir nicht sagen, daß die alte Dahmena weiter in den Fluß gegangen ist und ich meine Mutter wiederhabe? Kannst du der Politik nicht einfach ihren Lauf lassen, dich beruhigen und weiterleben?«

»So vieles ist falsch. Es ist einfach falsch, falsch, *falsch!*«

»Bitte, Mutter! Überlaß doch all dieses falsch, falsch, falsch einfach sich selbst. Entspanne dich. Die Welt ist groß. Sie hat Platz für jeden.«

»Meine Welt ist Pelbarigan. Hier habe ich mehr als siebzig Jahre gelebt, meistens eingeschlossen aus Angst vor den Stämmen. Es war eine gute Welt. Hier herrschten Ordnung und Disziplin. Jetzt ist das alles zerbrochen und rutscht weg.«

»Wenn es so bitter ist, sich daran festzuklammern, warum tust du es dann?«

»Ich bin todmüde. Hast du einen Platz, wo ich schlafen kann?«

»Am besten in unserem Zimmer. Hagen ist dort. Es wird ein wenig hell sein, weil ich bei ihm wache. Er schläft aber. Ich werde in der Nähe sein.«

»Mit Hagen? Nun, wenn es nicht anders geht. Ich kann jetzt nicht nach Hause zurück.« Die Dahmena erhob sich langsam, stellte die Teetasse ab und ging, die Hand auf Ahroes Arm, in das hintere Zimmer. Die Tür schien vor ihr zurückzuweichen, so müde war sie.

Als sie dann im Bett lag, blickte sie auf zu Ahroe, die in einem Stuhl saß, und zu dem alten Shumai, der auf der anderen Seite des Zimmers schlief. Sie keuchte. Dann sank sie in Schlaf, und als sie wieder erwachte, war es heller Tag, und sie sah Tor über sich. Er nahm keine Notiz von ihr. Er schaute mit gerunzelter Stirn auf Hagen hinunter. Dann streckte er die Hand aus und zog die Decken zurecht. Der alte Mann regte sich. Hinter ihm stand Celeste, schmal und müde, und schaute angstvoll zu der alten Frau hin. Die Dahmena schloß die Augen wieder. Sie hatte das alles satt. Angst, Sorge, Kränkung. Vielleicht hatte Ahroe recht. Wie hatte sie zulassen können, daß man sie hierher brachte? Im vorderen Zimmer hörte sie Tor leise sprechen, dann vernahm sie Jestaks Stimme.

Er sprach mit Celeste. Ob sie wüßte, wie man Stantu heilen könnte? Nein, leider nicht. Es sei Strahlenkrankheit, glaubte Celeste. Royal würde es wissen. Wer war Royal? Das Kind hatte nie zuvor jemanden aus der Kuppel namentlich erwähnt, und wenn man sie danach fragte, wollte sie nicht antworten. Das Mädchen hatte Angst. Seht ihr? Bewies das nicht, daß die Dahmena recht hatte? Aber sonderbarerweise war die alte Frau im Augenblick recht wenig daran interessiert, recht zu behalten. Sie war immer noch müde, so im Innersten müde, daß sie glaubte, sie würde zerschmelzen und in die Matratze einsickern. Sie atmete schwer. Ihre Füße waren kalt.

Gegen Sonnenhochstand ließ sie ein leiser, stöhnender Schrei aufschrecken. Ahroe stürzte mit verhärmtem Gesicht ins Zimmer und weitere, darunter die Haframa, folgten ihr.

»Hagen. Was ist los, Hagen?«

»Ich kann meine Beine nicht mehr bewegen. Sie – sie liegen da wie Holz.«

Die Haframa wickelte die Verbände an Hagens Hals ab, er zuckte zusammen dabei. Die Wunde war entzündet und geschwollen. Celeste blickte der Haframa über die Schulter und verzog in mitempfundenem Schmerz das Gesicht.

»Ich begreife das nicht«, sagte die Haframa.

»Habt ihr denn keine Antibiotika?« fragte Celeste.

Die Haframa drehte sich um und sah sie fragend an. »Nein. Die Wunde ist infinziert. Wir haben versucht, sie so zu reinigen, wie du es beschrieben hast. Nein. Wir haben nichts.«

»Es ist die Schwellung, die auf die Nerven am Halswirbel drückt, oder so etwas. Wenn sie nicht schon durch den Schlag verletzt wurden. Es ist ernst.«

»Das sehe ich. Das übersteigt jetzt meine Fähigkeiten, ich kann nur noch den Schmerz dämpfen.«

»Wenn Royal hier wäre ...«

»Royal? Aus der Kuppel?«

Celeste runzelte die Stirn. »Aber ohne seine Materialien könnte er auch nichts machen. Könnten wir ihn zur Kuppel bringen?«

»Nein, Kind. Soviel weiß ich.«

Celeste begann zu weinen. Garet trat neben den alten Mann und legte seinen kleinen Arm um ihn. Ahroe zog ihren Sohn weg. Sie bedeckten die Wunde und traten zurück, wegen seiner Schmerzen konnten sie ihn nicht einmal aufrichten, um ihm zu trinken zu geben. Tor stand während des ganzen Vorgangs schweigend mitten im Zimmer, den Mund zusammengepreßt. Hagen schaute zu ihm auf, und sie verständigten sich wortlos mit einem langen Blick.

Ahroe blickte mit tränengefüllten Augen von einem zum anderen. »Nein. Es ist nicht so. Du irrst dich, Tor.« Sie legte weinend die Arme um Hagen.

Undeutlich und müde beobachtete die Dahmena das alles von der anderen Seite des Zimmers her. Was war das für ein Getue wegen eines Manns, eines alten Manns, eines lausigen, verwahrlosten, unwissenden Shumai? Ihre Tochter in Kummer versunken und das Kind Garet ebenfalls. Nun, der Junge hatte den Alten sein ganzes Leben lang gekannt, war als Kleinkind auf der Suche nach diesem elenden Stel mit ihm über die Ebenen gelatscht. Wo war Stel? – Da, in der Tür. Auch er biß die Zähne zusammen. Diese Art von Rührseligkeit war unnatürlich, unglaublich, eines Pelbar unwürdig. So hatte sie nie empfunden, niemals. Das gebührte nur Aven. Selbst für ihren eigenen Gatten hatte sie keine derartigen Gefühle gehegt, so pflichtbewußt er auch gewesen war und so peinlich gehorsam. Trotzdem, sie vermißte ihn. Sie hatte es gehaßt, wenn er im Zimmer summte, und es ihm verwiesen. Er hatte es aber doch getan, wenn sie nicht da war. Sie hörte ihn immer, wenn sie den Gang entlang kam, aber er hatte jedesmal aufgehört, wenn sie das Zimmer erreichte.

Wie still der Raum gewesen war, als er starb. Er hatte sie geliebt. Sie wußte es erst, als sie ihn verloren hatte. Aber er war ein Mann und hatte keinen Verstand. Hume. Sie sah ihn jetzt vor sich, traurig erschien er ihr, und aufmerksam. Ein wenig verschüchtert. Sie hatte bei ihm gesessen, als er krank lag. Sogar seine Hand hatte sie gehalten, als er sie darum bat. Das war albern, aber die Leute wollten es offenbar. Da, Garet hielt jetzt auch die Hand des alten Mannes.

Warum war ihr so kalt, warum war sie so müde? Vielleicht

würde sie versuchen, sich zu ändern, wenn sie sich erholt hatte. Sie würde versuchen, zu Ahroe, deren besorgte Blicke sie hin und wieder auffing, wieder eine Beziehung aufzubauen.

Der Tag schleppte sich hin, wurde grau und regnerisch. Stel bettete sie hoch und gab ihr etwas Suppe ein, wischte ihr sogar den Mund ab, damit sie die Hände nicht zu heben brauchte. Spät am Tag regte sich Hagen und setzte sich auf.

Anscheinend sprach er zu Tor, der den Raum kein einzigesmal verlassen hatte. Mit leiser Stimme sagte er: »Das hohe Gras biegt sich im Wind. Der schwarze Stier ist auf den Berg gestiegen. Er schlägt mit dem Schweif und fegt verirrtes Licht vom Himmel. Als Sterne wirft er es zurück. Einer nach dem anderen erlischt, Iox und Til, Ruk, Mir und Tosh, alle sind verschwunden. Er wälzt sich, zerdrückt die Erde. O Sertine, ich bin es, Hagen. Ich bin hier. Der Stier hat den Kopf gesenkt, seine Hörner sind scharf wie Speerspitzen. Er gibt keinen Laut von sich, stürzt auf mich zu. Ich sehe seinen dunklen krummen Rücken über mir aufragen. Heb mich auf, Sertine, hebe mich hinüber!« Damit sank er zurück. Tor stand reglos da.

»Was? Was soll das?« fragte Ahroe, ihre Hände waren geöffnet und bewegten sich zitternd auf Hagen zu.

»Laß ihn in Ruhe!«

»Warum? Nein. Nein. Was können wir tun?«

»Nichts. Das ist seine Todeserklärung. Er ist jetzt bereit zu gehen.«

»Tod?« flüsterte Ahroe. Sie wandte sich um. Hagen sah sie an.

»Ahroe, du warst besser als jede Tochter«, sagte er, und seine Brust hob sich. »Legt mich neben Fitzhugh.«

»Nein, Hagen, nein.«

Er antwortete nicht, sondern schloß die Augen.

Tor brachte Garet aus dem Zimmer. Bis auf das schwere Atmen der beiden alten Menschen war kein Laut zu hören. Ahroe saß mit geschlossenen Augen da und betete. Dann wurde sie gewahr, daß sie nur noch von einem Menschen schwere Atemzüge hörte – von ihrer Mutter. Sie fuhr auf. Schon hatte Tor ihren Arm ergriffen und führte sie hartnäkkig, unerbittlich aus dem Zimmer. Im vorderen Raum übergab er sie Stel, dann verließ er das Haus.

Die Dahmena sah zu, wie die drei Gardisten Hagen wegbrachten. Er sollte ein Begräbnis, eine Feier in Pelbarigan bekommen. Es war falsch, *falsch!* Nichts war mehr so, wie es sich gehörte. Sie schloß die Augen davor. Als sie sie nach einiger Zeit wieder öffnete, dämmerte es, und die Haframa schaute ernst auf sie herab. Wieder schloß sie die Augen. Bald hörte sie ein Geräusch und schaute auf. Es war Garet, der sie bei der Hand nahm.

»Du bist meine zweite Großmutter. Ich habe nie mit dir gesprochen«, sagte er.

»Nein. Eigentlich nicht, Kind. Ich ...«

»Warum ist deine Hand so kalt? Geht es dir gut?« Er legte ihr die Hand auf die Stirn.

Es kam ihr fast vor, als brenne sie. Hatte der Junge Fieber? Sie sah Erschrecken in seinen Augen, die schon vom Weinen um den Barbaren gerötet waren. Ein Gedanke glitt an ihr vorbei, lautlos wie ein Eulenflug. Nein. Nein, das war nicht möglich.

Garet wandte sich plötzlich um, rannte aus der Tür und rief: »Haframa, Haframa!«

Sie hörte die Stimmen des Jungen und der alten Ärztin im vorderen Zimmer miteinander tuscheln. Dann nickte sie ein, und als sie erwachte, sah sie, daß neben dem Bett eine Lampe brannte. Moders Gesicht blickte auf sie herunter, aber dann schwamm es weg. In der Dunkelheit kehrte schließlich der Junge zu ihr zurück, langsam, wie ein träges Blatt im Wind, wie eine einzelne Schneeflocke im ersten Gestöber des Winters.

Es war nicht Winter. Warum war ihr so kalt? Sie hatte keinen Überzieher und glaubte zu spüren, wie sie ihre Wintertunika um sich zog. Sie stand auf dem Turm in Pelbarigan und beobachtete den Schnee draußen über dem Fluß, wie er von Westen kam, in großen Flocken herantrieb, die die dunklen Bäume grau färbten und verhüllten. Ihr junger Gatte Hume war winzig und mit den anderen zusammengedrängt draußen auf dem Fluß und schnitt Eis. Weit unten konnte sie undeutlich sehen, wie sich die Gestalten vor dem

Weiß bewegten. Wieder wurde der Schneefall stärker, und sie strengte ihre Augen an, um ihn zu sehen, Hume, unten auf dem Fluß, klein und dunkel, völlig ausgelöscht jetzt von Kälte und Schnee, die Flocken fielen, fielen rings um sie, häuften sich an den Mauern des Turms auf, deckten alles zu. Was sah sie da vor sich? Sie hatte es vergessen. Schnee fiel. Die ganze Welt war Schnee und Kälte, ertrank darin.

# NEUN

Die Protektorin hatte wegen der Krankheit der Dahmena die Ratsversammlung verschoben, und nach ihrem und Hagens Tod verschob sie sie noch einmal. Dann erteilte sie noch einen umstrittenen Befehl. Sie verlangte, daß die beiden Trauerfeiern gemeinsam im Tempel von Pelbarigan abgehalten wurden. Der Nordquadrant, der normalerweise voller Entrüstung protestiert hätte, fand sich in seiner Schande damit ab, und als sich der Gottesdienst in dem hohen, düsteren Steinraum entfaltete, schien er eine seltsame Logik zu erlangen.

Die beiden Särge standen Seite an Seite auf Böcken, der eine war aus sauberen, schlichten Brettern, für einen Shumaijäger bestimmt, der andere eine geschwungene, polierte, stoffbeschlagene Truhe für die unnachgiebigste Traditionalistin der Pelbar. Hier, beim Heimgang, kamen sie zusammen. Hagen war durch seine Abenteuerreise nach Westen mit Ahroe ein Volksheld geworden, und ein großer Teil der alten Stadt liebte ihn, besonders Männer und Knaben. Mit den beiden Todesfällen war das Fluidum der Stadt wieder durch eine bemerkenswerte Geschichte bereichert worden, eine zeitgenössische Legende, die es mit der Flucht der beiden Liebenden Ornay und Lynd oder mit der mutigen Tat des Gardisten Murdon vor etwa acht Jahren, als die Sentani unerwartet im Winter auf die Holzsammler gestoßen waren, durchaus aufnehmen konnte.

Die Protektorin entschied sich, keine Ansprache zu halten, sondern die ganze Bedeutung des Ereignisses durch den Gesang des vollzählig versammelten Pelbarchors, der auf erhöhten Stufen das vordere Ende des Tempels einnahm, auf die Gemüter wirken zu lassen.

Tor und Celeste standen auf dem Seitenbalkon, und als die Lieder aufstiegen, die Töne miteinander verschmolzen, zu einer Mischung von Traurigkeit und Hochstimmung aufschwollen, nahm das Mädchen die Hand des Axtschwingers, und zum erstenmal, seit sie sich erinnern konnte, strömten ihr die Tränen ungehindert die Wangen hinunter. Zum Teil weinte sie um Hagen, den sie näher kennengelernt hatte, zum Teil wegen der üppigen Traurigkeit des menschlichen Dramas, das dieses so ungleiche Paar vereint hatte. Eine alte Ordnung hatte um ihr Bestehen gekämpft und war dann verblaßt und in die neue eingegangen. Wie fremd das alles war, diese Gefühlstiefe, dieses Gespinst von Beziehungen, die eine große Gesellschaft bildeten und sich ständig verschoben und veränderten – als würden die Befehle, die sie so selbstverständlich in das elektronische Netzwerk der Kuppel eingab, zu verschiedenen Zeiten verschiedene Ergebnisse bringen anstatt der stetigen und zuverlässigen Berechnungen, an die sie gewöhnt war. Zum erstenmal bekam sie einen flüchtigen Eindruck von der kaleidoskopischen Natur der Menschheit, deren Muster sich ständig veränderten und neu bildeten. Sie schien ihr erschreckend unzuverlässig.

Als Hagen starb, hatte er darum gebeten, in der Nähe seiner alten Ozar-Gefährtin Fitzhugh begraben zu werden. Während sie seinem Sarg die Felsen hinauf zu Fitzhughs hochgelegenem Aussichtspunkt folgten, dachte Celeste, immer noch Tors Hand haltend, über das alles nach. Der Tag war warm, und ihre Hand schwitzte, aber sie ließ die seine nicht los, und Tor blickte gelegentlich zu ihr hinunter, um zu sehen, was sie bewegte.

Als man Hagen in das sauber ausgehobene Loch senkte, als Ahroe das symbolische Gras auf den Sarg streute, und als donnernd und polternd die Schaufeln voll Erde auf ihn hinunterfielen, hatte Celeste noch ein sonderbares Gefühl. War er fort? Würde er immer hier sein? Sie verspürte ein vages Unbehagen. Recycling war einfacher, sauberer. Was wollte man mit dieser Zeremonie beweisen? Was würde Ahroe jedesmal denken, wenn sich ihr Auge diesem vertrauten Felsen zuwandte? Als das Grab zugeworfen und die Erde festgestampft und zum Hügel aufgehäuft wurde, hob Celeste den Blick und wurde sich plötzlich der Lichtflut des Sonnenuntergangs bewußt, die über der weiten Ebene jenseits des Flusses lag und den leichten Spätfrühlingsdunst mit einem roten Hauch erfüllte. Als sie sich umblickte, sah sie, daß all die ernsten Gesichter in rötliches Licht getaucht waren.

Hier war die östliche Grenze von Hagens Ebenen, die sich weit nach Westen erstreckten. Der Sonnenuntergang wanderte über diese Ebenen zurück, das Licht verblaßte wie Hagens Lebensweise, das freie Laufen des Jägers, und auch die starre Haltung der Dahmena schien vom Lichtschein auf den Steinmauern von Pelbarigan gedämpft.

Celeste wandte sich Tor zu, der die Hände hinter dem Rücken verschränkte und zurücktrat. Woran dachte er? Auch er war ein Läufer, ein Jäger. Sie konnte sich nicht vorstellen, daß er in der Stadt schuftete, ein Feld umgrub. Er konnte es auch nicht. Das las sie in seinem Gesicht. Einen Augenblick lang begegneten sich ihre Blicke, und sie teilten sich volles, gegenseitiges Verstehen mit. Dann blinzelte und lächelte er verschmitzt, und der Augenblick war vorüber.

Eolyn öffnete die Tür zu Dexters Zimmer. Er lag untätig auf seiner Couch und blickte schweigend auf, ohne sie zu begrüßen. Sie seufzte und setzte sich auf den Rand seines Arbeitstischs. Er sagte noch immer nichts.

»Dexter«, begann sie. »Bitte, unterbrich mich nicht, laß mich ausreden!«

»Das klingt verhängnisvoll. Ich habe dich davor gewarnt, dich in meine Angelegenheiten einzumischen.«

»Es ist nicht verhängnisvoll. Ich will dich nicht bedrohen. Es ist wichtig für mich. Willst du mir jetzt zuhören?«

»Warum sollte ich?«

»Um meinetwillen? Du könntest davon profitieren. Ich will dir nichts Böses.«

Dexter seufzte, warf ihr einen spöttischen Blick zu und setzte sich auf. »Schieß los!«

»Gut. Also, ich weiß – und du weißt, daß ich weiß –, daß du und Ruthan ... – nicht jetzt, ich zeichne nur einen Informationshintergrund –, daß du und Ruthan öfter beisammen seid. Ich habe es niemandem gesagt und werde dies auch nicht tun, solange Kuppel und Ebenen nicht in irgendeiner Weise dadurch gefährdet sind. Gegenwärtig kann ich keine Bedrohung erkennen. Ihr seid beide vorsichtige und ausgeglichene Menschen. Mir geht es im Augenblick nur um meine eigenen Interessen.«

»Eigene Interessen?«

»Du siehst doch wohl, daß du hier der einzige Mann bist, der möglicherweise für eine Frau interessant sein könnte. Butto ist so unzuverlässig und unlogisch, daß ...«

»Willst du ... – was redest du da? Ich kann es nicht glauben.«

»Warum nicht? Warum solltest du dich nicht für mich interessieren? Wir müssen uns nicht gefühlsmäßig engagieren. Das Leben ist nicht sehr lohnend, nicht wahr? Ich muß einen Grund dafür haben, meine Zeit mit Routinearbeiten, mit der Entwicklung neuer Systeme, mit dem Versuch zu verbringen, das Problem der elektronischen Sondierung des Kuppelbodens zu lösen, nicht wahr? Stell es dir vor wie eine Wartungsarbeit. Ich bin zu dem Schluß gekommen, daß ich gewartet werden muß.«

»Gütiger Gott! Es gibt doch immerhin Dämpfungsmittel, Eo.«

»Endlich. Endlich willst du darüber sprechen. Betrachte es doch einmal von einem logischen Standpunkt aus! Wartest du die Nagerabteilung nicht? Überprüfen wir die Systeme nicht? Ich will keine Dämpfungsmittel. Was mit Butto passiert ist, hat mich beunruhigt. Ich möchte den Drogengebrauch auf ein Minimum beschränken. Außerdem möchte ich von einem rein wissenschaftlichen Standpunkt aus gerne mehrere Dinge herausfinden: erstens, ob es wirklich möglich ist, auf Distanz zu bleiben; zweitens, ob es eine vage Chance gibt, daß ich fähig bin, Kinder zu bekommen, um unsere Bevölkerung wieder aufzufüllen; drittens, ob es meine Einstellung verändert; und viertens und letztens, ob es wirklich Spaß macht. Es ist so lange her, daß mir etwas wirklichen Spaß gemacht hat.«

Dexter stand plötzlich auf und ging in dem kleinen Raum auf und ab, dann blieb er stehen. »Erstens«, sagte er, »ist es möglich, auf Distanz zu bleiben, aber das ist nicht der Sinn. Der Sinn ist, sich zu engagieren. Zweitens, ob du gebärfähig bist oder nicht, kannst du mit wissenschaftlicheren Methoden nachprüfen; drittens wird es deine Einstellung tatsächlich verändern, aber wir brauchen dich so, wie du bist – klar und logisch; viertens ... ich habe vergessen, was viertens war. Eolyn, du bist an die ganze Sache von der falschen Seite herangegangen. Du mußt dich gefühlsmäßig einbringen.«

»Ich habe dein Verhalten bei Versammlungen beobachtet. Du hast dich nicht eingebracht. Ruthan schon, aber du nicht.«

Dexter setzte sich. »Nein, ich nicht. Ich habe entdeckt, daß ich das nicht kann. Aber sie hat es getan, und das hat die ganze Sache gerettet. Du würdest es verabscheuen. Es wäre nichts als Leere.«

»Du bist in Wirklichkeit ein archaischer Moralist und willst mich nur mit Ausreden abspeisen. Sind wir nicht Freunde? Sind wir nicht verpflichtet, unseren Freunden zu helfen? Ich merke, daß ich Freundschaft brauche. Ich bin ein Rechner, der neu eingestellt werden muß. Meine Schaltkreise verrosten. Kannst du mich nicht einfach wie eine Maschine behandeln?« Ihr Gesicht verzog sich im Schmerz eingestandener Einsamkeit. Dann bedeckte sie es mit den Händen und ein trockenes Schluchzen schüttelte sie.

Dexter stand völlig verdutzt auf. Er öffnete den Mund und machte ihn wieder zu. Er streckte die Hand aus und zog sie neben sich auf das Schlafpolster herunter. Er sah ihr wohlgeformtes Ohr, die Haarsträhnen darum herum. Nein – es war zu grotesk. Er mußte eine Möglichkeit finden, sie zu dämpfen. Andererseits wäre das gefährlich. Er wagte nicht, sie sich zum Feind zu machen. Die Welt hier war eng begrenzt. Kuppel und Ebenen brauchten sie, besonders jetzt, wo Zeller tot war. Dexter verspürte keinerlei moralische Skrupel, außer für das, was er als den Dunstkreis von Ruthans Gefühlen begriff.

»Du wirst es Ruthan nicht verraten?« Eolyn schüttelte den Kopf, den sie noch immer in den Händen vergraben hatte. Die Lichterreihe auf Dexters Nagermonitor verschob sich, wanderte über den Schirm und flackerte schwach, als eine neue Fütterungsperiode einsetzte. Nach einiger Zeit zeigte ein aufblitzender Punkt auf der zweiten Ebene eine neue Geburt an, dann eine zweite, eine dritte, eine vierte. Ein Punkt nach dem anderen erlosch. Dexter sah nicht hin. Er befahl auch Ariadne nicht zu klatschen.

»Es geht nicht«, sagte er nach einer Weile und hielt inne.

»Warum nicht?«

»Es geht eben nicht.« Es war ein tristes, hoffnungsloses Unterfangen, das nie zu irgendeinem Ziel führen würde. Er spürte, wie sein Glied erschlaffte, und löste sich von ihr.

Nach einiger Zeit stand Eolyn auf, zog ihren Körperstrumpf glatt und wollte gehen, blieb aber noch einmal stehen.

»Bist du jetzt neu eingestellt?«

»Nein. Nein. Du siehst doch. Es kommt doch nichts dabei heraus. Es tut mir leid. Ich wollte es erzwingen. Es war ein Fehler. Ich verstehe es nicht. Die Bilder.«

»Die Bilder? Was? Vielleicht änderst du deine Meinung noch. Ich hoffe es um deinetwillen.«

»Und um deinetwillen?«

»Mein Gott, Eolyn. Begreif doch! Mit uns hat das keinen Sinn. Was war dein erster Punkt? Distanz? Du und ich sind die distanziertesten Geschöpfe in diesem ganzen, mageren, elenden Haufen, aber so distanziert kann ich nicht bleiben.«

»Dann ist es Schuldgefühl. Was für ein archaischer Wert.«

»Vielleicht. Wenn alle Werte archaisch sind, wo bleibt dann ...« Dexter schaute zu seinen Bildschirmen hinauf. »O nein! Kassiopeia hat soeben ihren neuen Wurf getötet. Ich muß hinunter.« Er stürzte an Eolyn vorbei, hinunter in die Nagerabteilung.

Eolyn stand im Korridor. Sie streckte die Zehe aus, zeichnete einen Bogen auf den Fußboden und fragte sich, ob bei ihrer Zusammensetzung eine Kleinigkeit vergessen worden war, sie fragte sich, ob auch das geplant war, ob sie der letzte Mensch der Genetiker war, so entworfen, daß sie die Langeweile der Ebenen aushielt, weil sie nicht fähig war, etwas zu empfinden. Ganz bewußt begann sie, die hinter ihr liegende Entscheidung zu erzwingen. Sie würde so weitermachen wie bisher. Langsam fing sie an, Dexter zu hassen, obwohl sie begriff, daß das ein irrationales Gefühl war.

Wenn Ruthan ihm gegeben hatte, was ihm fehlte, dann hätte er ihr geben müssen, was ihr fehlte. Das war seine Pflicht als Freund und als Mann. Er hatte es nicht getan. Nun, das war töricht. Und doch war es eine Tatsache.

Am Morgen nach dem Begräbnis trat in Pelbarigan endlich wieder die Ratsvollversammlung zusammen. Ahroe, die immer noch ausgelaugt wirkte, war anwesend für den Fall, daß man sie als Zeugin brauchte.

Die Protektorin gebot Schweigen, dann eröffnete sie die Sitzung nach dem Gebet mit einer offiziellen Stellungnahme. »Rätinnen, seitdem wir uns zum letztenmal hier versammelt haben, ist vieles geschehen. Die ursprüngliche Frage wurde jedoch nicht gelöst. Sie ist uns einfach ins Gesicht hinein explodiert wie ein unbewachter Topf. Wir können heute morgen in zwei Richtungen verfahren. Entweder müssen wir das Gespräch, nicht über Celeste, denn sie habe ich unter den Schutz der Protektorin gestellt, sondern über die Kuppel selbst wiederaufnehmen. Die zweite Möglichkeit wäre meiner Ansicht nach, daß ich die Sache selbst entscheide, vorbehaltlich eures Einspruchs. Ich würde diese zweite Möglichkeit vorziehen und bin sogar bereit, mein Verbleiben im Amt davon abhängig zu machen. Wenn jemand sich damit nicht einverstanden erklären will, möge er bitte jetzt sprechen.«

Der Rat hatte schon vermutet, daß die Protektorin diesen Kurs einschlagen würde, und weil alle sich darauf eingestellt hatten, war niemand erschrocken oder sprach sich dagegen aus. Der Nordquadrant sah darin die vielleicht einzige Möglichkeit, irgendwelchen Einfluß zurückzugewinnen – wenn nämlich die Entscheidung der Protektorin schiefging. Es war eine gefährliche Entscheidung. Aber sie fühlten sich hilflos.

»Ich danke euch für euer Vertrauen. Nach Abwägung des vorliegenden Materials ist mein Vorschlag folgender: Es soll eine kleine Expedition ausgeschickt werden, um einen Damm über die leere Stelle zur Kuppel zu bauen. Stel soll dafür verantwortlich sein. Dailith aus der Garde der Protektorin wird ihn begleiten. Aus jedem Quadranten kann ein

Maurer oder ein Gardist mitgehen, wenn der Quadrant das wünscht. Es wird keine größere Expedition und kein größeres Unternehmen sein. Ahroe wird hierbleiben. Sollte dieser Expedition ein Unheil widerfahren, werden wir keine große Rettungsaktion unternehmen, außer der gesamte Rat stimmt ohne Debatte dafür. Seid ihr damit einverstanden?«

Im Raum blieb es still. Ahroe machte ein langes Gesicht. Sie sollte also von Stel getrennt werden? Vielleicht den ganzen Sommer über? Während er in Gefahr war? Und doch begriff sie die Argumentation der Protektorin und ließ sich ihre Besorgnis anmerken, überzeugt, daß einige Angehörige des Nordquadranten sich an ihrer Verwirrung weiden würden. Die Protektorin hatte es schließlich doch geschafft, jeder Partei etwas zu geben. Aber warum mußte gerade sie sooft solche Schwierigkeiten ertragen?

Als die Angelegenheit so schnell entschieden war, wurde der Rat unruhig, aber die Protektorin bestand auf einem kurzen Schweigen von zwei Sonenbreiten, ehe sie ihn entließ. Während der Schatten der Sonnenuhr weiterwanderte, saß sie vollkommen ruhig da; ihr alter Körper war erschlafft, aber doch völlig aufrecht, die Augen geschlossen, das Gesicht seltsam verzückt. Dann hob sie die Hand, und die Gardisten verkündeten durch Klopfen die Vertagung.

Später führte Druk Ahroe zu den Gemächern der Jestana. Die Protektorin stand mit dem Rücken zur Tür und schaute, die Hände hinter sich verschränkt, aus einem Balkonfenster.

»Protektorin?« fragte Ahroe. »Ich bin hier.«

»Ja, Ahroe. Danke. Nur ein Wort an dich in dieser schwierigen Zeit. Es tut mir leid, daß ich das tun mußte. Ich weiß, daß du es verstehen wirst. Sag Stel unbedingt, er soll vorsichtig sein, nichts Unüberlegtes tun. Wenn etwas schiefgeht, kannst du natürlich gehen. Ich bin sicher, du siehst ein, wie notwendig deine Anwesenheit hier ist.«

»Ja, Protektorin. Es ist schwer für mich, aber ich sehe es ein.«

Die Protektorin hatte sich noch immer nicht umgedreht, sie tat es auch dann nicht, als sie weitersprach. »Ahroe, ich habe dieses Amt nun schon länger inne, als mir lieb gewesen wäre. Es ist nicht leicht. Meine alten Knochen möchten sich zur Ruhe setzen. Wenn irgend etwas danebengeht, auch nur ein bißchen, trete ich zurück. Ich habe das Gefühl, daß es die nächste Protektorin nicht gerade einfach haben wird. Ich sehe, daß unser altes Regierungssystem modifiziert werden muß, nachdem die Bedrohung von außen beseitigt ist. Meine Verlautbarung heute morgen hatte noch den alten Klang – die Autorität der Protektorin. Diese Autorität wird mit der Zeit untergraben werden. Neue Systeme werden kommen und sie ersetzen. Ihr Vorteil ist Sauberkeit und Schnelligkeit. Ihr großer Makel ist, daß die Protektorin einen großen Fehler machen könnte. Vielleicht habe ich gerade einen gemacht. Ich habe, wie jeder andere auch, nur beschränkten Einblick. Ich mußte mich auf die Ethik, auf die Werte Avens verlassen, und mich eng daran halten. Sie haben mich nie im Stich gelassen, aber manchmal war es ein schwerer Weg.«

»Ja, Protektorin«, sagte Ahroe etwas verblüfft.

»Ich treffe gerade die Vorkehrungen dafür, daß du bald zum Gardehauptmann berufen wirst, Ahroe. Und Oet steht kurz vor dem Rücktritt. Vielleicht dauert es nicht mehr lange, bis du die gesamte Garde befehligen kannst.«

»Aber warum – ich verstehe es nicht.«

»Du hast deine Mutter aufgenommen, die dich verstoßen hatte, Ahroe. Du hast sie in den Armen gehalten und ihr in ihren letzten Stunden Trost gespendet. Glaube nicht, daß das im Nordquadranten unbemerkt geblieben wäre. Du bist weiter gereist als jede andere Pelbarfrau in der bekannten Geschichte. Du bist zurückgekehrt, hast dich als loyal erwiesen, warst beständig, wenn Beständigkeit erforderlich war. Du kommst gut mit den Shumai und den Sentani zurecht. Verstehst du jetzt?«

»Nein, Protektorin. Ich empfinde das alles als Last, wie du es ausdrückst.«

»Protektorin zu sein ist eine viel größere Last. Ich trage sie jetzt seit einigen Jahren. Ich spüre, wie sie mir allmählich entgleitet. Ist dir klar, daß die Dahmena die erste Nacht, die sie in ihrem Leben außerhalb der Stadt war, in deinem Haus verbracht hat? Ist dir klar, daß ich einmal, vor vielen Jahren, Nordwall besucht habe, und daß ich bis auf diese Reise ebenfalls alle Nächte meines Lebens in dieser Stadt geblieben bin? Wie soll ich Entscheidungen treffen für die neue Welt, die sich auftut?«

In Ahroes Geist ging ein fernes Licht auf. Nein. Konnte die Protektorin das meinen? Es war zu viel. Konnte sie die Last tragen?

Schließlich sagte die Protektorin: »Du schweigst. Weißt du, es kann gut sein, daß du irgendwann tatsächlich Protektorin wirst. Ich freue mich, daß du das als Bürde empfindest. Wenn du stolz wärst, würdest du es nicht gut machen. Natürlich kannst du dich weigern. Vielleicht wählt dich der Rat auch niemals. Aber ich spüre es. Du mußt darüber nachdenken. Du darfst nicht vergessen, daß wir immer noch Pelbar sind. Wir dienen immer noch Aven. Wenn das Rechte getan werden muß, müssen wir es tun, ganz gleich, was es uns kostet. Nun mußt du gehen, Ahroe, und Stel helfen, seine Expedition vorzubereiten.«

»Ja, Protektorin. Danke. Das alles verwirrt mich. Ich muß erst einmal mit mir selbst ins reine kommen.«

»Noch etwas. Das macht mir Sorgen bei dir. Du mußt mehr über Aven wissen, als du für möglich hältst. Ich habe bemerkt, daß du nicht zu den Frommen gehörst. Du wirst fromm werden müssen. Ich meine keine leere Frömmigkeit. Ich meine, ein Durchforschen der Rollen Pells, der Fragmente alter Schriften, die wir haben. Ich sehe, daß dein Freund Tor hineinschaut. Ohne diese Untermauerung durch historisches Wissen kannst du keine klaren Entscheidungen treffen. Entscheidungen werden nicht nur mit dem Kopf getroffen. Wenn, dann sind sie oft schlecht und dumm. Nun kannst du gehen.«

Ahroe verneigte sich vor dem Rücken der Protektorin, denn die hatte sich kein einzigesmal umgedreht. »Ja. Danke, Protektorin«, sagte sie und ging. Nach einiger Zeit wandte sich die Protektorin doch um. Ihr Gesicht blieb ernst und gespannt, als sie vom Fenster wegging, um Druk zu rufen und sich Tee bringen zu lassen.

Ahroe fand Stel im vorderen Raum, wo er kleine Haufen von Dingen aufschichtete, die er mitnehmen wollte. Er schien eher nachdenklich als begeistert und warf ihr einen Blick zu, der ihr verriet, daß er sie vermissen würde. Er rollte spielerisch etwas in der Hand hin und her.

»Was ist das?«

»Es ist der Kasten, den Tristal gefunden hat. Er gehörte Celeste. Wir haben ihn nie zurückgegeben. Tristal dachte, es sei eine Waffe, die seinen Hund verletzt hat, aber ich verstehe das nicht. Schau, hier! Wenn du da drückst, kommt hinten ein kleiner Stab heraus.«

Ahroe schien sich nicht dafür zu interessieren. Stel legte den Kasten auf einen kleinen Tisch, sah ihn sich an und berührte einen zweiten, quadratischen Ausschnitt in der Oberfläche. Dann wandte er sich seinen Stapeln zu und trug sie aus der Zimmermitte weg. Ihm war plötzlich ganz seltsam zumute. Plötzlich tat ihm der Kopf weh. Er wandte sich Ahroe zu, die gerade zu Boden stürzte und sich die Ohren zuhielt. Auf einmal verstärkte sich der Ton, und durch die Steinmauer des Häuschens wurde ein kleines Loch gesprengt, als habe jemand mit einem großen Hammer dagegengeschlagen. Stel sprang mit einem Satz auf den Kasten los und schlug auf den Knopf. Der Stab wurde eingefahren.

Ahroe rannte würgend in den anderen Raum, und Stel blieb verlegen stehen, bis sie zurückkam. Sie wischte sich den Schweiß von der Stirn. Erst machte sie ein wütendes Gesicht, aber dann begann sie gleichzeitig zu lachen und zu weinen, und sie gingen aufeinander zu und umarmten sich.

»Ich glaube, es war doch eine Waffe. Eine Art von Waffe.«

»Furchtbar. Ich werde sie wegpacken. Nur schade, daß wir sie nicht hatten, als Cyklo gekommen ist.«

»Macht auch nichts, Ahroe. Es ist doch alles noch ziemlich gutgegangen. Bis auf Hagen. Den hat es erwischt.«

Wieder schluchzte Ahroe an seiner Schulter. »Sei vorsichtig. Ich habe ein schreckliches Gefühl bei der Sache. Sei vorsichtig da unten.«

Stel antwortete nicht. Er spürte noch immer ein scharfes Pfeifen in seinem Kopf.

Am übernächsten Morgen brachen Stel und Dailith mit Egar, Aybray und Nuva, drei weiteren Gardisten, auf. Der Nordquadrant schickte niemanden mit. Die Gruppe stieß in zwei großen, stoffbezogenen Kanus im frühen Morgenlicht unter Gelächter und Zurufen vom bevölkerten Ufer ab, die Leute tauchten ihre Paddel rhythmisch ins lehmige Wasser, stemmten sich mit aller Kraft dagegen und schossen hinaus in die Fahrrinne. Ahroe sah ihnen mit zusammengepreßten Lippen nach. Wie schon einmal in diesem Frühling bliesen die Gardisten zur richtigen Zeit die Horntöne des Abschieds, gefolgt von den ansteigenden Tönen des Gardistengrußes, und die Pelbar hoben als Antwort darauf ihre Ruder. Ahroe sah ihnen nach, bis sie nicht mehr zu unterscheiden waren, Garet stand neben ihr und war wieder still und gekränkt. Raran steckte ihre Nase in seine Hand, stupste ihn leicht mit dem Kopf und wedelte mit dem Schwanz, denn Tristal war zurückgekehrt. Garet wollte die Hündin wegschieben, streichelte aber statt dessen ihren breiten Kopf mit dem kurzen, samtigen Fell.

»Ich werde Botschaften für euch hintragen«, sagte Tristal. »Keine Angst, Ahroe. Es wird ihnen nichts geschehen.« Sie antwortete nicht, sondern wandte sich ab und stieg den Hügel zu Hagens Grab hinauf, von wo aus sie die kleinen Boote weit unten auf dem Fluß noch eine Zeitlang sehen konnte.

Dexter sah, wie sein Kommunikator aufleuchtete. »Dex«, sagte Eolyns Stimme. »Entschuldige. Du mußt mir einiges erklären. Es ist alles so irrational. Ich fürchte mich vor dem, was da in mir erwacht ist.«

Dexter seufzte. »Das haben wir doch schon alles durchgesprochen, Eo. Wir treffen uns bei der Zentralkonferenz. Dort werden wir die Berichte über die lebenserhaltenden Systeme untersuchen. Aber ich habe nur bis 7210 Zeit.«

»Ruthan?«

Dexter schaltete ab. Ehe er ging, warf er einen Blick auf den Nagermonitor, schlug mit der Hand gegen die Außenwand und verließ, sich die Handfläche reibend, den Raum.

# ZEHN

Es war ein harter Sommer, innerhalb wie außerhalb der Kuppel. In der Hitze und den immer wieder auftretenden Gewittern mühten sich Stel und die Gardisten ab, sie brachen Steine, behauten sie und schleppten sie von der Felsnase, die sie jetzt ›Tors Riff‹ nannten, durch die Wälder und hinauf an den Rand der leeren Stelle. Langsam wuchs der Steindamm den Berg hinunter auf die Kuppel zu. Aber sie mußten ihn bauen, ohne den vergifteten Boden zu berühren, auf den die Steine geschüttet wurden. Dicke, glasige Flächen mußten bedeckt werden. So gut wie irgend möglich hielten sie sich vom Staub frei, badeten zweimal am Tag im Bach unterhalb des Riffs. Wenn es windig war, schützten sie ihre Gesichter mit Tüchern und schwitzten in der Sonne.

Dailith erwies sich als fähiger Arbeiter, willig und höchst pflichtbewußt. Egar und Nuva arbeiteten immer widerwilliger. Es bedrückte sie, weit von Pelbarigan weg zu sein. Die Nächte unter dem Riff machten ihnen Angst, und die Zubereitung des Essens, meist Wild, das Stel oder Aybray erlegt hatten, erschien ihnen ungewohnt und unzivilisiert. Mit der Zeit wurde es deutlich, daß sie sich in die Stadt zurücksehnten, obwohl sie sich tapfer bemühten, weiterzumachen. Stel schlug ihnen gegenüber einen gebieterischen Ton an, weil er sah, daß sie gewohnt waren, Befehle entgegenzunehmen. Sie gehorchten mit zusammengebissenen Zähnen.

Das Problem mit Aybray war entgegengesetzt. Die Freiheit von der Stadt eröffnete ihm eine neue Welt, und er war so überwältigt davon, daß er zum größten Teil das Jagen und Fischen übernahm, das für die Versorgung der Arbeitenden nötig war. Aber oft streifte er einfach durch die Wälder oder zog durch das hohe Präriegras und nahm die Größe und Stille seiner Umgebung in sich auf. »Er hat die Seele eines Shumai«, bemerkte Stel eines Abends zu Dailith.

Trotz alledem machte der Damm den Hügel hinunter langsam Fortschritte. Tristal kam mit Botschaften und Vorräten aus Pelbarigan und blieb drei Tage, um beim Steineschleppen zu helfen. Er wurde schnell erwachsen, sein ganzer Körper schien breiter und härter zu werden. Schon jetzt war er größer als Stel. Ein neues Selbstvertrauen schien von ihm auszugehen, aber auch ein Schatten von Kummer.

Eines Abends erzählte er Stel davon. »Bin ich wirklich so unzivilisiert, wie Celeste anscheinend glaubt?« fragte er.

»Natürlich nicht. Das darfst du gar nicht beachten. Sie versteht sehr wenig von Menschen. Am glücklichsten ist sie mit ihrer Mathematik. Was tut sie denn jetzt?«

»Sie arbeitet an einem System von Linsen, mit dem die Pelbar die winzigen Wesen sehen können, von denen sie spricht – diese Mikroorganismen. Sie nennt es ein Mikroskop.«

»Kommt sie voran?«

»Anscheinend. Sie arbeitet stundenlang daran, mit zwei Helfern, die Glas schleifen und polieren. Sie versucht, Möglichkeiten zu finden, diese Wesen zu messen. Das ist offenbar sehr schwierig und sehr wichtig.«

»Nun, es freut mich, daß sie glücklich ist.«

»Stel?«

»Ja?«

»Es ist alles so sonderbar. Ich glaube, ich liebe sie. Ich möchte bei ihr sein. Was meinst du? Bin ich alt genug, um jemanden zu lieben?«

Stel blinzelte zu ihm auf. »Das ist schwer zu sagen. Manchmal zieht so etwas vorbei wie Nebel vom Fluß. Dann wieder ist es fest wie Stein. So war es bei Ahroe und mir, obwohl wir durchaus unsere Schwierigkeiten hatten.« Er kicherte.

»Sie sieht durch mich hindurch, als ob ich gar nicht da wäre. Sogar Raran liebt sie, aber mich bemerkt sie anscheinend gar nicht. Ich bin froh, daß ich hier bin. Es fällt mir so schwer, es auszuhalten, wenn ich dort bin. Tor schaut sie an, als wäre er Sertine persönlich – aber sogar ihn vergißt sie allmählich vor lauter Glasschleifen.«

Stel schürte schweigend das Feuer. »Ich kann dir nicht

helfen, Tris. Das kann kein Mensch. So etwas ist nie einfach. Es gehört zum Menschsein dazu. Wer kann sagen, was sie bemerkt? Sie ist fremd. Vielleicht ist das nur eine Phase in deinem Leben. Behalte alles in der richtigen Perspektive. Auf lange Sicht mußt du deinem eigenen Ich treu sein und alles andere laufen lassen. Du wirst ertragen müssen, was eben kommt.«

»Hast du das getan?«

Stel lachte. »Ich habe es versucht. Ich habe elend versagt, dann habe ich langsam gelernt. Ich glaube, ich habe es gelernt, obwohl wir alle hin und wieder versagen, und ich oft. Eines habe ich jedoch herausgefunden, du solltest der beste Tristal sein, der du sein kannst, und wenn Celeste dadurch zu dir geführt wird, gut. Wenn nicht, mußt du es ertragen.«

»Ich kann es nicht ertragen. Sie geht mir nicht aus dem Kopf. Nicht einmal hier.«

»Kannst du Tor und das freie Laufen draußen auf den Ebenen aufgeben?«

»Ich glaube, darüber macht sich Tor selbst Sorgen, Stel. Es gibt immer weniger Läuferbanden. Alle werden seßhaft.«

»Ja. Sie finden, daß das Leben so einfacher ist. Aber Tor wird nie seßhaft werden.«

»Er kann es sich nicht vorstellen. Im Augenblick versucht er, Celeste zu entwöhnen. Er glaubt, daß es notwendig ist, immer wieder nach ihr zu sehen.«

»Er wäre ein guter Pelbar geworden. Er ist eine Mutter.«

Dazu machte Tristal ein ärgerliches Gesicht, aber dann sah er, daß Stel es ernst meinte und dachte darüber nach. Er erhob sich und klopfte sich ab.

»Noch etwas«, sagte Stel. »Rechne nicht damit, daß es einfach ist. Liebe ist die Hauptquelle der meisten, persönlichen Qualen. Das hast du inzwischen wohl erkannt. Bete. Und versuch, das Beste aus dir zu machen. Sag dir, daß du aus dem Innersten heraus du selbst sein mußt, wenn du anziehen willst, was du liebst, und zwar zu dir selbst hin. Ich weiß, daß das albern klingt, aber das ist mit Charakter gemeint.«

Tristal schien nicht überzeugt. Stel sah ihm nach, als er wegging, wünschte, er hätte ausdrücken können, was er meinte, oder gewußt, was er meinte – er dachte, daß Celeste nicht Ahroe war, daß das Glück eines Mannes so sehr davon abhing, einer Frau nahe zu sein, die irgendwo im Strom ihres Lebens eine tiefe Fahrrinne von still und träge ausströmender Liebe hatte. Obwohl Ahroe in Pelbarigan war, spürte er dieses vereinte Bemühen, dieses starke Band ineinander verflochtener Hoffnungen. Er spürte die Elastizität ihrer Treue, die nicht reißen würde, und wußte bei sich, daß Celestes von Maschinen begleitete, armselige Kindheit niemals eine solche Entwicklung begünstigen würde.

Nicht weit entfernt von ihnen waren Dexter und Eolyn innerhalb der Kuppel wieder im Konferenzraum beisammen, dem Augenschein nach sprachen sie über Veränderungen an den Käfigen der Nagerabteilung, die verhindern sollten, daß noch mehr Junge getötet wurden. Es passierte anscheinend so schnell. Die Mütter stürzten sich jetzt schon in den ersten Augenblicken des Lebens auf ihre Neugeborenen. Das Problem war nicht so einfach. Schon jetzt war der Fleischanteil in der Proteinversorgung gesunken.

Darüber sprachen sie unter anderem. Aber Eolyn fühlte sich elend. Ihre Theorie, sie sei ein Mechanismus, der neu eingestellt werden müsse, hatte, wie Dexter voraussagte, nicht funktioniert. Sie hatte darauf bestanden, es noch einmal zu versuchen, aber wieder empfand sie nichts, fühlte sich von dem ganzen Vorgang eher eingeschüchtert. Danach hatte er sich geweigert. Sie hatte ihn angefleht, es noch mal zu versuchen, ihm gedroht, sogar gedroht, es Ruthan zu erzählen, aber das würde sie niemals tun, und er wußte es. Dexter versuchte, sie Butto zuzuschanzen, der immer noch vor neugefundener Normalität übersprudelte und in Gefühlen ertrank. Er starrte Eolyn oft an. Aber sie fühlte sich von ihm abgestoßen.

»Es sieht so aus, als seien, wenn Gefühle sterben, Abscheu und Zorn die letzten«, sagte Dexter.

»Du brauchst es mir nicht noch unter die Nase zu reiben«, erwiderte sie.

»Das will ich gar nicht. Ich denke nur zu Ende. Wenn ich helfen könnte, würde ich es tun.«

»Ich glaube, du könntest es, wenn du dir nur wirklich Mühe gäbst.«

»Das haben wir doch schon besprochen. Wir haben beide Eis in den Adern.«

»Wie ist es, Dex? Wie ist es, wenn es richtig ist?«

Er sah sie überrascht an. »Ich bin nicht sicher, daß ich das weiß. Wenn ich nach Ruthan urteilen kann, wird das ganze Wesen von einem Leuchten durchflutet, nicht so sehr bloßes Gefühl, sondern eine Aura der Liebe. Alles, was ich davon abbekomme, ist aber nur reflektierte Wärme.«

Die Tür glitt auf. Ruthan trat ein, fing offenbar einen Blick von den beiden anderen auf, zögerte und setzte sich dann. Was ging hier vor? Dexter und Eolyn? Da lag mehr in der Luft als nur ein gemeinsames Interesse an den Diagrammen auf den Bildschirmen.

»Störe ich?« fragte sie.

»Nein, Ruthy. Wir versuchen herauszufinden, wie wir die Käfige verändern können, damit die Mütter ihre Jungen nicht mehr töten. Es geschieht mit erschreckender Häufigkeit. Hier, sieh dir die Karte an!«

Dexter berührte eine Reihe von Tasten und brachte eine Graphik mit einer steil ansteigenden Kurve auf den Schirm. Ruthan sah sie sich fast träumerisch an, dann lehnte sie sich zurück.

»Glaubst du, daß Pflanzen Gefühle haben?« fragte sie. Die anderen schauten sie überrascht an. »Ich rede nicht nur albernes Zeug – hoffe ich. Ich glaube, eine Reaktion von ihnen zu spüren. Aber Tatsache ist, daß die Nager Gefühle haben müssen. Warum sollten die Mütter ihre Jungen töten wollen? Ein Teil hat es immer getan, nehme ich an, aber wenn die Häufigkeit steigt, dann sollte man nicht in Käfigen nach einer Lösung suchen, sondern bei glücklichen Ratten. Dex, liebst du sie?«

»Die Ratten lieben?« schrie er und schnitt eine Grimasse. »Ich finde sie lustig, aber bei Gott, manchmal habe ich sie so satt. Ich wünschte, wir könnten sie wieder auf Beruhigungsmittel setzen.«

»Aber das Essen. Es hat sich allmählich auch auf uns ausgewirkt.«

»Es muß eine Möglichkeit geben, es so aufzubereiten, daß alle Drogenrückstände entfernt werden.«

»Unsere Vorräte sind begrenzt – durch den Verlust des Öls jetzt noch mehr.«

»Nun, Ruthan«, sagte Eolyn, »wenn du sie lieben müßtest, was würdest du tun? Du mußt wissen, daß du nur so tun würdest als ob. Am Ende hättest du doch die Absicht, sie zu töten, nicht wahr?«

Langsam breitete sich auf Ruthans Gesicht ein Lächeln aus. »Ich würde mit ihnen spielen, mit ihnen sprechen und meine Liebe auf sie übertragen. So mache ich es mit den Pflanzen, und zwar, weil ich wirklich so empfinde. Da stehen sie und wachsen kräftig, alles für uns. Ich weiß, daß sie gar nicht anders können, aber es ist doch wunderbar, daß sie es tun. Das sage ich ihnen. So. Ich weiß, daß ihr mich für verrückt haltet, aber hier sind einige von meinen Diagrammen.« Sie streckte die Hand aus und rief einen Satz Linien auf den Bildschirm. »Die Aufwärtsbewegung dieser Linien zeigt die Tomatenproduktion meiner Lieblingspflanzen. Seht ihr? Er ist nach dem Gewicht der Früchte berechnet. Der zweite Satz, die Striche, ist die Produktion von dreißig Stöcken, die allein von Komps versorgt werden.« Die zweite Linie schwankte leicht, blieb aber auf gleicher Höhe.

»Wie erklärst du dir den plötzlichen Anstieg der Produktion in letzter Zeit?« fragte Eolyn. »Ist das ein neues Experiment?«

Ruthan lächelte träge. Dexter warf ihr heimlich einen finsteren Blick zu. »Ich weiß es nicht«, sagte sie. Spannung erfüllte die Luft. In dem Moment schob Susan Wart die Tür zurück und betrat zögernd den Raum; sie hatte ihr Hackbrett bei sich und wollte sich hinsetzen.

»Susan. Du kommst aus deinem Zimmer. Was ist los? Langeweile?«

»Langeweile. Ja. Langeweile. Aber es ist etwas geschehen. Das spüre ich. Was hat sich verändert? Ich kann nicht sagen, daß es mir gefällt.«

»Was ist geschehen? Kannst du uns keine genaueren Angaben machen?«

»Zweifellos müssen irgendwo in meiner geschwächten

Gehirnrinde Angaben vergraben sein. Ich lebe schon lange und habe eine Veränderung in der Atmosphäre von Kuppel und Ebenen entdeckt.«

»Die Komps stehen jetzt nicht mehr unter Drogen. Zeller ist fort. Celeste auch. Wir haben Probleme mit dem Bälgerschuppen. Die Ratten töten ihre Jungen. Und Ruthan hat die Tomatenproduktion gesteigert. Davon abgesehen ist alles normal. Sogar Butto hat wieder zu sich selbst zurückgefunden. Er ist sogar mehr er selbst, als er es je gewesen ist. Ach ja, und das Öl haben wir verloren.«

Susan schaute Eolyn an. »Das ist es nicht.« Sie blickte sich im Zimmer um. »Ihr wollt es mir also nicht sagen. Nun, dann will ich in meine Zelle zurückkehren.«

Sie wandte sich zum Gehen. Dexter spürte, wie die Spannung stieg. »Ich gehe auch. Gehe hinunter und liebe meine Ratten. Ein guter Platz, um damit anzufangen.« Er stieß ein seltsames Lachen aus, als er und Susan das Zimmer verließen.

Ruthan schaute hinüber zu Eolyn, die sie unerklärlicherweise plötzlich direkt und unverhohlen ansah und dabei einen Schwall von Haß wie eine Kraft auszustrahlen schien. Ruthan schwankte leicht und stand mit verwirrtem Blick da. Allmählich dämmerte ihr etwas. Eolyn wußte Bescheid über Dexter und sie. Ruthan wollte hinausstürzen, dann ging sie zu Eolyn, kniete neben ihrem Stuhl nieder, legte ihren Kopf an die Seite der älteren und weinte. Eolyn blieb starr.

»Es tut mir leid«, sagte Ruthan leise. »Wirklich.«

»Weshalb? Was ist los mit dir?«

Ruthan stand auf und strich sich das Haar aus dem Gesicht. Was war das? Hatte sie einen Fehler gemacht? Nein. Sie hatte sich nicht geirrt. Eolyns Gesicht verriet, was sie wußte. Sie wollte es also lieber ignorieren. Ruthan beugte sich hinunter und küßte sie. Dann floh sie. Eolyn saß starr da und wurde allmählich immer zorniger und frustrierter. Endlich rieb sie sich wütend den Kuß aus dem Gesicht und ging.

Susan stand in ihrem Zimmer und grübelte. Es war Zeit zu gehen, dachte sie. Sie hatte schon lange mit der Idee gespielt, die Kuppel zu verlassen, auch wenn das ihr Tod sein sollte. Etwas stimmte hier nicht. Sie konnte es nicht festmachen, aber es schien wie ein übler Dunst über allem zu hängen. Sie würde Celestes Tür benützen. Sorgfältige Planung würde erforderlich sein. Sie würde das Alarmsystem abschalten, wie Celeste es getan hatte. Sie würde Vorräte und einen Stock mitnehmen. Sie war bereit, da draußen zu sterben. Sogar eine Euthanasiepille würde sie mitnehmen. Sie lächelte zufrieden, als sie daran dachte, daß Royal sie nicht in den Recycler stecken und auch nicht zu Studienzwecken würde sezieren können. Dann setzte sie sich an ihr Schaltpult und begann zu planen.

Spät im Hitzemonat setzten Stel und seine Mannschaft endlich die letzten Steinblöcke direkt neben der Kuppel ab. Dailith streckte die Hand aus und schlug mit einem jungenhaften Lachen auf die Betonoberfläche. Sie standen direkt unter Celestes Tür. Schweiß lief allen über die Gesichter, und jeder berührte der Reihe nach die Kuppel, sogar Egar und Nuva.

»So«, sagte Stel. »Den Rest des Tages nehmen wir frei. Wir müssen eine kurze Leiter bauen, damit wir die Tür erreichen können.«

Aber keiner ging sofort weg. Sie hatten etwas geleistet. Sie konnten auf den erhöhten Steinpfad zurückblicken, der zum Rand der leeren Stelle hin anstieg, gleichmäßig und ordentlich. Endlich gingen die Gardisten über den Damm zurück, aber Stel blieb und dachte darüber nach, welche Schritte sie als nächstes unternehmen sollten. Er stand jetzt im Schatten, es war ihm nicht mehr so heiß. Über sich glaubte er ein Geräusch zu hören. War es die Tür? Ja, sie schwang auf. Stel griff an sein Kurzschwert, dann zog er die Hand weg.

Eine alte, dunkelhäutige Frau schaute blinzelnd heraus. Ihr Gesicht war freundlich, aber wie ein Totenschädel, ihre Arme fleischlos wie Stöcke. Sie drehte sich um und schaute nach hinten, dann erblickte sie offenbar Stel und wich erschrocken zurück.

»Hallo«, sagte Stel und lachte zögernd. »Kommt ihr jetzt

heraus? Gerade zur rechten Zeit. Wir haben euch soeben diesen Weg gebaut.«

»Wer bist du?«

»Stel. Stel Westläufer aus Pelbarigan. Celeste ist jetzt in Pelbarigan. Kennst du Celeste?«

Angst zuckte über das Gesicht der alten Frau. Sie zögerte, drehte sich um, wandte sich wieder Stel zu und schaute ihn an.

»Warte«, sagte Stel. »Ehe du dich entschließt, hier herauszukommen, muß ich dir sagen, daß Celeste sehr krank wurde. Sie hat eine ganze Reihe von Krankheiten bekommen. Jetzt geht es ihr aber gut. Wirst du das aushalten können? Ich finde, du siehst alt aus. Vielleicht irre ich mich. Du stehst im Schatten. Das Licht reicht nicht.«

Susan lächelte unbestimmt. Sie drehte sich wieder um. »Ich bin immun«, sagte sie. »Hier, fang das zuerst! Geh vorsichtig damit um!« Sie warf einen vollgestopften Körperstrumpf hinunter, mit zusammengebundenen Armen und Beinen. Dann beugte sie sich steif vor, rutschte nach unten und ließ sich langsam in Stels Arme sinken. Er fing sie auf; sie war federleicht; er trat einen Schritt zurück und setzte sie ab. Sie sahen sich an und lachten beide. Stel nahm sein kleines Messer, griff nach oben und schob die schwere Tür zu, klemmte aber die Klinge dazwischen, damit er sie später wieder aufmachen konnte.

»Kannst du gehen?« fragte er.

»Wohin? Da hinauf?« Sie blinzelte bergauf ins Licht und beschirmte sich mit der Hand die Augen.

»Ja. Aus dieser leeren Stelle hinaus in die Wälder und zu unserem Lager. Wir werden dich nach Pelbarigan bringen, dort wirst du es bequem haben. Wie heißt du?«

»Wälder? Was? Meinst du Bäume?«

»Ja. Meistens Eichen. Wie heißt du?«

»Susan. Susan Wart. Wälder? Da oben?« Sie drehte sich um und ging langsam darauf zu, ohne Stels Arm loszulassen. Als der Steinpfad steil anstieg, hob er sie auf und trug sie. Sie blickte zurück und runzelte die Stirn, als sie sah, daß die Kuppel bedrohlich über eine tiefe Rinne hinausragte, dann schaute sie schweratmend wieder nach vorne, um einen ersten Blick auf die Bäume zu erhaschen. Sie sah das Gras und das Unkraut, als sie sich dem Rand näherten, dann die Wipfel der Eichen, üppig und grün. Tränen strömten ihr wegen der ungewohnten Helligkeit aus den Augen. Dann hatten sie das Gras erreicht und gingen auf die Bäume zu.

»Laß mich runter, laß mich runter!« sagte Susan mit sonderbar heiserer Stimme. Als Stel sie langsam absetzte, stand sie auf, streckte die Hand aus, kniete nieder und betastete das üppige Gras, die Goldruten und die trocknenden Stengel der Wildkarotten, dabei stieß sie vogelähnliche Laute aus, setzte sich schließlich hin und weinte, ohne sich beruhigen zu können. Ihre Hände rissen am Gras, und sie tauchte ihr Gesicht hinein. Dann setzte sie sich unvermittelt auf. »Bring mich zu einem Baum!« verlangte sie.

Als sie sich, von Stel gestützt, einer großen Schwarzeiche näherte, streckte sie die Hand danach aus, betastete die rauhe Rinde, legte die Arme um den Stamm und betastete ihn wieder. »So hart«, murmelte sie. Ein Käfer landete auf ihrem Handrücken, und sie hob das Insekt dicht an die Augen und starrte es an.

Die Schatten waren ein gutes Stück weitergerückt, bis Stel sie zu Tors Riff gebracht hatte, wo die Gardisten, nachdem sie sich gewaschen hatten, untätig unter dem kühlen Felsen lagen und miteinander plauderten. Aybray fuhr ruckartig hoch und schaute die alte Frau entgeistert an. Die anderen erhoben sich ebenfalls. Stel hob die Hand. Aybray grinste plötzlich und sagte laut: »Willkommen! Willkommen im Tal des Heart-Flusses!«

Susan hob abwehrend die Hände und sagte reserviert: »Ich glaube, ich habe mein ganzes Leben hier verbracht, junger Mann.«

Aybrays Lächeln erlosch. »Nun ja, ich dachte ...« Er verstummte.

»Susan? Susan Wart. Das sind Aybray, Dailith, Egar und Nuva. Wir sind alle aus Pelbarigan. Hast du Hunger? Ich überlasse dich jetzt Dailith. Ich brauche ein Bad.«

»Das habe ich bemerkt. Hallo. Zeig mir bitte einen Platz, wo ich mich hinlegen kann«, sagte Susan, trat vor, nahm

Aybrays Arm und wandte den Kopf, um nach ihrer improvisierten Tasche zu schauen. »Paßt gut auf mein Gepäck auf«, fügte sie hinzu. »Da ist ein Hackbrett drin. Wenn ihr wißt, was das ist.«

Zwei Tage lang taten sie gar nichts, während Susan Wart sich an die Welt gewöhnte. Sie erkannten deutlich, wie tief es sie schmerzte, daß diese Welt knapp außerhalb ihrer Sichtweite gelegen hatte, ein ganzes Leben lang, während sie in der Kuppel eingeschlossen war. Manchmal kam dieses Gefühl in solchem Zorn und solcher Enttäuschung in ihr hoch, daß ihre Adern anschwollen und die anderen um sie fürchteten. Aber sie war auch anstrengend, mochte keinen Schmutz, mit dem sie bisher nie zu tun gehabt hatte, und war entsetzt über die erste Pferdebremse, die sich auf ihrem Arm niederließ und, nachdem sie die Beine richtig hingestellt hatte, von ihrem Blut saugte.

Schließlich bauten sie ihr einen Stuhl auf Tragstangen, und die drei jüngeren Gardisten brachen auf, um sie mit ihrem Paket im Schoß, nach Pelbarigan zu bringen. Dailith und Stel sahen ihnen nach, und während die kleine Karawane sich in Richtung Osten auf die Prärie hinaus entfernte und schließlich verschwand, sagte Stel: »So. Jetzt werde ich in die Kuppel hineingehen.«

»Sei vorsichtig! Ich komme mit.«

»Nein. Nur einer von uns. Der andere kann dann kommen, wenn ich Hilfe brauche.«

»Ich gehe.«

Stel schaute ihn aus schmalen Augen an. Dailith war bisher nie bewußt geworden, wie befehlsgewohnt dieser kleine Mann war. Kein Wunder, daß es ihm gelungen war, sie in dieser sengenden Hitze bei der Arbeit am Damm zu halten: »Gut«, sagte Dailith. »Du gehst.«

»Zuerst müssen wir beten.« Die beiden Männer drückten die Handballen gegen die Augen und beteten stumm im Stehen, bis Stel Dailith am Arm stieß, grinste und den Damm wieder hinunterging. Nachdem er die Tür aufgemacht hatte, hob Dailith ihn hinein.

Ein Luftmonitor in der Kuppel registrierte schließlich die

Veränderung der Atmosphäre und schickte eine Warnung zum zentralen Konferenzraum und an fünf andere Stellen. Komp 5 hatte Monitordienst und benachrichtigte Dexter, der zur Entseuchung lief. Vier Komps kamen ihm entgegen; jeder schlüpfte eilends in seinen Isolieranzug.

»Jetzt wird es schwächer«, sagte einer.

»Vielleicht eine Störung?«

»Unwahrscheinlich.«

»Was dann?«

»Eine Tür, die aufgegangen ist?«

Alle lachten. Dexter machte ein erschrockenes Gesicht. »Wir werden die Kuppel völlig geräuschlos betreten«, sagte er.

Stel sah und hörte sie nicht. Er suchte sich zögernd den Weg durch die hohe Kuppel, bemerkte das große Fenster, die Leiter daran, das Gerät zum Ausfahren des Stabes, die Vielzahl von Leitungen und Rohren, die unheimlichen, aus geheimnisvollen Quellen gespeisten Lichter, gelblich und schwach, und den großen summenden Block in der Mitte des Raums. Er hockte quadratisch da und strahlte schwache Wärme aus.

Diesen Block starrte Stel gerade an, die Hände in die Hüften gestützt, als er ein leises Geräusch hörte. Als er sich umdrehte, erwischte ihn der Betäubungsstoß aus Dexters Waffe in der Körpermitte. Er brach mit einem zittrigen Schrei zusammen und wand sich zuckend auf dem Boden.

»Seid vorsichtig«, sagte Bill. »Dreht ihn um!« Behandschuhte Hände rollten Stel auf den Rücken. »Es ist ein Mensch. Woher?«

»Jedenfalls sieht er wie einer aus«, sagte Dexter. »Schnell, helft mir, ihn in die Entseuchung zu bringen, ehe die Betäubung zu wirken aufhört. Fünf, du rufst Eolyn und Royal. Unter keinen Umständen soll einer von euch sonst jemandem etwas erzählen, weder den Komps noch den Prinzipalen. Verstanden?«

»Verstanden, Prinzipal Dexter.«

Stel regte sich auf dem Boden des Entseuchungsraums

und stöhnte schwach, aber Royal, den man gerufen hatte, injizierte ein kleines Fläschchen mit klarer Flüssigkeit in seinen Arm, und bald erschlaffte sein Körper wieder.

»Er reagiert wie ein Mensch, Dex«, sagte Royal.

»Wenn jemand diese Strahlung aushalten kann, ist er kein Mensch. Irgendein Mutant. Schau dir doch die primitiven Fasern seiner Kleidung an. Sieh nur! Diese dicke Gürtelsubstanz. Hier ist ein Messer. Sie müssen aus einem riesigen Unterschlupf kommen und andere Lebenssubstanzen bei sich haben.«

»Rührt ihn nicht an, ehe wir ihn auf Strahlung untersucht haben!«

Eolyn trat ein, zog sich einen Isolieranzug über und sah beim Test zu. Eine ganz leichte Reaktion zeigte sich an Stels Kleidung und an seinen Beinen. »So. Ein Mutant von draußen? Da draußen gibt es also allem Anschein nach noch Leben. Irgendwie ist er fähig, Strahlung abzuweisen. Schau! Die Radioaktivität ist eindeutig nicht in seinem Körper, sondern nur auf der Kleidung, offenbar Staub aus seiner Umgebung. Ich werde ihm eine Blutprobe entnehmen, um sicherzugehen.« Sie zog Blut aus seinem Arm ab und bereitete für Royal einen Objektträger vor. Der nahm sie und ging zu seinem Labor.

Eolyn fuhr mit ihrem Handschuh über Stels Arme und seinen Brustkorb. »Primitiv«, sagte sie. »Fühl doch mal dieses schwere Muskelpaket. Stell dir vor, was der heben kann. eine Degeneration zum Frühmenschen.«

Dexter warf ihr einen schnellen Blick zu. Sie funkelte zornig zurück. »Nun, wir werden genügend Zeit haben, um ihn zu studieren«, sagte Dexter. »Er geht nirgendwo hin. Stellt euch das mal vor. Irgendwo da draußen gibt es eine kleine Bande von primitiven Mutanten, die all diese Jahrhunderte überlebt und dabei wahrscheinlich unsagbares Leid ertragen haben. Irgendwie haben sie Organe entwikkelt, mit denen sie sich von Strahlung reinigen können. Jetzt versuchen sie, in die Kuppel einzudringen. Siehst du? Er hat auch ein langes Messer. Schau nur, wie abgenützt es ist. Sie sind eindeutig gefährlich. Wir müssen sofort sämtliche Sicherheitsmaßnahmen überprüfen. Ich werde die Helmwaffen zusammenbauen und aktivieren. Komp 7, hast du diese Tür wieder fest geschlossen?«

»Ja, Prinzipal.«

»Gut. Und jetzt kein Wort zu den anderen. Sie werden Schwierigkeiten machen – besonders die Humanisten. Verdoppelt die Sensoren. Und stellt fest, warum diese Tür uns nicht gewarnt hat, als er sie öffnete.«

»Prinzipal? Was ist, wenn er draußen Freunde hat?«

Dexter machte eine Pause und zog den Atem ein. »Das Problem werden die Helmstrahler lösen. Sie werden mit allem fertig.«

Royal kehrte mit seinem Objektträger zurück. »Es ist völlig normales Blut – Gruppe 0. Aber es wimmelt von allen möglichen Geschöpfen. Er ist ein wandelnder Zoo in einer unkontrollierten Umgebung von Mikroorganismen. Achtet unbedingt darauf, daß jeder eine Panimmun-Spritze bekommt. Gebt ihm eine doppelte Dosis! Kann er sprechen?«

Dexter lachte. »Er hat einen Laut von sich gegeben, als ich ihn betäubte. Ich bezweifle, daß er sprechen kann. Schau doch! Er ist fast ein Tier. Sieh dir doch die Schwielen an seinen Händen an. Hier. Hilf mir, ihn auf den Tisch zu legen! Wir müssen ihn ganz genau studieren. Eine Vivisektion verrät uns vielleicht am meisten über ihn.«

»Vivisektion?« fragte Eolyn. »Und wenn er doch kein Mutant ist, sondern ein Mensch? Die Chance besteht.«

»Wir untersuchen doch all unsere eigenen Toten auch sehr sorgfältig, wenn sie vollständig sind. Ehe wir sie in den Recycler stecken. Mal sehen, was wir erfahren können. Wenn die Kuppel wirklich herausgewaschen wird und das Öl fort ist, müssen wir die Kuppel vielleicht selbst verlassen.«

»Nicht bei all der Strahlung.«

»Genau. Aber er hat sie ausgehalten. Vielleicht müssen wir unsere Körper verändern, um uns genauso anzupassen wie er. Sein Körper wird uns verraten, was zu tun ist. Vielleicht brauchen wir dazu seine Organe.«

»Vielleicht ist es nicht so einfach.«

»Aha. Du siehst also ein, daß eine Vivisektion sinnvoll ist? Schau. Wir haben schon herausgefunden, daß er die Strahlung, die seine Umgebung an ihn abgegeben hat, nicht absorbiert. Sie ist nur auf seinen Kleidern und auf seiner Haut. In ihm ist sie nicht.«

»Vielleicht hast du recht. Aber wir müssen langsam vorgehen.«

Sie legten Stel auf den Tisch und schnallten ihn fest, nachdem sie ihn ausgezogen hatten.

»Starr ihn nicht so an, Eo«, sagte Dexter.

»Halt den Mund! Er ist vom rein wissenschaftlichen Standpunkt her interessant. Sieh dir nur seine Narben an. Sie sind in einer ungünstigen Umgebung gut verheilt. Ehe wir ihn vivisezieren, müssen wir ihn unversehrt erhalten und ihn studieren. Deck ihn mit einem Tuch zu, damit er im Augenblick warm bleibt!«

Komp 7 betrat wieder den Entseuchungsraum. »Ja, Komp?« fragte Dexter.

»Die Tür hat die Öffnung nicht angezeigt, weil das Alarmsystem abgeschaltet war, Prinzipal.«

»Wie?«

»Es sieht so aus, als habe Prinzipal Wart es abgeschaltet.«

»Bei allen verschrobenen, genetischen Fehlern«, fauchte Dexter. »Bring sie her!«

»Sie hat Kuppel und Ebenen anscheinend durch diese Tür verlassen«, sagte Komp 7. »Sie hat eine Botschaft hinterlegt.« Er rief sie durch Knopfdruck auf den Wandbildschirm. Alle lasen die Worte:

*O du, mein Dex, ich lernt' dich kennen,*
*in den Recycler steckt ihr mich,*
*stürb ich hier unter den Antennen.*
*Deshalb auch ich nun fort mich schlich.*
*Ich werde, bin ich alt auch, rennen,*
*hinaus, zur Freiheit – hin zum Licht.*
*Dein Messer wollte mich zertrennen,*
*Royal, darum verlaß ich dich.*
*Kein letzter Kuß von dir soll brennen,*
*ich atme noch, drum gehe ich.*

»Sind Knittelverse nicht ein Zeichen für Verhaltensstörung?« fragte Dexter und wedelte mit den Händen.

Royal griff hinüber und löschte kopfschüttelnd den Schirm. »Was für eine Verschwendung! Welch ein Verlust für die Wissenschaft! Sie hätte die beste Gelegenheit geboten, die Auswirkungen des Alterns zu studieren, die ich in meinem ganzen Leben bekommen hätte.«

»Der hier ist für das Recycling mindestens genauso gut oder besser. Gegenüber Susan ist er zumindest ein Gewinn an Protein«, sagte Dexter.

»Dex, davon kannst du jetzt nicht sprechen. Schau doch! Er ist ein junges, gesundes Geschöpf.«

»Außerdem«, fügte Royal hinzu, »können wir ihn nicht so einfach nolens volens in den Recycler stecken, ohne zu wissen, was dann mit unserer Proteinzusammensetzung passiert. Vor dem Handeln muß immer die Analyse stehen.«

Das Team arbeitete volle 3500 Einheiten lang an Stel, dann verließen sie die Entseuchung und versprachen, über die Anwesenheit des Primitiven Stillschweigen zu wahren. Die Lichter wurden schwächer. Stel lag still auf dem Tisch, festgeschnallt, in seinen Überwurf gehüllt. Nach einiger Zeit kehrte Eolyn allein zurück. Sie schlug den Überwurf zurück und drehte das Licht stärker, dann stand sie einige Zeit da und starrte ihn an. Sie streckte die Hand aus und berührte die schweren Muskeln an seinem Oberarm, die Trapez- und die Brustmuskeln, die Bauchmuskulatur und schließlich sein Glied. Dann deckte sie ihn wieder zu und runzelte die Stirn, schüttelte den Kopf und ging.

In der Mitte des restlichen Zyklus brachten Dexter und Royal Stel in Susan Warts Zimmer, weil seine Anwesenheit dort weniger leicht entdeckt werden würde. Sie wollten nicht durch die unvernünftigen Flausen von Butto und Cohen-Davies in ihrer Analyse gestört werden.

Zwei weitere, mit der Arbeit an Stel verbrachte Zyklen führten zu dem Ergebnis, daß seine Kleider aus einer Mischung aus Pflanzenfasern und Tierhaaren hergestellt waren, sein Gürtel und die Schuhe aus der Haut einer unbekannten Tierart. Antikörper in seinem System schützten ihn vor dem, was Royal seinen ›inneren Zoo‹ nannte. Nach seiner Gehirntätigkeit zu urteilen, schien er ein einigermaßen intelligentes Wesen zu sein. Das veranlaßte sie schließlich, die Beruhigungsinjektionen zu verringern. Außerdem zeigte Stels Körper allmählich Anzeichen akuter Erschöpfung.

Unten auf Ebene drei begegnete Bill Butto und erzählte diesem von der Situation, während der massige Prinzipal stirnrunzelnd auf ihn herunterschaute. »Sie wollen ihn in den Recycler stecken? Haben sie mit ihm gesprochen?«

»Nein, Prinzipal. Das haben sie gar nicht versucht. Sie halten ihn für einen Mutanten, wegen seiner Fähigkeit, der Strahlung zu widerstehen. Und ich glaube, sie haben Angst vor seiner Kraft.«

»Keine Sorge. Ich werde mich darum kümmern.« Butto legte Bill eine Hand auf die Schulter. »Und ich werde nichts verraten. Ich werde einfach mal bei Susan vorbeischauen.« Der ehemalige Komp lächelte gequält.

Als Dexter und Royal nicht lange danach gerade beobachteten, wie Stel anfing, sich zu bewegen und vor sich hinzumurmeln, glitt die Tür beiseite, und Butto kam herein.

»Susan, ich habe dich ... Was ist denn hier los? Wer ist das?«

»Geht dich nichts an. Butto. Verschwinde!«

»He, was habt ihr mit ihm gemacht? Was sagt er da?«

»Du störst uns bei unserer Untersuchung. Bitte entferne dich!«

»Warum? Willst du mich wieder betäuben, Dex? Schau! Er will etwas sagen. Habt ihr ihm zu essen gegeben? Seht euch seine Lippen an. Er muß schrecklich durstig sein.« Butto wandte sich zu Susans Wasserhahn, füllte einen Becher und wollte ihn Stel hinhalten. Dexter stellte sich dazwischen. Butto verpaßte ihm einen leichten Betäubungsstrahl, und Dexter klappte zusammen. Butto stieg über ihn hinweg. »Möchtest du auch einen, Royal?«

»Du unaussprechlicher, organischer Spülicht. Du widerwärtige ...«

»Aha. Also doch.« Er hob den Strahler.

»Nein. Nein. Geh weg von ihm!«

»Ihr habt ihn hungern lassen. Wie lange ist er schon hier?

Sieh dir doch seine aufgesprungenen Lippen an.« Butto bewegte Stels Kopf und befeuchtete seine Lippen mit einem Finger, dann hielt er den Becher daran. Stel blinzelte und wechselte einen Blick mit Butto. »Hier. Kannst du trinken?«

Stel gab ein Grunzen zur Antwort, dann trank er langsam. Dexter begann sich auf dem Boden zu bewegen, daher drehte sich Butto um und verpaßte ihm noch eine schwache Betäubungsdosis. »Das wollte ich dir schon lange heimzahlen«, sagte er. »Royal. Leg ihn da hinüber auf den Tisch! Ich helfe dir.«

Butto hob Dexter auf Susans Arbeitstisch und legte ihn ungeschickt ab. Dann berührte er das Schaltpult und rief Ruthan.

»Du Musgehirn«, sagte Royal. »Jetzt hast du alles verdorben.«

»Was?« fragte Stel und regte sich. »Was habt ihr mit mir gemacht. Mein Schädel hat einen Riß.«

»Ah, der Mutant kann sprechen«, sagte Butto. »Royal, hol etwas, um seine Kopfschmerzen zu dämpfen! Wenn sonst etwas gedämpft wird, dämpfe ich dich.« Zu Stel gewandt sagte er: »Hallo. Ich heiße Butto. Wie geht es dir?«

»Fürchterlich. Mein Name ist Stel. Stel Westläufer aus Pelbarigan.« Stel verlor wieder die Besinnung.

»Was hat der arme Mensch getan, daß ihr ihn so behandelt?«

»Du gehst zu weit, Butto. Du hast unsere Analyse zerstört, die Fortschritte machte, je mehr sich sein System veränderte.«

»Was habt ihr erfahren? Daß ihr ihn verhungern lassen könnt?« Butto drehte sich um und bestellte aus dem Servierautomaten ein paar dampfend warme Nahrungswürfel. »Ihr Fachidioten! Da taucht nach mehr als tausend Jahren ein menschliches Wesen hier auf, das in der Lage ist, in einer radioaktiven Wildnis zu überleben, und ihr denkt an nichts anderes als an die Zusammensetzung seines Organismus, als wäre er irgendeine Ratte.«

»Geht dich nichts an.«

»Habt ihr erfahren, daß er Stel heißt? Ich wette, nein. Stel Sowieso von Irgendwo. Komm, Stel, wach jetzt auf!«

Eolyn und Ruthan traten ein, Ruthan mit aufgerissenen Augen. Sie deckte Stel schnell mit einem Bettlaken zu.

»Siehst du, was unsere Technokraten da versteckt haben, Ruthy? Einen armen Menschen namens Stel. Sie haben ihn ganz bewußt gefoltert. Es ist unglaublich!«

»Er ist in die Kuppel eingedrungen. Du bist im Unrecht, Butto. Wir müssen versuchen, seinen Organismus zu ergründen und wie er der Strahlung widerstanden hat. Das könnte von äußerster Wichtigkeit für uns sein«, sagte Eolyn.

»Warum habt ihr ihn denn nicht gefragt? Da, jetzt wacht er wieder auf. Komm, Stel, iß ein wenig davon!«

»Wasser«, sagte Stel schwach. »Mehr Wasser, bitte.«

Butto gab ihm zu trinken, dann fütterte er ihn mit einer Würfelration nach der anderen.

»Dieses Zeug eßt ihr?« fragte Stel. »Gütige Aven, das ist ja entsetzlich. Ein Knatsch aus Matsch. Was ist es?« Dann, als ob im plötzlich etwas einfiele, fragte er: »Wie lange bin ich schon hier drin?«

»Ich weiß es nicht«, sagte Butto. »Wie lange, Royal?«

»Royal? Du bist also Royal?«

»Du weißt etwas von Royal?«

»Celeste hat mir von ihm erzählt. Royal, hast du ein Mittel, um das zu heilen, was Celeste die Strahlenkrankheit nennt?«

Royal schien verwirrt, runzelte aber immer noch die Stirn. »Das hängt davon ab, wie schlimm sie ist. Wo ist Celeste?«

»In Pelbarigan. Wie lange bin ich schon hier?«

Niemand hatte auf Dexter geachtet. Er war aufgewacht, vom Tisch gerutscht, hatte Susans Handstrahler gepackt und war um Butto herumgegangen. Nun sagte er: »Ungefähr fünf Zyklen zu 100000.« Butto drehte sich um und Dexter gab ihm einen vollen Betäubungsstoß, dann betäubte er auch Stel.

Ruthan schrie auf und beugte sich über den zusammengebrochenen Butto.

»Warum? Warum habt ihr das alles getan?« schrie sie. »Ihr seid alle von Sinnen! Es war doch alles in Ordnung.«

»Alles in Ordnung, Ruthy? Dieser dicke Fleischkloß ist einfach hereingeplatzt und hat unsere Untersuchung gestört. Diese Kreatur hier ist in die Kuppel eingedrungen. Das ist ...«

»Er ist keine Kreatur. Er hat mit uns gesprochen. Er kennt Celeste. Royal, sag du es ihm!«

Royal war zu Stel getreten und untersuchte ihn. Er drehte sich um und schüttelte den Kopf. »Das war eine ganz schöne Dosis, Dexter. Ich wünschte, bei seinem geschwächten System hättest du das nicht getan. Butto hatte leider recht. Warum sind wir nicht auf die Idee gekommen, erst einmal mit ihm zu sprechen? Jetzt erstaunt mich das. Aber er schien so ... so anders.«

»Wir wissen noch immer nichts über ihn«, meinte Eolyn. »Vielleicht hat Dexter recht. Wir wissen nichts über seine Motive. Schau! Er war bewaffnet. Er ist bewaffnet in die Kuppel eingedrungen. Wir wissen nicht, ob er die Wahrheit sagt. Wir sind so wenige. Wir müssen äußerst vorsichtig sein.«

»Er hörte sich freundlich an«, sagte Ruthan. »Wie lange ist er schon hier? Sind es wirklich volle fünf Zyklen? Was ist, wenn er draußen Freunde hat? Sie werden sich seinetwegen Sorgen machen. Was dann?«

In diesem Augenblick schlug Dailith von draußen auf die Tür ein. Er hatte den Beton weggehauen und den Bleischild abgeschält, aber dann war er auf eine schwere Plastikschicht gestoßen, die sich als sehr schwierig zu durchdringen erwies, und jetzt trotzte ein dicker Stahlkern seinen Anstrengungen völlig. Es war fast sechs Tage her, seit Stel fort war. Dailith schwitzte heftig. Als er aufschaute, sah er, daß sich im Westen wieder eine Gewitterwolke zusammenballte; groß und dunkel im Kern beugte sie sich über die Landschaft und wälzte sich heran, die Sonne strömte um die Ränder. Er wischte sich den Schweiß von Stirn und Wangen. Das würde ein schweres Gewitter geben, aber wenigstens konnte es die Hitze mildern.

Er hörte einen Ruf vom Hügel, und als er sich umdrehte, sah er Tor und Ahroe und noch eine Gardistin, eine junge Frau, die er nicht kannte. Er drehte sich um und trabte den Hügel hinauf.

»Stel? Wo ist Stel?« fragte Ahroe.

»Da drin. Er ist seit fast sechs Tagen drin.«

»Du kommst also nicht hinein?«

»Nein. Ich habe es versucht. Ich bin vorangekommen, aber jetzt ist da eine schwere Metallplatte, in die ich nicht einmal eine Beule hineinkriege.«

»Sechs Tage?«

»Fast. Ich wußte nicht, daß du kommen kannst.«

»Tor hat mich überzeugt, daß etwas nicht stimmt. Unterwegs haben wir die alte Frau auf dem Fluß getroffen. Sie hat den Gardisten einen ganz schönen Tanz aufgeführt.«

»Wie meinst du das?«

»Die Welt hier draußen ist fast zuviel für sie. Sie schlief, als sie sie zum Fluß brachten. Als sie aufwachte, waren sie schon ziemlich weit draußen, und als sie schließlich das viele Wasser sah, starrte sie eine Zeitlang hin, dann schrie sie, man solle sie zurückbringen. Das taten die Gardisten schließlich, aber als sie ans Ufer kamen, schrie sie, sie sollten sie wieder auf den Fluß hinausfahren. Sie ist so aus dem Häuschen wegen der ganz gewöhnlichen Erde und so wütend, daß sie dem Tode nahe ist.«

»Könnten wir auf das Dach steigen?« ließ sich Tor zum erstenmal vernehmen. »Schaut! Der Stab hebt sich wieder. Könnten wir ein Seil darüberwerfen?«

»Schau dir die Wolke an!« sagte Dailith. »Der Stab wird den Blitz anziehen. Wir hatten in letzter Zeit hier einige sehr heftige Gewitter.«

»Wir müssen Stel da herausholen«, sagte Ahroe.

»Wenn ihr von eurer Leiter neben der Kuppel aus ein Seil werft, könnte man sich vielleicht an dem Stab hinaufziehen« sagte Tor. Der Wind frischte auf, und die ersten Tropfen prasselten auf den Boden.

Tor wandte sich an die Gardisten. »Hol das Seil, das wir am Riff gesehen haben!« Sie drehte sich um und lief davon.

»Dailith, wir müssen deine Leiter benützen.«

In der Kuppel sagte Komp 9, nachdem er den Stab ausgefahren hatte, in seinen Kommunikator: »Immer noch kein Irrtum möglich, Prinzipal Dexter. Die Strahlungsmessungen bleiben gleich. Ich kann aus dem Fenster sehen. Es wird dunkel, und Wasser fällt vom Himmel.«

»Sehr schön, Komp. Komm jetzt in die Entseuchung! Das nennt man Regen. Sieh es dir noch einmal an, ehe du reinkommst.«

»Da draußen zucken Lichter, Prinzipal.«

»Lichter? Bist du sicher?«

»Ja. Sie erhellen die ganze Gegend.«

»Du täuscht dich bestimmt.«

»Nein, Prinzipal.«

»Na gut. Komm jetzt zurück! Befolge alle Vorschriften!«

»Ja, Prinzipal.« Als sich Komp 9 umdrehte, um den Stab einzufahren, krachte ein Blitzschlag hernieder, der das ganze Innere der Kuppel erleuchtete, der kleine Mann wurde von der hohen Leiter geschleudert und stürzte zu Boden, wo er rauchend liegenblieb. Der Blitz war auch an der Seite der Kuppel an der nassen Oberfläche entlanggefahren und an ihrem Fuß in die Erde gekracht. Tor stand mit dem Seil auf der Leiter und spürte, wie ein Stromschlag durch seine Beine und Hände zuckte.

»Komm runter!« schrie Ahroe zu ihm hinauf.

»Nein. Bleib bei der Tür. Ich komme schon zurecht.« Er wirbelte das beschwerte Seil herum und warf es nach dem Stab hoch oben, verfehlte ihn aber.

»Tor, da unten brennt es«, schrie Dailith. Schwarzer Qualm wallte von der großen Ölpfütze auf, die der Blitz in Brand gesetzt hatte. Tor antwortete nicht, sondern rollte das Seil auf und warf es wieder, und diesmal erwischte er den Stab.

»Bleib neben der Tür!« schrie er zu Ahroe hinunter, während er schon schwankend und rutschend am Seil hinaufkletterte. Er erreichte den Stab, spürte, wie ihm die Elektrizität die Haare zu Berge stehen ließ, glitt auf der Oberfläche im strömenden Regen aus, lief aber auf allen vieren zum Ende der Kuppel. Dort beugte er sich über die Wölbung hinaus, schaute hinunter und entdeckte das Fenster. Im Inneren sah er nichts. Er nahm seine Axt, schwang sie mit aller Kraft gegen das Glas und brachte einen leichten Sprung zustande. Immer wieder schwang er die Axt, und endlich brach er krachend durch das dicke Glas. Er hielt sich krampfhaft mit den Knien fest, räumte die Scherben weg, steckte seine Axt in die Scheide, schwang sich über den Rand, hing rutschend und schaukelnd an seinen Armen, griff endlich in das Fenster, schnitt sich die Hand am Glas auf, bekam aber den inneren Rand des Betonrahmens zu fassen und ließ sich hineingleiten.

Vor ihm stand eine Leiter. Er kletterte hastig hinunter, blinzelte im Dämmerlicht. Als er sich bückte, ertastete er den Körper des Komp, bemerkte mit einem seltsamen Gefühl der Angst, wie klein er war. Er durchquerte die Kuppel, fand die Tür, löste die Verschlußklammern und zog sich zurück. Schwarzer Qualm wogte herein.

»Ahroe! Ahroe!« rief er und streckte den Arm hinaus, sie erwischte seine Hand und kletterte in die Öffnung herauf. Sie sah eine Bewegung und duckte sich durch den Rauch hinter das viereckige Gebilde, das die Mitte des Raums einnahm. Tor blieb stehen und drehte sich um, als Dexter ihn mit einem Strahler betäubte. Der große Shumai brach neben der Tür zusammen. Dexter rannte mit einem Handstrahler hinüber, hinter ihm schauten Ruthan und Eolyn mit am Kopf befestigten Helmwaffen, Feuerpinzetten zwischen den Lippen haltend, zu. Auf den Schultern trugen sie schwere Energietornister.

»Bleibt zurück!« rief Dexter, als er Tor erreichte, der sich langsam herumrollte, als Dexter zu ihm trat. Tor blickte zu der verschwommenen Gestalt auf, die mit etwas auf ihn zielte, und streckte blitzartig die Beine aus. Der Tritt riß Dexter von den Beinen. Tor bekam ihn zu fassen und rang mit ihm; beide standen sie auf und kämpften weiter. Ruthan schrie und zielte, so gut sie konnte, feuerte mit halber Kraft einen Strahlenstoß auf den Hünen ab, der Dexter an der Kehle gepackt hielt.

Tor spürte einen betäubenden Stoß, als ihm der Strahl den rechten Unterarm abriß. Der Schlag nahm ihm die Kraft, plötzlich überfiel ihn Ungläubigkeit. Im nächsten Augenblick wurde Dexter, der auf ihn zutaumelte, von einem zweiten Stoß erwischt und auseinandergerissen. Tor stöhnte auf und sank nieder, während Ruthan schreiend ihren Helm herunterriß und durch die Kuppel zu Dexter lief, der halb unter Tor lag.

Eolyn stand an der Tür zum Entseuchungsraum und rief: »Ruthan, aus dem Weg! Der Primitive lebt noch. Geh aus dem Weg!« Sie sah nicht, daß Ahroe um den Klotz herumkam, sich auf sie stürzte, ihr den Helm mit der Breitseite ihres Kurzschwerts herunterschlug und mit dem Schrei »Stel! Stel!« in die Ebenen rannte.

Ruthan kreischte und schlug sich mit den Fäusten hilflos gegen die Knie. Neben ihr rollte sich Tor herum, kam auf die Knie, zog den Leibriemen aus seiner Tunika und schlang ihn über den Stumpf seines rechten Arms, dann zog er ihn fest, und nun erst schrie er ebenfalls vor Schmerz auf. Ruthan wandte sich ihm zu, schaute ihn an und begann wieder zu kreischen.

»Du«, sagte Tor undeutlich. »Du mußt hier raus! Die ganze Kuppel brennt. Der Blitz hat sie angezündet.«

»Nein«, schrie sie. »Nein. Geh weg! Schau doch, was du getan hast!«

»Ich wollte – ich wollte nur Stel holen. Komm jetzt!« Er stand taumelnd auf, nahm Ruthan unter seinen linken Arm, stieß mit dem Fuß die Tür auf, drehte sich um und stürzte durch den Rauch die Leiter hinunter.

Unten erwartete ihn Dailith, der kaum etwas sehen konnte. »Geh hinein und hilf!« schrie Tor, drehte sich um und tastete sich durch den Qualm im strömenden Regen den Damm hinauf, Ruthan hielt er immer noch wie einen Sack, er lief und stürzte, wurde langsamer, stolperte, spürte die stützende Hand der anderen Gardisten, als er den steilen Teil erreichte, Ruthan schrie immer noch vor Entsetzen, endlich erreichte er die Kante, das Gras und das Gestrüpp, und da begann die Welt umzukippen und auf ihn zuzustürzen, er ließ Ruthan fallen, setzte sich selbst und sackte vornüber. Skahie, die Gardistin, stützte ihn, dann merkte sie erst, was mit seinem Arm geschehen war, ihr wurde flau und sie stieß einen seltsamen Schrei aus.

»Tor, Tor, was ist geschehen? Meine Aven, Tor!« Ruthan schien zu erwachen, setzte sich auf und blickte sich um. Sie saß zwischen wilden, verschlungenen Pflanzen. Wasser strömte herab. Ein riesiger, bärtiger Mann, den rechten Arm ganz voller Blut, lehnte sich schwach gegen eine Frau, die sie unverwandt ansah.

»Was hast du mit ihm gemacht?« fragte Skahie.

Ruthan kroch auf die beiden zu. »Leg ihn nieder!« keuchte sie. »Lockere ihm die Kleider! Er fällt gleich in Schock.«

Als Dailith durch den Rauch in die Kuppel stürzte, sah er eine Gestalt in der offenen Tür an der gegenüberliegenden Seite des Raums. Sie setzte sich gerade ein seltsames, helmähnliches Gerät auf. Schlank und wunderschön stand sie da, in ein hautenges Gewand gekleidet. Er rannte auf sie zu, als sie sich mit ihrer seltsamen Helmmaske auf dem Kopf umdrehte.

»Bleib stehen! Geh zurück, sonst töte ich dich!«

»Du mußt hier raus! Ihr alle! Die ganze Kuppel brennt von unten her.«

»Ich meine es ernst. Verschwinde! Geh wieder hinaus!«

»Wo ist Stel? Wo sind all die anderen von euch? Ihr müßt hier raus! Schau dir den Rauch an. Ich meine es ernst. Ich will dir nichts tun.«

Sie zögerte. Dailith hatte sich seitlich an ihr vorbeigeschoben, drängte sich durch die Tür hinter ihr und fand eine zweite Tür und einen langen Gang. Oben an der Treppe begegnete er einem winzigen Mann.

»Du«, sagte er. »Die ganze Kuppel brennt von unten. Du mußt raus! Du und die anderen auch.« Hinter ihm trat Ahroe aus einer Tür und kam mit Stel, der sich kraftlos auf sie stützte, den langen Gang herunter.

»Butto«, sagte Stel. »Hol Butto! Einen Mann namens Butto.«

Ahroe schrie: »Butto! Butto!« Der Komp neben Dailith raste den Gang hinunter und drückte auf eine Türschaltung. Die Tür glitt auf, er schoß hindurch, erschien bald wieder mit Butto und streifte ihm Fesselschnüre ab. Butto schien verwirrt, erschrocken.

»Hilf mir!« sagte Ahroe. »Hol all eure Leute! Die Kuppel brennt. Ihr müßt raus!«

»Du«, sagte er, »du hast ...«

»Später«, brüllte sie ihn an. »Draußen. Ich bin Ahroe, Stels Frau. So. Jetzt hol die übrigen Kleinen!« Sie erstarrte und schaute geradeaus. Eolyn stellte sich ihnen allen entgegen, den Strahlerhelm auf dem Kopf. »Du mußt Eolyn sein«, sagte Ahroe. »Celeste hat mir von dir erzählt. Du würdest uns alle töten, nicht wahr? – Dich selbst eingeschlossen. Bitte. Wir müssen hinaus!«

»Nein. Jetzt ist es genug«, sagte Eolyn. »Butto, verschwinde.« Ein Komp erschien hinter ihr, lief auf sie zu, stieß sie so in die Kniekehlen, daß sie nach vorn knickte. Ahroe trat zu ihr, hob sie auf und trieb sie den Gang hinunter.

»Danke, kleiner Mann«, sagte sie.

»Dreizehn«, gab er zurück.

»Ahroe. Sind noch weitere da?«

»Die Komps kommen. Prinzipal Thornton ist auch noch da. Aha, da kommt er.« Als sie sich umdrehten, sahen sie einen zerzausten und verwirrten Cohen-Davies den Gang herunterschlurfen. Dailith packte ihn am Arm und drängte ihn weiter zur Tür, wo Eolyn wieder auf die Füße gekommen war. Alle strömten an ihr vorbei, drängelten, hasteten über den mit Trümmern übersäten Kuppelboden auf die Rauchwolken zu, die durch die schief in den Angeln hängende Tür hereinwallte, Royal kam als letzter, ein Komp führte ihn. Dailith half ihnen durch den Qualm hinunter, und sie erreichten voller Staunen inmitten von starkem Regen und Blitzen den Damm. Mehrere Komps zögerten und drehten sich um, wollten zurück, aber als sie den schwarzen Öltümpel unter der Kuppel und die immer höher schlagenden Flammen sahen, machten sie in wilder Hast wieder kehrt und rannten weiter, den Steindamm hinauf.

»Bleibt auf dem Damm!« rief Ahroe, während sie und Butto Stel den Berg hinaufführten.

Oben fanden sie Tor, er hatte die Augen offen und atmete in schnellen, flachen Zügen. Skahie beugte sich über ihn, und Ruthan, die ziellos umherblickte, schrie: »Dexter, oh, Dexter!«

Ahroe übergab Stel an Dailith. »Kümmere dich nicht um

Dexter«, sagte sie. »Hilf uns, Tor zum Riff zu bringen. Da ist er wenigstens aus dem Regen.«

»Nein«, murmelte Tor mit sonderbar heller Stimme. »Hier ist es schon gut. Schau! Der Hund der Dunkelheit ist zu mir gekommen. Er ist scheu wie ein Reh. Er hat seinen Kopf auf mein Knie gelegt. Er blickt freundlich auf. Sein Kopf wird immer größer. Die Augen glühen, sie brennen jetzt, sind Flammen in der Nacht. Das Gewicht seines Kopfes drückt ...«

Ahroe stürzte plötzlich herüber, drückte ihn nieder, steckte ihm die Faust in den Mund und brüllte: »Nein, nein, Tor! Gib jetzt nicht auf! Wo ist dein stählernes Rückgrat? Gib nicht auf! Hörst du? Gib nicht auf!« Sie nahm die Hand wieder von seinem Gesicht.

Er blickte verschwommen zu ihr auf, wie sie da rittlings auf ihm saß: »Wenigstens, wenigstens«, sagte er, »laß mich in Frieden sterben. Hör auf, mich zu schütteln!«

»Sterben? Hat denn vor dir noch nie jemand einen Arm verloren? Hör jetzt auf damit! Wenn wir dich jemals gebraucht haben, dann jetzt.«

»Jetzt?« Er lachte zittrig. »Einen blutlosen Axtschwinger, der keinen rechten Arm mehr hat?«

Ruthan hatte auf ihn hinuntergestarrt. Sie legte seinen Kopf auf ihren Schoß. Sie war grau im Gesicht, aber sie sagte: »Du wirst gesund werden. Royal wird dir helfen. Nicht wahr, Royal?« Sie blickte auf. Er hatte, genau wie Eolyn, einen Waffenhelm auf.

»Geh weg von ihnen, Ruthan!« sagte Eolyn, ihre Stimme war vom Helm gedämpft. »Wir können nicht auf ihre Gnade angewiesen sein. Wir haben fast alles verloren, aber doch nicht alles.«

»Bist du wahnsinnig?«

»Wir warten hier ab, bis das Feuer erloschen ist, dann kehren wir in die Kuppel zurück. Wir kommen dann – denn das müssen wir ja nun – zu einem Zeitpunkt heraus, den wir selbst bestimmen, mit unserer eigenen Ausrüstung und unseren Schutzmaßnahmen.«

»Die ganze Kuppel wird zerstört werden«, sagte Tor in heiserem Flüsterton.

»Ruthan, geh von diesem Wilden weg!« befahl Eolyn.

»Nein. Niemals!«

»Ich werde dich betäuben.« Ruthan schloß die Augen davor. Dann drang von weit her aus dem Osten schwach das Gebell von Hunden durch den Regen. Ahroe hob ihr Horn und blies einen langen Ton, der abgeschnitten wurde, als Eolyn sich umdrehte und ihr das Ende des Kuhhorns mit einem schnellen Feuerstoß wegbrannte.

»Du da. Was soll das?«

»Die Shumai. Ihr geht besser mit uns und hört mit diesem Unsinn auf. Wir müssen Tor zum Riff bringen und seinen Arm verbinden. Sie werden es nicht gut aufnehmen, wenn ihr euch einmischt.«

»Ich meine, was ich sage. Da, schau!« Eolyn drehte sich um und schleuderte einen vollen Strahl auf eine große Eiche, deren Wipfel in einem Feuerregen explodierte.

»Danke«, sagte Ahroe ruhig, während die anderen, die entsetzt davon gestürzt waren, zögernd wieder zurückkehrten.

»Was?«

»Daß du die Shumai gewarnt hast.«

»Es sind Blu und seine Männer«, sagte Tor geistesabwesend. »Jemand ist bei ihnen. Jestak, könnte ich mir denken.«

»Woher weißt du das?«

Wie als Antwort ertönten im Halbkreis die Hörner der Shumai, die sich in den Wäldern verteilt hatten.

»Eolyn. Nimm den Helm ab! Sonst wird noch jemand getötet«, bat Ruthan.

»Bitte, Eo«, fügte Butto hinzu. »Schau doch, was du Stel angetan hast – und diesem Mann! Wir müssen das beilegen. Jetzt gleich. Komm schon!«

Jestak kam im Laufschritt, im Regen ausrutschend, den Berg herauf, einen großen Hund neben sich. Es war Raran; sie drehte sich um und eilte winselnd zu Tor hinüber. Als sie Ruthan sah, sträubte sich ihr Fell, und die Frau wich mit einem Schrei zurück. Raran kauerte sich nieder und legte den Kopf auf Tors Knie, während Jestak mitten zwischen den beiden Gruppen stehenblieb.

»Wer ist Royal?« fragte Jestak.

»Ich.«

»Ich brauche Hilfe für meinen Freund Stantu. Ich sehe, daß die Kuppel brennt. Sag mir, wie ich hineinkomme, damit ich die Medizin für seine Strahlenvergiftung holen kann. Celeste sagt, du kannst helfen.«

»So einfach ist das nicht«, meinte Royal. »Das könnte vieles sein. Ein ganzes Regal voller Chemikalien ist dazu nötig, und viele Tests.«

»Sag es mir, schnell. Wo? Ich bringe alles mit.«

»Laßt ihn nicht gehen«, sagte Tor vom Boden her. »Wenn er geht, ist das sein Tod.«

Jestak drehte sich wütend um. »Ich muß gehen. Wenn ich es nicht tue, stirbt Stan.«

»Blu«, rief Tor mit plötzlicher Kraft. »Laß Jestak nicht gehen!«

Sieben Männer schienen aus dem Nichts aufzutauchen. Jestak drehte sich um, griff an sein Kurzschwert, rannte dann auf den Damm zu. Zwei Männer fingen ihn ein und rangen ihn nieder. Blu kam zu Tor herüber.

»Gütiger Sertine, Tor. Was ist geschehen?«

»Ich war es«, gestand Ruthan.

Blu schoß einen Blick reinsten Hasses auf sie, dann, als er ihr tiefes Elend sah, fühlte er seinen Zorn schmelzen.

»Und ... und ich habe auch Dexter getötet«, sagte Ruthan und brach in Tränen aus. »Ich habe es nicht gewollt.«

»Nein. Nein, das warst du nicht«, murmelte Tor. »Das war die andere. Sie hat den anderen Mann getötet.«

»Was? Sie?« Ruthan blickte zu Eolyn auf, die ein Stück weiter hinten in einer Gruppe von Menschen aus der Kuppel stand, immer noch den Waffenhelm auf dem Kopf, jetzt unnahbar und wachsam.

Jestak wehrte sich noch immer, als man ihn zu Tor brachte. Er zog die Luft ein, als er den Arm des Axtschwingers sah, aber er war blind vor Zorn. »Kann sein, daß du verletzt bist, du Fischbauch, aber laß mich gehen. Ich bin von so weit hergekommen, um Stantu zu retten. Verdammt, laß mich ...«

»Es wäre dein Tod«, sagte Tor geistesabwesend mit tiefer Stimme.

»Inzwischen wäre ich schon drin und wieder draußen, ehe ...« Da war es, als bäumte sich der ganze Berg auf, ein großer Feuerball spritzte aus Kuppel und Ebenen hoch, das gewaltige Gebilde schien sich zu heben, aufzusteigen, zu schweben, in der Luft zu ruhen, in Trümmer zu zerfallen und dann in einer unheimlichen, brüllenden, orangenfarbenen Kugel niederzusinken. Die beiden Männer ließen Jestaks Arme los. Er drehte sich um, rannte zum Rand des Hügels und starrte hinunter, dann sank er weinend zu Boden.

Blu ging zu ihm und hockte sich nieder. »Komm!« sagte er. »Wir müssen Tor aus dem Regen bringen. Komm schon! Siehst du? Tor hat das Wissen. Du wärst jetzt tot, und das würde Stantu ganz gewiß nicht helfen.« Jestak bewegte sich nicht, Blu winkte den anderen, und alle, Menschen aus der Kuppel, Shumai und Pelbar verließen den Hügel und trugen Tor zum Riff hinunter. Jestak und Blu ließen sie im Regen sitzen.

# ELF

Der Regen ließ nach, Jestak richtete sich auf und schaute dann Blu an, als sähe er ihn zum erstenmal. »Ich habe Stantu in der östlichen Stadt Innanigan kennengelernt«, sagte er. »Wir waren beide jung. Unsere Freundschaft hat sich zur Freundschaft all unserer Völker erweitert. Es muß eine Möglichkeit geben, ihn zu retten.«

»Ich habe ihn gesehen, Jestak. Wird er sein Haar, sein Laufen, sein Lachen, die freie Beweglichkeit seiner Gliedmaßen wiederbekommen, wenn man ihn rettet? Ich kann es mir nicht vorstellen. Und da unten sind jetzt Menschen, die organisiert werden müssen, und Tors Arm – Tors Arm muß versorgt werden. Komm mit herunter!«

»Geh du nur!«

»Jestak, du bist derjenige, der die Völker vereint. Ich bin nur ein Ersatzaxtschwinger. Diese wilde Frau und ihre Gnomen töten uns vielleicht alle. Du mußt mitkommen!«

Jestak stand auf. »Sieh uns nur an!« sagte er. »Wir sind triefendnaß.« Blu lachte und wischte sich die Hände auf den Schenkeln ab.

Unten hielten sich die beiden Gruppen immer noch weitgehend getrennt, aber Ruthan hatte Royal dazu überredet, Tor zu helfen, und so beugte sich eine kleine Gruppe in einer primitiven Hütte unter den Felsen über ihn. Stel hatte sie im Frühsommer errichtet, um sich zurückziehen zu können. Skahie hielt Tors Kopf. Royal, abgestoßen von dem Schmutz und den primitiven Geräten, gab Bill Anweisungen, und der sauste hinaus zu einem Topf mit kochendem Wasser und brachte, was immer der alte Arzt verlangte. Ruthan hielt Tors Arm und beobachtete seinen Gesichtsausdruck.

»Wir haben nichts, um den Schmerz zu lindern«, sagte sie.

»Ich habe mich selbst«, sagte Tor mit glasigen Augen.

Weiter unten, unter dem Überhang, sagte Eolyn, die immer noch ihren Waffenhelm aufhatte: »Schau nur, was sie um diesen Wilden da unten für ein Getue machen. Sieh dir diese Leute an. Wir leben im vierten Jahrtausend. Bogen und Äxte. Guter Gott, was ist nur aus allem geworden? Die Menschen haben überlebt, aber sie sind degeneriert. Sie haben sich zu Primitiven zurückentwickelt.«

Niemand antwortete ihr. Butto und Cohen-Davies waren zu überrascht und erschüttert, und zu sehr beeindruckt von der neuen Welt, um auf sie zu hören. Jeder Geruch, jeder Vogelruf, eine Wolke von Mücken, alles setzte sie in Erstaunen. Schließlich sagte Butto: »Ich möchte wissen, ob es hier Schlangen gibt.«

Nach einiger Zeit kamen Blu und Jestak den Hügel herunter. Jestak zog unterwegs seine Tunika aus und wrang sie aus, dann hängte er sie an einen Busch nahe beim Feuer, das die Shumai angezündet hatten. Nur mit seinen nassen Unterhosen bekleidet ging er hinüber zur Gruppe aus der Kuppel. »Wer hat hier die Verantwortung?«

»Ich«, antwortete Eolyn. »Ich und Royal. Und näher brauchst du nicht zu kommen.«

»Sei nicht albern! Ich bin Jestak. Ich bin Leiter der Außenabteilung der Stadt Nordwall. Schau! Ich werde euch eine Karte zeichnen und euch zeigen, wo ihr euch befindet.«

»Wir wissen, wo wir sind – im südöstlichen Teil von Missouri, nicht weit von St. Louis.«

»Was? Sang wie? Ihr wißt vielleicht, welche Gegend das früher war. Jetzt seid ihr mitten in Urstadge, etwa vierundvierzig Ayas westlich vom Heart.« Jestak nahm einen Stock und ritzte eine grobe Karte in die Erde. Cohen-Davies hockte sich nieder und sah genau zu.

»St. Louis muß ungefähr hier sein«, meinte er, »wenn das Norden ist.«

»Da ist nichts. Da wächst nicht einmal etwas. Eine leere Stelle. Und sie ist wirklich da.«

»Aber der Fluß?«

»Er hat sich verlagert. Du siehst es, wenn du dort bist. Er fließt so, wie ich es gezeigt habe. Ich glaube, ihr kommt am besten mit nach Pelbarigan – vorausgesetzt, ihr erklärt euch einverstanden, diese unglaublichen Waffen nicht zu benützen, die ihr da habt.«

»Und wenn wir dazu nicht bereit sind?« fragte Eolyn.

»Dann müssen wir euch hierlassen. Wir müssen uns in Freundschaft einigen.«

»Angenommen, wir zwingen euch? Wie du schon sagtest, haben wir die unglaublichen Waffen.«

Jestak stand da und schaute ihr durch die Helmscheibe in die Augen. »Ihr könntet uns nicht alle erwischen«, sagte er. »Bald wäre die ganze Gegend alarmiert. Ihr dürft euere Macht nicht überschätzen. Außerdem, was würdet ihr essen?«

»Sieh dir das alles an!« Sie zeigte mit den Händen zu den Wäldern hin. »Wenn wir mehr als tausend Jahre lang gegessen und wiederaufbereitet haben, können wir uns hier doch sicher erhalten.«

Jestak wandte sich an Butto. »Ich verstehe es nicht«, sagte er. »Vielleicht kannst du es erklären. Ich sehe keinen Grund für Feindseligkeit. Stel ist doch nur in die Kuppel gegangen, um euch vor dem Einsturz zu bewahren. Sie hing über die Rinne hinaus. Selbst jetzt gibt es nur noch so wenige von uns in der Welt. Wir müssen unsere Kenntnisse zusammenlegen. Ihr wißt Dinge, die ihr uns beibringen könnt, das ist klar. Celeste ist schon jetzt dabei, etwas zu bauen, was sie ein Mikroskop nennt, und sie hält richtige Kurse in Chemie und Mathematik.«

Eolyn schnaubte. »Sie?«

»Sie ist ein nettes, kleines Mädchen«, sagte Stel. Er saß an die Felswand gelehnt. Ahroe war bei ihm und hielt ihm Wasser hin, so daß er daran nippen konnte. Er schien nicht genug zu bekommen.

»Wenn ein kleines Mädchen euch etwas beibringen kann, warum sollten wir dann tun, was ihr sagt? Offensichtlich müßten doch wir bestimmen, was geschieht.«

»Eure technischen Kenntnisse sind weitreichend. Das ist deutlich zu erkennen. Aber euer sozialer Entwicklungsstand ist entschieden primitiv.«

Eolyn schnaubte wieder. »Da wir die Technik haben, verfügen wir über alles, was wichtig ist.«

»Jemand, der diese Männer so winzig macht, ist nicht einmal geeignet, über ein Scheißhaus zu bestimmen, wenn du's genau wissen willst«, sagte Blu, der bisher schweigend danebengestanden hatte.

»Uns geht es glänzend. Wir brauchen keine Hilfe«, sagte Komp 13.

»Nun, es wird euch noch besser gehen«, sagte Blu, streckte die Hand aus und fuhr dem kleinen Mann durchs Haar. Komp 13 runzelte die Stirn.

Cohen-Davies stand auf und klopfte sich ab. »Du, Jestak? Eolyn mag tun, was sie will, aber ich gehe mit euch. Bill auch, nehme ich an. Ich möchte Celeste wiedersehen und zuschauen, wie sie ihre Kurse hält. Ich bin Experte für alte Zeiten. Es wäre mir ein Vergnügen, mein Wissen mit dem euren zusammenzulegen. Wenn dieses Pelbarigan die einzige Stadt ist, die es noch gibt, müssen wir auf jeden Fall dort anfangen. Das ist alles sehr fremdartig für mich, und ich muß zugeben, daß ich zu alt bin, um hier herumzusitzen, während Wasser auf mich fällt, und dann alle diese Geschöpfe auf mir landen und herumkriechen zu lassen. Es ist zu unnatürlich, oder – naja, vielleicht ist es eher zu natürlich. Also, Jestak, geh voran! Ich folge dir. Butto – kommst du mit?«

»Ich möchte schon. Komm, Eo!«

Sie sagte nichts. Jestak wartete, die Hände hinter dem Rücken verschränkt.

Dann sagte sie: »Royal und ich werden darüber sprechen, wenn er mit diesem degenerierten Typen da hinten fertig ist.«

»Gut«, sagte Jestak und streckte ihr die Hand hin.

»Was soll das?« fragte sie.

»Er erwartet, daß du seine Hand ergreifst«, sagte Cohen-Davies. »Das ist ein uralter Brauch. Er bedeutet, daß man einverstanden ist.«

Eloyn seufzte und schüttelte Jestak die Hand. Dann nahm sie ihren Waffenhelm ab und strich sich das Haar glatt. Sie sah, wie Jestak und Blu sie anstarrten. »Was? Was ist denn jetzt wieder los?« fragte sie.

»Nichts«, sagte Jestak grinsend. »Überhaupt nichts. Ich

hatte nur keine Ahnung, daß eine so furchteinflößende Person so unglaublich schön sein könnte.«

Kurz darauf traf Tristal mit einem schweren Bündel Nahrungsmitteln ein. Er war erstaunt, als er hörte, was geschehen war, und brachte kein Wort heraus, als er den Arm seines Onkels sah. Royal war fertig mit dem Nähen der Wunde, und Tor legte sich zurück. Ruthan saß immer noch bei ihm.

Blu schickte zwei Männer nach Pelbarigan, um weitere Boote zu holen. Jestak und Butto besichtigten die Ruine der Kuppel, die immer noch brannte, von der Hügelkuppe aus und entschieden, daß nichts mehr übrig war, was zu retten sich gelohnt hätte. Eine angesengte weiße Ratte wanderte auf dem leeren Platz im Schlamm dahin. Noch während sie sie beobachteten, stieß ein großer, grauer Falke herunter und packte sie, flog schwerfällig über die Rinne und hielt nach Norden auf die Bäume zu. Die Shumai brachten ein schwarzes, einjähriges Kalb, schlachteten es und brieten große Stücke davon über einem langen Feuer.

Schließlich holte Stel seine Flöte heraus, und als die Sonne in breiten, roten Streifen hinter den Wolken verschwand, spielte er eine Reihe langsamer Pelbarhymnen, schwermütig und beruhigend. Die gemischte Gruppe von Menschen aß meist schweigend Fleisch und Brotfladen aus Tristals Vorräten. Nachdem die spätsommerliche Dunkelheit hereingebrochen war, legten sie sich allmählich nieder, in Erwartung einer seltsamen, unruhigen Nacht.

Als es dunkler wurde, ging Eolyn zu der Hütte, in der Tor lag, und beugte sich über ihn. »Ruthan, ich möchte mit diesem Mann allein sprechen«, sagte sie.

Tor schaute erst die beiden, dann Tristal an, der in einer Ecke saß und im Dunkeln, fast nur nach Gefühl, einen Laufschuh nähte. Raran begann tief in der Kehle zu knurren, aber Tor streckte die linke Hand nach der Hündin aus, und sie hörte auf. »In Ordnung«, sagte er. »Tris, nimm Raran mit!«

Als sie alleine waren, sagte Tor: »Nun?«

»Ich möchte dir sagen, daß wir es bedauern, dir das angetan zu haben«, sagte Eolyn.

»Du hast es nicht getan. Die andere war es, Ruthan. Du hast den Mann getötet – Dexter. Ich hatte mehr Glück als er.« Er lachte wehmütig und hielt dabei seinen Armstumpf hoch.

Eolyn ignorierte diese Bemerkung. »Wirst du lange in dieser Stadt Pelbarigan bleiben?« fragte sie.

»Ich weiß es nicht. Ich möchte es nicht. Wir werden sehen.«

»Ich fühle mich verantwortlich. Wir werden eine Prothese für dich entwerfen, damit du deinen Arm wieder gebrauchen kannst. Natürlich wirst du ein ruhigeres Leben führen müssen.«

»Ich weiß nicht, was du meinst, aber ich glaube nicht, daß ich das tun werde«, sagte Tor ruhig.

»Du könntest eine Menge lernen. Du machst den Eindruck, als wärst du intelligent. Du könntest die Technologie bewältigen, die wir dieser Gesellschaft bringen werden.«

»Technologie? Die brauche ich nicht. Was ich brauche, ist mein Arm, und ich sehe, daß ich lernen muß, ohne ihn zu leben. Aber schau, Eolyn – so heißt du doch? Du bist nicht hier hereingekommen, um mir das zu sagen. Worum geht es? Ich spüre, daß ein unausgesprochener Gedanke aus dir herausdrängt. Was ist es?«

»Ich verstehe nicht, wie du so etwas weißt. Du wußtest, daß die Kuppel explodieren würde, du wußtest, wer kam, du weißt ...«

Sie verstummte und saß lange Zeit schweigend da.

Endlich sagte Tor. »Das ist nicht so wichtig. Tris hatte recht. Du bist außerordentlich schön. Ich wünschte – aber irgend etwas fehlt dir, nicht wahr? Es tut dir nicht leid wegen dieses Dexter, und du fragst dich, warum nicht. Und doch machst du dir Gedanken. Ein Jammer, daß du so lange eingeschlossen in dieser künstlichen Höhle leben mußtest.«

Sie stand zornig auf. »Du brauchst mich nicht zu bemitleiden. Uns ging es sehr gut.« Sie drehte sich um und wollte gehen.

»Warte!« sagte Tor. »Bitte, komm zurück!« Sie kam, blieb aber stehen. Tor streckte seine linke Hand aus und umfaßte ihren Knöchel. »Ich spüre ein großes Bedauern. Ich glaube, es ist eher mein Bedauern als das deine. Du hältst mich für einen Wilden, nicht wahr? Das macht nichts, glaube ich. Das Land ist groß und weit, es ist genug Platz für uns beide. Aber trotzdem ...«

»Ich weiß nicht, wovon du sprichst. Jetzt laß bitte meinen Knöchel los!«

Tor hielt ihn noch fast eine volle Sonnenspanne lang fest, während Eolyn ungeduldig wartete. Dann gab er ihn frei. »Könntest du wohl Stel und Ahroe sagen, sie sollen hereinkommen, wenn du gehst, bitte.« Eolyn verließ ohne ein weiteres Wort die Hütte, aber bald betraten Stel und Ahroe den kleinen Raum.

Ahroe kniete neben Tor nieder, legte die Arme um ihn und drückte ihr Gesicht an seine Schulter. »Dir habe ich es zu verdanken, daß ich Stel zurückbekommen habe«, sagte sie mit erstickter Stimme. »Und jetzt das. Das. Was können wir sagen?«

Tor seufzte. »Es ist mehr als das, nicht wahr? Setz dich jetzt auf! Du bringst mich in Verlegenheit. Es ist mehr als das. Wir alle mußten es tun. Hätten wir es nicht getan, und sie wären zugrundegegangen, wäre das unrecht gewesen. Die Zeit der Jagdläufer geht ohnehin ihrem Ende entgegen. Sogar Blu spürt das. Ich merke es ihm an. Er wird versuchen, noch eine Weile weiterzumachen. Dann werden wir alle damit aufhören. Dieses weite Land, die herrlichen Ebenen und Hügel, alles für die Shumai zusammengehalten von den hin- und herziehenden jungen Jägern. Bald wird es keine mehr geben, sie werden dahintrotten, Lasten und Botschaften tragen oder einem Pferd in der Furche folgen. Es wird nicht mehr dasselbe sein. Aber nicht deshalb wollte ich euch sprechen. Es geht um diese Frau, Eolyn.«

»Eolyn?«

»Ich fürchte sie wirklich. Nicht deshalb, weil sie unabhängig denkt. Dagegen ist bestimmt nichts zu sagen. Sie hat keine Moral.«

»Tor. Gib ihr eine Chance! Du hast sie noch kaum kennengelernt.«

»Ich spüre es. Behaltet sie gut im Auge! Nicht, daß sie böse wäre. Soviel Absicht steckt nicht in ihr. Aber sie hat ein

Potential für das Böse. Es strahlt von ihr aus. Sie tastet sich vor, ohne Grenzen für ihre Möglichkeiten zu sehen. Stel, sag es ihr! Du mußt es auch spüren.«

»Es ist wahr, Liebes. Sie hat mich wie ein Stück rohes Fleisch behandelt. Trotzdem habe ich gemerkt, daß sie mehr Achtung vor mir als menschlichem Wesen hatte als der Tote, Dexter. Er wollte mich vivisezieren.«

»Vivi ... was?«

»Ich glaube, das bedeutet, mich bei lebendigem Leibe aufzuschneiden, um zu sehen, wie ich funktioniere.«

Tor schauderte und zuckte zusammen, weil sein Arm schmerzte. »Ahroe, verhandle mit ihnen strikt auf logischer Basis, wenn das möglich ist. Nur das verstehen sie anscheinend – bis auf Ruthan.«

»Und den Alten, Cohen-Davies. Und den Dicken, Butto.«

»Die zählen nicht.«

»Ich glaube doch«, widersprach Stel. »Nicht in ihrer eigenen Gruppe. Aber von ihnen werden wir mit der Zeit am meisten haben.«

»Sei da nicht zu sicher! Sie haben die Verantwortung anscheinend unter sich aufgeteilt. Jeder hat etwas zu bieten. Und jetzt sag bitte Jestak, welchen Eindruck ich habe. Und laß ihn die Verhandlungen führen, Ahroe, auch wenn er ein Mann ist. Bitte. Und danke, daß du mich aus dem Schock herausgerüttelt hast. Ich glaube, ich hätte sterben können.«

»Es war wieder genau wie bei Hagen. Ich konnte es nicht ertragen.«

»Ahroe, ich bin noch nicht sicher, ob ich es ertragen kann. Was soll ich tun?«

»Aven wird es dir sagen«, meinte Stel. »Alle Dinge und alle Menschen haben eine Aufgabe, sie müssen sich ihr nur überlassen. Das klingt vielleicht wie Unsinn, aber ich habe gelernt, daß es so ist.«

»Ich habe den Eindruck, Tor, daß die Menschen bisher immer deinem Geist gefolgt sind, nicht deinem rechten Arm«, sagte Ahroe.

»Ohne rechten Arm hat der Geist draußen auf den Ebenen kein Werkzeug.«

»Der linke ist auch noch da«, sagte Stel. »Ich bin selbst Linkshänder. Jetzt bist du es auch.«

Ahroe umarmte ihn noch einmal, dann verließ das Paar gebückt die Hütte. Ruthan stand bei Blu, und die beiden gingen zu ihnen hin. »Blu, ich mache mir Sorgen. Sicher, er beschäftigt sich mit uns, aber er ist zutiefst niedergeschlagen. Ich glaube, jemand sollte dauernd bei ihm sein, besonders heute nacht«, sagte Stel.

»Ich bleibe bei ihm«, gab Ruthan zurück. »Ich habe es getan. Ich werde bei ihm bleiben.«

Blu warf ihr einen Blick zu: »Er wird körperliche Hilfe brauchen«, sagte er.

»Ich werde ihm alle Hilfe geben, die er braucht.«

»Dazu gehört auch ...«

»Ich weiß. Das ist nichts. In Kuppel und Ebenen ging es nicht sehr zeremoniell zu, wißt ihr. Wir haben sogar ... alles wiederaufbereitet.«

»Nun«, sagte Blu, »ich komme auch mit.«

»Nein. Ich bleibe bei ihm. Du hältst dich nur in der Nähe auf. Wenn er irgendwie besondere Hilfe braucht, werde ich dich rufen.«

»Ich werde ...«

»Blu«, sagte Stel. »Sie schafft das schon. Laß sie!«

Der Shumai war verärgert, sah aber, daß Stel ihm nekkisch zulächelte. Er glaubte zu verstehen, was Stel ausdrükken wollte, war aber nicht sicher. Es gefiel ihm nicht besonders. Was wußte Stel? Ahroe wirkte leicht schockiert. Sie schüttelte den Kopf. Ruthan schlug die Hände vors Gesicht, ging aber in die Hütte.

»Ich ... aber ... so kann man doch nicht ... Es ...«

»Ich bin sicher, daß Tor nicht über sie herfallen wird, wenn er bei Bewußtsein ist, Blu«, sagte Ahroe und wandte sich ab. »Das würde er ohnehin nicht tun, auch nicht, wenn er gesund wäre. Laß sie ihren Frieden mit ihm machen!«

Spät in dieser Nacht, zwei Feuer flackerten draußen, und nur die beiden Shumaiwachen und ein Komp sprachen leise miteinander, spürte Tor, wie das Gewicht seines Verlustes sich wieder über ihn senkte und ihn niederdrückte, als sinke er in Spiralen langsam im Wasser unter wie ein Stein, träge und hilflos. Der Hund der Dunkelheit war zurückgekommen. Tor schrie auf in seinem Traum, ein leises Stöhnen. Dann zog etwas an ihm, hob ihn hoch. Ein langer, seltsamer Kampf folgte zwischen dem Gewicht und der nach oben ziehenden Kraft, als ob ihn zwei Arme hielten, die zu Vogelklauen wurden und ihn hinauf durch das tiefe Wasser hoben, hinaus in die Nacht, wo er den Sternenkreis und die Jägergruppe sehen konnte, sie sich langsam über ihm drehten. Starke Hände und der Rhythmus von Flügeln, die schlugen und schlugen, trugen ihn nach oben in ein blendendes Licht. Er schloß die Augen davor, kniff sie zu. Das Licht schien stärker zu werden und von innen herauszuplatzen. Dann schwebte er, immer noch mit Schmerzen, immer noch festgehalten, immer noch hoch und frei, glitt hinaus, weit weg vom Hund der Dunkelheit, glitt zu einer Hügelkuppe auf den Prärien, steinig, mit einer verwitterten Felsnase, Blumen nickten in der Dämmerung. Schließlich verblaßte das alles, und er war wieder zurück in Stels Hütte, ein Gewicht lag auf seiner Brust. Als er danach tastete, entdeckte er, daß es Ruthans Kopf war. Sie schlief. Er verstand es nicht, aber sie war ihm keine Last. Ihr Haar war so fein wie Quellwasser. Er befühlte es mit seinen Fingern und schaute in das schwache Flackern des Feuerscheins jenseits der geflochtenen Wand.

Dann wurde er schläfrig. Sein Traum erinnerte ihn an eine der Rollen Pells. »Aven«, flüsterte er vor sich hin. »Aven, Mutter allen Lebens, schütze uns alle, hebe uns über diese Schranken hinweg. Laß uns frei schweben auf den Flügeln deiner Gedanken, führe uns in der weglosen Luft über dem Fluß mit Deiner Sicherheit, freundlich und sanft!« Die Haframa hatte diesen Text Celeste vorgelesen, aber das Mädchen gab nicht zu erkennen, daß sie ihn verstand. Tor gefiel die Stelle, aber auch er hatte keine Ahnung, was sie bedeutete. Dann schlief er, zum erstenmal seit seiner Verwundung, und gewann ein gewisses Gefühl von Frieden.

Der Morgen stieg klar herauf und versprach eine Neuauflage der Hitze der letzten Tage. Die Leute aus der Kuppel hatten eine unruhige und unbequeme Nacht verbracht. Jestak und Blu hatten sich nicht übermäßig bemüht, für Bequemlichkeit zu sorgen, sie hatten sogar darauf geachtet, daß die Feuer von ihnen aus gesehen in Windrichtung lagen und Moskitos anzogen. Sie hofften, ›die winzigen Schwerter der Insekten zu benützen, um herauszustreichen, daß es logisch war, nach Pelbarigan zu gehen‹, wie Jestak es ausgedrückt hatte.

Sie brauchten einen großen Teil des Vormittags dazu, ein formelles Übereinkommen zu erreichen, auf dem Royal und Eolyn bestanden und zu dem sie mehrere Punkte vorschlugen. Es sollte ihnen freistehen, zu jeder Zeit an jeden beliebigen Ort zu gehen. Niemand würde ihrer Abreise Widerstand entgegensetzen. Als Gegenleistung für Vorräte, Schutz und Orientierung erklärten sie sich bereit, ihre Kenntnisse zu einem festen Tauschkurs zu vermitteln, bis eine Seite die Vereinbarung für beendet erklärte. Der Austausch sollte auch Immobilien umfassen, Vorräte verschiedener Art und Verteidigungswaffen. Er schloß auch Zugang zu jeglicher Information ein, die von den Pelbar zu erhalten war.

An einem kritischen Punkt sagte Jestak, Eolyns Benehmen ironisch nachahmend: »Hier muß einiges festgestellt werden. Erstens: alles, worum ihr glaubt, feilschen zu müssen, hat jeder, der darum gebeten hat, von den Pelbar immer bereitwillig bekommen. Ihr geht daher Verpflichtungen ein, die ihr gar nicht einzugehen braucht. Zweitens: anders als die Städte im Osten haben wir kein Tauschmittel, nichts, was ihr ein Währungssystem nennt, und es wäre zu umständlich, hier unter diesem Felsen in der Hitze eines zu entwerfen. Drittens: ihr habt fast keine Ahnung von der Welt, wie sie heute ist. Dazu könnte ich mehreres feststellen: a) Wir werden euch mindestens ebenso viele Informationen über die heutige Situation vermitteln, wie ihr sie uns über die Wissenschaft der Alten geben werdet. Auch das hat einen Wert. b) Ihr scheint zu erwarten, daß Vorräte und Materialien so frei verfügbar sind, wie es früher der Fall war. Das trifft nicht zu. Ihr werdet denselben steilen Abfall in den Fähigkeiten erleben, wie ihn die Alten, die überlebten, erfahren mußten, weil sie wechselseitig voneinander abhängig und auf Beförderungsmittel angewiesen waren, um ihre Wirtschaft zu versorgen, und weil sie sich in grundlegenden Aspekten ihres Daseins fast völlig auf das Können anderer verließen. c) Ich glaube, ihr habt noch nicht richtig begriffen, daß fast alle Menschen gestorben sind. Auch nach so vielen Jahren ist das Land immer noch fast menschenleer. Ihr müßt euch auf die Leute stützen, die überlebt haben, das heißt, auf uns, ihre Nachkommen, wenn unsere beiderseitige Förderung rasch vor sich gehen soll.

Ein vierter Punkt ist, daß wir eine funktionierende Wirtschaft haben. Obwohl wir dankbar wären, wenn ihr mit euren Kenntnissen zu unserem Ziel, die verstreuten Gesellschaften wieder zu einer zu vereinen, beitragen könntet, kommen wir auch ohne das voran. Was ihr zu bieten habt, ist eine Hilfe, kein unbedingt notwendiger Bestandteil. Fünftens erwartete eure Gruppe in der Kuppel offenbar, als erste Menschen auf eine zerstörte Erde zu kommen. Durch unsere Hilfe seid ihr viele Generationen weiter, und das sollte Anlaß zur Dankbarkeit sein.«

»Bravo, Jestak. Gut dargestellt«, sagte Butto.

Eolyn sah ihn scharf an. »Wir sind nicht an Dankbarkeit interessiert, sondern an gerechtem Austausch. Wir ...«

»Ich bin schon an Dankbarkeit interessiert«, widersprach Bill.

Eolyn wirbelte zu dem kleinen Mann herum, der sanft zu ihr aufblickte. Er hielt sich also jetzt für voll entscheidungsfähig. Das machte die Sache schwieriger.

»Ich bin ebenfalls an Dankbarkeit interessiert«, sagte Cohen-Davies. »Ich sehe keinen Sinn darin, mit Leuten zu feilschen, die bereit sind, uns in ihre Gemeinschaft aufzunehmen. Wir sind nicht mehr in der Kuppel. Ich sehe keinen Grund, warum unsere alte Herrschaftsstruktur noch gültig sein sollte.«

»Vielleicht könnt ihr das eines Tages untereinander ausmachen«, schlug Jestak vor. »Aber für den Augenblick wollen wir, um weiterzukommen, annehmen, daß Eolyn recht hat. Sie ist diejenige, die offenbar eine Vereinbarung braucht.«

»Wir sind nicht einmal sicher, daß ihr wirklich unserer

Gattung angehört«, gab Eolyn zurück. »Der da, Stel, zeigte, daß er fähig war, Strahlung abzuweisen. Das gilt auch für diese ganze, biologische Gemeinschaft. Wir sind nicht sicher, welche Abschirmung wir brauchen werden, um zu überleben.«

»Strahlung? Celeste sprach auch von Strahlung. Sie macht Menschen krank, wenn sie zu den leeren Stellen gehen. Ich glaube nicht, daß sie gerade hier vorhanden ist.«

»Wahrscheinlicher ist«, sagte Royal, »daß an diesen leeren Stellen eine Art von Vergiftung besteht, vielleicht unter Beteiligung von Plutonium und Strahlung. Wir müßten eine Analyse durchführen. Aber wir wissen nicht, warum der Strahlungsmonitor immer starke Strahlung anzeigte. Unverändert. Es war keine Störung.«

»Du meinst den Stab?«

»Ja, die Meßsonde, die wir aus der Kuppel ausgefahren haben.«

»Vielleicht hat sie diese Strahlung in der Zeit des Feuers bekommen und bewahrt. Die Spitze wirkte verbrannt und geschmolzen.«

»Die Stange wurde viel später installiert, wie uns unsere Geschichte versichert, von Menschen, die mehrere Generationen vor uns dort lebten.«

»Unmöglich«, widersprach Stel. »Kurz bevor du auf mich geschossen hast, habe ich es mir von der Innenseite der Kuppel aus angesehen. Das ganze Gebilde wurde zu Anfang in einem Stück mit der Kuppel gemacht. Ich kann mich an die Versteifungen und die Betonmatrize erinnern.«

Eolyn und Royal sahen sich an. »Unsere Geschichte behauptet etwas anderes«, entgegneten sie.

»Trotzdem ist das die Tatsache«, meinte Stel. »Aber das macht nichts. Ihr redet ohnehin Unsinn. Hier gibt es keine Strahlung. Die Menschen erreichen ein hohes Alter. Und Celeste ist so menschlich wie nur möglich. Sie lebt bei uns. Sie lacht, schwitzt, weint, wird zornig, liebt. Alles ist gleich. Glaubt ja nicht, ihr könnt euch als überlegene Wesen aufspielen. Ihr seid auch nur Menschen. Im großen und ganzen ein recht mürrischer Haufen, würde ich sagen.«

»Mürrisch? Stel, das ist doch sicher nur ein Scherz. Haufen? Bitte beschreibe uns wenigstens als Organisation, als Gruppe; wenn schon nicht als Höherarchie, dann zumindest als Niederarchie«, sagte Butto.

Eolyn schüttelte den Kopf. »Butto redet dummes Zeug. Der Hauptpunkt ist jedenfalls, daß wir, ganz gleich, wie ihr uns beschreibt, über Kenntnisse verfügen, Kenntnisse, die euch verloren gegangen und deshalb und wertvoll sind.«

»Und auch über unglaubliche Unwissenheit. Celeste lernt allmählich, sich mühelos zu verständigen, aber sie kann mit ihrem ständig wachsenden Vorrat an Geräten immer noch besser umgehen als mit Menschen. Sie ...«

»Sie ist ein Freak, ein Krüppel. Sie war in einen Unfall verwickelt, bei dem sie die Sprache verlor.«

»Bis sie eine Zeitlang mit Tris und Tor zusammen war. Jetzt spricht sie recht flüssig. Ich glaube, ihr seid alle nichts als ein Haufen von Krüppeln«, knurrte Stel.

»Stel!« sagte Ahroe tadelnd. »Laß Jestak für uns sprechen! Du bist ihnen böse, weil sie dich mißhandelt haben. So schlimm das auch war, du mußt ihnen verzeihen.«

»Verzeihen? Ich verzeihe ihnen schon genug, denn wenn Butto nicht gekommen wäre, wäre ich wahrscheinlich jetzt tot. Ich bin zutiefst enttäuscht, das ist alles. Ich habe einen ganzen Sommer schwitzend damit zugebracht zu versuchen, diese Rüpel davor zu warnen, daß ihr ganzer Bau kurz vor dem Einsturz stand und daß sie in die Rinne hinunterstürzen würden, und sie benehmen sich wie eine Bande hochnäsiger Ziegenhirten. Ich ...«

»Stel!« sagte Jestak. »Das reicht! Sei großzügig! Du warst nicht dein ganzes Leben lang eingesperrt. Wir können ihnen alles geben, was sie brauchen.«

»Alles, was ich brauche, ist etwas, was diese winzigen Biester von mir abhält«, sagte Cohen-Davies. »Ich wäre froh, nach Pelbarigan zu kommen, und wieder zwischen vier Wänden zu sein.«

Eolyn wollte sich noch immer nicht zu Dankbarkeit und Zugeständnissen bewegen lassen. Es war klar, daß Royal sich nach ihrer Führung richtete und sie unterstützte. Endlich entschied man, sich mit allen Bedingungen Eolyns einverstanden zu erklären, bis auf das, was mit einem Tauschkurs zu tun hatte. Dazu mußte erst ein Gespräch zwischen Eolyn und der Protektorin stattfinden. Gegen Mittag war die Gruppe zum Aufbruch bereit. Sechs von Blus Männern würden mitgehen, aber Blu und die übrigen sollten bei Tor bleiben. Ruthan bestand darauf, ebenfalls zu bleiben, und nichts konnte sie davon abbringen, obwohl sich an ihrem Körper wie auch bei den übrigen Leuten aus der Kuppel Auswirkungen der Ernährung in der Außenwelt zeigten. Blu blieb, weil Ruthan blieb, das sagte er wenigstens. Er hatte nicht nur verschrobene, konventionelle Vorstellungen von Schicklichkeit, sondern machte sich ehrliche Sorgen um Tor.

Die Gruppe brach auf, hoffte, bei Einbruch der Dunkelheit den langsam fließenden Raimac zu erreichen. Blu und Ruthan sahen ihnen nach, so wie Dailith und Stel früher den Gardisten nachgesehen hatten, die Susan auf ihrer Bahre wegtrugen. Blu legte den Arm um Ruthans Schulter. Sie schaute ihn überrascht an.

»Komm mit nach oben auf die Felsen!« sagte er. »Wir müssen ein wenig miteinander reden.«

Sie verspürte Widerstreben, ein bißchen Angst, aber er lächelte. Sie merkte, daß sie kaum eine Wahl hatte. Als sie einen Pfad südlich des Überhangs hinaufstiegen, wurde sie immer sicherer. Sie begann ihn nach den Namen der Pflanzen zu fragen, entdeckte aber, daß seine Kenntnisse entweder unsystematisch oder lückenhaft waren. Er kannte jedoch die Eigenheiten und den Verwendungszweck von Pflanzen, für die er keine Namen hatte. Manche kannte er genau. Schließlich erreichten sie die Hügelkuppe. Als sie nach Westen schauten, sahen sie, daß von der zerstörten Kuppel noch immer schwach dunkler Rauch aufstieg.

»Ruthan«, begann Blu. »Ist das dein einziger Name? Ruthan?«

»Ich habe noch einen, den ich nie verwende. Ruthan Tromtrager. Aber ich habe keine Familie. Keiner von uns. Wir ... wir wurden ... nun ja, in einem Labor geboren.«

Blu schaute sie verständnislos und schockiert an. »Was meinst du damit?«

»Ich hatte ganz wörtlich genommen keine Mutter. Ich war

das Produkt einer Verbindung biologischer Stoffe in einem genetischen Speziallabor.«

»Das verstehe ich nicht. Es ist auch nicht wichtig. Du siehst so aus, als wärst du ganz in Ordnung.«

»Was möchtest du von mir?«

»Nur, daß du dich nicht in Tor verlieben darfst.«

Sie wandte sich um. »Was? Was meinst du damit? Ich ...«

»Setz dich!«

»Ich will nicht ...«

»Setz dich einfach hin! Bitte!« Sie gehorchte. »Wir müssen dir etwas Anständiges zum Anziehen besorgen«, sagte Blu.

»Hast du mich hier heraufgebracht, um mir das zu sagen? Sag mir doch, was du sagen willst. Um meine Kleidung kümmere ich mich schon selbst. Vielleicht ...« Sie hielt inne.

Blu schaute sie spöttisch an. »Nun, es ist so. Es ist eine Sache, wenn du dich aus Reue um Tor kümmerst, weil du ihn verletzt hast. Es ist etwas anderes, wenn du ihn ...«

»Wenn ich ihn liebe?«

Blu schluckte. »Vielleicht ist es müßig. Ich weiß es nicht. Tor ist ein seltener Mensch. Er wurde als Kind von den Tusco entführt, und die verkauften ihn weit in den Süden an die Alats. Irgendwie hat er das alles überlebt, ist entkommen und zu einem ungewöhnlichen Axtschwinger herangewachsen. Aber noch ehe er seine volle Reife erreichte, fand der Kampf um Nordwall statt – einer der Pelbarstädte. Und das war das Ende der Feindseligkeit zwischen Shumai und Pelbar. Und sogar mit den Sentani. Jestak – du hast ihn soeben kennengelernt –, er war dafür mehr verantwortlich als sonst jemand. Er hat begonnen, ein Volk aus uns zu machen. Alle Shumai scheinen seßhaft zu werden. Ich gebe zu, daß die alte Lebensweise hart ist. Aber es fällt uns schwer, sie aufzugeben. Und doch sind auch diesen Sommer zwei von den Banden ausgestiegen, um sich einer Rinderfarm oben am Isso-Fluß anzuschließen. Ich spüre, wie ruhelos die anderen sind. Diesen Sommer hat nicht Tor die Bande geführt. Ich habe es getan. Aber ich bin nicht Tor. Er ist ganz Axtschwinger.«

»Ganz Axtschwinger?«

»Sie sind mit dem Land verheiratet, mit Frauen haben sie gewöhnlich nichts im Sinn. Oft sind sie sonderbar still und zerstreut wie Tor. Oft wirken sie untätig. Aber sie haben so eine Art, Dinge zu wissen, wie die Tanwölfe, durch Instinkt. Oft sind sie sehr geschickte Redner. Und sie sind zu großen, körperlichen Leistungen fähig.«

»Und du fürchtest, daß ich das alles verderben könnte.«

»In gewissem Sinne ja. Aber das ist nicht das Problem. Auch du würdest nicht glücklich werden. Tor grübelt schon die ganze Zeit über das Verschwinden der Läuferbanden nach. Das kann man sehen. Er weiß, daß er niemals Farmer sein oder in einer Siedlung leben wird. Nun wird sein Leben dreimal so schwer, weil er seinen Arm verloren hat. Aber ich bin sicher, daß er im Herzen Axtschwinger bleibt, ganz gleich, was kommt. Tristal war krank, aber jetzt, wo es ihm besser geht und Celeste selbständiger wird ...«

»Celeste? Was hat sie damit zu tun?«

»Tristal und Raran – sein Hund – fanden Celeste, als sie auf dem Hügel herumirrte. Sie brachten sie zu Tor, und dann gingen sie alle nach Pelbarigan. Sie wurde sehr krank. Tor wachte über sie wie ein Vater. Sie wurde abhängig von ihm. Sie ...«

»Meinst du, daß Celeste sich in ihn verliebt hat?« Ruthan begann zu lachen.

Blu sah sie stirnrunzelnd an. »Es mag dir komisch vorkommen, aber Tor wollte sie nicht so einfach im Stich lassen. Sie hatte sonst niemanden. Nun wird sie allmählich zur Frau, sagt Stel. Sie ist jetzt ausgeglichener, nachdem sie gesund ist und sich in einer Stadt befindet. Das hat Tor geschafft, weißt du. Der Preis dafür war die Einheit der Bande, fürchte ich, weil ich nicht Tor bin. Aber vielleicht sieht er sogar jetzt weiter. Er hat jedoch die Richtung verloren. Er hat keine Ahnung, was er tun soll. Das wird nun doppelt so schlimm, nachdem ...«

»Sag es nicht noch einmal.«

»Oh.«

»Du verlangst also, daß ich ihn in Ruhe lasse? Du hast Angst, er könnte sich an mich wegwerfen?« Wieder begann sie, in zittrigem, hohem Tonfall zu lachen. Blu starrte sie an.

»Es ist zu viel. Neue Welten, die kommen und gehen. Gütiger Gott, warum kann ich nicht sterben?«

»Sterben? Zum Sterben gibt es keinen Grund. Du bist doch gerade befreit worden. Dein Leben fügt sich schon wieder zusammen.« Er streckte den Arm aus und wollte sie berühren.

»Wie lange wird es sich zusammenfügen, wenn es ständig wieder auseinandergerissen wird?« Sie schaute ihn spöttisch an. »Dein Leben fügt sich zusammen«, sagte sie und ahmte dabei seine Stimme nach. »Du scheinheiliges Vieh!« Sie stand auf und trat nach ihm, tat sich am Fuß weh und hämmerte dann mit den Fäusten auf ihn ein. Er schien es nicht zur Kenntnis zu nehmen, packte aber schließlich ihre Handgelenke und hielt sie fest. Sie biß nach seinen Händen, aber er streckte sie einfach seitlich aus und starrte ihr ins Gesicht. Endlich wurde sie schlaff, und er ließ sie auf den Boden nieder. Eine Zeitlang lag sie weinend da, dann setzte sie sich auf. Blu saß auf den Fersen und beobachtete sie.

»Was willst du jetzt tun?« wollte sie wissen.

Er breitete die Hände aus. »Was möchtest du denn, daß ich tue?«

»Ich weiß es nicht. Woher soll ich das wissen? Bist du verrückt?«

»Vielleicht. Ich meine, wir sollten warten, bis es Tor besser geht, und dann nach Pelbarigan marschieren. Du sagst, du kennst dich mit Pflanzen aus. Du könntest den Pelbar beibringen, was du weißt, und umgekehrt.«

»Entschuldige.«

»Schon gut. Ich sehe, daß wir beide doch noch Freunde werden. Du bist nicht wie diese Eolyn, dieses Gespenst. Hat man sie auch ohne Mutter gemacht? Sei mir nicht böse. Aber bei ihr hat man dabei die Gefühle vergessen.«

»Ich habe zuviele.«

»Nein. Du hast gerade genug.« Sie lachten nervös.

Blu stand auf, weil er auf dem Pfad ein Geräusch hörte. Es war Dard, der sagte: »Blu, Tor ist auf. Er will nach Pelbarigan gehen.«

»Auf? Schon? Wie ist das möglich? Wie sieht er denn aus?«

»Furchtbar. Schwach. Aber er will gehen.«

»Bist du bereit?«

»Die Männer sind mit dem Packen fast fertig. Wir haben Stiefel für diese Frau gemacht.«

»Dann ist es Zeit zu gehen. Bist du bereit, Ruthan Tromtrager?«

»Er sollte nicht bewegt werden.«

»Er will es aber. Komm mit hinunter! Wir werden sehen, ob deine Laufstiefel passen. Sark hat sie gemacht. Das hier ist Dard, Sarks Sohn.«

»Ja. Hallo. Laufen? Ich werde gehen müssen.«

»Tor im Augenblick auch. Komm jetzt!«

Wegen Ruthan und Tor gingen sie langsam, Tor fast wie im Traum. Ruthan stellte Blu und Dard ständig Fragen. Bill mühte sich mannhaft, mit seinen kurzen Beinen Schritt zu halten, aber schließlich nahm ihn Sark hoch und setzte ihn sich auf die Schultern. Zuerst wollte Bill widersprechen, aber die Erleichterung und die neue Höhe bezauberten ihn so, daß er sich einfach festhielt und sich umschaute. Das hohe, spätsommerliche Präriegras reichte sogar Sark über den Kopf, aber Bill konnte über die hohen Köpfe der Truthahnfußsamen hinaussehen.

»Du, Bill«, sagte Sark.

»Ja?«

»Achte auf Rauch! Das Gras wird schon wieder trokken. Präriefeuer. Wenn es eines gibt, müssen wir rasch laufen.«

»Feuer? Hier draußen? Was hält es auf?«

»Nichts. Manchmal überhaupt nichts, höchstens ein Fluß oder ein Regen.«

Bill schauderte. Aber er hätte um nichts wieder in der Kuppel sein mögen, obwohl seine Augen geblendet waren und seine weiße Haut in der Sonne zu brennen begann. Vor ihm zog Skall, ein anderer, älterer Mann im Gehen Halme heraus und flocht sie zusammen, schließlich drehte er sich um und setzte Bill einen groben Strohhut auf.

Nach einiger Zeit war Ruthan so müde, daß sie nicht weiterkonnte. Blu hob sie auf seine Schultern, und sie setzten den Marsch fort, wenn auch langsamer.

Schließlich sagte Tor: »Wer will mich tragen? Niemand? Ich schlage vor, daß wir da vorne am Bach haltmachen. Ich brauche eine Pause und Fleisch.«

Die andere Gruppe erreichte wirklich den Raimac, wenn auch erst bei Sonnenuntergang, und die Leute aus der Kuppel waren müde bis auf die Knochen. Den größten Teil des Weges trugen die Shumai und Dailith abwechselnd die Komps, und sogar Royal ritt eine Zeitlang auf einem Pelbargardisten. Eolyn bestand darauf, den ganzen Weg selbst zu gehen. Cohen-Davies zeigte dank seiner täglichen, privaten Übungen ein überraschendes Durchhaltevermögen, und Butto kämpfte sich mit Mumm voran.

Die Shumai gaben den Leuten aus der Kuppel ihre leichten Sommertücher, so schmutzig sie auch waren, weil die Jäger sie als Handtücher, Behälter zum Halten von heißen Gegenständen, als Sonnenschutz und Decken verwendeten. Es dauerte nicht lange, bis sie mehrere Fische geschossen hatten, die mischten sie mit dem getrockneten Fleisch und Kräutern in einem Ledertopf, in den sie zum Kochen im Feuer erhitzte Steine hineinwarfen. Eolyn sah sich den Vorgang mit gewaltigem Abscheu an, aber sie war hungrig genug, um sich nichts daraus zu machen. Sie verließ sich darauf, daß ihr Panimmun sie schützte.

Nachdem sie gegessen hatten und nahe am Feuer saßen, suchte Dailith sie auf. »Wir könnten einen Tag rasten. Es hat keine Eile«, sagte er.

»Mir geht es gut. Royal braucht vielleicht eine Pause, aber wir sollten weiterziehen. Diese Weite bedrückt mich. Und diese Straßen. Wir haben zwei davon überquert. Breite Straßen. Es sind alte Highways. Also stimmt es wirklich. Das ganze Land ist leer. Wo sind die Ruinen?«

»Ruinen gibt es. Eine ganze Menge. Aber die Zeit des Feuers ist lange her. Wie geht es deinen Beinen? Der zweite Tag ist gewöhnlich schlimmer, wenn man nicht in guter Verfassung ist. Es kann sein, daß sie steif sind und schmerzen.«

»Zweifellos. Aber den Beinen fehlt nichts. Es sind meine Füße.«

Ohne zu fragen zog ihr Dailith die Laufstiefel ab, die die Shumai schnell für sie zusammengenäht hatten.

»Nicht«, sagte sie.

»Blasen hast du keine. Wasch dir die Füße nicht. Davon wird die Haut weich. Ich hole dir Kaninchenfell für die roten Stellen.« Er drehte sich um und ging, und sie sah seinem breiten Rücken einigermaßen erstaunt nach. Es ergab keinen Sinn. Was wollte er?

Jestak saß neben Cohen-Davies, während der alte Mann Oro über Holzfeuer ausfragte. Er wartete schweigend, bis sie fertig waren.

»Wie nannte Eolyn unseren Standort?« fragte er dann.

»Missouri. Das war Teil eines Landes, das man die Vereinigten Staaten von Amerika nannte. Wie nennt ihr es jetzt?«

»Wir nennen es eigentlich selten überhaupt bei einem Namen, aber wenn wir davon sprechen, sagen wir Urstadge. Urstadge hat keine richtigen Grenzen, weil nur wenige bis an das Ende des Gebiets reisen, das uns bekannt ist. Ich war in den Städten im Osten, am Ozean im Osten.«

»Dem Atlantik.«

»Atlantik? Niemand dort hat anders als Östliches Meer dazu gesagt. Es gibt Inseln darin – die Salzstrom-Inseln, auf denen war ich auch. Dort habe ich die Salzstrom-Propheten kennengelernt. Sie sind der östlichste Ort, den irgend jemand kennt.«

»Im Atlantik gibt es keine Inseln, soviel ich weiß, es sei denn, du meinst Bermuda, aber das liegt ziemlich weit im Süden, oder die Azoren, die sind aber sehr weit weg.«

»Ich glaube, die Salzstrom-Inseln sind neu. Eine hat einen rauchenden Berg. Ich habe erfahren, daß man sie vulkanisch nennt. Weißt du etwas darüber?«

»So einiges. Ich muß mich daran erinnern.«

»Mach dir deshalb jetzt keine Gedanken. Wir müssen dich in Pelbarigan sehr ausführlich befragen und alles niederschreiben lassen. Wir stückeln die Welt wieder zusammen. Es ist eine unglaubliche Aufgabe. Vieles haben wir von den Pendlern erfahren, einer kleinen Gruppe von Hirten jenseits der westlichen Berge.«

»Den Rockies.«

»Ja. Genau. So haben sie sie genannt. Ich habe nachgedacht. Wärst du bereit, bei der Gründung einer Schule oder, wie man in Innanigan sagt: einer Akademie, in Pelbarigan mitzuhelfen? Wir brauchen ein Zentrum, um das Wissen wieder zu sammeln.«

»Ihr habt keine Schule?«

»Unsere Schulen haben wir natürlich immer. Aber erst in letzter Zeit haben die verschiedenen Gruppen von Überlebenden angefangen, ernsthaft miteinander zu sprechen. Wir haben ...« Jestak brach ab, denn als er hinüberschaute, sah er, daß der alte Mann eingeschlafen war.

Butto verspeiste inzwischen seine dritte Portion Eintopf und fragte Stel nach verschiedenen Bestandteilen. Stel amüsierte sich darüber. Es erinnerte ihn an seinen eigenen Sohn Garet vor mehreren Jahren.

»Was ist das?«

»Distelwurzel. Sie wird zu dieser Jahreszeit zäh, deshalb zerstößt und zerschneidet man sie.«

»Und das?«

»Wilde Kartoffel. Sie haben eine kleine gefunden. Manchmal sind sie gigantisch.«

»Gigantisch? Mit dem Begriff irrt man sich oft semantisch.«

»Sei nicht pedantisch.«

»Ich bin zu müde, nicht mehr romantisch. Eher bacchantisch. Was ist das da?«

»Milchkrautknospen. Davon gibt es nicht viele – nicht wahr? Es ist spät im Jahr. Die Knospen sind rar.«

»Du bist amüsant. Formulierst elegant.«

»Oh, welch ein Preis? Er ehrt mich heiß.«

»Das ist sicher ein Traum. Es raunen die Reime im grünen Baum, man glaubt es kaum.«

»Nun haltet euch aber im Zaum«, mischte sich Ahroe ein. Die beiden blickten auf und lachten.

»Was ist das da?« fing Butto wieder an.

»Katzenschwanzwurzel. Die Shumai haben einige rausgezogen, als wir durch den Sumpf kamen. Das war es, was sie zerstoßen und abgewaschen haben.«

»Hm, schmeckt nicht sonderlich gut.«

»Man kann es essen. Sei eingedenk dessen. Ich bin indessen nicht drauf versessen, doch wär es vermessen, es zu vergessen.«

»Unseres Schicksals Konvolut verbietet dieses absolut, denn der Ernährung Amplitud' braucht ein solches Attribut. Doch ist mein Disput auch wohlgemut, denn Reimeschmieden tut mir gut.«

»Wau«, sagte Stel. »Ich merke, du bist mir über. Konvowas? Ampli-wie? Ich sehe es kommen, daß man dich als Linguisten einspannt.«

»Das ist mir recht, aber heute abend nicht mehr«, sagte Butto und lehnte sich zurück. Stel nahm seine Rindenschüssel und warf sie ins Feuer.

»Nun, Eolyn«, sagte Dailith. »Es sieht so aus, als seien sie beide von derselben Art.«

»Du meinst, sie sind beide verrückt.«

»Wenn Butto nur halb soviel leistet wie Stel, muß er ein großer Gewinn für euch sein.«

»Er besteht nur aus Emotionen und wenig Denken. Hättest du etwas dagegen, mit mir und den Komps hier zu schlafen? Ich verstehe nicht, warum Ahroe nicht in der Nähe bleiben will. Ich fürchte mich vor diesen wilden Männern.«

»Bei ihnen bist du sicherer als ohne sie. Ahroe ist bei Stel, weil sie verheiratet sind. Aber ich werde hierbleiben. Die Shumai führen ein wildes Leben, sind aber ehrenhafte Leute.«

»Verheiratet? Meinst du das ernst? Ich dachte, das sei ein überholter Brauch?«

»Alle Völker, die ich kenne, praktizieren ihn, wenn auch in unterschiedlicher Form. Anscheinend funktioniert es ziemlich gut, wenn es auch einige Schwierigkeiten gibt.«

»Dann üben sie also sexuelle Loyalität?«

»Absolut. Darin sind alle Völker des Heart-Flusses überaus streng.«

»Arme Ruthan.«

»Was?«

»Nichts. Ich bin froh, daß unsere Sprache sich soweit gleicht, daß wir uns verständigen können. Ich bin müde wie ein Hund, wie wir immer sagten. Aber das ist erst der zweite Hund, den ich je gesehen habe. Es überrascht mich, daß er so mit den Menschen zusammenlebt.«

»Dusk? Er ist Blus Hund. Die südlichen Shumai richten ihre Hunde streng ab.«

»Blus Hund? Warum ist er nicht bei der anderen Gruppe? Ist dieser Blu nicht bei den anderen?«

»Soviel ich weiß, gibt es wenigstens zwei Gründe dafür. Zum Schutz. Die anderen haben Raran. Und das hier ist Wildschweingebiet. Die Schweine greifen ohne Vorwarnung an, und der Hund wittert sie zuerst.«

»Und der zweite Grund?«

»Nun ja, vergiß ihn. Es tut mir leid, daß ich davon angefangen habe.«

»Nein. Was ist es?«

»Du wirst wütend werden. Siehst du? Du bist es schon.«

»Nein. Das ist zu irrational. Ich bin manchmal frustriert, das gebe ich zu. Sag es mir!«

»Hunde spüren Dinge an Menschen, die anderen Menschen entgehen. Die Shumai benützen Dusk dazu, euch alle einzuschätzen.«

»Uns *einzuschätzen*?«

»Hunde reagieren sensibel auf Angst, Liebe, Kälte, Freundlichkeit und Gleichgültigkeit. Es würde nichts schaden, wenn du mit deiner inneren Wärme auf ihn zugingst.«

»Ich bin auf ihn zugegangen, aber er hat geknurrt. Butto mag er anscheinend ganz gerne. Vielleicht sind Wichtigtuer mehr nach seinem Geschmack.«

Dailith antwortete nicht. Sie legten sich nieder, obwohl die Shumai, die noch munter waren, sich ein kleines Stück entfernt hatten, um das Sternenspiel zu spielen. Eolyn konnte vor Erschöpfung nicht einschlafen, hatte ein Gefühl der Unwirklichkeit und hörte zu, wie sie lachten und ihre seltsamen Namen für die Sterne riefen. Nach einiger Zeit kamen zwei von ihnen, um frisches Pech gegen die Moskitos aufs Feuer zu legen.

Einer sagte: »Ich habe gesehen, wie höflich du warst. Du hast dir den Arm gewaschen, ehe du die Steine aus dem Eintopf geholt hast.«

»Und was ist mit dir? Du hast Dusk eine Rindenschüssel gemacht, damit er nicht aus dem Topf fraß.« Beide Männer lachten leise und kehrten zum Sternenspiel zurück. Eolyn schauderte. Alles war so fremd. Als sie den Berg hinaufschaute, sah sie undeutlich die Silhouette eines Shumaiwächters. Er stand auf seinen langen Speer gestützt, an dem ein kurzes Querstück befestigt war, und hielt sich ganz still. In ihren Gedanken verschob sich etwas, auf einmal fühlte sie sich sicher. Sie streckte die Hand aus und berührte Dailith auf der einen Seite und Komp 12 auf der anderen. Schließlich schlief sie ein. Dailith lag ganz still und starrte hinauf zu den Sternen.

Als Eolyn und ihre Leute zwei Tage später den Fluß erreichten, waren sie fußlahm, verdreckt und zerkratzt. Einer der Shumai blies in ein Horn, als sie durch sumpfiges Tiefland trotteten, und von weiter vorne kam eine lange Antwort. Nahe am Ufer, außerhalb der Untiefen, sahen sie ein altes Tantalschiff mit einem großen Trupp Pelbargardisten bemannt. Oet stand auf Deck neben der Leiter und begrüßte jede kleine Bootsladung, die über die Bordwand heraufkam. Cohen-Davies war begeistert, weil ihn das Schiff, aus Holz, mit dreieckigen Segeln und Rudern und einem hohen, wie ein mythischer Tierkopf geformten Bug an die Bänder des Mittelalters der Alten erinnerte. Erst als er sich überall auf dem Schiff umgesehen hatte, drehte er sich um und schaute hinaus über die große Wasserfläche des Flusses. Der Atem stockte ihm. Da lag, mit sanft wogenden, schlammigen Fluten, die Wasser des ganzen oberen Kontinents in sich aufnehmend, eine Wasserfläche, die er nicht für möglich gehalten hätte.

Dailith stieß ihn am Ellbogen. »Gefällt's dir? Das ist der Heart. Wir sind ungefähr neunhundert Ayas von seiner Mündung entfernt, wie man mir sagte, und mehrere größere Flüsse müssen sich vorher noch in ihn ergießen. Schau, hier! Die Wild- und Stockenten fliegen schon nach Süden.« Er zeigte auf drei kleine Entenschwärme, weit entfernt und winzig draußen über dem Wasser. »Da unten gibt es Fische, so groß wie ein Mensch«, fügte der Gardist hinzu. Weit draußen trieb ein ganzer Baum langsam mit den Ästen voraus flußabwärts, hinten ragte die Scheibe seiner großen Wurzeln hoch aus dem Wasser. Ein kleiner, schwarzer Vogel saß auf der höchsten Wurzel.

Noch ehe alle einander vorgestellt waren, ertönte wieder ein Horn aus dem Tiefland. Es wurde vom Schiff her beantwortet, und bald traf Tors Gruppe ein. Der Axtschwinger wirkte kräftiger, bewegte sich aber in tiefer Niedergeschlagenheit.

Nachdem sie an Bord gegangen waren, flüsterte Ruthan Ahroe zu. »Er hat heute kaum ein Wort gesprochen. Er wirkt, als sei er weit weg.«

»Das mag schon sein, Ruthan. Er fühlt sich verloren. Laß ihn in Ruhe! Aber nicht zu allein.«

Als das Schiff Fahrt aufnahm, ging Stel zu Tor hinüber, stieß ihn an und streckte die linke Hand aus, die Handfläche nach oben. Der Axtschwinger schlug sie sanft hinunter. Stel erhaschte den Schatten eines Lächelns. »Wenn ich mich nicht irre, Stel, wirst du wieder Vater«, murmelte er, dann trat er beiseite und starrte auf den Fluß.

Stel wirbelte herum. Ahroe? Schwanger? Hatte sie es Tor vor ihm erzählt? Sie war nahe genug gewesen, um es zu hören, und kam herüber. »Wie hat er das gewußt? Ich habe es ihm nicht erzählt.«

»Seit wann weißt du es?«

»Seit etwa sechs Wochen bin ich sicher.«

»Du hättest nicht kommen dürfen. Weißt du nicht ...«

Ahroe legte ihm einen Finger auf die Lippen. »Ich wollte, daß er – oder sie – wenigstens einen Vater hat.«

Stel grinste und legte den Arm um sie, Ruthan sah spöttisch und bedrückt zu.

»So einfach ist es also?«

»Ich habe nicht bemerkt, daß ...«

»Stel!«

Stel lachte, und Ahroe ging zu Tor, der über das Wasser starrte. Sie nahm seinen Arm. Er bewegte sich nicht und drehte sich auch nicht um. Sie hielt ihn einige Zeit fest, während Oet das Schiff hinaus auf das Wasser dirigierte und nach Norden drehen ließ und die Matrosen die sich bauschenden, gestreiften Segel setzten. Sie begannen stromaufwärts zu gleiten, die Gardisten an den Rudern sangen, der Sonnenuntergang erfaßte die Segel und verklärte sie mit rötlichem Licht. Ahroe hielt immer noch Tors Arm, bis schließlich in der Dämmerung vom Kochfeuer achtern Essen gebracht wurde und der Axtschwinger sich umdrehte und zuerst den verbundenen, rechten Arm, dann die linke Hand ausstreckte und die Schale nahm.

»Stel«, fragte er, »kannst du mir eine Axtscheide für die linke Seite machen?«

»Ich war schon dabei, eine zu entwerfen«, antwortete Stel. »Ja, natürlich. Ich habe auch an eine neue Axt gedacht. Ich glaube, sie wird dir gefallen.«

Der große Shumai schaute ihn schweigend an, dann setzte er sich auf das Deck und aß.

Gegen Mitternacht legten sie am Fuß einer kleinen Insel an, und alle, bis auf vier Gardisten, legten sich schlafen. Und bis auf Tor. Er saß im Bug und schaute in die Nacht.

Nach einiger Zeit griff Ruthan über Dusk hinweg und stieß Blu an. Er bewegte sich. »Schau dir Tor an!« flüsterte sie. »Was ist los? Was können wir tun?«

»Geh schlafen! Er tut es schon selbst. Keine Angst. Er denkt über alles nach. Du kannst überhaupt nichts tun. Er ist jetzt weit weg von uns allen.«

Ruthan konnte nicht schlafen. Nach einiger Zeit stieß sie Blu wieder an. »Wieso bist du so sicher?« fragte sie.

Dusk seufzte tief, dann stand er langsam auf, streckte sich, ging um Blu herum auf die andere Seite und warf sich geräuschvoll gegen ihn. Blu gluckste leise. Er griff nach Ruthans Hand. Sie zog sie weg, legte sie dann wieder zurück und schlief ein. Als sie in der Dämmerung erwachte, standen Blu und Tor im Bug beieinander und unterhielten sich leise. Die Gardisten hatten abgelegt, und die Matrosen zogen die langen Leinen auf und setzten wieder das Segel.

Die Sonne war wieder nahe vor dem Untergang, als die Gardehörner von den Türmen Pelbarigans ertönten, ein großer Teil der Stadtbevölkerung kam ans Ufer herunter, um sie zu begrüßen. Ruthan sah Celeste mit einer älteren Frau auf einer Plattform stehen. Sie wirkte voller, gebräunt und gesund. Dann sah Ruthan, wie sie die Hände an ihr Gesicht hielt und hörte über die Menge hinweg, wie sie schrie. Sie hatte Tor gesehen. Ruthan beobachtete, wie das Mädchen sich umdrehte und davonlief, wurde aber selbst schnell vom allgemeinen Durcheinander und all dem Neuen der Begrüßung eingefangen, sie blickte hinauf zu den Wimpeln, die von den hohen Mauern der großen, steinernen Stadt herunterhingen, an deren Fenstern und auf deren Türmen sich Menschen drängten, fast alle dunkelhaarig in braunen Tuniken. Mitten in dem Wirbel stand die alte Frau auf der Plattform, gelassen und ruhig, von vier Gardisten umringt. Ruthan sah, daß auch sie eine ernste Miene machte. Sie folgte ihrem Blick und sah, daß die alte Frau ebenfalls Tor anschaute.

# ZWÖLF

Pelbarigan veranstaltete im großen Tempel eine Begrüßungsfeier für die Leute aus der Kuppel. Ruthan stellte interessiert fest, daß Celeste im Chor mitsang und ihr Mund sich in vollkommener Harmonie mit den anderen bewegte. Einmal, als Celeste merkte, daß Ruthan sie beobachtete, wurde sie beim Singen unsicher und warf der Älteren einen eisigen Blick zu. Sie wußte, was mit Tor geschehen war. Ruthan spürte die Stahlspitze ihrer eigenen Reue wieder in sich eindringen. Würde sie nie davon loskommen? Wo war Tor? Unerklärlicherweise trat er neben sie und legte ihr den Arm um die Schulter. Die Läuferbande der Shumai stand an einer Seite unter der Säulenreihe beisammen. Ruthan sah, daß Blu sie beobachtete. Sie konnte seinen Gesichtsausdruck nicht deuten. Tor ließ seinen Arm für den Rest der Zeremonie auf ihrer Schulter, bis die Neuankömmlinge vorgestellt und zum Vortreten aufgefordert wurden. Als sie sich zurückwandte, sah sie, daß Tors Gesicht immer noch hohlwangig und gequält aussah, aber als sie sich umdrehte, legte sich sein Arm wieder um ihre Schulter. Das war es also. Er wollte allen zeigen, daß er nicht wünschte, wenn man ihr seinetwegen etwas nachtrug. Als Ruthan wieder zu Celeste hinschaute, bemerkte sie, daß deren Gesicht immer noch kalt war.

»Ruthan«, sagte Tor. »Das ist ihr Problem, nicht das deine.«

Woher wußte er? »Es wird immer mein Problem sein«, sagte sie.

»Meines ist es nicht. Immer weniger. Das einzige Rätsel ist für mich, warum Eolyn Dexter getötet hat.«

»Dann bist du also absolut sicher, daß es Eolyn war.«

»Natürlich. Ich habe genug Kämpfe mitgemacht, um zu wissen, woher die Schläge kommen.«

»Dann war es ein Unfall. Sie hat auf dich gezielt.« Irgendwie schmerzte sie der Gedanke an Dexter nicht mehr, obwohl sie seine Offenheit, seinen Humor, seinen Einfallsreichtum und seine Schrulligkeit vermißte.

»Ein Unfall? – Vielleicht. Alles ist so schnell gegangen. Aber dann sah ich, wie sie das Ende von Ahroes Horn wegschoß.«

Das stimmte. Aber Ruthans Gedanken wurden von einer neuen Pelbarhymne mit Instrumenten, Flöten und Pellutes, gefangengenommen. Sie sah, daß Susan Wart ganz hingerissen war von der Musik. Das Hackbrett der alten Frau lag unbenützt in ihrem Schoß.

Auf die Feier folgte ein Treffen mit dem Rat. Eolyns Vorstellung von einer Übereinkunft wurde dargelegt. Ruthan sah, daß der Rat verwirrt und überrascht war, aber alle entspannten sich, als sie, Butto und Cohen-Davies einfach freiwillig ihre Dienste als Voraussetzung für die Aufnahme in die Gemeinschaft anboten. Das hätte auch Royal getan, aber Eolyn bestand darauf, daß sie und die Komps als Bezahlung für seine Unterweisung in Chemie und Medizin in einer neuen Anlage untergebracht würden, außerhalb der Stadt, hoch oben auf den Felsen im Norden. Sie wollte eine Schule zum Studium der Mathematik, der Elektrizität, der Elektronik und des Maschinenbaus einrichten.

Die Protektorin wußte zwar nicht genau, was das alles bedeutete, erklärte sich aber bereit, dazu beizutragen, bis an die Grenzen dessen, was die Wirtschaft von Pelbarigan in der Erntezeit, wenn alle sich auf den Winter vorbereiteten, leisten konnte. Eolyn war mit dem, was Ruthan als großzügig empfand, nicht zufrieden. Im Augenblick sollte die ganze Gruppe aus der Kuppel zusammen in einem Familienkomplex untergebracht werden, mit einem eigenen Gemeinschaftsraum. Die Komps sollten die Prinzipale bedienen. Es schien zufriedenstellend.

Fast eine Woche später, Organisation und Anspannung waren immer noch im Gange, wurde eine allgemeine Informationssitzung im Tempel, nicht im Gerichtssaal abgehalten, damit alle Bürger der Stadt zuhören konnten, die dies wollten. Die Sitzung zog sich lange hin.

Ein Thema, das die Jestana ansprach, war das Wesen der

Zeit des Feuers. »Wir wissen, daß schreckliche Waffen, Feuer und Meteore beteiligt waren«, sagte sie. »Das schließen wir jedenfalls aus den Spuren hier und aus Ahroes Reise nach Westen. Aber darüber hinaus wissen wir wenig oder nichts. Was kannst du uns darüber sagen, Thornton?«

»Dem können wir vielleicht einiges hinzufügen, aber unser Wissen ist ebenfalls unvollständig. Alles begann offenbar mit dem Niedergang eines Meteorschauers. Einige dieser Meteore waren größer als die größten in den alten Aufzeichnungen, die in Arizona und Sibirien niedergegangen waren, und sie waren offenbar sehr zahlreich, begleitet von unzähligen kleinen. Ihr plötzliches Auftreten erweckte bei einigen Nationen den Eindruck sie würden von Atomwaffen angegriffen.«

»Von Atomwaffen angegriffen?«

»Ja. Ein Angriff mit den Waffen, die im schlimmsten Fall zu dem führten, was ihr die leeren Stellen nennt, diese Waffen entwickeln, wenn sie explodieren, eine Hitze, die größer ist als die auf der Sonnenoberfläche. Sie konnten eine große Stadt augenblicklich zerstören, und auch die ganze Region, die sie umgibt.«

Ein allgemeines Raunen ging durch die Menge.

»Die beiden wichtigsten Nationen, die über viele solche Waffen verfügten, die Vereinigten Staaten, das war das Land, wo wir jetzt sind, und die UdSSR, wußten natürlich von den herannahenden Meteoren. Sie hatten ihren Weg verfolgt. Sie trafen in aller Eile eine Vereinbarung, die Katastrophe nicht auszunützen. Aber kleinere Nationen, unbeständigere Nationen, besaßen auch viele solche Waffen und etwas, was sie Trägersysteme nannten, und sie waren natürlich überzeugt, daß sie angegriffen würden. Besonders im Mittleren Osten, der weit jenseits des Meeres liegt, das Jestak das Östliche Meer nennt, begann man, sich gegenseitig mit Atomwaffen anzugreifen, über Hunderte von Kilometern hinweg, mittels großer Raketen. Bald breiteten sich die Feindseligkeiten aus.

Viel mehr wissen wir nicht, weil die Kuppel sich versiegelte, als die Gegend von einem atomaren Sprengkörper getroffen wurde. Ach ja. Noch ein paar andere Dinge. Die

UdSSR, gewöhnlich die Russen genannt, hatten gewaltige Lasersatelliten, Geräte, die viel größer sind als diese Stadt, in Umlaufbahnen geschossen; sie umkreisten die Erde im Weltraum wie nahe Monde und hatten die Fähigkeit, hier unten mit sorgfältig berechneten Stößen konzentrierter Energie Feuer zu entfachen. Damals bedrohten sie die Vereinigten Staaten damit.«

»Was haben die Vereinigten Staaten dagegen unternommen?«

»Nichts. Dort herrschte damals ein ziemlich großes Durcheinander. Während des zwanzigsten Jahrhunderts waren die Vereinigten Staaten eine große Industriemacht, aber eine grundlegende Quelle ihres Reichtums war ihr leistungsfähiges, landwirtschaftliches System gewesen. Druck aus dem Industriebereich, von Arbeitern und Verwaltung, die immer höhere Vergütungen für immer weniger Produktion verlangten, verbunden mit einem konzertierten Angriff auf die traditionellen landwirtschaftlichen Systeme und der Weigerung, die Landwirtschaft angemessen zu entlohnen, dazu noch einige unglaublich schlechte, katastrophal wirkende, chemische Bewirtschaftungsmethoden schädigten das System jedoch stark. Der Verlust des besten landwirtschaftlichen Bodens an den sich rasch ausbreitenden Straßen- und Wohnungsbau und die Versalzung der Böden durch unkluge Bewässerungsmethoden trugen weiter dazu bei. Ein Zusammenbruch der Landwirtschaft fand statt, mit einer Hungersnot, von der sich die Nation zur Zeit des Feuers noch nicht völlig erholt hatte.

Auch die Regierung war unglaublich kopflastig geworden und hatte eine Bürokratie, die auf hoher Entlohnung für wenig Leistung beharrte. Dazu gehörte, daß diese Bürokraten sich immer früher zur Ruhe setzten und alle möglichen Vorzüge genossen, die den übrigen Bürgern nicht zugänglich waren. Das fraß schließlich, zusammen mit einer drükkenden Staatsverschuldung, so viele Steuergelder auf, daß das soziale Sicherheitssystem, aus dem ältere Bürger versorgt werden sollten, zu bestehen aufhörte, weil alle Gelder von den Bürokraten und der gewaltigen Zahl ihrer Projekte und Vorschriften aufgebraucht wurden. Die Bürger revoltierten, wurden aber von der Armee niedergerungen.«

»Und diese Russen haben die Situation ausgenützt?«

»Nein. Sie hätten es vielleicht getan, aber sie hatten selbst große Schwierigkeiten im Inneren. Die zentrale Lenkung ihrer Wirtschaft wurde immer uneffektiver, und der Widerstand seitens der Bevölkerung durch die schlechte Versorgungslage immer stärker, bis die Regierung nicht mehr sicher sein konnte, ob sie die militärische Überlegenheit würde nützen können. Offensichtlich fürchtete man, daß jede Aktion seitens der Regierung Kräfte auslösen könnte, die man nicht mehr zu bändigen vermochte.

Außerdem waren zur Zeit der Katastrophe neue Nationen mit realer Macht entstanden, dazu gehörten die Zentrale Südamerikanische Republik und ein afrikanischer Staatenbund, der alles auf diesem Kontinent südlich der Sahara umfaßte.«

»Thornton, wir haben keine Ahnung, wo diese Orte alle liegen.«

»Wir müssen das alles aufschreiben und Karten zeichnen, sobald wir Zeit dazu finden. Jedenfalls sieht es nach den kleinen Bruchstücken von Darstellungen, über die ich verfügte, einschließlich Stels Bericht von der Aufzeichnung von Ozar so aus, als hätten die Russen ihre Lasersatelliten tatsächlich eingesetzt. Das Sonderbare ist, daß sie nicht hier über uns sind. Irgend etwas muß schiefgelaufen sein.«

»Protektorin«, meldete sich Ahroe, »etwas habe ich nicht verstanden. Thornton sagte, die Kuppel sei ursprünglich eine Anlage zur Herstellung von Medikamenten gewesen, die eine hermetisch abgeschlossene Umgebung verlangte. Ich kann mir aber einfach nicht vorstellen, daß sie für ein so langes Überleben so gut ausgerüstet gewesen sein soll. Eolyn sagte, der Stab zur Messung der Strahlung sei später angebracht worden, aber Stel behauptet, er sei sicher, daß man ihn schon in das ursprüngliche Gebäude eingebaut habe. Ich begreife das nicht.«

»Soviel ich weiß«, erklärte Cohen-Davies, »war es tatsächlich ein Betrieb zur Herstellung von Medikamenten, der eine sterile oder kontrollierte Umgebung voraussetzte, um seine

Tests durchführen zu können. Die Brimer McKenny Corporation, um genau zu sein.«

»Warte«, sagte Susan Wart. »Ich weiß, daß das die offizielle Version ist. Ich hoffe, du bist mir nicht böse, wenn ich mich einmische. Um es euch Pelbar zu erklären, ich trage Material für eine inoffizielle Geschichte von Kuppel und Ebenen zusammen, schon seit einiger Zeit. Was ich hierüber erfahren habe, ist, daß es sich nach außen hin tatsächlich um eine Firma zur Herstellung von Medikamenten handelte, in Wirklichkeit war das Gebäude aber dafür konstruiert, genau dem Ereignis, das dann eintrat, standzuhalten. Es sollte Beamten der Bundesregierung in der zentralen Region Unterschlupf bieten. Als die Katastrophe kam, schaffte es jedoch keiner von ihnen, dieses Schutzgebäude zu erreichen.«

»Du meinst, sie haben geheime Schutzgebäude gebaut, um sich selbst zu schützen, während sie für die Bevölkerung keine vorsahen?«

»Das ist richtig. Ich fand Dokumente, aus denen eindeutig hervorgeht, daß dieses Gebäude die Idee von Senator Daniel Dresser-Choate von Missouri war und daß er es in seinem Staat, in der Nähe seines eigenen Wohnsitzes errichten ließ. Dresser-Choate war an einer nahegelegenen Anlage zur Herstellung von Rüstungsgütern beteiligt und daher ziemlich besorgt um seine eigene Sicherheit und die seiner Familie.«

»Erstaunlich. Thornton, ich bin sicher, daß die meisten von uns nur eine ganz nebelhafte Vorstellung haben, wovon du gesprochen hast. Ich nehme an, die Sekretäre waren fleißig. Wir müssen dich noch genauer befragen, dieses Material mit Anmerkungen versehen und es dann unseren übrigen Erinnerungen beifügen. Weiß nun irgend jemand, was mit dem Rest der Welt geschehen ist?«

»Nur, daß die frühen Generationen keine Funkmeldungen empfangen konnten, auf keiner Frequenz und von nirgendwo, und daß sie nach etwa einem Jahrhundert aufgaben.«

»Funkmeldungen? Noch so ein Wunder?«

»Vielleicht kann ich das erklären«, sagte Eolyn. »Wir haben mehrere Sender-Empfänger im Kleinformat dabei, zwei sind in die Waffenhelme eingebaut. Komp 6 arbeitet an meiner neuen Anlage. Seht ihr das Gerät an meinem Handgelenk? Ich werde jetzt mit ihm sprechen.«

Sie berührte einen Schalter: »Komp 6? Hörst du mich?«

Eine winzige Stimme kam von Eolyns Handgelenk. »Komp 6 hört, Prinzipal Eolyn. Was soll ich tun?« Das Publikum wurde unruhig und murmelte.

»Ich überprüfe nur das System, Komp 6. Danke. Ich schalte jetzt ab.« Dann sagte Eolyn zum Publikum: »Wenn wir das nötige Material bekommen, können wir sehr schnell einfache Geräte wie dieses hier bauen.« Das Gemurmel steigerte sich zu einem Aufschrei, der durch die ganze Menge ging.

Die Gardisten der Protektorin klopften auf den Boden, um für Ruhe zu sorgen, und die Protektorin erhob sich und sagte: »Ich danke euch allen vielmals und ich glaube, damit haben wir für den Augenblick von genügend Wundern gehört. Wir müssen das alles erst verdauen und ordnen. Jetzt ist es Zeit für eine geschlossene Ratssitzung.« Die Versammlung löste sich auf, die Protektorin grüßte alle Leute aus der Kuppel einzeln. Es war deutlich zu sehen, daß sie und Cohen-Davies schon jetzt Gefallen aneinander fanden.

Später, sobald der Rat versammelt war, erhob sich, wie die Protektorin erwartet hatte, Opposition. Rickor, die neue Nordrätin, sprach ausführlich zur Sache. Ihre ersten Worte waren: »Protektorin, es war, glaube ich, ein Zugeständnis unsererseits, daß wir überhaupt gestatteten, den Kontakt mit diesen Leuten aus der Kuppel zu suchen. Man unternahm angeblich aus humanitären Gründen diese Anstrengung. Dazu war beträchtlicher Aufwand nötig. Man darf das, unserer Ansicht nach, nicht als Vorspiel zur Schaffung einer Akademie umdeuten, die von einer fremden Gruppe dominiert wird, einer Gruppe, die, soweit wir wissen, keine Religion hat, ganz zu schweigen von der wahren Verehrung Avens, keinen Gesetzeskodex, kein Ehesystem und auch nicht die üblichen Fähigkeiten, die man braucht, um in der Welt, wie sie heute ist, zu überleben. Weiterhin haben die Alten, wie wir soeben hörten, eine Welt entwickelt, die nicht funktionierte, eine Welt voll entsetzlicher Vernichtungswaffen, eine Welt, die mit sich selbst in so hohem Maße uneins war, daß die angebliche Ankunft dieser Meteore eine Vernichtung auslöste, wie wir sie uns nicht vorstellen können.

Aus diesen Gründen verlangt der Nordquadrant, daß die Menschen aus der Kuppel, bis auf Celeste, die sehr jung und Susan, die sehr alt ist, mit allem versorgt werden, was sie nur wünschen, und daß man sie auffordert, natürlich mit unserer Hilfe, trotz der Tatsache, daß wir Erntezeit haben, an irgendeinen Ort zu ziehen, den sie als für sich vorteilhaft ansehen.«

»Können wir zu diesem Thema noch andere Ansichten hören?« fragte die Protektorin. »Osträtin. Wir erteilen dir das Wort.«

Sagan, die Osträtin, erhob sich, strich ihr Gewand glatt und begann. »Ich möchte gerne eine gegensätzliche Ansicht zu dem vertreten, was eben gesagt wurde. Ich habe mehrere Punkte. Die Menschen in der Kuppel, das sind wir. Das dürfen wir niemals vergessen. Wir gehören alle zum selben Volk. Die Tatsache, daß wir miteinander sprechen können, ist der Beweis dafür – nach so vielen Jahrhunderten der Trennung. Wenn wir sie ausstoßen, stoßen wir unsere eigenen Schwestern – und Brüder – aus.

Die Leute aus der Kuppel stellen keine Bedrohung dar, die nicht schon vorhanden wäre. Wenn wir annehmen, daß sie aus einer Welt voll schrecklicher Waffen kommen, während die unsere friedlich ist, lassen wir unsere eigene Geschichte außer acht, die diese Vorstellung Lügen straft. Niemand von uns gibt vor, daß wir den Menschen aus der Kuppel Schaden zufügen würden. Wenn wir sie also verbannen, wie es vorgeschlagen wurde, übergeben wir all ihre Technologie einfach anderen, vielleicht den Sentani, die sie wahrscheinlich mit uns teilen würden. Vielleicht den herumstreifenden, plündernden Peshtak, von denen wir in diesem vergangenen Sommer gehört haben. Vielleicht sogar den Städten im Osten, wenn sie durch irgendein Wunder soweit kämen. Wenn diese Technologie hilfreich ist, werden wir ihrer beraubt. Ist sie gefährlich, dann haben andere sie und wir nicht.

Was die Religion betrifft, so sind wir uns schon jetzt bewußt, daß es eine ganze Reihe von theologischen Systemen gibt. Unseres ist nicht das einzige. Wir wissen, daß die meisten anscheinend aus einer Quelle kommen. Unsere Religion hat Schönheiten, die anderen fehlen, Tiefen, die andere ignorieren. Aus diesem Grund sollten wir sie verbreiten. Celeste singt schon in unserem Chor. Tor liest unsere Rollen unermüdlicher als fast alle, die nicht zu den Geistlichen gehören. Er ist ein Shumai, aber er zitiert die Schriften Pells und spricht mit Ehrfurcht von Aven. Wir sollten andere hereinbitten, nicht ausschließen.«

Als Sagan mit ihren Ausführungen soweit gekommen war, schlenderte Tor hinauf zu dem neuen Gebäude, das die Komps zusammen mit den Pelbarmaurern oben auf dem Berg errichteten. Er erblickte Eolyn von hinten auf dem Hügel darüber und lief so leichtfüßig zu ihr hin, daß sie ihn nicht hörte. Sie horchte auf den Würfel an ihrem Handgelenk. Tor vernahm Sagans Stimme.

Dicht an Eolyns Ohr sagte Tor: »Ich dachte, die Ratssitzung sei geheim.«

Eolyn wirbelte mit einem leichten Aufschrei herum. »Du. Was? Du hast kein Recht, mich so zu belauschen. Verschwinde von hier!«

Tor lachte. »Wir sollten uns zusammen hinsetzen, Eo, bis die Sitzung vorüber ist, damit ich sicher bin, daß du ihnen ihre Ungestörtheit läßt. Wie machst du das überhaupt?«

Eolyn schaltete den Empfänger ab. »Daß sie da oben bauen, hat gar keinen Sinn, nicht wahr? Wenn du es den Pelbar erzählst, wird dieses Weib vom Nordquadranten ihren Willen durchsetzen. Ich weiß, daß wir schon früher von hier weg und zu den Städten im Osten hätten gehen sollen.«

»Ich werde es nie verraten. Ich möchte, daß ihr hierbleibt. Wenn du das Land so kennen würdest wie ich, dann wüßtest du sehr wohl, daß hier bei weitem der beste Platz für euch ist – abgesehen von Nordwall. Aber hier ist es viel besser für die Pelbar. Diese Stadt braucht eine neue Funktion. Nordwall hat eine gefunden. Hier würde man euch in Ehren halten und für euch sorgen.«

»Und uns Widerstand entgegensetzen. Ich habe gehört, was dieses alte Rattenfell über uns gesagt hat. Da, hör es dir an.« Eolyn spielte Tor von ihrem Mikroband die Ratssitzung noch einmal ab.

»Und was sagst du jetzt? Siehst du? Ich fühle mich völlig bloßgestellt. Ich weiß nicht, was ich von diesen Primitiven erwartet habe. Und du bist der schlimmste von ihnen, schleichst herum wie ein ... ein ...«

»Eine Maus?«

»Nein, wie eines von diesen langen Dingern.«

»Ein Wiesel.« Tor stand auf und lachte. »Jetzt, wo ihr aus der Kuppel draußen seid, werden sich wenigstens eure Vergleiche bessern. Nein, geh noch nicht! Hör zu! Was ich gerade von der Nordrätin gehört habe, war kaum mehr als ein Zugeständnis. Sie wissen alle, daß jeder auf ihre sämtlichen Argumente etwas sagen könnte. Die vom Nordquadranten sind gegenwärtig in schlechtem Ruch wegen einiger Vorkommnisse in jüngster Zeit. Sie wissen, daß das Unternehmen, euch zu helfen, gut ausgegangen ist. Sie können nichts anderes tun, als eine Reihe von Argumenten dagegen vorzubringen, um, wenn etwas schiefgeht, an Einfluß zu gewinnen. Das müßte eigentlich offensichtlich sein. Sogar in Ratsversammlungen bei den Shumai, so selten sie sind, machen wir das so. Unsere Ahnen haben das gleiche getan. Unsere, Eo, weil deine und meine aus derselben Gesellschaft stammen. Ich habe die Technologie verloren, und du die Dichtung, die Familie, die freie Luft, die ...«

»Hör auf!«

»Gut. Ich höre auf. Und ich werde auch nichts verraten.« Er blickte hinauf zu ihr, die weiter oben auf dem Hügel saß, und grinste. »Du siehst gut aus in deiner Pelbarkleidung. Aber du würdest immer gut aussehen. Sogar ...«

»Hör auf! Geh weg! Ich muß das erst durchdenken.«

»Bald. Du hast mir noch nicht gesagt, wie es dir gelungen ist, dieses Wunder zu bewerkstelligen.«

»Warum sollte ich dir das sagen?«

»Ich bin neugierig. Ich verrate nichts. Ich werde nicht einmal sagen, was du mitgehört hast.«

»Das ist mir egal. Ich habe einen kleinen Sender in den Saum von Ahroes Tunika gesteckt. Das Tuch ist dick. Sie würde ihn nie finden.«

»Erstaunlich. Ich möchte gerne einen Beitrag zu deiner Denkarbeit leisten, wenn ich darf.«

»Das mußt du wohl.«

»Nur ein paar Dinge. Celeste hat hier ein Heim gefunden. Ich zweifle daran, daß sie fortgehen wird. Butto würde mit dir gehen. Obwohl du wenig mit ihm anfangen kannst, ist er dir treu ergeben – und er liebt dich.«

Eolyn schnaubte.

»Thornton und die Protektorin sind schon so fasziniert voneinander, daß er sicher nie fortgehen wird.«

»Kein Verlust.«

»Royal würde gehen, wenn du es wolltest, aber er würde sehr wahrscheinlich nicht die ganze Reise bis zu den Städten durchhalten können. Er ist zu alt und zu gebrechlich. Bill wird hierbleiben. Die anderen Komps würden vielleicht mit dir gehen, obwohl einige wohl nicht einverstanden wären. Das ist schwer zu sagen.«

»Und Ruthan? Sie würde deinetwegen hierbleiben, glaubst du.«

»Nein. Ich werde nicht mehr so lange hier sein. Aber sie wird bleiben. Wahrscheinlich wegen Blu.«

»Blu? Der Wilde? Der andere Axtschwinger? Was redest du da?«

»Da hast du ein Geheimnis, damit du nicht glauben mußt, ich wäre im Vorteil. Wirst du es wahren?«

Eolyn zögerte, dann zuckte sie die Achseln. »Es ist nicht wichtig. Ich werde es nicht verraten. Wem sollte ich es verraten?«

»Natürlich ist es nur eine Vermutung. Ich glaube, Ruthan wird die hiesige Botanikerin werden, oder ... wie nennt ihr es?«

»Taxonomin, Genetikerin, Hortikulturistin?«

»Ja. Eines davon. Ich glaube, Blu wird sie innerhalb eines Jahres heiraten. Spotte nicht. Beobachte sie nur. Bitte! Ich möchte, daß du etwas einsiehst.«

»Was?«

»Daß es andere Mittel gibt, etwas zu erfahren, als mit eurer Ausrüstung. Dusk hat es mir verraten.«

»Der Hund? Du machst dich schon wieder über mich lustig. Suchen Hunde die Leute aus, die ihr heiratet?«

Tor lachte wieder, obwohl der melancholische Ausdruck nicht aus seinen Augen wich. »Du wirst schon sehen. Ihr habt eure Funkgeräte. Wir haben unsere Hunde.«

»Ruthan ist so verliebt in dich, daß sie schon schielt.«

»Nein. Ich habe das Mitleid geerbt, das sie sonst über Dexter ausgegossen hätte. Du, Eolyn, du und ich, wir haben ein gemeinsames Problem. Wir sind Extreme. Sie sind die Menschen in der Mitte. Verstehst du?« Tor schaute sie fast so an, wie ein Kind seine Großmutter ansieht. Sie zuckte innerlich zurück.

»Ich habe nicht die leiseste Ahnung, was du meinst«, sagte sie.

»Dann ist da noch ein Geheimnis. Das wird langsamer offenbar werden. Leb wohl, Eo!« Tor drehte sich um und ging den steilen Berg hinunter, wobei er seinen Arm und den verstümmelten Stumpf ausstreckte, um das Gleichgewicht zu halten. Sie hörte, wie er unten mit den Komps scherzte. Extrem? Er war sicher eines. Eolyn konnte nicht erkennen, worin sie extrem sein sollte. Vielleicht war Intellekt etwas Extremes in dieser bizarren Gesellschaft.

An diesem Nachmittag klopfte Tristal an die Tür von Celestes Arbeitsraum.

»Herein«, sagte sie. Sie wandte ihm den Rücken zu. Sie saß an einer Bank, die mit Glasstücken, Schmirgelbrettern und zerbrechlichen Röhren übersät war.

»Hallo, Celeste. Was machst du da?«

»Tristal? Bist du es? Ich bin froh, daß du gekommen bist. Ich brauche Stepan. Hol ihn mir! Er müßte jetzt meinen neuen Tastzirkel fertighaben.« Sie rieb weiter langsam und sorgfältig an etwas herum. Tristal konnte nur ihren Hinterkopf sehen, als sie sich nach vorne beugte und die Ellbogen hin- und herbewegte. Dann machte er kehrt, um Stepan zu holen. Raran folgte ihm nach draußen.

Am Abend teilte man den versammelten Leuten aus der Kuppel mit, daß der Rat die Gründung einer Akademie von Pelbarigan empfohlen habe, als Sammelpunkt für ihre Anwesenheit, Eolyns Projekt auf dem Berg und alle anderen Wissensquellen, die sie auftun konnten. Im Frühling würde man überall am Heart-Fluß Einladungen ausschicken, nach Osten bis zu den See-Sentani, nach Westen wenn möglich bis zu den Pendlern, sogar die zwiespältig eingestellten Emeri wollte man mit einbeziehen. Pelbarigan war, wie es schien, auf einen neuen Kurs als Bildungszentrum eingeschwenkt. Aber der Tag endete ohne Zeremonie, angekündigt vom abendlichen Ruf der Turmhörner, begleitet und übergossen vom Leuchten eines zirrusreichen Sonnenuntergangs über dem Fluß.

Weniger als zwei Wochen später zeigte Celeste triumphierend ihr Mikroskop vor, das sie in ein Südfenster eingebaut hatte, und versetzte beim Anblick der Mikroorganismen, die wie ziellose Boote in einem Tropfen Sumpfwasser umherschossen, alle in Entsetzen. Royal war besonders erfreut und konnte es kaum erwarten, Gattungen, Gewohnheiten, Gefahren und anatomische Eigenschaften festzustellen. Für ihn war das der erste Schritt auf einem langen Weg zu gesunder Genetik, Medizin und Mikrobiologie. Er begann, Celeste als seine Nachfolgerin auszubilden, obwohl sie wenig Befähigung zum Lehren zeigte.

Während Eolyns Gebäude im kühler werdenden Herbstwetter Fortschritte machte, befragte Stel sie oft wegen des sonderbaren Bauplans mit den in Abständen aufgestellten, dreifachen Wänden, den schrägen, nach Süden gerichteten Dächern und den großen Südfenstern, die mühsam mit kleinen Pelbarscheiben verglast wurden. Ihre Antworten waren Erleuchtungen für ihn. Die Pelbar, die so viele Jahrhunderte lang Wärmeenergie hatten sparen müssen und nur das Nötigste gehabt hatten, wußten immer noch nicht viel von den Grundprinzipien der Isolierung, Wärmeverteilung, Feuchtigkeitskontrolle, der Sonnenabsorption und der Energieverwendung, die sie in das Projekt einbrachte.

Blus Jagdbande war zu Anfang des Farbmonats nach Süden aufgebrochen, aber eines Tages hörte Stel, während er am Gebäude arbeitete, überrascht das Horn vom Rive-Turm. Er hielt die Hand über die Augen und sah dieselben sechs Kanus stromaufwärts zurückkommen. Auch Tor sah sie von seinem Leseplatz an Hagens Grab, wo er jetzt immer saß. Er ging ihnen zusammen mit den Gardisten am Flußufer entgegen. Sie legten die Handflächen aneinander, dann umarmten sie sich.

Blu warf einen verstohlenen Blick auf den Axtschwinger, sah aber keine Veränderung in seinem bekümmerten Gesicht. »Wir sind nach Süden gegangen«, sagte er, »ins Sentanigebiet unterhalb des Oh. Dort haben wir eine ganze Bande gefunden, Sentani mit Frauen und Kindern, alle niedergemetzelt und einfach liegengelassen.«

»Wieviele?«

»Insgesamt neunundvierzig. Sark und Krush sind nach Koorb gegangen. Wir haben Threerivers gewarnt, aber die haben uns anscheinend nicht geglaubt, die Flegel.«

»Die Peshtak also? Soweit im Westen?«

»Wir glauben schon. Drei davon lagen auch da, tot. Sie haben nicht einmal ihre eigenen Leute begraben. Dunkelhäutige Männer mit einer schrecklichen Krankheit.«

»Krankheit?«

»Ihre Körper waren ganz aufgeplatzt. Natürlich hatten sie schon eine Weile dagelegen.« Blu schauderte.

»Komm! Das müssen wir Oet erzählen.«

Bald wurde in aller Eile der Rat einberufen. Ein Botenvogel flog in Richtung Nordwall davon. Gardetrupps wurden zu den Binsensammlern geschickt, nach Osten, ins Gebiet der Langgras-Sentani, die schon länger unter den Plünderungen der Peshtak gelitten hatten. Blu schickte zwei Männer hinüber zum Isso, um die neuen Farmgehöfte bis zur Black-Bull-Insel zu warnen. Eine Flußpatrouille wurde aufgestellt, die mit dem größten Tantalschiff fuhr.

Zwei Abende später rief die Protektorin Eolyn in ihre Gemächer. Die junge Frau wurde von Ahroe hereingeführt, welche auch zum Bleiben aufgefordert wurde.

»Eolyn, ich fürchte, dein Projekt auf dem Hügel wird einige Zeit warten müssen. Diese neue Krise hat unsere Reserven bis an die Grenzen strapaziert. Wir sind eine ziemlich kleine Gemeinschaft, und dieser Einfall ist in der Jahreszeit gekommen, in der wir am stärksten belastet sind. Es ist etwas Neues, und wir haben kein System, nach dem wir dagegen vorgehen könnten.«

Eolyn saß eine Weile schweigend da, dann sagte sie: »Ich

dachte mir schon, daß du auf irgendeinem Wege dazu kommen würdest. Wir hatten ein Abkommen. Jetzt verletzt du es.«

»Wir beabsichtigen, uns an das Abkommen zu halten, aber es muß aufgeschoben werden. Du verstehst anscheinend nicht, wie schwerwiegend dieser Notfall ist.«

Eolyn stand auf. »Ich bin mir über deine Motive nicht im klaren. Ich habe über alles nachgedacht, weil ich wußte, daß irgend etwas kommen würde, und ich habe beschlossen, doch zu den Städten im Osten zu ziehen.«

»Wie? Wir können jetzt keine Transportmittel entbehren, und selbst wenn wir es könnten, ist es eine unglaublich lange und gefährliche Reise.«

»Ich habe eure Karten gesehen. Ich kann mit der Patrouille flußabwärts fahren und dann nach Osten gehen, bis ich auf den Oh treffe. Mit Hilfe der Strahler und der Komps müßte ich eigentlich gut zurechtkommen.«

»Es ist fast Hirschmonat. Du hast keine Ahnung, was du da vorschlägst.«

»Ich weiß natürlich, daß es schwierig ist. Aber wir haben die nötigen Hilfsmittel.«

»Ihr müßtet direkt durch Peshtakgebiet ziehen.«

»Natürlich, und doch würde uns nichts geschehen. Du vergißt die Strahler. Sie sind mit Wärmesensoren ausgestattet. Selbst in völliger Dunkelheit können sie feststellen, ob jemand da ist, auf ihn zielen und ihn vernichten, ohne menschliche Hilfe. Man wird uns in Ruhe lassen.«

»Es wäre tiefster Winter, ehe ihr hinkämt.«

»Das ist egal. Hier fühle ich mich von all euren Vorschriften und Reglementierungen wie gelähmt. Ich bin ein freies Wesen. Ich möchte ein vernünftiges Leben führen.«

»Was du vorschlägst ist alles andere als vernünftig.«

»Trotzdem ist es meine Absicht«, sagte Eolyn. Dann drehte sie sich um und ging.

Die Protektorin schaute Ahroe an. »Was ist der Grund dafür? Was ist geschehen?«

»Ich weiß es nicht genau, Protektorin. Vielleicht ist es nur so, wie sie gesagt hat. Sie findet eindeutig, daß wir zurückgeblieben sind. Sie glaubt, anderswo erginge es ihr besser.

Sie hat so eine mythische Vorstellung in bezug auf den Osten, als würde man sie dort zur Königin machen, sobald sie eintrifft. Ich glaube, sie ist eitel auf ihr Aussehen, und es stört sie, daß sich hier offenbar nur wenige tief davon beeindrucken lassen.«

»Hat das Stel gesagt?«

»Ja, und seither habe ich es auch selbst bemerkt. Außerdem ist sie auch gewöhnt, allen Befehle zu erteilen, so wie sie es in der Kuppel getan hat. Royal hat sich ihr anscheinend immer gebeugt. Sie ist nicht daran gewöhnt, in einer größeren Gemeinschaft zu arbeiten und Kompromisse zu schließen. Sie kommt zu einem Entschluß, erklärt ihn für vernünftig und macht dann weiter. Wir wollen hoffen, daß sie sich noch anders besinnt.«

Aber Eolyn besann sich nicht anders, obwohl erst am Morgen zuvor Blu und seine restlichen Männer glücklich einen langen Lauf flußabwärts angetreten hatten, um die Peshtak zu suchen. Sie wollten, daß Tor sie anführte, aber dieser hatte sich rundweg geweigert und dabei höchst gleichgültig gewirkt. Blu war wütend. Einige der Männer schauten Tor in mißbilligendem Schweigen an.

Er hatte die Arme gehoben, den heilen und den amputierten, und gesagt: »Denkt, was ihr wollt! Mir scheint es richtig, jetzt nicht zu gehen. Einen Grund kann ich euch nicht sagen.«

Blu hatte sich umgedreht und war ohne Antwort gegangen, die anderen Männer folgten ihm. Tor sah ihnen düster nach. Stel kam keuchend den Hügel herauf, trat beiseite, um die Shumai vorbeizulassen, scherzte mit ihnen und bekam kaum eine Reaktion. Aber Tor sah, daß sie interessiert etwas betrachteten, das er dabei hatte. Als Stel heraufkam und sie die Handflächen aneinander gelegt hatten, streckte er Tor die neue Axtscheide hin, die er ihm versprochen hatte, und mit ihr eine neue Axt.

»Hier. Das ist ein neuer Entwurf. Ich glaube, sie könnte dir gefallen. Sie hat einen längeren Griff, dadurch ist sie an der Hüfte vielleicht ein bißchen weniger handlich. Kürzer können wir ihn immer noch machen. Siehst du? Der Griff federt, und die Klingenform ist nicht zum Holzhacken gedacht. Sie dient hauptsächlich zum Kampf. Schau, der weite Bogen der Klinge ist an den Spitzen nicht gestützt. Aber dadurch wird sie leichter und bekommt eine größere Reichweite.« Er reichte Tor den Griff, der nahm ihn mit der ungewohnten, linken Hand und schwang ihn versuchsweise ein paarmal. Die Axt kam ihm neu und fremd vor. Er war nicht sicher, ob sie ihm gefiel.

»Du wirst, glaube ich, merken, daß sie einige der guten Eigenschaften unserer Langschwerter hat«, sagte Stel. »Auf Armlänge, in schnellen Bögen geschwungen, wie du es beim Training unserer Gardisten gesehen hast, sollte sie die Wirkung von beiden miteinander verbinden.«

»Ich bin nicht sicher, ob ich damit auf Wild werfen kann, Stel. Aber es ist bestimmt eine schöne Axt, und ich danke dir dafür«, sagte Tor schließlich. Er machte eine schnelle Armbewegung und hieb einen Ast von einem Hartriegelschößling, dann pfiff er. »Sie scheint richtig wegzuspringen. Die Reichweite ist unglaublich.« Er drehte sich um und grinste.

Als Tor später am Tag hörte, daß Eolyn fortgehen wollte, war er nicht überrascht. Ahroe erzählte es ihm in ihrem Haus, wo Tor mit seiner neuen Axt übte, Feuerholz spaltete und nach dem schnellen, exakten Schlag suchte, den er brauchen würde, wenn die Axt etwas nützen sollte. Garet saß auf einem Baumstumpf und sah ihm zu.

Tors Antwort war, daß er nach dem Saum von Ahroes Tunika griff und den Stoff abtastete, bis er eine winzige Ausbuchtung bemerkte. Dann entfernte er einen kleinen Metallknopf.

»Was ist das?«

»Etwas, das Eolyn gehört. Sie hat es da hineingetan, damit sie durch ihr Funkgerät im Rat mithören konnte.«

»Das hast du uns nicht gesagt. Warum. Tor? Du hättest es tun sollen.«

»Ich habe sie dabei erwischt. Ich bin fast sicher, daß sie das Ding danach nicht mehr benützt hat. Ich habe ihr versprochen, nichts zu verraten, weil ich dachte, dann würde sie gleich fortgehen. Sie war bereit dazu. Sie hat immer nach einem Grund gesucht. Hier findet sie keine Ruhe. Ich glaube, sie möchte alles wieder einfacher machen, und sie selbst will die Hauptperson sein. Ich weiß, wie sie empfindet. Die Pelbargesellschaft ist kompliziert. Du darfst niemandem von diesem Gerät erzählen. Aber du solltest sie fragen, ob sie es wiederhaben will. Paß auf, was sie dann macht.«

Ahroe tat das und fand Eolyn gelassen und ohne Reue. Eolyn hatte in diesem Augenblick gerade Ruthan zum Mitkommen überreden wollen, aber nachdem Ahroe ihr den Sender gebracht hatte, wollte Ruthan ihrer Kuppelgenossin nicht einmal mehr weiter zuhören.

Ahroe versuchte noch einmal, auf die Gefahr durch die Peshtak hinzuweisen, aber Eolyn blieb kurz angebunden: »Wie sollen sie uns in diesem riesigen Gebiet finden? Sie haben kein Radar. Wenn ich mein Leben hier verbringe, erreiche ich nichts. Wir haben all diese Kenntnisse nicht so viele Jahrhunderte hindurch aufgespart, nur um sie jetzt zu vergeuden.«

»Hoffentlich bist du nicht enttäuscht. Wir wissen nicht viel von den Städten im Osten, und was wir wissen, ist nicht ermutigend.«

»Pelbarigan ist auch nicht ermutigend.«

Butto trat ein. Wie Tor vorausgesehen hatte, wollte er gehen, weil Eolyn ging. Er und Stel waren inzwischen gute Freunde, die sich ständig neckten, und Ahroe sah, daß er zutiefst bedauerte, fortgehen zu müssen.

»Jetzt ist es Herbst, und ich habe noch keine einzige Schlange gesehen. Ich wollte es so gerne. Auf den Bändern war eine wunderbare Schlange«, sagte Butto.

»Jetzt sind sie alle in ihren Löchern. Warte bis zum Frühjahr. Dann zeigt dir Stel ganze Knäuel von Schlangen.«

»Im Osten wird es auch Schlangen geben«, sagte Eolyn.

»Gut, dann schau ich mir die an.«

Zwei Morgen später fuhren sie auf dem Tantalschiff ab, das als Patrouillenschiff verwendet wurde. Die Protektorin arrangierte eine besondere Abschiedsfeier mit Musik und Geschenken. Eolyn hielt das für eine Geste der Unterwerfung, aber in Wirklichkeit wollte die Protektorin eine Atmosphäre warmer Gastfreundschaft schaffen, in der Hoffnung, die

Leute aus der Kuppel würden keine Abneigung gegen eine Rückkehr empfinden. Wie Tor vermutet hatte, wollte von den Prinzipalen nur Butto Eolyn begleiten, aber nach langem Zögern entschloß sich auch Royal aus Solidarität zum Mitkommen.

Alle Komps bis auf Nummer 16 gingen mit. Bill blieb natürlich. Tor war nicht am Ufer. Eolyn ertappte sich dabei, wie sie nach ihm suchte. Dailith, der fast genauso groß war wie der Axtschwinger, stand schwermütig am Ufer und starrte sie an.

Als das Schiff Fahrt aufnahm, stieß jemand die Protektorin am Ellbogen. Als sie sich umdrehte, stand da die Nordrätin und sagte: »Es hat sich zum Schlechten gewendet, Protektorin. Wir warten auf dein Versprechen, zurückzutreten.«

»Ihr sollt es bekommen, Rickor, aber zuerst wollen wir sehen, wie das hier ausgeht. Es ist noch Zeit. Lange werdet ihr nicht zu warten brauchen.« Als sie sich umdrehte, um zu gehen, stützte sie sich auf die Nordrätin und atmete schwer.

Tor war nach Nordwall gegangen und hatte Tristal mitgenommen, der jetzt mühelos hinter seinem Onkel herlief. Er war fast genauso groß und ging schnell in die Breite. Tor sah, daß die Stadt im Norden sich auf mehr vorbereitet hatte, als wahrscheinlich kommen würde. Tag hatte ein Kommunikationssystem entworfen, das die ganze Gemeinde bei einem Angriff, ganz gleich, an welchem Punkt er erfolgte, warnen würde.

Die beiden Männer unterhielten sich lange über Eolyns Abreise. »Ich habe zu viele Pelbarschriften gelesen«, sagte Tor. »Vorher hätte ich den ganzen Haufen einfach gefangengenommen und diese Waffen vernichtet.«

»Vielleicht hättest du das tun sollen. Wieviele haben sie?«

»Zwei Waffenhelme und einen Handstrahler. Ohne sie sind sie fast hilflos.«

»Und mit ihnen?«

»Das ist schwer zu sagen. Sie könnten einer Armee standhalten – wenn die Armee über ein Feld marschiert käme. Diese Peshtak wandern nun schon die ganze Saison nach Westen, und die einzigen Menschen, die sie gesehen haben, sind von ihnen getötet worden. Sie sind wie Rauch.«

»Vielleicht könnten wir sie auch jetzt noch überholen.«

»Ich glaube nicht, daß Eolyn das dulden würde. Ich verstehe sie nicht. Sie ist ohne Mitleid.«

Die beiden fielen in Schweigen. Tia und Tag brachten Stantu herein, der Tor begrüßen wollte. Der Axtschwinger stellte überrascht fest, wie sehr Stantu nachgelassen hatte. Als sie sich umarmten, sah er den Tod in Stantus Augen. Auch Entschlossenheit sah er.

»Ganz gleich, was sie mit uns machen, an den Geist kommen sie nicht heran, Stantu«, sagte Tor. Er wünschte, daß er das selbst so ganz glauben könnte. Er wußte, daß Stantu diese Seite der Frage voll verstand.

»Jedenfalls nicht an den Kern des Geistes«, gab Stantu zurück. »Ich bin entschlossen. Es tut mir nur leid, Tag alleine zurückzulassen.« Als Tor zu ihr hinschaute, sah er auch in ihren Augen Entschlossenheit. »Es ist schon seltsam, wenn man in einem Krieg getötet wird, der vor tausend Jahren oder noch früher geführt wurde«, fügte Stantu hinzu.

Die Freunde unterhielten sich eine Zeitlang, dann begleiteten sie Stantu und Tag nach Hause. Dort gab der immer schwächer werdende Shumai Tristal ein Klappmesser, abgegriffen, aber scharf. »Ich bekam es von Sima Pall, der früheren Protektorin hier«, erklärte er. »Es war zweimal im Emerigebiet. Ich habe Stieren damit das Herzblut abgezapft und die Fensterstürze meines Heims hier geschnitzt. Es ist einsatzbereit und voller Hoffnung, genau wie du.« Er lächelte schwach, als er das sagte. Tristal war verlegen, nahm aber das Messer und umarmte zuerst Stantu und dann Tag.

Bald sahen alle, daß Tor unruhig war. Schließlich sagte er: »Ich glaube, ich kehre lieber nach Pelbarigan zurück.«

»Jetzt? Es ist fast Mitternacht.«

»Ja. Aber ich habe eure Karte gesehen, auf der die vier Peshtaküberfälle verzeichnet sind. Das ergibt ein Muster. Sie greifen in Flußnähe an. Dann verschwinden sie. Wenn man das Suchschema zugrundelegt, müssen sie vom Gray-Ash-Fluß nach Westen und jetzt vom Oh aus nach Norden gezogen sein. Das bedeutet, daß sie jetzt vielleicht dicht an

Eolyns Route sind, außer, sie haben sich nach Süden und wieder nach Westen gewandt. Ich kann das Unheil fast riechen. Könnt ihr uns ein Pfeilboot leihen?«

»Natürlich. Nimm dir nur eins! Ich komme mit dir ans Ufer. Wie willst du rudern?«

»Ich habe ein Paddel, das Stel speziell für mich geschnitzt hat.«

Später runzelte Jestak verständnislos die Stirn und sah Tristal und Tor nach, wie sie in die Strömung hinaustrieben, zwischen ihnen undeutlich der Schatten Rarans.

»Es wird etwas passieren«, sagte Tia.

»Fängst du auch noch an? Sieh sie dir an! Für einen Mann mit einer Hand rudert er gut.«

Die Nacht des folgenden Tages brach herein, als Tristal und Tor Pelbarigan erreichten. Tristal war völlig erschöpft, aber Tor zeigte keine Spur von Müdigkeit. Er stieg den Hügel zu Stels und Ahroes Häuschen hinauf, klopfte nur zweimal an und trat ein. Die beiden blickten überrascht auf.

»Habt ihr noch diesen Stock von Celeste?«

»Tor. Schon so bald zurück? Ja. Was ist los?«

»Ich weiß es nicht. Irgend etwas. Gebt ihn mir! Ich möchte herausfinden, wie er funktioniert.«

Einen Augenblick später sah ihm Ahroe nach, wie er damit den Pfad hinuntertrabte. Sie wußte nicht, was sie davon halten sollte, und beschloß, ihm zu folgen. Tor trabte den vorderen Haupttreppengang in der Stadt hinauf, rannte zur Unterkunft der Leute aus der Kuppel und klopfte.

Ruthan öffnete die Tür. »Tor, was ist los?«

»Ruthy. Hast du dieses Funkgerät? Können wir mit Eolyn Verbindung aufnehmen?«

»Oh. Es ist sehr weit. Wir können es versuchen.« Sie drehte sich um und holte ihren Handgelenk-Sender. Sie drängten sich um den Mitteltisch im Gemeinschaftsraum, und Ruthan versuchte mehrmals, die Reisenden zu erreichen.

Endlich war Eolyns Stimme schwach und knisternd zu hören. »Hier spricht Eolyn. Ruthan? Was ist los?«

»Hör zu! Tor möchte mit dir sprechen.«

»Tor? Dieser große Stapel von Vermutungen? Was will er?«

»Hör zu, Eolyn!« begann Tor. »Ich war in Nordwall. Ich habe ein Muster in den Peshtaküberfällen erkannt. Sie wurden alle in der Nähe von Flüssen geführt. Dann verschwanden die Peshtak spurlos, nur um später wiederaufzutauchen. Mit dem Suchschema und dem spätesten Überfall im Blick mache ich mir Sorgen. Wenn ihr nach Osten und den Oh zugeht, könntet ihr in ihrem Gebiet sein.«

»Ist das alles? Wir müssen weit nördlich von ihnen sein. Ich habe die Karten gesehen, soweit es überhaupt welche gibt. Sie sind nach Westen gezogen. Vermutlich möchtest du, daß ich zurückkomme und für die Pelbar den Dienstboten mache. Du vermißt mich, was?«

»In welcher Gegend seid ihr denn? Was habt ihr für eine Deckung?«

»Wir sind in einem Tal, einem kleinen Flußtal mit großen, schützenden, in Kalkstein eingeschnittenen Wänden. Es ist lang, verläuft hauptsächlich in ost-westlicher Richtung. Eine Menge Steine – große Steine – sind von den Felsen herabgestürzt.« Ihre Stimme verklang, dann kam sie wieder: »... sind sicher genug.«

Tor stöhnte. »Sicher? Das glaube ich kaum. Ich komme. Ich nehme Dailith mit.«

»Nicht nötig. Wir werden auch nicht warten. Was ist, 11?«

Sie hörten, wie etwas über die Sensoren gemurmelt wurde, dann verschwand das Signal, und sie konnten es nicht wiederfinden.

Tor setzte sich mit einem Seufzer. »Celeste, wie bedient man dieses Ding? Ich möchte es mitnehmen.«

»Meinen Stock? Dann habt ihr ihn also gefunden. Ihr hättet ihn zurückgeben sollen.«

»Ja. Es ist wirklich genau die richtige Waffe für ein kleines Mädchen. Stel hat damit ein Loch in seine Mauer gesprengt!«

Celeste lachte. »Er sollte vorsichtiger sein.« Systematisch und präzise erklärte das Mädchen Tor den Gebrauch des Ultraschallstocks. Dann probierten sie ihn vorsichtig an jemandem am Flußufer aus, sie aktivierten den Stock gerade so viel, daß der andere sich am Bein kratzte. Celeste fand das lustig, wies aber darauf hin, daß der Stock, anders als die Strahler, in größerer Entfernung nicht gut funktionierte. »Einige Formen von Energie kann man in gerader Linie abstrahlen, aber das ist wirklich nur Schall, und den kann man nur begrenzt formen und lenken.« Sie gab Tor den Stock zurück.

»Glaubst du wirklich, daß sie in Schwierigkeiten sind?« fragte Ruthan.

»Das ist wohl möglich. Wenn diese Waffen den Peshtak in die Hände fallen, dann sind wir alle in Schwierigkeiten, wenn die dahinterkommen, wie man damit umgeht. Und wenn sie jemand von euren Leuten am Leben lassen, glaub mir, dann finden sie es auch heraus. Sie könnten damit den ganzen Heart beherrschen.«

Schweigen trat ein. Schließlich stand Tor auf: »Ich habe eine Nacht Schlaf versäumt. Ich kann erst morgen früh aufbrechen. Ahroe, versuch, uns Pferde zu beschaffen – drei!«

»Was kannst du tun? Es werden viele sein«, sagte Ahroe.

Tors Blick machte Ruthan frösteln. »Etwas wird es schon geben«, sagte er.

Bei Tagesanbruch sah Celeste drei Reiter auf dem Flußpfad forttraben, Raran hinterher. »Wer ist der dritte?« fragte sie.

»Tristal«, erwiderte Ruthan. »Er hat mehr Erfahrung mit Pferden als jeder der beiden Männer. Er geht wegen der Pferde mit.«

»Das kann nicht Tristal sein. Er ist zu groß.«

»Er ist es aber.«

Celeste blinzelte weiterhin ungläubig.

An diesem Tag schafften sie vor Sonnenuntergang dreiundvierzig Ayas. Als es dämmerte, stolperten die Pferde nur noch völlig erschöpft dahin. Als die kleine Gruppe endlich absaß, sagte Tor: »Ihr beiden bringt die Pferde nach. Ich hinterlasse ein Zeichen, wo ihr vom Pfad abweichen sollt. Das wird noch einige Zeit dauern. Ich werde laufen.«

»Nein, Tor, du ...« begann Dailith, aber Tor lief schon den undeutlichen Flußpfad hinunter.

»Was bringt das?« fragte er weiter.

»Viel«, sagte Tristal. »Bei Sonnenaufgang ist er mindestens dreißig Ayas weiter; und er wird nicht stehenbleiben.«

»Dazu ist niemand in der Lage.«

»Tor schon.«

»Nun, dann laß uns die Pferde abladen!«

»Das mache ich. Du kochst.« Tristal machte sich mit einem Gefühl absoluter Autorität daran, die Pferde abzusatteln und sie zu versorgen. Dailith war überrascht, sagte aber nichts.

In dieser Nacht schliefen beide erst spät ein. Beide dachten an Tor, der in der Dunkelheit weiterlief, und waren aufgeregt und müde. Nur Raran rollte sich bequem zusammen.

Es war fast Mittag am folgenden Tag, als Blus Männer auf dem Flußpfad herauskamen. Sie hatten einen Bogen geschlagen, aber soweit im Norden keine Spur von den Peshtak gefunden. »Spuren«, sagte Vult. Ein einzelner Mann, er läuft. Schau, es ist ein Shumai.«

Blu schaute hin: »Es ist Tor«, sagte er. »Schau! Kurze Schritte. Er muß im Schlaf laufen. Seht zu, ob wir herausfinden können, wann.«

»Schau her!« sagte Ubi. »Wurmkot. Gestern nacht.«

»Ich glaube, wir sollten ihm folgen«, sagte Dard. »Er weiß sicher, wohin er geht.«

Blu begann den Pfad entlangzutraben, die anderen schlossen von hinten auf. »Los, Dusk!« sagte er und schob seinen großen Hund mit dem Knie aus dem Weg. »So bald nach dem Essen. Tor, hoffentlich weißt du, wo du hinwillst.«

»Und ich denke, daß es kein Freundschaftsbesuch ist«, sagte Vult.

Einen Morgenquadranten später trafen sie auf Tors Wegzeichen und verließen den Pfad, liefen nach Südosten, so gerade wie das Sonnenlicht, wo das Land es zuließ. Bei Sonnenuntergang, als die Shumai sich müde verteilten, lief Tor immer noch weiter und hinterließ eine klare Spur.

»Wir müssen anhalten«, sagte Dard. »Blu, du bist der Axtschwinger. Was meinst du?«

»Ich bin nicht sicher. Ich glaube, er will hinunter in die

Bergwälder. Anscheinend weiß er, wo er hingeht. Ich glaube, wir sollten uns an den Sternen orientieren und weiterlaufen. Er will, daß man ihm folgt. Wenn wir ihn morgen früh verloren haben, können wir Bögen laufen und ihn wieder finden.«

Weit hinter ihnen hatten Tristal und Dailith ebenfalls den Uferpfad verlassen. Tristal kannte mehrere von den Spurenpaaren und wußte, daß Blu Tor folgte. Er war rastlos.

»Wie kannst du sicher wissen, was das für Spuren sind?« fragte Dailith.

»Kennst du die Gesichter deiner Familie? Ich kenne ihre Spuren. Du kennst die Stimmen aller deiner Freunde, ohne hinzuschauen. Dailith, ich gehe weiter. Du mußt heute abend alleine mit den Pferden fertigwerden.« Tristal rannte im Dunkeln weiter, Raran folgte ihm mit tief gesenktem Kopf. Dailith sah ihnen frustriert nach, die Halfterseile in der Hand und machte sich seine Gedanken über die Unzuverlässigkeit der Shumai.

Früh am nächsten Morgen stieß Tor auf die Spur der Leute aus der Kuppel. Er kannte die Stelle. Vor ihm lag ein Tal wie das, das Eolyn beschrieben hatte. Ja. Hier waren noch andere Spuren, sicherlich Peshtak. Tor roch Feuer. Er verließ den Pfad und arbeitete sich geduckt und leise die Nordseite hinauf.

Er brauchte ein volles Morgenviertel, um sich durch die frischgefallenen Blätter dicht heranzuschleichen, manchmal, so kam es ihm vor, so langsam wie die Schatten sich auf sie zubewegten, aber wenigstens auch genauso leise. Er traf auf einen Wachtposten der Peshtak und tötete ihn geräuschlos. Der Mann fiel unter Tors Axthieb wie ein Lumpenbündel zusammen. Sein Körper hatte offene Wunden. Angeekelt rieb sich Tor die Hände an der Erde ab.

Als er sich hinter Felsbrocken heranschlich, sah er die offene Fläche, auf der Eolyns Gruppe gelagert haben mußte. Eine Traube von Menschen stand weiter unten, nahe an einem Feuer. Tor hörte jemanden schreien. Sie folterten gerade einen Komp. Tor sah Butto, umringt von Peshtak, dabeistehen, aber weder Royal noch Eolyn. Weiter im Osten, nahe an einem Felsvorsprung, erblickte er eine primitive Hütte aus aufeinandergestapeltem, miteinander verflochtenem Gestrüpp, schwer bewacht. Da würden sie sein. Er arbeitete sich näher heran. Was sollte er tun? Einer der Peshtak stand mit einer Helmwaffe in der Hand in der Nähe von Butto und sah bei der Folterung zu. Tor drehte Celestes Stock ein wenig auf und zeichnete einen Kreis auf Buttos Rücken. Der schwere Mann fuhr auf und sah sich um. Tor winkte leicht mit einer Hand und hoffte, daß Butto ihn nicht verraten würde. Butto wirkte niedergeschlagen, deprimiert, aber als er Tor sah, zuckte er zusammen und faßte sich ein wenig, indem er sich am Kopf kratzte. Dann ließ er den Kopf wieder auf die Brust sinken. Tor sah, daß man ihn geschlagen hatte.

Plötzlich verkündete Butto mit orakelhafter Stimme: »Der alte Dichter Jeffers hatte recht, als er sagte:

*Glückliche Menschen sterben unversehrt, lösen sich auf*
*innerhalb eines Augenblicks, sie hatten, was sie wollten,*
*keine harten Gaben; die Unglücklichen*
*verharren noch eine Weile, aber Schmerz vergißt man mit Freuden;*
*gab einer jedoch sein Herz an eine Sache oder ein Land,*
*so mag sein Geist dort noch eine Zeitlang verweilen und untröstlich zusehen.*
*Ich fragte mich, wie lange der Geist,*
*aus dem sich diese Verse ergießen, wohl noch standhält,*
*wenn die Nasenflügel abgekniffen sind,*
*das Gehirn verfault in seinem Gewölbe oder in Feuers Gewalt brodelt,*
*um dann als Asche in Metall zu liegen. Ich dachte ...*«

Buttos Peshtakbewacher, der ihn mit steigender Verwirrung und immer größerem Zorn beobachtet hatte, drehte sich um, zischte: »Ruhig, du blasses Schwein!« und schlug ihn mit dem Schwertknauf nieder.

Butto taumelte hoch. Tor zeichnete mit dem Stock eine schwache Linie an seinem Bein entlang. Butto nickte zweimal, blickte sich um, wandte sich dann wie geistesabwesend dem Mann mit dem Helm zu und deutete unauffällig mit dem Daumen auf ihn. Tor zielte mit dem Stock in voller

Stärke auf den Peshtak. Der schrie auf und faßte sich an die Ohren. Wie der Blitz hatte Butto die Hand hinübergestreckt und mehrere Knöpfe berührt, dann schrie er: »Bete wie Stel« und drückte sich die Handballen an die Augen. Tor begriff, rollte sich hinter den Felsen und vergrub sein Gesicht im linken Unterarm. Er spürte eine Hitzewelle und sah durch Arm und Augenlieder hindurch rotes Licht, als der Helm aufblühte und plötzlich in einem riesigen Ball aus brüllendem, weißem Feuer explodierte, der das ganze Zentrum des Tales in Brand setzte, die ganze Gruppe der Komps, alle hier versammelten Peshtak und Butto selbst waren auf der Stelle tot.

Tor blickte betäubt auf. Als er sich umdrehte, sah er, daß die Wachen an der Hütte vom Blitz geblendet waren. Sie standen im brennenden Gras, schrien vor Entsetzen und hielte sich die Hände vors Gesicht. Die ganze Vorderseite der Hütte rauchte und loderte. Tor hastete durch brennende Blätter und Gras und fällte die sieben Wächter mit schnellen, wirbelnden Schlägen seiner Axt. Im Inneren konnte er Eolyn schreien hören. Er stürzte um die Rückseite herum, traf auf drei Peshtak und tötete sie alle drei mit einem wirbelnden Schwung.

Er riß Matten und Rinde von der Rückwand der Hüte weg, hackte auf Schößlinge und Verbindungen ein. Als er hineinhechtete, spürte er, wie ein Messer in seinen rechten Arm eindrang. Wieder schwang er die Axt in der raucherfüllten Dunkelheit, fühlte, wie sie zubiß und tief einschnitt und steckte sie zurück in die Scheide. Im Rauch sah er Eolyn gefesselt liegen. Er schob seinen amputierten Arm unter ihre Schultern und rannte mit ihr durch das Loch in der Rückwand der Hütte hinaus.

Eolyn schaute benommen auf. »Royal, Royal«, sagte sie. Tor ging zurück, fand den Alten in dem brennenden Bauwerk und schleppte ihn hinaus. Mit der Schneide seiner Axt hackte er den beiden die Fesseln durch und brachte sie weiter nach hinten, weg von der Hütte. Als er sich umdrehte, sah er, daß das Feuer weiterkroch, nach Süden, aber in der Feuchtigkeit langsamer wurde. Er schauderte und wandte achselzuckend den Blick ab.

»Eo«, sagte er. »Wo sind die anderen Waffen?«

»Beide Helme waren beieinander. Wahrscheinlich sind sie beide explodiert. Wo der Handstrahler ist, weiß ich nicht. Mein Gott, wie bist du hergekommen?«

»Am ersten Tag sind Dailith und ich auf Pferden geritten. Dann bin ich gelaufen.«

»Das ist unmöglich.«

»Ermüdend. Laß das jetzt! Wo sind die anderen?«

»Andere? Das waren alle.«

»Niemals. Ach, da kommt einer.«

»Das ist Kubra, ein gutaussehender Bursche. Er ist der Anführer dieser Scheusale.«

Ein mittelgroßer Mann kam langsam, sich die geblendeten Augen reibend, von den Felsen her. Tor ging auf ihn zu, trat ihm die Beine unter dem Leib weg, schleuderte sein Messer beiseite und stellte ihn auf.

»Hier herüber!« sagte Tor und führte ihn zu Eolyn und Royal. »Bleib hier stehen!«

Der Mann hatte eine leicht bräunliche Hautfarbe und ein außergewöhnlich hübsches, offenbar bartloses Gesicht. Tor schaute ihn genau an. Er schien die Augen immer noch nicht klar zu bekommen.

»Wo sind die anderen?« fragte Tor.

»Tor, dein Arm blutet. Laß mich ihn verbinden!« sagte Eolyn. Tor ließ sich auf ein Knie nieder, während Eolyn Streifen aus dem Futter ihres Mantels riß und die Schnittwunden verband, die sich über den Stumpf seines rechten Armes zogen.

»Es tut mir leid um dich«, sagte der Peshtak. »Das Messer war natürlich vergiftet. Du hast nicht mehr lange zu leben.«

»Wo sind die anderen?«

»Es gibt keine anderen. Ich bin allein übrig. Ihr habt uns völlig besiegt. Leider wirst du bald deine Kraft verlieren, und es wird kein Vergnügen sein.« Der Mann trat von einem Fuß auf den anderen, blinzelte in die Sonne und zog seinen Mantel mit dem großen, silberglänzenden Abzeichen zurecht.

»Du bist Kubra? Warum bist du hergekommen? Warum wolltet ihr die Leute vom Heart-Fluß umbringen?«

»Man hat uns angegriffen. In jedem Fall hat man uns angegriffen. Selbst hier wollten wir nichts Böses, bis diese Leute anfingen, uns mit ihren schrecklichen Waffen zu töten.«

»Hör nicht auf ihn, Tor! Sie kamen in der Nacht. Die Wärmesensoren entdeckten sie. Wir sagten ihnen, sie sollten zurückgehen, schrien es ihnen zu. Sie versteckten sich einfach eine Zeitlang. Wir hielten sie einen ganzen Tag in Schach, aber sie schlichen sich an uns heran wie die Dunkelheit selbst.«

»Ach, gute Frau, du weißt, daß es nicht so war. Wir kamen, weil wir etwas zu essen brauchten.«

»Was ist mit deinem Gesicht?« fragte Tor.

Kubra zuckte ein wenig zusammen, dann sagte er: »Mein Gesicht? Nichts. Vielleicht ist es von der schrecklichen Hitze ein wenig gerötet. Meine Augen sind immer noch geblendet.«

Ohne Erklärung hob Tor sein Horn und blies fünf kurze Töne, dann noch einmal fünf, schließlich zweimal drei ansteigende Noten.

»Was in aller Welt machst du da?« fragte Eolyn. »Hier, halt still!«

»Ich will nur den Sieg verkünden, den dieser Kubra zugegeben hat, ehe ich krank werde und sterbe«, sagte Tor.

Plötzlich, in einer einzigen Bewegung, stürzte sich Kubra auf Tor. Tor schlug ihm mit einer schnellen Drehung die flache Seite seiner Axt quer übers Gesicht, stand auf, packte Eolyn mit seinem verstümmelten Arm und rannte auf die Felsen im Süden zu. Als Eolyn hochgerissen wurde, sah sie ganz flüchtig, daß Kubras Gesicht verrutscht war. Es war eine Maske! Darunter lag ein verwüstetes Gesicht ohne Nase mit verschrumpelten Lippen, wie sie es bei einigen der anderen gesehen hatte. Sie kreischte.

Tor setzte sie neben einem riesigen Felsen ab, dann kletterte er lautlos über eine große Geröllhalde nach oben. Eolyn lag verängstigt und keuchend da und hörte hinter dem Felsen Kampfgeräusche. Bald erschien Tor wieder. »Geh um den Felsen herum und bleib dort!« sagte er. »Ich muß Royal holen.«

Sie gehorchte und fand hinter dem Felsen fünf Peshtakleichen, eine zuckte noch. Wieder schrie sie auf und wich zurück, als Tor mit dem alten Arzt über der linken Schulter zurückkehrte. Royal hing schlaff und benommen an Tor.

»Wir müssen hierbleiben. Die anderen sind auf der anderen Seite des Tals. Mindestens zwei Gruppen. Wir werden sie mit dem Stock zurückhalten. Hast du den anderen Strahler gefunden?«

»Ich habe nicht danach gesucht«, sagte Eolyn schaudernd. »Aber einer von denen hat ihn.«

»Das ist schlecht.«

»Woher weißt du, daß es noch mehr gibt? Daß sie da drüben sind? Sag mir nur nicht, daß du das auch alles gespürt hast.«

»Zum Teil schon. Ich konnte sie hinter mir spüren. Dieser Kubra hat es mir bestätigt. Alles, was er sagte, war gelogen. Ich glaubte zu sehen, wie er diesen seinen Leuten hier hinter seinem Rücken Zeichen gab. Ich sah, wie er sich in der Sonne bewegte, um Leuten hinter uns mit seiner spiegelnden Metallplakette Zeichen zu geben – denen da drüben. Vielleicht sind einige von ihnen noch von der Explosion geblendet. Aber sie werden kommen, besonders, wenn sie den Strahler haben. Doch Blu wird sich um sie kümmern.«

»Blu? Ich dachte, du wärst allein.«

»Das war ich auch. Aber ich hörte Dusk bellen. Deshalb habe ich das Horn geblasen und sie gewarnt. Sie werden auf dem Hochgelände hinter den Peshtak herankommen. Wenn sich die Peshtak vor Blus Leuten verstecken, können wir ihnen mit dem Stock hier eins aufbrennen.«

»Haben sie es gehört? Woher weißt du das?«

»Dusk hat aufgehört zu bellen.«

»Schau. Sie kommen!«

Eine Reihe von Peshtak, ungefähr vierzig an der Zahl, schwärmte aus und begann über das Tal herüberzuwandern, die Bogen schußbereit. Einige wirkten krank. Andere schienen geblendet. Einige waren Frauen, andere nicht mehr als Knaben. Tor ließ sie so nahe herankommen, daß Eolyn ganz nervös wurde. Dann schwenkte er langsam den Ultraschallstock über sie hin. Als er das tat, schrien sie auf und rannten davon, aber als sie sich den südlichen Felsen näherten, flitzten Pfeile hervor und töteten eine Anzahl von ihnen. Die anderen drehten sich um und rannten zurück. Tor nahm einen nach dem anderen aufs Korn, zielte mit dem Stock, und sie stürzten zu Boden. Wieder machten sie kehrt. Blus Männer blieben in Deckung, aber weitere Pfeile flitzten heraus, als die Peshtak näherkamen. Tor rückte quer durch das Tal vor. Ein Mann schrie Befehle, und alle drehten sich um und stürzten auf Tor zu. Er wich nicht zurück und strich mit dem Stock über sie hin. Aber nur ein paar wankten, und keiner machte Anstalten, sich zu ergeben. Diejenigen, die mit ihren Pfeilen auf ihn schossen, waren zu weit entfernt, um etwas zu bewirken. Bald lagen sie alle auf dem Boden. Tor seufzte in tiefem Abscheu.

»Schalte das Ding ab, Tor!« rief Blu von der anderen Seite des Tals herüber. Tor winkte. Die Shumai verließen die Dekkung.

»Rührt sie nicht an!« schrie Tor zurück. »Sie sind alle mit etwas verseucht.«

Die beiden Männer trafen sich in der Mitte, sichtlich froh, sich zu sehen, aber ohne zu lächeln. »Ich mache mir Sorgen«, sagte Tor. »Der Handstrahler ist nirgends zu sehen. Vielleicht gibt es noch mehr. Sie haben sich in den Bergen eingenistet wie Schlangen.«

Blu schaute auf das noch immer brennende Tal und pfiff. Während sie zu Eolyn und Royal zurückgingen, erklärte Tor, was geschehen war. Die Shumai verteilten sich in einem Muster und beoachteten. Offenbar hatten sie von den Sentani gelernt. Eolyn kniete neben Royal. Auch er war von den Peshtak geschlagen worden und bekam erst jetzt Linderung.

Die Shumai postierten Wachen und entspannten sich allmählich. Auch bei Tor machte sich jetzt die Anspannung bemerkbar, aber er blieb mißtrauisch. »Ich weiß nicht«, sagte er. »Es könnten noch weitere da sein. Und dieser Strahler.«

Dusk sträubten sich die Nackenhaare, er stellte die Ohren auf und stürzte dann auf Dard zu, der neben der südlichen

Talwand Wache stand. Als er sich umdrehte, sah er, wie der Hund von einem Strahlerschuß zerfetzt wurde. Als Dard daraufhin seinen Bogen zog, wurde auch er in Stücke gerissen. Alle anderen waren ungedeckt, rannten aber sofort davon.

Ein Peshtak erschien auf einem Felsen, den Strahler in der Hand. Er hielt ihn auf die Gruppe und schoß, jagte aber nur Asche hoch. Er feuerte schnell und ohne zu zielen, während die Shumai davonliefen, tötete noch einen Mann und feuerte dann unverständlicherweise zweimal hoch in die Luft. Dann sackte er zusammen, ein Pfeil ragte aus seiner Brust. Der Strahler polterte die Felsen herunter, kam hart auf, feuerte beim Aufschlag noch einen Energiestoß ab und schälte damit einige Felsstücke von der Talwand.

»Holt den Strahler!« schrie Eolyn gellend, aber niemand bewegte sich. Sie hörten einen Schrei und ein Knurren, und ein zweiter Peshtak kam hoch oben auf den Felsen dahergelaufen, verfolgt von Raran. Ein zweiter Pfeil flitzte über den Hund hinweg in den Mann hinein, der hinstürzte.

»Das ist Tris«, schrie Tor. Ein paar Augenblicke lang bewegte sich noch immer niemand. Als sich die Shumai dann langsam und völlig lautlos quer durch das Tal auf die Felsen hin zurückzogen, hörten sie nochmals einen Schrei und ein Knurren, dann wieder Stille. Eolyn beobachtete, wie sie mit den Felsen verschmolzen. Alleingelassen, Royal leise keuchend neben sich auf dem Boden, hörte Eolyn das Stöhnen des Novemberwinds und roch den scharfen Rauch mit dem entsetzlichen Geruch verbrannten Menschenfleisches.

Endlich ertönte Tors Horn, und die Männer erschienen wieder und gingen zurück. Sie wirkten ernst und verbittert. Der Verlust von Dard und Cruw, dem zweiten Mann, schmerzte sie alle; das verbrannte, von Peshtakleichen übersäte Tal, diese stillen, schwarzen gliederlosen Hügel wirkten lähmend auf sie. Blu hatte den Strahler geholt und brachte ihn zu Eolyn.

»Nimm das Ding auseinander!« verlangte er.

»Aber ...«, begann sie, dann schaute sie ihn an, desaktivierte die Waffe, montierte sie auseinander und reichte ihm ein Teil nach dem anderen. Er gab jedes Stück an einen

Mann weiter, bis er endlich nur noch den schweren Energietornister hatte. Er wog ihn in der Hand.

»Sei vorsichtig«, sagte Eolyn. »Allein kann er nichts anrichten. Ja, wenn du ihn aufhebst und nach Pelbarigan bringst, können wir ihn noch verwenden.«

Blu reichte ihn Tor. »Komm!« sagte er. »Wir müssen die Männer begraben. Und einen Hund. Einen sehr, sehr guten Hund.« Die Shumai trugen ihre Toten zu dem hochgelegenen Felsvorsprung im Süden, in den Wäldern oberhalb der nackten Felsen, und verbrachten den Rest des Tages mit Begräbniszeremonien. Über dem Hügel, den sie auf die beiden Männer und Dusk gehäuft hatten, errichteten sie eine Steinplatte.

Spät am Nachmittag knurrte Raran zum Tal hinunter, wo eine Gruppe von Männern erschien.

»Das sind Sark und Krush mit einigen Sentani«, sagte Tor. Er blies einen langen, fast endlosen Ton auf seinem Horn, das Signal der Begrüßung unter traurigen Umständen. Ein Horn gab den Ton zurück, ließ ihn von den Talwänden widerhallen. Die Männer sahen sich an. Dard war Sarks Sohn. Tor schaute zu Boden, dann riß er sich zusammen und lief hinunter, ihnen entgegen. Die anderen sahen zu, wie der große Axtschwinger mit den Männern sprach, die das rauchende Tal hinunter einen kleinen Stern mit sieben Spitzen bildeten, die Wachtposten ganz außen. Dann kam Sark langsam allein heraufgeklettert.

Sie blieben bei dem Grab mit der Steinplatte stehen und warteten auf ihn, als er anlangte, wies Blu auf das Grab. Sarks Nasenflügel blähten sich. Er stand wortlos vor dem Grab, schließlich setzte er sich und hüllte den Kopf in seinen Mantel. Die Männer sangen lange im Chor das Lied von Sertine, dessen Stimme man im Präriewind hört, dessen Stimme immer im Gras zu vernehmen ist, zu allen Jahreszeiten, in allen Jahren, ob ›man nun im Gras geht oder unter seinen Wurzeln liegt‹ – Sertine, der treue und gerechte Herrscher aller.

Ihre tiefen Stimmen tönten unaussprechlich traurig ins Tal hinunter, und endlich vernahm Eolyn, die in Angst und Unsicherheit, umgeben von den schweigenden Sentani gelauscht hatte, etwas in dem Lied, was sie berührte. Sie blickte über die Ruine des noch vor kurzem schön bewaldeten Tales und brach in Schluchzen aus.

Royal streckte die Hand herüber und berührte ihren Arm. »Schon gut, Eo. Du hast es nicht gewußt. Wir werden nach Pelbarigan zurückkehren und versuchen, es wiedergutzumachen. Trotz allem haben wir ihnen eine ganze Menge zu geben.«

Sie nickte, ohne ihm glauben zu können, niedergeschmettert von Verlust und Schuld.

Die Sentani zogen das Tal hinauf und errichteten auf dem Boden in der Mitte ein Lager. Sie stellten Wachen auf und bereiteten eine Mahlzeit aus Fleisch und gesammelten Pflanzen, die sie mitgebracht hatten.

Nach einiger Zeit kam ein junger Mann zu Eolyn und Royal, die immer noch allein in der Dunkelheit saßen: »Kommt mit!« sagte er. »Mokil sagt, ihr sollt in den Wachenstern kommen.« Er hob Royal auf und trug den alten Mann wie ein Kind.

Mokil wartete schon auf sie. Er war ein kleiner, weißhaariger Mann mit strengem Mund. »Da hinüber!« sagte er und wies mit der Hand hin. »Bald gibt es zu essen.« Dann drehte er sich um. »Logi«, sagte er. »Ich höre Pferde.«

Dailith ritt müde in den Feuerschein, die beiden anderen Tiere führte er am Zügel. »Wo?« fragte er. »Was ist geschehen? Wo sind die anderen? Du. Bist du Mokil?«

»Kennen wir uns?«

»Von Nordwall. Beim Kampf. Du hättest mich nicht erkannt. Ich bin Dailith.«

»Du warst in Nordwall dabei? Du mußt ein Knabe gewesen sein.«

»So ungefähr. Was ist geschehen?«

»Komm! Steig ab! Rew, du und Chog, ihr nehmt die Pferde! Hier, gebt dem Mann Tee!« Die Sentani nahmen Dailith sofort als Bruder auf, wie sie es bei allen taten, die beim Kampf in Nordwall dabeigewesen waren. Sie erzählten ihm, was sie von den Ereignissen wußten. Bald stolperten die Shumai erschöpft in den Feuerschein. Die Sentani gaben ihnen wortlos zu essen, und die Läuferbande legte sich zum

Schlafen nieder. Sark blieb mit einem Mann auf dem Hügel. Ein zweiter brachte ihnen das Essen, stellte es neben Sark nieder und stieß ihn an, aber er regte sich nicht.

Dailith brachte Eolyn und Royal zu essen, dann setzte er sich zu ihnen. »Kommt ihr zurück?« fragte er.

Sie sah ihn mit rot umränderten Augen an. »Wie kann ich? Ich schäme mich.«

»Komm! Sag ihnen, daß du einen Fehler gemacht hast. Komm mit mir!«

»Mit dir?«

Dailith sah sie an. »Ich ...«, sagte er. Dann schaute er Royal an. »Es wird jetzt albern klingen, aber ...«

Sie blickte in sein müdes, argloses Gesicht mit dem kräftigen Kinn und den warmen, braunen Augen. Sie begriff, was er nicht aussprach. Ihre Augen suchten im Kreis des Feuerscheins nach Tor. Er war nicht da. »Warum? Warum solltest du das tun? Schau sie dir doch alle an. Schau, wie sie uns ignorieren, wie sie uns hassen.«

»Sie hassen euch nicht. Sie geben euch nicht die Schuld wegen der Peshtak. Schließlich habt ihr sie vernichtet. Jedenfalls der arme Butto. Sie sind wütend auf euch, weil ihr in ihren Augen dickköpfig seid. Laß ihnen Zeit! Sie sind schockiert wegen der Wirkung der Strahler. Sie fürchten euch. Ihr seid uns allen unbekannt. Schau! Ihr ganzes Leben haben sie die leeren Stellen gemieden. Nun wurde heute, zum zweitenmal seit der Zeit des Feuers, eine neue gemacht.«

»Das ist keine leere Stelle. Es war nur eine Energieeruption. Etwas Strahlung wird es geben, aber nicht viel. Das zweitemal?«

»Sie haben von der Explosion der Kuppel gehört.«

»Ach so. Was soll ich tun?«

»Gib zu, daß du im Unrecht warst. Ich werde zu dir stehen.«

»Unrecht? Wieso war ich im Unrecht?«

»Du hast geglaubt, du könntest gefahrlos zu den Städten im Osten reisen. Du hast den ganzen Heart-Fluß in Gefahr gebracht, indem du diese Waffen beinahe den Peshtak in die Hände gegeben hättest. Sie hätten gegenüber von Pelbarigan am Fluß stehen und die Stadt systematisch vernichten können.«

»Warum habt ihr mich dann gehen lassen?«

»Was konnten wir tun? Du bist frei. Du kannst tun, was du willst. So denken alle Pelbar. Aber wenn die Sentani mit voller Streitmacht hiergewesen wären, hätten sie euch vielleicht alle getötet, weil sie wußten, was für eine gewaltige Gefahr ihr mitgebracht habt. Sie hatten schon unter den Peshtak zu leiden – vier Überfälle bisher, mit diesem hier fünf.«

»Was hättet ihr gemacht, wenn sie das getan hätten?«

»Gemacht? Was war da zu tun? Die Shumai hätten sich nicht darum gekümmert. Ihr habt uns zurückgewiesen, aber die Pelbar deswegen doch in ein schlechtes Licht gebracht. Wir haben euch nicht gehindert. Genug jetzt! Du siehst, wie es ist. Ich werde zu dir stehen, und Tor sicher auch. Er ist so großmütig. Er hat sich Sorgen gemacht. Irgendwie wußte er Bescheid. Er veranlaßte Ruthan, an euch zu funken und kam dann bis von Pelbarigan hierher.«

»Das hat er für mich ... für uns getan? Tor?«

»Er hat es für die Völker des Heart-Flusses getan, Eo. Er fürchtete die Waffen.«

»Also nicht um meinetwillen?«

»Um deinetwillen? Gütige Aven, Frau! Hast du jemals etwas anderes getan, als ihn zu verachten und lächerlich zu machen?«

»Er ist unbegreiflich.«

»Er ist kostbar. Hör zu, Eo! Keiner von euch beiden wird jemals wahrhaft glücklich sein. So wie die meisten von uns, meine ich. Ihr seid zwei Extreme. Ihr werdet beide irgendwie nach innen getrieben. Aber ... ich möchte gerne versuchen, dich glücklich zu machen. Lebe mit mir, Eo! Heirate mich! Ich meine es ernst. Ich werde dir alles sein, was ich kann. Komm mit mir zurück! Es wird gut werden.«

»Dich heiraten. Ich dachte mir schon, daß du das im Sinn hast.« Wieder betrachtete sie sein offenes, starkes Gesicht, voller Schmutz und Bartstoppeln, mit seiner jungen, unschuldigen Widerstandskraft, frei von der leichten, athletischen Arroganz, die die Shumai zeigten. »Ich ... ich ...

Nun, gut. Ich bin einverstanden. Bist du sicher, daß du dich darauf einlassen willst? Du sagst, du weißt, daß ich niemals glücklich sein werde.«

Dailith stieß ein nervöses Lachen hervor, dann senkte er den Blick. »Ja. Ich bin sicher. Ich wußte es schon, als die Kuppel noch brannte.«

Langsam legten sie sich zum Schlafen nieder, Dailith neben Eolyn und Royal. Eolyn konnte nicht einschlafen. Sie hörte, wie die Sentani den Wachen Zeichen machten und sie leise auswechselten. Sie hörte, wie ein Shumai leise aufstand, zum Hügel ging und sich neben Sark setzte, dann kurze Zeit darauf, wie ein zweiter zurückkehrte. Einmal hörte sie das tutende Bellen einer im Dunkeln nach Süden fliegenden Gänseschar – Celestes Vögel, die sie in jenem Frühjahr, es schien so lange her, auf den Lichtschirm gezeichnet hatte. In allem war ein Rhythmus. Alle diese Menschen fügten sich in den Rhythmus ein. Sie fühlte sich völlig ausgeschlossen davon. Vielleicht war bei ihrer Zusammensetzung etwas ausgelassen worden. Vielleicht war auch sie ein Komp, nur eine andere Art. Nein. So war es nicht. Sie konnte fühlen – wenigstens glaubte sie jetzt, es zu können. Dexter hatte sicher die ganze Zeit über weniger empfunden, zum Teufel mit ihm! Akzeptierte Dailith sie aus Liebe oder aus Pflichtgefühl? Worauf ließ sie sich ein, wenn sie versprach, ihn zu heiraten? Vor Monaten hatte sie noch geglaubt, das sei ein uralter, überholter Brauch. Bei Stel und Ahroe schien er allerdings gut zu funktionieren. Die beiden waren eine Einheit. Zwischen ihnen bestand ein Einvernehmen, das sie auf unheimliche Weise verband. Vielleicht würde es auch bei ihr funktionieren. Sie wollte es versuchen.

Als der erste Dämmerschein zu sehen war, hörte Eolyn Sark und einen zweiten Mann ins Lager kommen. Er ging an den Rand des schwachen Feuerscheins. »Nun, Tor, hat sich das gelohnt?« fragte er.

»Für dich nicht, Sark. Für uns andere, ja.«

»All diese Leute wären besser zusammen mit ihrer Kuppel zerbröckelt. Du hättest deinen Arm noch und ich meinen Sohn.«

»Das ist aber nicht möglich. Und wenn es so gewesen wäre, wären all diese Peshtak noch auf freiem Fuß, mordlüstern wie immer. Die Leute aus der Kuppel haben einen großen Teil des Verlusts getragen. Butto war ein großartiger Mensch.«

Sarks Stimme veränderte sich. »Tor, was würde Aven zu alledem sagen? Ich komme nicht darüber hinweg.«

»Die Worte Avens lauten, daß das Leben des Körpers nicht unser Leben ist. Unser Leben ist das, was wir tun, was wir denken, wie nahe wir in unseren Taten und Motiven dem reinen Leben Avens kommen. Denn wenn wir so sind, haben wir bekräftigt, daß wir die ewige Identität begreifen, als Wesen, die kein Fleisch brauchen, sondern nur den Willen Avens kennen und ihn befolgen müssen und wissen, daß uns das auf ewig in Avens Denken erhalten wird.«

Sark dachte darüber nach: »Aber Dard, er war doch bereit zu töten. Was würden ihm diese Pelbar-Ideen nützen?«

»Nein, Sark. Dard war seinen Freunden treu. Er war selbstlos. Er hielt zu ihnen, weil er hoffte, Leben zu retten. Er wollte keinerlei persönlichen Gewinn daraus ziehen. Das ist Liebe, Sark. Ich meine, wir müssen glauben, daß das Güte ist.«

»Was hältst du wirklich von diesen Worten Avens?«

»Ich weiß es nicht, Sark. Ich weiß es wirklich nicht. Aber betrachtet es doch einmal so. Das, was hier geschehen ist, war wieder dasselbe wie in der Zeit des Feuers, aber in kleinerem Ausmaß. Wenn Dard und Cruw, unsere Opfer, nicht gewesen wären, hätte es immer weitergehen und sein Feuer, seine Leere, seine Lebensfeindlichkeit immer wieder entfalten können, solange die Peshtak den Strahler hatten. Die Shumai waren dem Leben immer nahe. Wir haben es nie mit Mauern oder Kuppeln verleugnet. Dard ist mitten in diesem Leben. Wenn du im Frühling hierher zurückkommst, wirst du ihren Grabhügel mit Blumen übersät finden. Die Farne werden sich hier entfalten, und in den Bäumen darüber wird der Wind rauschen. Wenn die Sonne Lichtspeere durch die jungen Blätter herunterschickt, werden sie den Kennstein treffen, und der Stein wird zur Bestätigung ihres Wertes aufleuchten. Das Grab ist nicht in einer leeren Stelle wie jener Stab. Sie werden immer Teil dieses Tales, dieses Hügels sein, solange die Blätter nach dem Licht streben. Das ist die Ansicht der Shumai, und der Pelbar sieht ihren unsterblichen Teil als etwas, was jenseits dessen nach oben steigt, wie ich gesagt habe, und sie auch dann bestätigt, wenn es keine Blätter und kein Licht mehr gibt. Unser scharfer Schmerz wird gelindert werden, und zwar um so schneller, wenn wir diese höheren Gedanken zu unserer Medizin machen. Es ist schwer, aber das müssen wir tun.«

»So. Und das hast du wohl auch bei deinem Arm gemacht?«

»Ich bin dabei, Sark, ich versuche es. Fertig bin ich noch nicht damit.«

»Wirst du es jemals schaffen?«

»Ich weiß es nicht, Sark. Ich weiß es nicht. Aber ich weiß, daß Dark und Cruw uns eine starke Demonstration des menschlichen Werts gegeben haben. Sie sind gekommen, um uns alle zu verteidigen. Die Sentani werden oft genug hier vorbeikommen, und sie werden über die Jahre hinweg den Grabhügel säubern, wie wir es alle tun werden, wenn wir herkommen. Das gibt dir Dard nicht zurück. Aber du hast ihn uns allen gegeben. Wir sind eine Gemeinschaft, und wenn sie für uns gestorben sind, müssen wir gut für sie leben und ihr eigenes Lebensgefühl illustrieren, nachdem sie es nicht mehr können.«

»Ich muß es seiner Mutter sagen. Ich wünschte, du wärst dabei, um ihr das alles zu erzählen.«

»Ach. Wer kann einer Mutter solche Dinge über ihren Sohn sagen? Ihren Sohn.«

»Ich werde in die Prärien gehen, Tor. Ich werde am Isso überwintern. Ich muß Flayer gegenübertreten und es ihr sagen. Aber jetzt kann ich das nicht. Ich kann es nicht einmal mir selbst sagen. Ich glaube, ich bin fertig mit der Läuferbande, Tor.«

Tor grunzte und stand auf. »Ich begleite dich an den Fluß«, sagte er. »Aber wir müssen zu Fuß gehen.«

»Wir sind ganz steif, Tor, und dabei haben wir keine Messerstiche abbekommen. Wir werden gehen.«

Wie sich herausstellte, gingen außer Tor und Tristal sechs von den Shumai mit Sark. Die sechs wollten mit dem alten Mann den Fluß überqueren und am Isso in der Nähe eines der Gehöfte überwintern. Blu und die übrigen sollten Eolyn und Royal nach Palbarigan zurückbegleiten. Eolyn blieb unter ihrer Fellrolle, als die zwanglosen Abschiedsgrüße getauscht wurden. Sie versuchte sich nicht zu bewegen. Jemand rüttelte sie an der Schulter, sie drehte sich um und blickte auf. Neben ihr kniete Tor. »Leb wohl, Eo«, sagte er.

»Dein Arm, Tor. Er könnte sich infizieren. Sei vorsichtig damit. Halte ihn sauber!«

»Was noch davon übrig ist, wird schon heilen. Keine Sorge, Dailith und Blu werden sich um euch kümmern.« Er stand auf und ging zu den anderen. Sie sah ihm nach, wie er sich steif zwischen seinen Männern und den Sentani bewegte, die alle Ehrfurcht vor ihm hatten und ihn freundlich aber respektvoll behandelten, als sei er ein Mond in einer Sternenwolke.

Tristal stand bei ihnen, mit gesenktem Kopf, und putzte die letzten Flecken getrockneten Bluts von der Angel des Klappmessers, das Stantu ihm geschenkt hatte. Er hatte den dritten Peshtak auf dem Hügel damit getötet. Die anderen schauten ihn mit neuer Achtung an, als einen, auf den man stolz sein konnte. Eolyn sah einen Rest von Sorge in seinem Gesicht. Er rieb jede Ecke des Messers mit trockenen Blättern ab und versuchte jetzt sogar, alte Flecken zu entfernen, die noch aus der Zeit stammten, als Stantu das Messer in Nordwall und auf den Ebenen benützt hatte, als hoffte er, es wieder in frisches, sauberes Metall, direkt aus der Schmiede, glänzend und glatt, zurückzuverwandeln.

# DREIZEHN

Die Rückkehr nach Pelbarigan war für Eolyn nicht einfach. Wenigstens saß sie auf einem Pferd, aber das hartnäckige Schweigen der Shumai und Royals, der Schmerzen hatte, zermürbte sie.

Am Abend des zweiten Tages sprach sie Blu darauf an. »Wenn ihr nicht mit uns reden wollt, warum verlaßt ihr uns nicht einfach? Ich bin sicher, wir finden alleine zurück.«

»Was gibt es da zu sagen? Und wir müssen diesen Weg sowieso gehen.«

»Das ist keine offene Antwort, Blu. Ich habe mich überschätzt. Die Peshtak habe ich nicht geschaffen. Wenn ihr sie ohne mich, oder uns, getroffen hättet, wärt ihr vielleicht alle umgekommen.«

»Das stimmt. Es ist der Schock. Wir sind das Kämpfen, das harte Leben gewöhnt. Aber ein ganzes Tal auf einmal zu verbrennen, wie auf ein Fingerschnippen, mit allen Menschen darin. Ich glaube, wir haben Angst vor euch.«

»Angst vor mir? Was ist mit mir? Wie soll ich mich da wohl unter acht schweigenden Männern fühlen, alle bewaffnet, die mich hassen und alle tagelang mit mir zusammen sind?«

»Wir hassen dich nicht. Wir begreifen nur nicht. Die ganze Welt hat sich verändert. Wir sind mittendrin.«

»Ihr könnt immer noch hinaus auf die leeren Ebenen gehen und dort so leben, wie ihr es immer getan habt.«

»Nein. Jetzt nicht mehr. Etwas ist zerbrochen. Ich gehe nach Pelbarigan.«

»Wozu? Um Ruthan zu heiraten?«

Blu blieb überrascht stehen. »Ich will sie fragen. Woher weißt du das?«

»Tor hat es gesagt. Er sagte ... er sagte, er hätte es gemerkt, als er Dusk, deinen Hund, beobachtete.«

Blu dachte darüber nach. Hinter ihm begann Rawg zu lachen. Blu wandte sich ärgerlich zu ihm um. »Nein, Blu«, sagte Rawg und hob die Hände. »Ich habe es auch gesehen. Auf dem Schiff. Aber Tor hatte euch den Rücken gekehrt. Er mußte gehört haben, wie Dusks Krallen klickten, als er um euch herumging.«

Blu genierte sich. Aber er wandte sich wieder an Eolyn. »Nun, was meinst du? Was wird sie sagen?«

»Ich? Ich weiß es nicht. Ich habe keines von euren Talenten. Ich finde, es ist eine logische Entscheidung, solange du sie nicht in der Wildnis herumschleppst.«

»Das werde ich nicht tun. Nein, obwohl wir vielleicht einige Reisen machen werden. Hoffe ich.«

Als sie Pelbarigan erreichten, entdeckten sie, daß Tor schon dagewesen und wieder fortgegangen war, stromaufwärts. Er und Tristal wollten einen Holzfällerplatz besuchen und vielleicht einige Zeit dortbleiben. Er sagte, er wolle seinen linken Arm mit schwerer Arbeit kräftigen.

Überraschenderweise berief die Protektorin bald nach der Rückkehr von Eolyn und Royal eine Ratsversammlung ein. »Es wird eine ziemlich kurze Versammlung sein«, sagte sie. »Ich habe zwei Dinge zu verkünden. Das erste ist, daß ich ein Abkommen mit dem nördlichen Quadranten getroffen habe, ehe wir daran gingen, die Kuppel aufzubrechen. Ich sagte, wenn es nicht gut ausginge, würde ich zurücktreten. Ich habe darüber nachgedacht und bin zu der Entscheidung gekommen, daß es wirklich nicht gut genug ausgegangen ist. Mein Fehler war, nicht auf Eolyn und ihre Gruppe einzuwirken, um sie zum Bleiben zu bewegen. Deshalb lege ich hiermit mein Amt nieder und bitte euch, morgen um diese Zeit eine Wahl abzuhalten.« Überall im Raum erhob sich ein Raunen, und eine Reihe von Leuten stand auf, um zu protestieren. Die Protektorin erhob sich und wollte gehen.

»Warte, Protektorin!« sagte einer ihrer Gardisten. »Du hast deine zweite Ankündigung noch nicht gemacht.«

»Ach ja«, sagte die Jestana und drehte sich um. Sie hob die Hände, und die Gardisten klopften auf den Boden, um für Ruhe zu sorgen. »Die zweite, Sache. Morgen, im ersten Viertel nach Sonnenhochstand, werden im Tempel drei

Hochzeiten stattfinden. Nur eine davon wird im Pelbarstil sein, obwohl unsere Geistlichen sie alle abhalten werden. Ich hoffe, ihr seid einverstanden. Die erste ist die Hochzeit unseres Gardisten Dailith mit Eolyn. Die zweite die von Blu dem Shumai mit Ruthan.« Wieder erhob sich Gemurmel. »Die dritte – die dritte«, sagte die Protektorin mit erhobener Stimme, »wird die meine sein. Thornton und ich werden heiraten. Er hat mich gefragt, und ich habe, nach Art der Alten, wie er mir versichert, eingewilligt. Wir werden nach Nordwall ziehen, damit ich bei meinem Sohn sein kann. Wir werden dafür sorgen, daß ihr alle Informationen über die Welt der Alten erhaltet, die er ausfindig machen kann.« Sie drehte sich um und verließ den Raum durch die Tür hinter dem Sessel der Protektorin. Der ganze Rat war wie vor den Kopf gestoßen und stand eine Zeitlang schweigend da. Als die Leute dann den Saal verließen, stieg das Gemurmel wieder an.

Wie die Protektorin vermutet hatte, waren Rat und Stadt nicht der Ansicht, daß sie in der Sache von Eolyns Abreise falsch geurteilt hätte. Den Hauptverlust hatte Eolyns eigene Seite zu tragen und die Peshtak. Die Shumai waren nicht aus Pelbarigan, und so empfand man den Verlust von Dard und Cruw niemals besonders schwer. Man war auch erleichtert, daß die Strahlenwaffen vernichtet worden waren. Die Shumai hatten jedes Stück einzeln in den Fluß geworfen, Ayas voneinander entfernt, bis auf den Energietornister, den Blu aufbewahrte.

Das Mitgefühl in dieser Angelegenheit milderte den Schrecken darüber, daß sie Cohen-Davies heiraten wollte. Aber als die Leute darüber nachdachten, sahen sie ein, daß sie sehr lange Protektorin gewesen war, treu gedient hatte und schon seit einer Weile von diesem Posten frei sein wollte, obwohl es nie opportun geschienen hatte. Der Nordquadrant bekam schließlich zu spüren, daß man ihn ausmanövriert hatte. Die Stimmung wandte sich gegen ihn. Es gab offenbar keine Aussicht, daß eine konservative Protektorin gewählt werden könnte. Als die Zeit zur Abstimmung kam, wurde Sagan, die frühere Osträtin, Stels Mutter, gewählt. Es war eine bittere Niederlage für die Angehörigen des

Nordquadranten, und wieder sprachen sie davon, sich nach Threerivers zurückzuziehen. Aber auch sie sahen die neue Hoffnung, die eine Pelbarakademie versprach, und die Aussicht darauf, daß die Stadt die Vorrangstellung wiedererlangen könnte, die ihr das schnell gewachsene Nordwall abgenommen hatte.

Bei den Hochzeiten war der Tempel so voll, daß er fast überquoll. Dailith und Eolyn wurden nach dem traditionellen Pelbarritus getraut. Der unterschied sich hauptsächlich dadurch, daß sich der Bräutigam völlig seiner Braut unterwarf, wie es der alte Pelbarbrauch erforderte. Dailith akzeptierte das von seiner Erziehung her. Die beiden anderen Hochzeiten orientierten sich an Cohen-Davies' Erinnerungen an aufgezeichnete Hochzeiten aus alter Zeit. Als er und die Jestana sich küßten, stieg spontaner Jubel von der Versammlung auf und vermischte sich mit dem Anfang der Schlußhymne des Chors. Als die zwei alten Neuvermählten langsam durch den Seitengang der Kirche hinuntergingen, hatten sie fast einhellig die Sympathie der gesamten Gemeinde auf ihrer Seite, denn Cohen-Davies hatte sich durch seine spannenden Erzählungen beliebt gemacht.

Bald danach kam ein Tantalschiff, um die Jestana und ihren beträchtlichen Besitz abzuholen. Das Schiff hatte eine schwarze Flagge gesetzt. Daran erkannten alle sofort, daß Stantu gestorben war, und die Menge verhielt sich ruhig, als das Schiff am Uferkai anlegte und Jestaks Familie herunterkam.

Nahe am Ufer, wo Stel den Aufbau einer Eisrampe überwachte, hielt einer der Arbeiter inne und schaute hinüber. »Platzende Bienennester und blühende Kühe, schaut euch das an!«

Ahroe, die in der Nähe stand, wirbelte herum, um ihn wegen seiner Ausdrucksweise zu tadeln. Garet war in der Nähe. Dann folgte sie seinem Blick zu Jestaks Tochter Fahna, die gerade mit ihrer Familie zum Haupteingang der Stadt ging. »Du«, sagte sie. »Glan. Es gehört sich absolut nicht …« Alle vier Männer wandten sich ihr zu und grinsten, einschließlich ihres eigenen Gatten. »Stel. Ich kann es nicht glauben.«

»Ich kann es auch nicht glauben, Ahroe.« Die Männer lachten.

»Wie kann jemand ...«, begann sie. Dann schaute sie auch hin. »Nun, was kann ich da noch sagen? Vergeßt es. Vergeßt es!« Sie wandte sich ab.

Fahna ging in ihrer Jugendfrische durch die frühwinterliche Kälte, als streue sie Blumen. Sie blickte sich um, aber nur sie wußte, daß sie nach Tristal suchte. Er war nicht da. Ein leichtes Erröten steigerte ihre Schönheit noch. Der Gardist am Tor versäumte es, die Hand zum Gruß zu heben, aber Jestak rollte nur die Augen zu Tia hin und ging hinein, um seine Mutter zu suchen. Sie war jetzt eine einfache Bürgerin, befreit von der Politik, die ihr Leben erfüllt hatte, zuerst als Familienoberhaupt, dann als Rätin, schließlich während der Jahre als Protektorin. Jetzt würde Oet sie nachts nicht mehr wecken, um ihr von einer Krise zu berichten. Sie würde sich nie mehr aufsetzen und sofort die richtige Entscheidung treffen müssen inmitten einer Stadt, die darauf wartete, daß sie sich vertat. Aber sie würde sich auch nicht in einem langweiligen Ruhestand befinden. Sie würde den Informationsstrom leiten, der von ihrem neuen Gatten ausging, und, wie sie dachte, dabei auch ihre und seine Privatsphäre hüten. Es tat ihr leid, daß ihre alte Freundin und einstige Gegnerin Sima Pall nicht in Nordwall sein würde, um sie zu begrüßen. Aber das Leben würde trotzdem erfüllt und lebenswert sein. Sie freute sich darauf, auf dem großen Schiff den Fluß hinaufzufahren, auch wenn die Kälte aus dem Norden schon vereinzelte Schneeflocken brachte.

Spät im Letztmonat ruderte Stel allein in einem Pfeilboot flußaufwärts, um Tor und Tristal im Holzfällerlager zu besuchen. Als er das Lager betrat, blies er ein Lied auf seiner Flöte, unbeholfen, mit Fäustlingen an den Händen. Die beiden bückten sich durch die niedrige Tür einer kleinen Blockhütte, um ihn zu begrüßen. Der Himmel war grau, und es schneite, fast der kürzeste Tag des Jahres. Stel sah überrascht, wie Tristal aufgeschossen war, er war nur noch eine Fingerbreite kleiner als Tor, aber immer noch schmal.

»He, Stel!« sagte Tor. »Was ist los? Gibt es einen Krieg auszufechten?«

»Nein. Hallo, ihr beiden. Die anderen sagten mir, ihr würdet hier drüben sein. Ich habe euch ein paar Sachen gebracht, hauptsächlich von Ahroe und von Ruthan und Eolyn.« Ahroe hatte Honigkonfekt und Kaninchenfellsocken geschickt, mit dem Fell auf der Innenseite. Sie hatte noch eine Rolle Avens beigelegt, für Tor abgeschrieben, in Buchform, und ein Rätselbuch für Tristal. Ruthan schickte neue Angelhaken, ein paar Kümmelkuchen und einen kleinen Beutel mit Würzkräutern. Eolyn schickte ihre erste Mathematikschrift, zu Unterrichtszwecken verfaßt, zusammen mit einem Rechenschieber, wie ihn die Alten vor der elektronischen Mathematik benützt hatten. Sie hatte auch noch einen kleinen Steingutkrug mit saurem Apfelgelee beigelegt. Celeste hatte den Topf in der Keramikwerkstatt der Pelbar gemacht. Er war sauber und genau gearbeitet, mit einem mit Bienenwachs abgedichteten Deckel.

Stel blieb einen Tag lang und lernte die gemischte Gruppe aus neun Shumai, einem alten Sentanipaar, das kochte und Arbeiten im Lager verrichtete, und vier Pelbar kennen, die arbeiteten und Pelbarigan vertraten, wohin die Stämme geschickt werden sollten. Die Sentani hatten eine Pellute, und ein großer Teil des Abends wurde mit Gesang mit Instrumentalbegleitung verbracht.

Am zweiten Morgen stand Tor im nassen Schnee, als Stel sein Pfeilboot in den grauen Fluß hinausschob. Stel drehte sich um und winkte, als er in die Strömung hinausgeglitten war, und Tor ruckte zur Antwort nur kurz mit dem Kopf. Woran dachte der Axtschwinger? Stel sah keine Motivation in ihm, keinen Antrieb. Er schien auf etwas zu warten.

Der Pelbar ruderte nahe am Ostufer entlang, wo die Fahrrinne verlief, die ihn mit unauffälliger Schnelligkeit forttrug, nach Süden. Sonne schien auf die Eisdecke, die dünn über dem größten Teil des Flusses lag. Stel blinzelte dagegen an. Am Nachmittag würde er bei Ahroe sein. Ihre Schwangerschaft war jetzt sehr deutlich sichtbar, und wie einige andere Frauen leuchtete sie richtig von innen heraus. Man hatte sie bis zur Entbindung mit Offizierspflichten in der Garde betraut, aber Stel sah das auf Dauer als Schritt nach oben. Das machte ihm Sorgen. Er liebte es, immer noch ein wenig Handlungsspielraum zu haben, hoffte auf eine neue Reise. Sie würde im Rat sitzen und es bei all den Veränderungen und neuen Problemen nicht leicht haben.

Während Stel einen Schwarm von Tauchenten beobachtete, die auf dem Weg zum Futterplatz über ihn hinwegschossen, ließ ihn ein Rauschen und Kratzen den Kopf wenden. Er schaute durch das blendende Licht und sah einen Speer vor sich aus dem Pfeilboot ragen. Um den Schaft quoll Wasser herauf. Sofort kniete er nieder, beugte sich vor, stopfte ein Stück Leder in das Loch und wandte sich zum Ufer. Eine Gruppe von Shumai mit einem älteren Axtschwinger stand da, lachend und spottend. Sie machten einen unzivilisierten Eindruck, waren nur in Leder und Felle gekleidet. Stel sah keine Bogen.

Ohne nachzudenken faßte er einen Entschluß und ruderte direkt auf das Ufer zu. Er wußte, sie würden damit rechnen, daß er abwendete, aber er fuhr so weit, daß er mit den Speeren leicht zu erreichen war. Er würde nie entkommen.

»Was auf Sertines grünen Ebenen ist denn mit euch los?« fragte Stel, Ärger vortäuschend. »Das Wasser ist doch kalt. Schwimmen mag ich lieber im Sommer.« Er ahmte den Shumaidialekt nach, den er beherrschte, weil er jahrelang täglich Hagen gehört hatte. Sie machten verdutzte Gesichter, aber einige verspotteten ihn. Er zog das Boot, von Speerspitzen bedroht, ans Ufer, wandte ihnen aber den Rücken zu, bückte sich, riß den Speer aus dem Boot, hielt ihn den Shumai hin und fragte: »Wem gehört der?« Ein Mann nahm ihn.

Stel ließ seinen Blick über die Männer schweifen, die verstummt waren. »Ihr sucht wahrscheinlich Tor. Er ist mehr als einen Ayas stromaufwärts auf diesem Ufer. Er fällt Holz für den Winter. Ich komme gerade von da. Hier, vielleicht hört er das Horn noch.« Stel nahm sein Horn, aber es wurde ihm aus den Händen gerissen. »Na gut«, sagte er. »Dann ruft ihr.« Er spürte, wie ihm die Beine unter dem Leib weggetreten wurden. Im Schnee sitzend sagte er: »Wo seid ihr denn gewesen? Wir haben seit Jahren Frieden. Was ist los mit euch?«

»Fischgeier von einem Pelbar. Was für einen Frieden?«

Stel blickte auf. »Gütige Aven, Mann. Nach dem Kampf um Nordwall. Am ganzen Heart-Fluß herrscht Frieden.«

»So ein Unsinn! Frieden? Was habt ihr mit den Shumai gemacht? Wir haben die ganzen oberen Ebenen überquert und keine einzige Spur von einer Läuferbande gefunden.«

»Dann hatte Tor also recht.«

»Welcher Tor? Womit recht. Jetzt rede schnell, ehe wir dich auf ein paar Speerspitzen reiten lassen.«

»Tor ist ein Axtschwinger, der letzten Sommer einen Arm verlor, als er mich aus der Kuppel holte. Seine Läuferbande hat sich aufgelöst. Das tun jetzt alle Banden. Sie lassen sich am Isso und in Nordwall nieder. Sie treiben Landwirtschaft, fällen Holz, hüten Vieh. Treibt keine Späße mit mir. Das wißt ihr doch sicher.«

»Du lügst, Mensch.«

Neben dem Boot rief ein zweiter Mann: »He, Ilder, er hat Shumaitrinkhörner und -schalen in seinem Beutel.« Die Männer wandten sich um, bis auf einen gingen alle zum Boot. Stel sah, wie sich der Mann umdrehte. Er glaubte, einen Hund zu hören: Raran. Er schlug den Mann nieder und rannte davon, dachte dabei, ich bin ein Narr, und duckte sich hinter Bäume und Büsche, während das Shumaigeschrei aufgellte. Sie würden versuchen, ihn zu jagen, bis er erschöpft war, dachte Stel. Das konnten sie auch, wie er wußte, aber nicht so leicht. Es waren alles ältere Männer, älter als er, wenn auch langgliedrig. Einer hätte ihn beinahe erwischt. Ja, jetzt hörte er Raran in der Nähe. Der Mann packte ihn am Kragen. Stel wand sich los und rannte weiter, während Raran vorbeiflitzte, dem Mann an die Brust sprang und ihn zu Boden riß.

Stel drehte sich nicht um, schrie aber: »Komm, Raran, altes Mädchen!« und dachte: Wenn sie mit mir läuft, werden sie mich aufspeeren. Er blickte über die Schulter. Raran kam nicht. Sie stand über dem Mann, den sie umgeworfen hatte. Alle Haare auf ihrem Rücken sträubten sich, und ihr Kopf war mit gebleckten Zähnen an der Kehle des Mannes. Stel blieb stehen und drehte sich um. Er konnte den Hund nicht im Stich lassen.

»Ruf deinen Hund weg, du Fischbauch!« schrie der Axtschwinger. »Wir geben dir ein Viertel Sonnenbreite Vorsprung.«

»Sie ist Tristals Hündin. Wenn ihr wollt, daß euer Mann am Leben bleibt, ruft Tor mit dem Horn!«

»Nicht nötig, wenn er das ist, der da kommt.«

Stel warf schnell einen Blick zurück. Es war Tor, mit Tristal und vier anderen Männern. Jetzt brauchte er nur noch abzuwarten. Tor blieb bei Stel stehen, und der sagte: »Sie haben mein Boot gespeert. Sie wissen nicht einmal, daß wir Frieden haben.« Tor ging auf die aufgestellten Speere zu, die linke Hand erhoben.

»Tor Vison, ursprünglich von der Großen Schleife«, sagte er. »Was ist los? Hat Stel euch angegriffen?«

Der Axtschwinger trat vor. »Disdan. Wir kommen vom Eisland.«

»Eisland? – Egal. Tristal, ruf Raran zurück! Ihr kommt besser mit uns. Wo immer ihr auch gewesen seid, anscheinend wißt ihr nicht, daß wir Frieden haben. Wir haben einen Eintopf auf dem Feuer stehen. Schickt jemanden, der Stels Boot holt! Vermutlich muß er es reparieren.« Tor wandte dem Shumai den Rücken zu und ging flußaufwärts zu den wartenden Holzfällern. Stel folgte ihm. Stel hörte den Schnee hinter sich knirschen, als die Shumai nachkamen. Raran trottete neben ihm her.

Sie brachten das Boot tatsächlich mit, wieder mit allem, was darin gewesen war und auch mit ihren eigenen Rucksäcken beladen schleiften sie es über den Schnee. Als sie bei den Shumai Sentani und Pelbar fanden, waren sie überrascht. Tor sagte, sie sollten sich setzen, gab ihnen zu essen, und sie redeten den ganzen Tag miteinander, während Stel die zerbrochenen Bootsbretter herausschnitt und neue passend hobelte, dann klebte er sie fest, ließ alles trocknen und goß geschmolzenes Bienenwachs darüber.

Disdan hatte nichts vom Frieden gewußt. Er und seine Männer waren fünfzehn Jahre lang nicht mehr in dieser Gegend gewesen, sondern weit im Norden und Westen. Sie erzählten Tor von einem Land voller Flachhornhirsche, von Bergen aus Eis mit schmalen Tälern dazwischen, von Herdentieren und Wölfen und von großen weißen Tieren. Ilders Mantel, ein großes, dickes Kleidungsstück, war aus einem Teil eines Fells gemacht.

»Es hört sich an wie das, was die Pendler Bären nennen«, rief Stel herüber. »Ich bin in den westlichen Bergen einem begegnet. Der war zwar auch groß, aber grau.«

»Das stimmt«, sagte Tor. »Stel war dort und noch weiter. Die Welt hat sich verändert. Jetzt erzählt mir mehr von diesem Land aus Eis.«

Stel sah, wie Tors Augen aufleuchteten. Disdans Männer redeten bis in den Abend hinein über diese Gegend. Nirgends lebten dort Menschen. Nach Westen zu versperrte eine Kette aus großen, ständig schneebedeckten Bergen den Weg. Sie hatten die Berge niemals überquert. In sorgloser Selbstvergessenheit hatten sie gelebt, frei von Ängsten, wie sie sagten. Tor wußte, daß sie noch etwas zurückhielten.

Schließlich, lang nach Sonnenuntergang, als sie wieder Eintopf aßen, kam es heraus. »Die Wahrheit ist«, sagte Disdan, »daß unser Axtschwinger ein Mann namens Uchman war.«

»Uchman? Derjenige, der vom Kan-River-Lager aus die Prärie gegen den Wind in Brand setzte?«

»Derselbe. Er ist geflohen, und wir gingen mit ihm. Dieses Frühjahr ist er gestorben. Da beschlossen wir, wieder nach Hause zu gehen.«

»Er hat viele Menschen getötet«, sagte Tor.

Sie verstummten. »Er hat immer behauptet«, sagte Disdan, »daß er das Feuer angezündet hat, um eine Herde von schwarzen Rindern zu treiben, aber als es aus dem Windschatten der Berge herauskam, hat der Wind es erfaßt.«

»Nun, das ist lange her. Seitdem hat es viele Feuer gegeben.« Tor schaute Tristal an. »Erst diesen Herbst hatten wir eines, das niemand für möglich gehalten hätte. Erzählt mir von diesen Bergen. Du sagst, niemand hat sie überquert?«

Als Stel sich schlafen legte, redeten sie noch immer. Als er am Morgen abfuhr, zogen zwei der Männer, die ihn am Tag zuvor beinahe getötet hätten, sein Boot über den Schnee zum Fluß. Diesmal ruderte er weit hinaus auf das Wasser, er wußte zwar, daß das albern war, fühlte sich aber wohler dabei. Als er in der Abenddämmerung das Horn vom Rive-Turm hörte, das seine Ankunft meldete, war er froh.

Ahroe und Garet standen am Ufer und warteten auf ihn. »Was ist geschehen?« fragte Ahroe. »Du kommst spät. Wir haben letzte Nacht bis weit in den vierten Quadranten hinein gewartet.«

»Eine Bande von wilden Shumai hat das Boot aufgespeert, sie waren alle in Tierfelle gekleidet. Sie wußten nichts vom Frieden.«

»Was? Im Ernst, Stel? – Wir haben uns wirklich Sorgen gemacht.«

»Es ist Ernst.« Er lachte. »Jetzt sind sie bei Tor. Sie sagen, sie wollen hierherkommen, und ich habe ihnen versprochen, sie alle auf einen der Türme hinaufzuführen. Du wirst sehen. Hier. Geschenke von Tor und Tristal.«

»Hattest du Angst, Vater?« fragte Garet.

Stel legte seine Arme um die beiden. »Gar, ich hatte solche Angst, daß ich ... daß ich ...«

»Laß das!« sagte Ahroe. »Du bist hier. Bring das Boot zurück! Weißt du was? Ein Geheimnis. Ruthan bekommt ein Baby.«

# VIERZEHN

Nicht lange danach kam Disdans Läuferbande tatsächlich nach Pelbarigan, die Shumai trabten am gefrorenen Flußufer entlang wie zottige Tiere. Über das Winterfest blieben sie da, hingen herum, starrten alles an und wurden lästig. Blu sagte ihnen schließlich, es sei Zeit zum Arbeiten und schlug ihnen vor, sie sollten zu Tor zurückkehren und ihm helfen, oder in Pelbarigan Holz schlagen. Statt dessen beschlossen sie, ins südliche Shumaigebiet zu ziehen, um nach Verwandten zu suchen.

Mit einem Teleskop aus Celestes optischer Werkstatt sah ihnen Eolyn vom Turm aus nach. Sie schauderte.

»Ist dir kalt?« fragte Dailith und legte den Arm um sie.

»Nein. Sieh sie dir an! Ihre Ahnen waren vielleicht Buchhalter oder Cumputerfachleute oder Staatsbeamte. Und sie laufen da wie die Tiere durch den Schnee.«

»Das haben wir den Buchhaltern, Computerfachleuten und Staatsbeamten zu verdanken. Sie haben den Schaden angerichtet.«

»Irgendwo war da ein Fehler im System.«

»Wirklich? Tor sagt, der Fehler lag im Herzen der Menschen.«

»Tor. Er ist auch so ein wildes Tier. Warum sprichst du immer wieder von ihm?«

»Ich weiß es nicht. Er verfolgt mich. Er ist nicht dumm. Er ist sogar zu Höchstleistungen fähig, wie du wissen müßtest. Ich weiß, daß er glaubt, die tiefsten menschlichen Probleme werden im Inneren gelöst, und daß die Lösungen nicht in der Technologie zu suchen sind.«

»Er braucht sie aber doch nicht so völlig zu meiden und da draußen mit seiner Axt herumzuhacken, anstatt eine einfache Maschine zu entwerfen, die ihm die Arbeit abnimmt. Was für Lösungen will er denn in seinen endlosen ›Worten Avens‹ oder in den Shumai-Liedern finden? Soviel ich gehört habe, will er jetzt über den Sentani-Gott Atou nachlesen.«

»Das ist alles eins, Eo. Es ist ein Gott unter verschiedenen Namen.«

»In der Kuppel dachte ich immer, Gott sei nichts als ein Ausruf.«

»Ich bin nicht sicher. Kehren wir dem Bereich, in dem unsere Studien wirklich liegen sollten, vielleicht den Rücken? Betreten wir wieder eine lange Straße zu technologischem Wohlstand und lassen die Suche nach religiöser Einsicht, nach dem, was die Haframa geistiges Erkennen nennt, zurück?«

»Religiöse Einsicht kann dich nicht ernähren, sie hält dich auch nicht warm und befreit dich nicht von Krankheiten, Dai. Bitte, sei ernsthaft!«

»Ich wünschte, ich könnte so sicher sein wie du.«

An einem nebligen Morgen früh im Windmonat trieb das große Holzfloß langsam den Fluß herunter, mit der ganzen Arbeitsmannschaft darauf. In der Mitte, auf einer festgezurrten Steinplatte kochte der Eintopfkessel von Souf, der Sentanifrau, immer noch. Er wurde anscheinend nie leer, man nahm nur davon weg oder fügte etwas hinzu.

Tor und Tristal gingen an Land und stapften zu Ahroes Haus hinauf. Sie bewegten sich munter, erfrischt und zufrieden. Als sie an diesem Abend miteinander sprachen, fragte Tor nach seinem Boot. Hatte Stel es irgendwo gelagert? War es in gutem Zustand?

»Ja«, gab Stel zurück. »Wir haben es gut kalfatert und in die Lagerhöhlen gebracht. Willst du schon so bald fort? Du bist doch gerade erst gekommen.«

»Wir ziehen in Disdans Eisland, Stel. Wir wollen die Berge überqueren. Wir wollen dorthin gehen, wo noch niemand war.«

»Tor«, sagte Ahroe. »Mit Tristal? Wann kommt ihr zurück?«

»Zurück? Daran habe ich noch gar nicht gedacht. Vielleicht nie. Es hängt davon ab, was auf der anderen Seite der Berge ist.«

Das Gespräch wandte sich anderen Dingen zu, aber Ahroe sagte wenig. Schließlich ging sie in die hinteren Räume und wollte nicht mehr herauskommen.«

»Was habe ich angestellt?« fragte Tor.

»Du hast gesagt, du willst fortgehen und vielleicht nicht mehr zurückkommen«, sagte Stel. »Und Tris mitnehmen.«

»Das ist aber eine gute Sache, Stel. Du wirst es vielleicht sehen.«

»Ich hoffe es. Ich hoffe es wirklich! Tris, kommst du nach Hause?«

»Nach Hause?« Sein Gesicht leuchtete auf. »Ich weiß es auch nicht. Eines Tages vielleicht. Aber zu Hause, das ist bei Tor.«

Ein wenig später nahm Tristal Stels Pellute und sang ihnen ein Lied vor, das er selbst gemacht hatte. Er hatte im Holzfällerlager geübt und sang nach Art der Pelbar mit seiner neuen, tiefen Stimme:

*»Leb wohl, mein lieber Fremdling,*
*ich lasse dich jetzt gehn.*
*Zwei wirre Strähnen deines Haars*
*in meinem Kopf wehn.*

*Vergessen ist die Klinge,*
*geschärft an einem Stein,*
*doch prüft man mit dem Daumen sie,*
*dann schneidet sie tief ein.*

*Das dunkle Blut quillt um den Schnitt,*
*doch endlich wächst er zu.*
*Umhüllt von Ferne und von Zeit*
*heilt jedes Weh im Nu.*

*Die Sonne blickt herab aufs Land,*
*der Seele gibt sie Kraft.*
*Sie hüllt uns ein mit ihrem Schein,*
*das Licht und Klarheit schafft.«*

Stel war gerührt von dem Lied und bat Tristal, es noch einmal zu singen, damit er es lernen könne. Beim drittenmal erschien Ahroe in der Tür. Ihre Zeit war nahe, sie lehnte sich zurück, um das Gewicht ihres geschwollenen Leibes auszugleichen. Ihre Augen waren gerötet. »Könnt ihr nicht leise sein?« fragte sie. »Garet möchte schlafen.«

Von drinnen kam eine Stimme. »Nein, das stimmt nicht, Mutter. Ich höre zu.«

»Sei still. Leg dich hin und sei still!«

Bald darauf gingen sie alle zu Bett.

Der Morgen stieg neblig herauf. In der Dämmerung holten Tor und Stel das Boot heraus und verstauten Proviant darin. Blu kam mit Ruthan ans Ufer, beide schienen glücklich. Er und vier seiner Leute legten Gärten und etwas an, was Ruthan ›eine Experimentalparzelle für landwirtschaftliche Forschung‹ nannte.

Als sie bereit waren, fragte Tor: »Wo ist Ahroe?«

»Sie wollte nicht kommen. Vermutlich ist sie auf einem von den Türmen, wenn sie zu zweit da hinaufgekommen sind.«

»Warum? Will sie nicht einmal auf Wiedersehen sagen?«

»Nein. Das konnte sie nicht, Tor. Du gehst so weit fort, nimmst Tris mit und kommst vielleicht niemals wieder.«

»Oh. Nun, dann sag ihr Lebewohl. Wir wollten ihr das noch geben.« Er reichte Stel eine kleine Scheibe, so groß wie zwei Daumennägel, aus silbrigem Metall. In einem Bogen um den oberen Rand stand FREIHEIT. Darunter war ein Frauengesicht in Flachrelief, nach rechts blickend, unter dem Rost schwach zu erkennen. »Ich fand, daß es ihr ein wenig ähnlich sieht. Nicht so hübsch natürlich. Ich habe es diesen Winter in den Felsen gefunden.«

»Es ist eine Münze, eine Münze aus alter Zeit«, sagte Stel und drehte sie in seiner Hand. »Man hat sie als Tauschmittel verwendet. Die Pendler hatten welche.«

»Oh. Bitte sag ihr, sie soll nicht böse sein. Wir müssen gehen.«

»Ich weiß. Sie weiß es auch.«

Sie schoben den Bug ins Wasser hinaus, dann umarmte Tor die Männer und küßte Ruthan. Sie biß die Zähne zusammen und sagte nichts. Dann schoben sie das Boot noch weiter hinaus, stiegen mit Raran ein, und Blu stieß sie in die Strömung.

Ahroe stand mit Celeste auf dem Gagen-Turm. Das Mädchen schaute hinunter und fragte: »Wer ist das? Auf dem Fluß. Es ist nicht Tor. Oh. Da im Bug steht Tor. Sieht aus, als wären es zwei Tors.«

»Das ist Tristal, Celeste. Sie gehen fort.«

»Tristal? Nein. Der ist zu groß. Fort? Den Sommer über?«

»Sie gehen ins Eisland. Weiter weg, als du dir vorstellen kannst. Sie hoffen, hohe Berge zu überqueren und in ein unbekanntes Land zu gelangen.« Ahroes Stimme klang gepreßt.

»Warum wollen sie das tun?«

Ahroe antwortete nicht. Eolyn, die auch gekommen war, sah sie an. »Du wirst sie also vermissen? So sehr?«

»Sie vermissen? Ja, natürlich. Sieh sie dir doch an in dieser Nußschale! Tris ist ein richtiger Dichter. Hast du das gewußt? Er ist nicht wirklich für so etwas geeignet. Zum Teufel mit den beiden! Sieh dir doch Tor an mit seinem einen Arm! Stel hat mir erzählt, daß er im letzten Winter fast einen ganzen Tag lang Gänse aus dem Eis gehackt und sie dann freigelassen hat. Dabei ist er zweimal in den Fluß gefallen. Ich weiß, daß er in seinen Vorratslagern Mäuse gefunden und die Nester mit den nackten Jungen sorgfältig wieder zugedeckt hat. Sieh sie dir an! Sie haben keine Ahnung, worauf sie sich da einlassen. Sie finden hier nicht genügend Raum für sich. Sie wollen die Freiheit suchen. Tor will von dir loskommen ...«

»Von mir? Tor? Von mir?«

»Natürlich. Deinetwegen und wegen deiner Macht. Er erzählte mir, daß ihm diese Explosion nicht aus dem Kopf geht. Er sagt, er hätte geglaubt, er würde nie vor etwas Angst haben, aber er wacht schweißgebadet auf, weil er an ein ganzes Tal voll brennender Menschen denkt.«

Eolyn schnaubte. »Das hat Butto getan. Ich hätte versucht, das irgendwie mit Vernuft zu lösen.«

Ahroe starrte sie an. »Butto war ein guter, tapferer Mann. Und Tristal. Weißt du, auch wenn man so jung ist, kann man lieben. Stel und ich, wir haben uns auch geliebt. Wir hatten unsere Schwierigkeiten, aber geliebt haben wir uns. Er hat in Celeste jemanden wie sich selbst gefunden, allein, in Schlamm und Regen herumwandernd, ohne Eltern. Er glaubte irgendwie – ich weiß, daß es irrational ist –, daß sie füreinander bestimmt seien, und daß jeder die Einsamkeit des anderen heilen könnte. Er geht nicht wegen Tor. Er geht um seiner selbst willen. Sie hat ihn nicht einmal wahrgenommen. Sieh sie dir doch an, wenn man Mut und Fähigkeit wegläßt! Zwei Jungen. Sie sind nicht wirklich hart wie Stel und ich. Oder auch nur wie Blu und Dailith. Sie werden ihr Glück nicht mit menschlichen Händen abmessen. Sie wollen etwas, das mehr ist – und das existiert nicht.«

»So wie du es sagst, hört es sich gräßlich an«, meinte Eolyn. Sie nahm das lange Teleskop und sah ihnen im Morgennebel nach. Tor stand im Boot und hielt vorne nach Baumstümpfen Ausschau. Tristal im Heck ruderte, er paddelte mit gleichmäßigen, kräftigen Schlägen. Raran stand mittschiffs, schaute zu Stel zurück und wedelte mit dem Schwanz. Sie beobachtete, wie Tristal den Hund mit einem Ruder sanft auf die Schulter klopfte, sah, wie Raran sich niederplumpsen und ihre aufgestellten Ohren sinken ließ. Eine Nebelbank rollte flußabwärts, und die beiden fuhren hinein. Schließlich sah die Wand aus, als wäre sie massiv, sie verschluckte langsam den Bug, dann den aufrechtstehenden Tor, Raran, Tristal und am Ende das Aufblitzen seines Ruders.

Celeste murmelte etwas und griff nach dem Teleskop. Es rutschte ihr aus der Hand, drehte sich auf der Brüstung und fiel auf das Steinpflaster des Turms, das Okular zerbrach. Das Mädchen bückte sich, kniete dann nieder, nahm die Scherben in die Hand und schnitt sich dabei in den Finger. Eolyn schaute zu ihr hinüber und schüttelte den Kopf. Celeste blickte auf, mit offenem Mund, wollte etwas sagen, mühte sich, brachte aber wieder einmal kein Wort heraus.

Von hoch oben, vielleicht über dem Nebel, kam das Geschrei von Gänsen, weißen und grauen. Sie flogen nach Norden, stießen ihre fröhlichen und trostlosen Schreie aus, wie Gänse es immer getan haben, ließen sie auf Pelbarigan herabregnen, auf den Nebel, irgendwo da draußen auf Tor und Tristal, hoch und frei flogen sie instinktiv ihre Routen, unstet wie seit dem Pleistozän, vor und nach Amerika und durch alle Zeiten der Völker des Heart-Flusses.